맏물 이야기

初ものがたり

옮긴이 김소연

경북 안동에서 태어났다. 한국외국어대학에서 프랑스어를 전공하고, 현재 출판 기획자 겸 번역자로 활동하고 있다. 옮긴 책으로 『우부메의 여름』, 『망량의 상자』, 『웃는 이에몬』, 『엿보는 고헤이지』 등의 교고쿠 나쓰히코 작품들과 『음양사』, 『샤바케』, 『집지기가 들려주는 기이한 이야기』, 미야베 미유키의 『마술은 속삭인다』, 『외딴집』, 『혼조 후카가와의 기이한 이야기』, 『괴이』, 『흔들리는 바위』, 『흑백』, 『안주』, 『그림자밟기』, 『미야베 미유키 에도 산책』, 덴도 아라타의 『영원의 아이』, 마쓰모토 세이초의 『짐승의 길』, 『구형의 황야』 등이 있으며 독특한 색깔의 일본 문학을 꾸준히 소개, 번역할 계획이다.

* 이 도서의 국립중앙도서관 출판예정도서목록(CIP)은 서지정보유통지원시스템 홈페이지(http://seoji.nl.go.kr)와 국가자료공동목록시스템(http://www.nl.go.kr/kolisnet)에서 이용하실 수 있습니다. (CIP제어번호 : CIP2015002260)

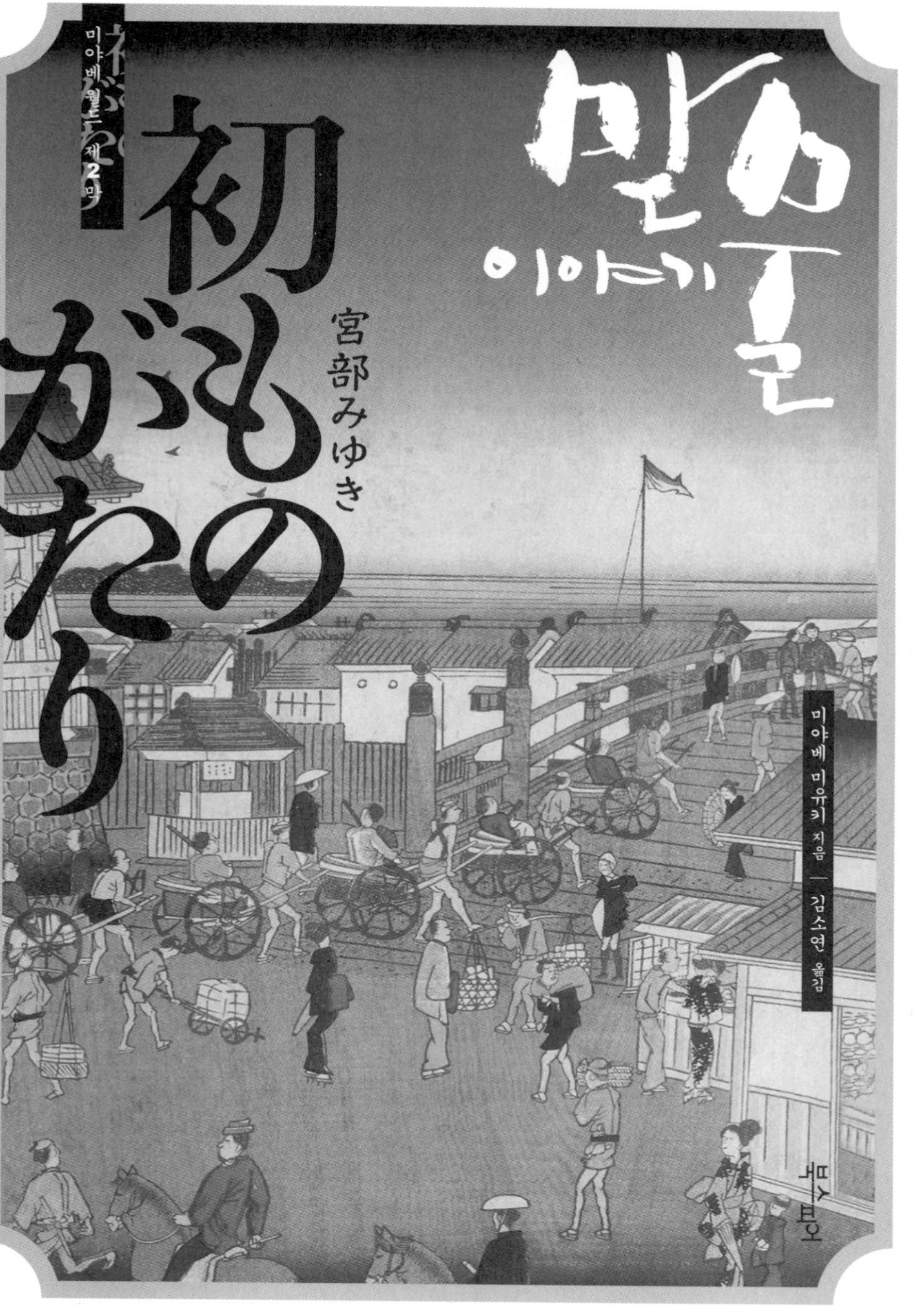

미야베 월드 제2막
맏물 이야기
初ものがたり
宮部みゆき
미야베 미유키 지음
김소연 옮김

차례

† **일러두기**

본문의 모든 주는 옮긴이 주입니다.

이해건
세
오살사

1

후카가와 도미오카바시 다리 기슭에 기묘한 노점이 나와 있다는 소문을 들은 것은 마침 야부이리藪入り정초와 우란분 때 고용인이 휴가를 얻어 자기 집으로 돌아가는 날. 특히 정초의 것을 이르는 경우가 많다 날이었다.

새해 일월 십육일 전후, 속된 말로 '지옥의 가마솥 뚜껑도 열린다우란분과 정월의 십육일에는 지옥의 귀신도 죄인을 다그치던 것을 멈추고 쉰다고 하니, 이 세상에서도 일을 멈추고 쉬는 것이 당연하다는 뜻'고 하는 정월의 야부이리는 우란분 때의 야부이리와 함께 고된 고용살이 생활을 하는 일꾼들에게는 일 년 중에서 무엇보다도 즐거운 날이었다. 하루 휴가를 받아서 부모에게, 가족에게 돌아가 느긋하게 지낸다. 성묘를 가기도 한다. 형편이 괜찮고 고용살이 일꾼을 생각해 주는 가게는 이날 휴가를 받는 고용살이 일꾼들에게 용돈을 주기도 했는데, 설령 개미 눈물만큼의 액수라고 해도 평소에 낡은 옷 한 벌 마음대로 살 수 없는 신분인 사람들에게는 또 특별히 기쁜 일이다.

다만 기분이 들뜨기 마련인 이날에는 조심해야 하는 것도 있다. 고용살이 일꾼들 중에는 하루 만에 돌아갈 수 없는 먼 곳에서 온 사람도 있고, 여러 가지 사정으로 돌아갈 집이 없는 사람도 있다. 그들에게도 야부이리의 들뜬 기분은 똑같이 찾아온다. 이런 쓸쓸한 처지의 일꾼들은 이날 대개 먹을 것을 파는 가게나 사창가, 술집, 곡예장이나 극장 등, 평소에 들어갈 수 없는 유흥가에서 성가신 소동을 일으키거나 휘말리는 경우가 많다. 그래서 야부이리 날은 오캇피키치안을 담당했던 하급 관리인 요리키나 도신 밑에서 범인의 수색, 체포를 맡았던 직책에게 방심할 수 없는 하루가 되기도 한다.

혼조 후카가와 일대를 맡고 있으며 '에코인현재 도쿄 스미다 구 료고쿠에 있는 정토종 절의 나리'라고 불리는 오캇피키 모시치도 예외는 아니었다. 통칭의 유래대로 에코인 뒤쪽 여염집에서 살고 있는 모시치의 집에는 부하 두 명이 드나든다. 그들에게 야부이리는 아침 일찍부터 밤에 성문이 닫힐 때까지 맡은 구역 일대를 둘러보느라 하루해가 다 가는 날이다. 이날만은 부자가 된 기분을 맛보는 가게 일꾼들이 들어갈 만한 가게를 들여다보고, 각 가게들의 성질에 맞추어 너무 악랄한 짓은 하지 말라고 미리 타이르거나 익숙하지 않은 놈들에게 잘해 주라고 부탁해 둔다. 도미오카바시 다리 기슭의 노점 이야기는 그 때문에 순찰을 돌던 부하 이토키치가 듣고 와서, 모시치의 아내가 만들어 준 점심을 허겁지겁 먹으며 들려준 것이었다.

"어째서 그 노점이 묘하다는 것이냐?"

이토키치보다 먼저 순찰을 마치고 어슬렁어슬렁 돌아와 있던 모시치는 이미 점심 식사를 마치고 담배를 피우고 있었다. 연기를 후우 하고 내뿜으면서, 밥그릇에 매달려 있는 이토키치에게 물었다.

"곰 고기라도 파는 것은 아니겠지?"

"그런 건 아닙니다. 저도 슬쩍 보고 왔는데, 파는 것은 그냥 유부초밥이고요, 예에." 이 사이로 성대하게 밥알을 튀기면서 이토키치는 대답했다. "흔해 빠진 유부초밥입니다. 베개만큼 커다랗다는 것도 아니고요."

밥통을 옆에 두고, 이토키치의 먹는 모습을 바라보던 모시치의 아내도 그 말에 웃음을 터뜨렸다.

"그런 유부초밥이었다면 이토 씨가 먹어 보지 않고 돌아왔을 리가 없지요."

웃으면서, 이토키치가 내민 사발에 밥을 더 퍼 준다. 그 사이에 이토키치는 다다미에 흩어진 밥알을 주워 모아 입에 넣는다. 어떻게 해도 잠자코 밥을 먹지 못하는 수다스러운 기질의 이토키치에게는 습관이나 마찬가지다.

"그렇지요. 하지만 저는 간식은 먹지 않습니다. 마님의 밥을 실컷 먹고 싶으니까요."

"쓸데없는 소리는 됐으니 제대로 이야기해 보아라." 모시치가 재촉하자 이토키치는 두 그릇째의 밥을 입안 가득 밀어넣으면서 우물우물 말했다. "밤새도록 여는 노점이라는데요."

"그 유부초밥 가게가 말이냐?"

"예에. 밤에만 팔러 나오는 메밀국수도 아닌데 축삼시(오전 두 시)쯤까지 불을 켜고 초밥을 파니 그 부근 상가商家 놈들이 고개를 갸웃거리기 시작해서요. 물론 그쪽 가게는 전부 늦게까지 열지만 그것도 신사 앞 찻집이 문 닫을 때까지가 아닙니까. 축삼시까지 여는 가게가 있다는 얘기는 들어본 적이 없어요. 그렇게 늦은 시간이면 뜨내기손님도 지나갈 리가 없지 않습니까? 무엇 때문에 가게를 열어 두는 걸까요. 게다가 그렇게 늦게까지 하면서 다음 날 점심 전에는 벌써 장사를 시작한다고 하니 부지런하기도 하지요."

확실히 그렇다며 모시치는 살짝 고개를 갸웃거렸다.

도미오카바시 다리 부근이라면 이름 높은 도미오카하치만구 신사를 배경으로 업고 있는 데다, 근처에는 엔마도閻魔堂도 있다. 일 년 내내 많은 참배객이 찾는 장소로, 꼭 노점이 아니더라도 음식 장사에는 안성맞춤인 곳이다. 실제로도 노점이 많아 갖가지 먹을 것과 마실 것을 팔고 있다. 그리고 이토키치가 말한 대로, 밤에는 밤대로 하치만구 앞 상점가의 불빛을 찾아오는 남자들, 스자키의 유곽에 갔다가 돌아오는 손님들을 노릴 수 있기 때문에 그 가게들 모두 밤이 깊을 때까지 불을 켜 두는 경우가 많다.

하지만 자정이 지나서까지 문을 열어 두지는 않는다. 적어도 모시치가 아는 한은. 아무리 요시와라막부가 공인한 유곽와 맞먹는다고 자신해도 이쪽 동네는 역시 밤이 되면 위험해지기도 해서, 도둑이나 노상강도, 작은 배에 거적을 씌운 간단한 업소에서 돈을 버는 여자들이 발호한다. 그런 곳에서 밤새도록 환하게 불을 켜고 유부초밥을 판다는 것이, 모시치에게는 이해할 수 없다기보다도 조심성이 없는 것처럼 느껴졌다.

"그래서 너는 그 노점 주인의 얼굴을 보고 왔느냐?"

모시치의 물음에 이토키치는 고개를 끄덕였다. "대장님보다 약간 젊어 보이는 아저씨였습니다. 상투의 이쯤에——," 하며 귀 위 언저리를 가리키더니 "백발이 꽤 있었습니다. 그런 걸 보면 대장님보다 늙었을지도요."

모시치는 새해를 맞아 쉰다섯 살이 되었다. 쉰 살이 되었을 때 갑자기 나이를 확 먹은 것 같은 기분을 맛보았지만 이만큼 나이를 먹었으니 오십 줄에도 완전히 익숙해졌고, 환갑이 되려면 아직 시간이 있다, 아직 그렇게 늙은 것은 아니다, 하고도 생각하게 되었다.

"얼굴은 어떠냐. 매끈매끈하더냐? 아니면 쭈글쭈글하더냐?"

"글쎄요." 이토키치는 진지한 얼굴로 생각에 잠겼다. "대장님과 비교해서 어떠냐는 뜻입니까?"

안주인이 또 풋 하고 웃었다. 모시치는 흥 하며 곰방대를 화로 가장자리에 내리쳤다.

"뭐, 좋다. 머잖아 나도 그 주인장을 보러 가야겠구나. 새로 들어선 노점 주인이 그렇게 장사를 하다간 조만간 말썽이 일어날 것이 틀림없지."

그러자 이토키치는 눈을 끔벅거렸다.

"그게, 그것도 묘하다면 묘한데 말입니다, 가지야 놈들도 그 아저씨한테는 얌전합니다."

가지야라는 것은 구로에초에 있는 뱃집놀잇배나 낚싯배를 주선하고, 낚시꾼을 숙박시키는 집을 말한다. 하지만 후카가와 사람이라면 아무도 그것을 그대로 받아들이지는 않는다. 가지야는 이 동네 불량배들을 통솔하는 두목인 세토의 가쓰조라는 사내가 또아리를 틀고 있는 소굴이다. 가게 자체는 자그마하고 깔끔한 뱃집으로 보이지만, 바닥의 다다미를 털어 보면 순식간에 앞이 보이지 않게 될 정도로 먼지가 피어오른다고 한다.

가쓰조도 모시치와 동년배인데, 불량배 행세를 하며 쓸데없이 나이만 먹은 것이 아니어서 매우 약삭빠르다. 구역 내의 상점이나 노점이 그가 시키는 대로 자릿세——우습게도 가쓰조는 그것을 '가겟세'라고 부르는 모양이다——를 내는 동안에는 거친 짓은 전혀 하지 않는다. 오히려 싸움이 일어나면 중재를 해 주기도 하고(물론 거기에서 비싼 수수료를 받기는 하지만), 화재나 수해가 일어났을 때는 지붕에 가지야라는 가게 이름을 단 구휼소를 세우기도 한다(그렇게 해서 지주들에게 빚을 지우는 것이지만). 도박장도 여기저기에 숨겨 두었는데, 지금까지 순진한 놈들을 끌어들여 명백히 피비린내 나는 일을 일으킨 적도 없다. 모시치도 가쓰조와는 오랫동안 알고 지냈지만 구역 내에 있다고 해서 그렇게

다루기 어려운 상대는 아니었다. 모시치에게 오캇피키의 권한을 준 미나미마치 부교쇼행정, 재판 사무 등을 담당하던 에도 시대의 기관의 나리도,

"가쓰조는 고마노하에옛날에 여행자인 척하면서 도중에 다른 여행자의 금품을 사취하던 도둑. 말 자체는 '참깨 위의 파리'라는 뜻이다라기보다는 말벌 같은 놈이지만, 눈이 없는 말벌은 아닐세. 눈이 없는 등에보다는 나을지도 몰라."

라고 인정했을 정도다.

"그렇다면 그 주인장이 가쓰조에게 상당한 뇌물을 주고 있다는 뜻일까?"

"그렇다고밖에 생각할 수 없지만……." 이토키치는 갑자기 목소리를 낮추었다. "그 근처의 가게에서 얼핏 들은 이야기로는, 작년 섣달이 시작될 무렵──딱 그맘때, 그 유부초밥 가게가 문을 열었는데 말이지요──가쓰조의 부하가 한번 그 가게에 왔던 모양입니다. 인상이 상당히 험악한 놈이 말이지요. 하지만 반 각(한 시간)도 지나지 않아서 냉큼 돌아가 버렸고 그다음에 가쓰조가 직접 궁둥이를 들고 찾아와서 뭔가 열심히 이야기를 하더니, 또 반 각 만에 물러가서 그 후로는 소식도 없고 상관도 하지 않는답니다."

"천 냥 상자금화 천 냥을 넣던 보관용 나무 상자라도 던져 준 게 아닐까요?" 하고 안주인이 말한다. "가쓰조라는 사람은 그런 사람이에요."

"아니, 아니, 마님. 그렇기는 하지만 제가 들은 이야기로는 그때 가쓰조가 왠지 소변이라도 지릴 것 같은 얼굴을 했다더군요. 묘하지요? 그 가쓰조가 말입니다."

이번에는 모시치도 정말로 고개를 갸웃거렸다. 좀 묘하다는 것 이상이다. 가쓰조가 직접 셋타죽순 껍질로 엮은 나막신 바닥 밑에 가죽을 댄 신발를 꿰어 신고 왕림하셨다는 이야기는 지금까지 들은 적이 없다.

그 유부초밥 가게 주인을 무서운 것 모르는 순진한 노점상이라고 여기고 넘어갈 수는 없다. 곰방대를 손에 든 채 모시치는, 그 가게에는 섣불리 손을 댈 수 없을지도 모른다고 생각했다.

그러나 그런 모시치의 생각은 밖에서 들려온 새로운 목소리에 깨졌다.

"점심은 다 드셨습니까, 대장님."

문 쪽에서 우시노 곤조가 한쪽 무릎을 꿇고 이쪽을 보고 있었다. 강바람에 나부끼는 나뭇잎 같은 이토키치와는 정반대로, 급할 때에도 달리지 않고 느릿느릿 걷는다. 우당탕 소리를 내는 일은 없지만 너무나 둔중한 그 동작 때문에 '우시(소)'라는 별명이 붙은 사내다. 신카와의 술 도매상에서 삼십 년 동안 일한 끝에 대행수까지 되었는데, 사소한 일로 가게에서 쫓겨나 이런저런 일을 겪다가 마흔다섯이라는 나이에 모시치의 부하가 된 지 이제 일 년이 되었다. 이 길에서는 갓 스무 살이 된 이토키치보다도 신입이다.

모시치의 밑에서는, 분지라는 젊은이가 오랫동안 부하로 일했지만, 이 년쯤 전에 좋은 인연을 만나 어느 작은 가게에서 데릴사위로 얻고 싶다는 이야기가 들어왔다. 모시치는 애초에 분지가 이런 직업으로 먹고살기에는 조금 지나치게 다정하다고 걱정해

왔기도 해서, 본인이 승낙한다면 좋다고 기꺼이 그 이야기를 받아들였다.

오캇피키와 부하——즉 대장과 수하의 관계에는 짙은 것도 있고 옅은 것도 있다. 항상 대장 옆에 붙어서 함께 일하는 수하도 있는가 하면, 용무가 있을 때만 불려 와서 일을 돕는 사람도 있다. 모시치에게 분지는 관계가 짙은 수하였기 때문에, 그가 없어지자 당시에는 단숨에 쓸쓸해진 기분이 들었다.

하지만 세상은 잘 만들어져 있다. 분지가 떠난 지 얼마 안 되어 모시치도 다른 인연을 만나 처음에는 이토키치, 다음에는 곤조, 연달아 수하가 생겼다. 지금은 꽤 시끌벅적한 생활을 하고 있다.

"아아, 끝났네, 무슨 일인가?"

"속이 거북해질 만한 것이 행차하신 터라."

가게에서 일하던 시절의 버릇인지, 곤조가 완곡하게 에둘러 말한다. 하지만 모시치는 바짝 긴장했다.

"무엇이 나왔나?"

"여자의 익사체입니다" 하고 곤조가 대답했다.

"시모노하시 다리 앞에서 말뚝에 걸려 올라왔습니다. 알몸이고 나이는 서른 정도입니다. 마님, 죄송합니다. 이런 이야기를 들려 드려서."

삼십 년 가까이 오캇피키의 마누라 노릇을 하는 여자를 붙들고 이런 말을 하는 것을 보면, 곤조의 심지는 아직도 대행수다.

"자네도, 아무리 시간이 지나도 바보처럼 정중한 친구로군" 하고 말하면서, 모시치는 띠에 짓테포리가 범인을 잡는 데 쓰던 쇠막대. 길이 약 45센티미터의 철봉으로, 칼이나 창을 막기 위해 손잡이 가까이에 갈고리가 달려 있다. 자루에는 보라, 빨강, 검정 등의 술을 늘어뜨려 그 빛깔로 포리의 소관을 밝혔다를 찔러 넣고 자리에서 일어섰다.

2

오카와 강가에 끌어올려져 거적으로 덮여 있던 여자의 익사체는 얼핏 보기에 상처도 없고, 얻어맞은 흔적도 없는 깨끗한 몸이었다. 그렇게 부은 기색도 없는 것으로 보아 물에 들어간 지 고작해야 하룻밤 정도일 것이다.

"크군."

거적을 들추고 여자의 몸을 한 번 본 후, 모시치는 우선 그렇게 말했다. 시체가 되어 누워 있어도 금세 알 수 있을 만큼 키가 크다면 살아 있었을 때는 몸집이 더욱 커다랗게 느껴졌을 것이다.

"각오하고 몸을 던진 걸까요?"

이토키치의 물음에 모시치는 반대로 되물었다.

"왜 그렇게 생각하느냐?"

"죽은 얼굴이 깨끗합니다."

분명히 희미하게 눈썹을 찌푸린 것 같은 표정을 띠고 있기는 하지만 공포나 고통의 흔적은 보이지 않는다.

"여자가 작정하고 물에 첨벙 뛰어들 때는 벌거벗지 않는 법이다."

"강물에 휩쓸려 가다가 기모노가 벗겨지고 만 것일지도."

"여름철이라면 모를까, 일단 이 계절에는 그런 일이 없다. 벗을 수 있는 것은 신 정도지."

신년을 축하해 주는 것인지 새해부터 줄곧 맑은 날이 이어져, 오늘도 더할 나위 없이 기분 좋은 해님이 빛나고 있다. 오카와 강의 물은 하늘의 색깔이 비쳐 한없이 푸르고 그 위를 그대로 미끄러져 갈 수 있을 정도로 잔잔하다. 하지만 바람은 뺨을 얼릴 정도로 차가워서, 수면을 향해 서 있으니 금세 귓불과 손끝의 감각이 사라지기 시작했다. 이렇게 추운 날씨에는 누구나 끈과 띠를 단단히 묶고 기모노를 껴입을 것이고, 대체로 물에 뛰어들어 죽으려는 자들은 물이 차가울 것을 생각해서인지 평소보다 옷을 두껍게 입는 법이다. 그 정도의 옷차림이 거칠지도 않은 물살에 휘말렸다고 해서 이렇게까지 홀라당 발가벗겨진다는 것은 생각할 수 없다.

"그럼 오카바쇼요시와라 이외의 공인되지 않은 유곽. 사창가에 있던 여자가 발을 빼려고 한 건가 보지요." 이토키치는 생각나는 대로 곧장 말한다. "도망치려다가 들켜서 강에 첨벙."

모시치는 웃었다. "그렇다면 좀 더 괴롭거나 겁에 질린 얼굴을 하고 있을 것 같다만. 네가 아까 한 말과 다르지 않느냐. 게다가 발을 빼려다 죽음을 당한 여자라면 몸에 징벌의 흔적이 남아 있을 게다. 어림짐작은 그쯤 해 두고, 곤조를 도와서 모여 있는 구경꾼들한테서 뭔가 건질 만한 것이 없는지 알아보아라."

이토키치를 쫓아 보내고, 모시치는 여자의 몸을 계속해서 검사했다. 피부의 결, 아랫배와 유방의 상태로 보아 곤조가 짐작한 연령은 맞을 것이다. 팔과 목, 얼굴 언저리의 피부색이 가슴과 허벅지 등 옷에 가려져 있는 부분의 피부보다도 거무스름해 보인다. 게다가 상박과 허벅지의 살집——단단하게 조여 있어 튼튼해 보인다.

남자였다면 해님 밑에서 힘쓰는 일을 하는 놈일 거라고, 모시치는 곧장 짐작했을 것이다. 하지만 이 시체는 여자다.

'응? 이건…….'

여자의 오른쪽 어깨에, 모시치의 손바닥만 한 크기의 엷은 멍 같은 그림자가 있다. 만져 보니 그곳만 피부가 딱딱해져 있었다.

"어이." 여전히 시체 쪽을 향한 채, 모시치는 수하들을 불러들였다. 두 사람은 서둘러 인파를 빠져나와 모시치에게 다가왔다.

"여자 행상인을 찾아 주게. 우선은 이 부근에서부터. 본 적 없느냐고 물어보게. 멜대를 지고 장사하는 행상 말일세. 생선이나 채소——어쩌면 술일지도 모르겠군. 그렇게 물건을 지고 다니면서 파는 여자는 드무니, 잘하면 금방 알아낼 수 있을 테지."

"이 여자가 그런 장사꾼이었다는 뜻입니까?"

곤조의 물음에 모시치는 고개를 끄덕였다. "오른쪽 어깨에 굳은살이 있네. 그것도 꽤 오래된 것이야."

그 짐작은 들어맞았고, 신께서 때늦은 세뱃돈이라도 주신 것인지 모시치는 운도 좋았다. 겨우 달려온 검시 관리와 이야기를 하는 사이 이토키치가 여자의 신원을 파악해 온 것이다.

히가시에이타이초의 겐베에다나에 사는 주민으로, 이름은 오세이. 간장을 지고 다니며 팔았다고 한다.

"오늘 아침부터 줄곧 모습이 보이지 않고 집에도 없었습니다. 장사를 하러 나간 것 같지도 않아서 걱정하던 참입니다."

겐베에다나로 달려간 모시치 일행에게 그곳 관리인은 이렇게 말하며 씁쓸한 얼굴을 했다.

"그래서, 상대 남자는 발견되었습니까?"

"상대 남자?"

"예, 오세이는 동반자살을 한 것 아닙니까? 그렇게 열을 올렸으니 혼자서 죽었을 리 없는데."

간장 장수 오세이의 나이는 서른둘, 동반자살 상대로 지목된 남자는 오세이가 간장을 매입하던 도매상 노자키야의 행수로, 스물다섯이 된 오토지로라는 사내다. 모시치는 곧 오후나구라마에초에 있다는 노자키야로 이토키치를 보냈다.

관리인에 따르면, 오세이는 일흔 살 가까이 된 아버지 이노스케와 둘이서 살았고, 이노스케는 술을 지고 다니며 파는 일을 했다고 한다.

"부녀가 사이좋게 일하며 부지런히 돈을 벌어 왔는데 말입니다. 작년 봄쯤, 이노스케가 몸이 아파서요. 확실한 진단은 내릴 수 없지만, 열이 계속되고 밥도 먹지 못하게 되어 도저히 술을 팔러 다닐 수 없게 되었습니다. 하루 종일 자다 깨다 했지요. 저도 걱정이 되어 여러 가지로 손을 쓰다가, 결국 가을 초에 고이시카와에 있는 요양소에 보낼 수 있었습니다."

"그럼 지금도 거기에?"

"예. 처음에는 오세이도 자주 문병을 갔지만, 오토지로 씨와 사귀고 나서는 아버지를 내팽개치고 오토지로 씨의 뒤만 쫓아다녔습니다. 상대방은 한때의 변덕스러웠던 연심에서 깨어나고 나서는 그저 오세이에게서 도망치기만 했던 모양입니다만."

"관리인은 오토지로 씨와 만난 적이 있소?"

"아니요, 아니요, 없습니다. 오토지로 씨라는 사람이 이곳에 온 적조차 없고, 이곳에서 오세이가 연애하고 있다는 사실을 아는 사람들 아무도 오토지로 씨의 얼굴을 본 적이 없습니다. 오세이의 이야기로는 아주 괜찮은 사내였던 것 같지만."

저는 그만두라고 말했습니다, 하고 관리인은 매우 못마땅해했다.

"한때 얼마나 다정한 말을 해 주었는지 모르겠지만 상대는 도매상의 행수, 그것도 노자키야에서 수완가로 통하는 사람이고 슬슬 대행수로 발탁될 것 같다는 소문도 있다, 그에 비해 자네는 행상꾼, 게다가 연상이다, 제대로 어울리는 사이도 아니고 오토지로 씨에게 자네와 가정을 꾸리려는 마음이 있을 리가 없다고요.

하지만 오세이는 귀를 기울이지 않았어요. 만일 버려지면 죽으면 되고, 그때는 혼자서는 죽지 않겠다, 오토지로 씨도 함께 갈 거라고 눈을 부라리며 말하더군요. 무서웠습니다."

무섭다고 말하면서도, 관리인의 얼굴은 애처로운 것을 볼 때처럼 일그러져 있었다.

"오세이는 일만 하느라, 분명히 여자다운 즐거움이라곤 하나도 누리지 못했어요. 몸집이 크고 뼈대도 굵고 피부도 검어서요. 여자인데도 행상꾼 일을 할 수 있었던 것은 그 몸이 있었기 때문이지만 그만큼 여자로서는 손해만 보아 온, 그런 사람입니다. 갑자기 달콤한 꿈을 꾸게 되니 머리가 이상해지고 만 것이겠지요. 장난이었겠지만 오토지로 씨도 죄가 되는 일을 저지른 것입니다. 뭐, 이미 죽은 사람에 대해서 나쁘게 말하지는 않겠습니다만."

나무아미타불, 나무아미타불, 하고 염불을 외는 관리인을, 모시치는 쓴웃음을 지으며 말렸다.

"염불은 아직 이르다오. 오토지로가 오세이와 함께 죽었다고 결론이 난 것은 아니니."

모시치가 짐작한 대로였다. 노자키야로 달려갔다가 돌아온 이토키치는 눈을 데굴데굴 굴리면서 이렇게 말했던 것이다.

"오토지로라는 행수는 오늘 아침 일찍 길을 떠나, 가와사키에 있는 어머니 집으로 갔다고 합니다. 야부이리니까요, 대장님."

여전히 손을 합장한 채 눈을 부릅뜨는 관리인에게 모시치는 "그것 보시오" 하고 말했다.

3

오토지로가 만일 오세이를 죽인 범인이라면 이제 노자키야에는 돌아오지 않을 것이다. 하지만 만일 관련이 없거나, 또는 관련이 없다고 끝까지 시치미를 뗄 작정이라면 오늘 밤 안에는 돌아올 것이다. 어차피 가와사키까지 쫓아갈 것도 없다. 이토키치를 노자키야에 잠복시켜 두고, 모시치는 곤조와 둘이서 오세이가 살던 방을 조사하는 일부터 시작했다.

겐베에다나는 열 집이 붙어 있는 공동 주택칸을 막아 여러 가구가 입주할 수 있도록 길게 지은 집인데, 건물 뒤쪽은 폭이 세 간間약 5.4미터 정도 되는 해자에 면해 있다. 오세이의 방에서도 직접 해자를 내다볼 수 있고, 제방만 넘으면 곧장 수면이다.

얇은 이불에 고리짝이 몇 개 있을 뿐인 가난한 집이었다. 부엌 가재도구도 오랫동안 사용한 낡은 것들뿐이다.

"오세이는 여기에서 물로 들어갔군요." 곤조가 말했다. "살인인지 아닌지는 알 수 없지만 장소는 여기일 겁니다."

"어째서인가?"

"오세이는 알몸이었습니다. 바깥을 돌아다닐 수는 없지요."

"다른 곳에서 알몸으로 벗겨졌을지도 모르지. 기모노 정도는 어떻게든 버릴 수 있네."

"고리짝 안에 겹옷 기모노가 두 벌, 허리띠가 세 개, 속옷도 세 장 들어 있습니다. 띠나 끈의 수와 맞추어 보면 아마 여기 있는 게 오세이가 갖고 있던 겹옷 기모노의 전부일 테지요."

"그렇겠지. 그건 나도 그렇게 생각하네."

다른 고리짝에는 오세이가 장사를 나갈 때 입는 옷 일식一式이 두 벌 들어 있었다. 간장을 지고 다니며 파는 장사꾼은 기모노 옷자락을 걷고 밑에는 모모히키타이츠 비슷한 바지 모양의 남성용 옷. 속옷용과 작업용이 있다를 입는다. 머리에는 두건을 써서, 파는 물건에 머리카락이 떨어지는 것을 막는다. 옷 한 벌은 빨아서 개어 둔 것 같았지만, 위쪽에 올려져 있던 다른 한 벌은 어제까지 입었던 모양인지 옷깃이 약간 지저분하고 버선 뒤에도 흙먼지가 묻어 있었다.

"몇 시인지는 모르겠지만, 어제 오세이는 장사를 마치고 돌아와 여기에서 채비를 하고 그대로 강으로 들어갔다――제게는 그렇게 보입니다."

"어째서 옷을 벗었을까."

"그건 모르겠습니다만." 곤조는 얼굴을 흐렸다. "여자는 가끔 대담한 행동을 하니까요."

"그건 나도 동감일세."

모시치는 고개를 돌려 봉당의 물 항아리 옆에 쌓여 있는 간장통과 멜대를 바라보았다. "어제, 오세이가 한 번은 이곳으로 돌아왔다는 것에도 동감이야."

봉당으로 내려가 간장 냄새가 배어 있는 나무통에 손을 대 본다. 오랫동안 사용해 온 멜대는 그것만으로도 상당히 무겁다. 바로 옆에는 아버지 이노스케가 건강이 상할 때까지 사용했을, 비슷한 행상 도구 한 벌이 세워져 있었는데, 이쪽은 먼지를 뒤집어 쓰고 있었다.

"그럼 역시 여기에서 물로——."

곤조의 말을 제지하고 모시치가 말을 이었다. "나는 오세이가 살해된 거라고 생각하네. 상처가 남지 않게 죽이는 방법은 얼마든지 있으니까. 기모노도 신도 그대로 여기에 있는 것을 보면 장소도 여기겠지. 어젯밤, 밤이 깊어진 후가 아닐까. 그렇다면 조수의 상황이나 강의 흐름으로 보아 하룻밤 만에 시모노하시 다리 언저리까지 떠내려갔다고 해도 이상하지 않네. 어째서 발가벗긴 것인지 모르겠네만."

그 부분은 마음에 걸린다. 어째서 발가벗겼을까?

오세이의 방을 나서자 모시치와 곤조는 겐베에다나 사람들에게 요즘 오세이가 어땠는지, 그리고 어제 그녀가 언제 집을 드나들었는지 물어보았다. 그들의 말에 따르면 이노스케가 건강했을 때 오세이는 이웃 사람들과도, 공동 주택의 아주머니들과도 친하게 지냈지만, 오토지로와 일이 있고 나서는 갑자기 소원해졌다고 한다.

"우리가 오토지로 씨와의 일로 좋은 얼굴을 하지 않아서 화가 난 거겠지요" 하고 아주머니 중 한 명이 말했다.

"당신 속고 있는 거라고, 내가 분명히 말한 적이 있어요. 상대는 진심이 아니라고요. 오세이는 하루 벌어 하루 먹고사는 생활이 불안하다고 허리띠를 졸라매 가며 돈을 조금 모아 두었는데,

그 사람은 그 돈만큼도 의지가 안 되는 남자라고 말이지요."

모시치는 그 돈에 대해서 머리에 새겨 두었다. 조사해 본 바로는 오세이의 방에 모아둔 돈 같은 것은 없었기 때문이다.

어제 오세이의 움직임에 대해서는, 장사하러 나간 시각이 언제쯤이었는지 확실하지 않았지만 돌아오는 모습을 본 사람을 찾을 수 있었다. 맞은편에 사는 신나이부시新內節샤미센 반주에 맞추어 특수한 억양과 가락을 붙여 엮어 나가는 일본 고유의 종합예술인 조루리의 한 파. 주로 남녀의 정사를 소재로 하였으며, 극장이 아닌 연회 자리에서 인형 없이 하는 것이 특징 선생이 어제저녁 여섯시에 멜대를 멘 오세이가 문을 열고 방 안으로 들어가는 모습을 보았다고 한다.

"꼭 어제만은 아닙니다. 저도 매일, 대개 저녁 그 시각에 출장지도를 갔다가 돌아오거든요. 오세이가 돌아오는 것을 지금까지도 몇 번이나 보았습니다. 늘 여섯시 종소리와 함께 돌아오곤 했어요. 그것이 습관이었던 게지요, 분명."

"뒷모습을 본 거지요?"

"예, 하지만 분명합니다. 그건 오세이였어요. 기모노도 두건도 늘 쓰던 것이었고요."

"시간은 확실하오?"

"매일 있는 일인걸요. 게다가 마침 여섯시 종이 울리고 있었으니까요."

그렇게 되면 살인은 그 후, 오토지로가——아마 놈이 범인일 것이다——오세이를 찾아와 저 방으로 들어간 것도 그 이후라는 뜻이 된다. 오토지로로서는 남의 눈을 피하고 싶었을 테니 좀 더 밤이 깊어진 후에 몰래 왔을 거라고 짐작할 수 있다.

아마 오세이에게도 사전에 알리지 않은 방문이었을 거라고 모시치는 생각했다. 만일 예고되어 있었다면 오세이가 혼자 우두커니 있었을 리 없다. 오토지로가 입막음을 해서 이웃 사람들에게 말할 수는 없었다고 해도, 사랑하는 남자가 처음으로 집을 방문하는 것이니 먹을 것이나 술 정도는 준비해 두었을 것이다. 하지만 그런 흔적이 없다.

또 한 가지, 곤조가 귀가 솔깃해지는 이야기를 듣고 왔다. 겐베에다나 근처에 삯바느질을 하는 집이 있는데, 오세이가 거기에 새 고소데통소매의 평상복를 맞춰 달라고 부탁했다고 한다.

"옷을 건네준 것은 새해 초였습니다" 하고 그곳의 침녀가 말했다. "정월 야부이리 기간까지 맞춰 달라고 단단히 부탁을 받았지요. 뭐라더라, 결혼을 약속한 사람이 있는데 야부이리에는 함께 그 사람의 어머니를 만나러 갈 거라고요. 그때 입을 기모노라면서."

오세이는 분명히 뺨을 붉히며 오토지로에게 그 기모노에 대해 고백했을 것이 틀림없다. 그는 그 말을 어떤 얼굴로 들었을까.

"여자에게서 도망치려는 남자로서는, 곤란하게 되었다 싶은 이야기겠군요." 곤조가 편평한 얼굴로 말했다. "오세이도 가엾은 여자예요."

"그것보다 문제는, 오세이의 그 기모노가 어디에서도 보이지 않는다는 것이지" 하고 모시치는 말했다.

겐베에다나의 사람들, 특히 오세이 옆집에 사는 사람들과는 특별히 꼼꼼하게 이야기해 보았지만 어젯밤에 수상한 소리나 여자의 비명, 해자에 무언가가 던져지는 물소리를 들었다는 사람은 나오지 않았다. 하지만 오세이를 죽인 쪽도 세심한 주의를 기울였을 터이니, 그런 것을 기대하는 것은 안이하다. 애초에 그런 소동이 일어났다면 그때 곧 누군가가 알아채고 오세이의 방문을 두드렸을 테고.

주민들 중에는 낮 동안에 집을 비우는 사람들도 많다. 그들이 돌아오길 기다려 묻는 것은 우선 곤조에게 맡기기로 하고, 모시치는 저녁에 가까워지는 거리를 걸어 서둘러 고이시카와로 향했다. 요양소에 들어가 있는 이노스케를 만나기 위해서다.

가파른 언덕길을 끝까지 올라가면 나오는 문을 지나, 초소에 사정을 이야기하자, 겐베에다나의 관리인이 미리 이야기를 해 두었는지 이노스케가 기다리고 있다고 한다.

"하지만 오래 계시면 곤란합니다. 여기 있는 사람들은 모두 병자니까요" 하고 파수 보는 이가 말한다.

"이노스케의 상태는 어떻습니까?"

"선생님께 여쭤 보지 않으면 저는 모릅니다. 하지만 병자에게 거칠게 구시면 곤란합니다."

요양소는 가난한 사람들에게는 고마운 곳이지만 오캇피키에게는 아무래도 이렇게 뻗대는 부분이 성가시다. 우리처럼 관아의 일을 맡아 하는 사람들은 병으로 괴로워하는 가난한 사람들에게 원수로 오해받는 것 같다. 뭐, 실제로 그런 오캇피키도 많지만. 그렇게 생각하면서 모시치는 파수 보는 이가 가르쳐 준 큰 방으로 향했다.

이노스케는 얇은 이불 위에 일어나 앉아 있었다. 요양소에서 지급하는 옷으로 감싸인 몸은 야위었고 어깨 언저리에는 뼈가 도드라져 보였지만, 생각했던 것보다 정정하다. 이곳 선생님에게는 앞으로 보름만 참으면 집으로 돌아갈 수 있다는 말을 들었다고 한다.

"오세이의 애인에 대해서는 알고 있었습니다" 하고 이노스케가 쉰 목소리로 말했다. "관리인이 가끔 문병을 와 주었으니까요. 저는 오세이가 속고 있는 것이 아니기를 기도할 수밖에 없었지만, 설마 이렇게 될 줄이야. 한 달 전에 잠깐 얼굴을 본 것이 마지막이 되고 말았습니다."

이노스케는 힘없이 어깨를 떨어뜨리고 충혈된 눈을 깜박인다. 큰 방 쪽의 병자들이 보지 않는 척하면서도 가끔 가엾다는 듯한 시선을 던져 왔다.

"가난뱅이는 일하고 또 일하고, 평생 일만 하면서 살아가는 거다. 특히 너는 그렇게 몸집이 크니 제대로 된 인연은 없을 게다. 스스로 벌어서 잘 살아야 한다고, 저는 줄곧 이야기해 왔습니다. 그런데……."

"오세이도 여자요."

"여자라도, 여자 같은 꿈을 꾸면 살아갈 수 없는 여자도 있습니다."

그 말에는 모시치도 말문이 막혔다.

"오토지로에게는 화가 나지 않소?"

"화내 봐야 별수 없지요." 이노스케는 입 끝을 일그러뜨리며 웃었다. "오세이는, 내가 오토지로 씨와 혼인하면 아버지도 조금은 나은 생활을 하게 해 드릴 수 있을 거라고 말하곤 했습니다. 하루 벌어 하루 먹고사는 생활에서 벗어날 수 있다고요. 분명히 오토지로라는 사람은 가게 일꾼입니다. 성실하게 일하고 있다면, 하루 벌어 하루 먹고사는 우리와는 전혀 다른 생활을 할 수 있는 사람이겠지요. 오세이가 분수에 맞지 않는 꿈을 꾸고 만 것도 어쩔 수 없어요. 저는 말입니다, 대장님, 오세이가 죽을 때까지 그런 즐거운 꿈을 꿀 수 있었다면 그건 그것대로 좋다고 생각합니다. 그러니 그 녀석이 스스로 물에 뛰어든 것이 아니라 좋은 꿈을 꾸면서 살해되었다고 하는 쪽이 훨씬 마음이 편해요. 상대 남자가 어떻든 상관없습니다. 애초에 오세이가 잘못한 거니까요."

완전히 체념한 말투였다.

오세이의 장례식 준비는 관리인에게 맡겨 두었다고 한다. 모레가 될 것 같다고 하는데, 그날 하루는 이곳에서 나갈 수 있을 듯하단다.

"오늘 밤에는 집에 돌아갈 수 없는 거요?"

"이제 와서 그런다고 무슨 소용이 있습니까? 오늘 돌아가든 모레 돌아가든 오세이는 다시 살아날 수 없어요.”

요양소에서 귀가를 허락하지 않는다기보다 이노스케 본인이 돌아가고 싶어 하지 않는 것이리라고 모시치는 생각했다. 외동딸의 죽은 얼굴을 보느니 거기에서 눈을 피하고 싶다. 그만큼 이노스케는 약해져 있는 것이다.

“오세이는 번 돈을 조금 모아 두었소.” 모시치는 말했다. “그런데 지금 그것이 눈에 띄지 않아요. 당신의 앞날을 위해서 그 돈만이라도 되찾아 드리리다.”

모시치의 말에도 이노스케는 대답하지 않았다. 그저 머리를 숙였을 뿐이다.

요양소를 나와 언덕길을 내려가면서 모시치는 생각했다. 만일 이노스케가 병에 걸리지 않고 지금도 둘이서 같이 건강하게 일하고 있었다면 오세이도 그런 무모한 사랑에 빠지지는 않았을지 모른다. 아버지가 쓰러지고 혼자 있게 되니 마음도 불안해지고, 하루 벌어 하루 먹고사는 생활이 얼마나 위태로운지 갑자기 뼈저리게 느꼈다——그런 마음의 빈틈에 행복의 환상이 슬쩍 숨어들어온 것이다. 오세이는 오토지로에게 반하기도 했겠지만, 그것만큼 가게 일꾼의 생활도 동경하고 있었으리라. 간장을 매입하러 갈 때마다, 나도 매일 발이 먼지투성이가 되도록 걸어다니지 않아도 된다, 비 오는 날도 흠뻑 젖지 않아도 된다, 남자 같은 행상꾼 차림도 하지 않아도 되고 행수님의, 아니, 곧 대행수님의 안주인이라고 불리게 될 것이며 어깨에 있는 멜대 자국도 사라질 것이다

——라고.

'가게 일꾼의 생활도 그렇게 좋은 것만은 아닐세, 오세이.'

몸뚱아리 하나만 믿고 일하며 살아남아야 하는 것은 행상꾼의 생활과 마찬가지다. 아니, 오캇피키도 비슷하다. 모두 똑같다네, 오세이.

몸이 뼛속까지 싸늘해졌다. 언덕을 다 내려간 곳에 있던 메밀국수 노점에서 저녁을 먹고, 모시치는 해가 완전히 진 길을 빠른 걸음으로 걸어 동쪽으로 향했다. 이제 슬슬 오토지로가 가와사키에서 돌아왔을 법도 한 시간이다.

'만일 도망친 것이 아니라면.'

도망친 것은 아니었다. 오토지로는 노자키야에 돌아와 있었다.

4

노자키야에서는 오토지로를 위해 방을 하나 비워 두고, 주인이 동석하여 모시치가 오기를 기다리고 있었다. 함께 기다리던 이토키치는 거기에 불만스러운 듯한 얼굴을 하고 있었지만 모시치는 상관없다고 생각했다. 애초에 젊은 행수가 물건을 매입하러 드나드는 행상꾼 여자에게 손을 댔다는 것은 가게에 불미스러운 일이기도 하다. 함께 꾸짖어 주고 싶은 참이다.

오토지로는 나이보다도 젊어 보였다. 몸집은 탄탄하고 키도 크고, 오세이가 자랑했던 것처럼 꽤 볼품 있는 사내다. 다만 아무리 경우가 경우라지만 시종 두리번거리며 이리저리 움직이는 그의 눈이 모시치는 아무래도 마음에 들지 않았다. 몸에 비해 가냘픈 하얀 손도 기생오라비 같은 냄새를 풍긴다.

"오세이 씨와는 반년 정도 사귀었습니다."

오토지로는 선선히 인정했다.

"하지만 이것만은 말해 두고 싶은데요, 유혹한 쪽은 제가 아닙니다. 게다가 저는 처음부터 분명히 말했습니다. 당신과 가정을 꾸리지는 않을 거라고요."

"일시적인 사이라는 뜻이오?"

"그런 것도 있지 않습니까, 남녀 사이에는." 오토지로는 얼굴을 번쩍 들고 말했다.

"그런 사이가 되면 반드시 가정을 꾸려야 한다는 촌스러운 말은 대장님도 하지 않으시겠지요."

그렇기 때문에 자신은 오세이의 집에 드나들지 않았다, 만날 때는 늘 찻집이나 뱃집을 이용했다, 그것도 짧은 시간 동안만이었다──라고 주장한다.

"당신도 오세이도 일하는 틈틈이 후다닥 밀회를 하고 있었다는 거요?"

"그렇습니다." 이 질문에는 역시 주눅이 드는지 오토지로는 주인을 곁눈질로 훔쳐보았다. "그래도 가게에 폐를 끼칠 만한 짓은 하지 않았습니다."

크게 한숨을 쉬며 노자키야의 주인이 입을 열었다. "그건 오토지로의 말이 옳습니다. 이 사람은 매입 담당이고 밖에 나가지 않으면 일을 할 수가 없으니까요. 멀리 나갈 때도 있고, 때로는 거래를 위해서 돈도 쓰지요. 하지만 수고나 돈을 들인 만큼의 일은 반드시 해 왔습니다. 우리 가게에서 도매하고 있는 물건은 에도 전체에서도 첫째 둘째를 다툰다고 정평이 나 있는 좋은 물건입니다. 그것을 시세의 칠 할 정도의 값에 사들이고 있어요. 이것은 모두 오토지로의 공입니다."

모시치는 주인의 설명을 흘려들으며 오토지로에게 물었다. "최근 오세이와는 언제 만났소?"

"작년 말입니다. 섣달 중순쯤이었습니다. 뒷문 앞에 서서 이야기를 했을 뿐이지만요."

"서서 이야기를?"

오토지로는 힘주어 말했다. "저는 오세이 씨와 헤어지려고 했으니까요. 저는 오세이 씨와 깊은 사이가 되고 나서 곧, 그녀가 위험한 여자라는 것을 깨달았습니다. 그렇게 못을 박아 두었는데도 가정을 꾸리는 것에 대한 이야기만 꺼내고, 무슨 말을 해도 들은 체도 하지 않았어요. 이래서는 헤어질 수밖에 없겠다고 생각했습니다. 오세이 씨에게도 이야기했습니다. 더 이상 만날 수 없다고요. 하지만 그 사람은 포기하지 않았어요. 몇 번이나 저를 찾아오거나 불러내려고 했지요. 가게에서 소동을 일으키지는 않았지만, 너무 집요해서 저도 정말 질려 있었습니다."

오세이와 얼굴을 마주하고 싶지 않아서 그녀가 간장을 매입하러 오는 날 새벽에는 눈에 띄는 곳에 있지 않도록 조심했을 정도였다고 한다.

“뭐, 좋소, 그럼 섣달 중순에 오세이와 만났을 때, 당신은 야부이리 때 어머니의 집으로 돌아갈 테니 같이 가자는 말을 하지 않았소?”

오토지로는 냉소했다. “제가 그런 말을 할 리가 없지 않습니까?”

오랜 세월의 감으로, 모시치는 오토지로가 하는 말마다 거짓뿐이라는 것을 깨달았지만 얼굴에는 드러내지 않았다.

“당신, 오세이의 어떤 점에 반했던 거요?”

갑작스러운 물음에 오토지로의 기가 꺾였다. “예?”

“반한 점이 있었으니 깊은 사이가 된 것 아니오?”

“예, 그야 뭐.” 오토지로는 말하기 어려운 듯이 주인의 얼굴을 힐끔힐끔 보았다.

“그 사람은 그렇게 몸집이 크고 성미도 야무진 데다, 나이도 저보다 훨씬 위고…… 왠지 누님과 함께 있는 것 같은 기분이 들었습니다. 그런 점일까요, 좋았던 것은. 그래서 그 사람이 저한테 매달릴 거라고는 생각도 해 보지 않았습니다.”

이자는 터무니없는 어리광쟁이다. 오세이에게는 남자를 보는 눈이 없었다.

“어제 하루는 어떻게 지냈소? 가능한 한 자세하게 이야기해 주시오."

어제는 오후부터 줄곧 밖에 나가 있었다고, 오토지로는 말했다. "새해라 단골 거래처에 얼굴을 보이기도 하고, 환전상에 들르기도 하고."

하나하나, 갔던 장소와 그곳에 있었던 대략적인 시간을 꼽아 나간다.

"다만 저녁때——그렇지, 해가 질 무렵이었는데 삼십 분 정도 오카와 강가를 어슬렁거렸습니다."

"어째서요?"

"생각에 잠겨 있었습니다." 오토지로는 화난 듯이 말했다. "오세이 씨와 어떻게 할지. 내일은 야부이리이니 어머니에게 건강한 얼굴을 보여 주러 가야 한다, 걱정을 끼칠 수는 없다고 생각하니 더욱 우울해져서요. 이대로 오세이 씨가 저를 쫓아다닌다면 제 장래는 엉망진창이 될 테니까요."

꽤나 거침없이 말하는 사람이다. 모시치는 놀라고 있었다. 보통 오토지로 같은 입장에 놓이게 되면 상대방이 조금이라도 의심을 품지 않도록, 죽은 여자에게 반해 있던 자신이 죽였을 리 없다는 식으로 말하는 법이다.

오토지로는 정말로 오세이를 죽이지 않은 것일까. 아니면 여자를 죽이고도 끝까지 시치미를 뗄 수 있다, 꼬리를 잡히지 않을 거다, 하는 상당한 자신감을 갖고 있는 것일까.

"오토지로는 어젯밤 일곱시에는 이곳에 돌아와 있었습니다" 하고 주인이 말했다. "저에게 '지금 돌아왔습니다'라고 인사를 하러 왔으니 틀림없습니다."

"어떻게 일곱시인 줄 안단 말이오?"

"제 방에는 물시계가 있습니다. 매일 제가 정성껏 손질하며 상태를 살피고 있기 때문에 결코 어긋나는 일이 없습니다. 어제 오토지로가 돌아오고 나서 곧 그 시계가 일곱시를 알렸습니다."

히가시에이타이초의 겐베에다나에 오세이가 돌아온 것이 여섯 시. 거기에서 오후나구라마에초에 있는 이 가게까지, 남자의 걸음으로 한 시간 남짓 만에 돌아올 수 있을까.

그냥 갔다가 돌아오는 것뿐이라면 할 수 있다. 하지만 오토지로가 겐베에다나에서 오세이를 죽이고, 시체를 알몸으로 벗겨 해자에 가라앉히고 나서 돌아왔다면 이야기는 다르다. 만일 그녀가 집에 오기를 기다리고 있다가 곧장 죽였다고 해도 주위를 조심해야 하니, 아무리 서둘러도 삼십 분은 걸렸다고 보아야 한다. 죽은 사람에게서 옷을 벗긴다는 것은 의외로 수고가 드는 일이다.

그렇게 되면 오토지로는 나머지 삼십 분 만에 여기까지 돌아와야 했다는 뜻이 된다. 도저히 무리다.

모시치는 아주 작은 것을 볼 때처럼 눈을 가늘게 떴다. "밤에는 어땠습니까?"

"밤에는, 오토지로는 줄곧 우리 가게에 있었습니다."

주인의 말에 오토지로도 고개를 끄덕인다.

"오늘이 야부이리이니 어제는 휴일 전날이었습니다. 장부를 맞춰 보니 뭐니 하는 소소한 일들이 산더미처럼 쌓여 있었습니다. 밤늦게까지 일을 해야 할 정도였습니다."

"일을 마치고 돌아와서 곧 사람들과 함께 목욕을 갔습니다. 밖에 나간 것은 그때뿐입니다. 그 외에는 줄곧 가게 안에 있었습니다. 누구에게든 좋으니 물어보십시오. 확인해 보시지요."

오토지로가 말하며 모시치를 똑바로 바라보았다.

그가 그렇게 말할 것도 없이, 모시치는 그때부터 한밤중까지 가게의 모든 고용살이 일꾼들에게 물어 노자키야의 주인과 오토지로의 말에 틀림이 없다는 것을 확인했다.

과연 이건가. 이러니, 놈은 자신이 의심받는 것도 무섭지 않은 것이다.

오늘은 여기까지다 싶어 노자키야에서 물러날 때, 오토지로는 뒷문까지 배웅을 나와 마룻바닥에 손을 짚고 인사를 했다. 머리를 들 때, 오토지로는 불유쾌했던 대화를 떠올렸는지 어딘가가 아픈 것처럼 살짝 얼굴을 일그러뜨렸다. 무엇이 아픈지는 모르겠지만 오세이의 죽음에 마음이 아픈 것이 아님은 확실하다고, 모시치는 생각했다.

그날 밤——.

일단 집으로 돌아갔지만 모시치는 아무래도 속이 부글부글 끓어서 견딜 수가 없었다. 술도 맛이 없고, 신경이 곤두서서 잠도 오지 않는다. 오토지로의 시건방진 얼굴이 눈앞에 어른거린다.

무언가 장치가 있을 거라는 생각이 든다. 오세이를 죽인 것은 놈이다. 하지만 그것이 들킬 염려는 없다고 자신하고 있다. 그렇기 때문에 그렇게 지껄이는 것이다.

여섯시에서 일곱시. 이 시각은 절대적인 것일까?

앉았다 섰다 하며 서성거려도 아무것도 떠오르지 않는다. 아내는 사정을 잘 알고 있어서, 모시치가 이럴 때는 상관하지 않고 내버려둬 준다. 먼저 잠들어 버렸을 것이다.

좋은 생각이 떠오르지 않아서 화가 난다. 그러고 있는 동안에 배가 고파지기 시작했다.

문득 낮에 이토키치가 했던 이야기를 떠올린 것도 그 때문이었다. 밤새 문을 여는 유부초밥 노점이라.

나가 볼까 하고 신을 꿰어 신었다. 머릿속을 정리하는 데는 보탬이 되지 않아도 배에는 보탬이 될 것이다.

5

근처까지 가 보니 분명히 캄캄한 도미오카바시 다리 부근에 불빛이 오도카니 켜져 있었다. 옅은 붉은색 불빛이다. 유부초밥 색깔에 맞춘 것일까.

실제로는 도미오카바시 다리 기슭이 아니었다. 다리에서 북쪽으로 조금 올라가 오른쪽으로 꺾어 들어간 골목길 초입이다. 그것을 보고 모시치는 기억을 떠올렸다.

바로 반년쯤 전까지, 이곳에는 어느 노인의 싸구려 메밀국수 노점이 자주 나와 있곤 했다. 그 노점도 꽤 밤늦도록 열려 있었고 늘 맨 마지막으로 문을 닫았다. 캄캄한 어둠 속에 불빛이 하나 켜져 있고 메밀국수 국물 냄새가 난다. 그런 일이 몇 번인가 있었다. 요즘 보이지 않는 까닭은 자리를 바꾸었기 때문인가 하고 생각했는데…….

'그렇다면 이 유부초밥집은, 그 할아버지의 가족이 하는 것일까?'

노점이기도 하지만, 대개 유부초밥 장수는 지붕 없이 허술한 매대 위에 우산이나 세워 놓고 장사를 하는 법이다. 그 자리에서 만들어서 내는 것도 아니고 미리 만들어 둔 것을 진열해 놓는다.

하지만 이 노점은 달랐다. 제대로 판자를 이어 만든 지붕이 있고, 긴 의자도 두 개 놓여 있다. 매대 밑에서 조리를 할 수 있도록 되어 있는지, 모시치가 다가가자 그 언저리에서 피어오르는 새하얀 김이 보였다.

다른 손님은 없었다. 모시치는 맞은편에 있는, 과연 모시치보다도 약간 젊어 보이고 입매가 무뚝뚝해 보이는 주인에게 말을 걸었다.

"실례하겠소."

주인은 힐끗 눈을 들어 이쪽을 보았다. 오른손에 긴 젓가락을 들고 냄비 속을 찌르고 있다. 뜨거운 된장국 냄새가 피어올랐다.

"유부초밥 서너 개. 그리고——뭐요, 여기에서는 국물도 내시오?"

대답하는 주인의 목소리는 모시치가 생각하던 것보다 훨씬 탄력이 있고 어딘가 중후한 울림마저 있었다. "술은 없지만, 밤이 추운지라 순뭇국과 수제빗국이 있습니다."

수제빗국은 갈분을 반죽해서 만든 경단을 우동 국물에 넣어 먹는 것. 순뭇국은 지금이 제철인 순무를 사용한 된장국이다. 모시치의 아내는 여기에 네모나게 썬 두부를 넣는다.

"순뭇국이라면 내가 아주 좋아하는 것이지. 주시오."

예에, 하고 낮게 대답을 하더니 주인은 옆에 있던 대접을 집어 들었다. 다시 냄비 뚜껑을 연다. 잠시 동안 그 손놀림을 지켜보고 나서, 모시치는 느리게 말했다.

"주인장, 이 부근에서는 못 보던 얼굴이군."

"가게를 연 지 얼마 안 되었으니까요."

"그런 것치고는 늦게까지 하는군요."

주인은 얼굴을 들더니 김 맞은편에서 엷은 웃음을 띠었다. "제가 사는 곳은 바로 이 근처입니다. 어차피 집에 가도 혼자 사는 몸이라 할 일이 없지요. 그렇다면 가능한 한 늦게까지 장사나 하려고요."

"추울 텐데. 게다가 장사가 되시오? 손님이 없잖소."

"있습니다. 오늘 밤에도 나리가 오시지 않았습니까."

"한두 명으로는 장사가 안 되지."

"낮에도 나와 있으니까요."

오래 기다리셨습니다, 하고 말하면서 젓가락을 얹은 큼직한 대접과, 자그마하고 윤기가 도는 유부초밥을 담은 접시가 나왔다.

우선 순뭇국을 한 모금 홀짝이고, 모시치는 저도 모르게 "호오" 하고 탄성을 질렀다.

"이거 맛있군."

모시치가 평소에 먹는 것과는 달리, 이곳의 순뭇국은 작은 순무를 통째로 넣었다. 순무 잎이 조금 들어 있을 뿐, 그 외에 건더기라곤 들어 있지 않다. 국물은 맛도 진하고 색깔도 짙은 갈색 된장으로 끓였고, 약간 탄내가 나는 듯한 독특한 풍미가 있었는데 담백한 순무의 맛에 잘 어울렸다.

"우리 마누라가 만드는 것과는 다르군. 이건 당신네 고향의 방식이오?"

주인은 미소를 지었다. "어깨 너머로 배워서 흉내나 낸 것입니다."

"그런가? 하마초 부근의 요정에서도, 이만한 음식은 좀처럼 먹을 수 없다오."

유부초밥도 어설픈 노점에서 파는 것처럼 간장으로 조린 유부에 찬밥을 싼 것이 아니다. 살짝 단맛이 나는 양념이 되어 있고 고슬고슬하게 지은 밥의 초 냄새가 코를 찌른다. 모시치는 순식간에 초밥 네 개를 먹어 치우고 초밥을 더 주문했다.

"이전에 이 자리에 싸구려 메밀국수를 파는 노인이 나오곤 했지. 주인장도 알고 있소?"

"압니다." 주인은 매대 밑 풍로에서 숯불을 몇 개 건져내어 다른 화로로 옮기면서 대답했다. "그 메밀국수 장수가 제게 이 자리를 양보해 주었으니까요."

"흐음." 그랬던가. "그럼 노인은."

"몸이 다소 불편해졌다고 해서 은퇴하고 자이모쿠초 쪽에서 살고 있다고 합니다."

"그렇게 우아하게 생활을 할 수 있는 건 당신이 이 자리를 비싸게 사 주었기 때문이 아니오?"

주인은 붙임성 좋게 미소를 지었지만 입은 열지 않았다.

"가지야 놈들과는 어떻게 이야기를 한 거요?"

주인은 동요하지 않았다. "다른 분들과 똑같이."

"싸움을 걸어왔을 테지."

"그렇지도 않습니다."

침착한 태도, 말투. 이 남자는 본래, 장래에는 노점 장수가 되겠습니다, 그걸로 끝입니다, 라는 집안의 태생은 아닌 것 같다. 추가로 주문한 유부초밥을 입에 집어넣으면서 모시치는 생각했다.

주인의, 오른쪽으로 약간 어깨가 올라간 듯한 자세.

'저건——.'

문득 불빛에 비친 주인의 깎은 머리 언저리의 피부 결이 거친 것도 알아차렸다.

"주인장, 당신 본래는 무사였구려."

모시치가 그렇게 말했을 때, 그때까지 뭔가 할 일을 찾아 손을 움직이고 있던 주인은 하던 것을 딱 멈추었다.

"아니, 괜찮소, 탐색하려는 게 아니오." 모시치는 서둘러, 그리고 웃음을 지으며 말했다.

"어떻게 아셨습니까?"

주인은 조용히 되물었다.

"두 자루 칼을 차고 살아온 무사는 아무래도 오른쪽 어깨가 약간 올라가게 되지요. 그리고 당신의 머리. 그 깎은 머리 말이오. 모공의 흔적이 보이거든. 평범한 시정 사람이라면 어지간히 긴 병을 앓고 난 후가 아니면 그렇게 되지는 않지. 계속 깎으니 말이오. 하지만 당신의 머리는 한동안 깎지 않다가 오랜만에 면도칼을 댔고, 이제 두 달 정도밖에 안 된 것처럼 보이는군요. 즉 당신은 낭인이었던 것이지요. 그리고 칼을 버리고 상인이 되었소. 틀렸소?"

주인은 손을 들어 깎은 머리를 문질렀다. 감탄한 듯한 얼굴을 하고 있다. "그 말씀이 옳습니다, 나리."

"빨리 매끈매끈하게 만들고 싶다면 겨 주머니로 문지르면 된다오."

"해 보지요."

매우 얌전하고 예의 바른 남자였다. 그래서 모시치도 오늘 밤에는 더 이상 캐묻지 않기로 했다.

머잖아 그에 대해서 알게 되는 것도 많을 것이다. 본래는 무사였고, 가지야의 가쓰조가 소변을 지릴 듯한 얼굴을 하게 만드는 남자. 그런 남자가 어째서 유부초밥 노점 같은 것을 열고 있는 것일까.

'캐 보는 보람이 있을 것 같군.'

한풍을 뚫고 여기까지 나오기를 잘했다. 게다가 아주 맛있는 유부초밥과 순뭇국이다.

"국물도 좀 더 주었으면 좋겠는데." 모시치는 웃는 얼굴로 말했다. "그쪽의 수제빗국도 맛있을 것 같군. 그런데 이 순뭇국의 된장 맛이 독특하구려. 어떤 걸로 할까."

"된장 맛이 마음에 드신다면 순뭇국에 수제비를 넣어서 한 그릇 더 드릴까요?"

"그렇게 할 수도 있소? 그거 좋군."

주인은 대접에 순뭇국의 국물만 푸고, 거기에 부드러운 수제비를 몇 개 떨어뜨렸다. 그 김에 순뭇국 속에서 순무 잎만 건져내 장식으로 얹는다.

대접을 손에 드니, 모시치는 기뻐졌다.

"이거 맛있군. 나는 수제비를 좋아한다오. 어쩌면 쌀밥보다도 좋아할지도 모를 정도지요."

뜨거운 국물을 홀짝이고, 후우후우 불면서 수제비를 입으로 가져간다.

"그런데 이런 것도 재미있군. 우동 국물이 아니라 된장으로 국물을 낸 수제비라. 하지만 얼핏 보아서는 이것도 순뭇국으로 보이는구려."

"둥글고 흰 것이 떠 있을 뿐이니까요" 하고 주인도 말했다. "맛을 보지 않으면 순무로 보일지도 모릅니다. 사람들은 대개 수제비는 우동 국물 속에 떠 있는 것이라고 생각하니까요."

"그렇군. 겉모습만 보고 그렇게 결론을 내려 버리겠지."

그렇게 말했을 때, 모시치의 머릿속에서 무언가가 번뜩였다.

겉모습만 보고 결론을 내려 버린다. 수제비는 우동 국물. 된장 속에 떠 있으면 순무라고.

모시치는 입을 딱 벌렸다.

아침 일찍, 모시치는 곤조와 이토키치를 데리고 노자키야로 달려갔다.

"알겠나, 오토지로가 덤벼들거든 단단히 눌러서라도 벗겨 버리게."

"알겠습니다."

이른 아침 시간의 간장 도매상에서도, 잠자리에서 일어나자마자 이렇게 찾아와서 놀란 모양이다. 주인이 눈을 부릅뜨고 나왔다.

"무슨 일입니까, 대장님."

"오토지로를 좀 만나게 해 주시오."

당사자인 오토지로도 방금 씻은 얼굴을 의아한 듯이 일그러뜨리며 어느 모로 보나 귀찮다는 듯이 나왔다.

"안에 들어갈 필요는 없네. 여기면 됐어." 모시치는 뒷문의 귀틀 앞에서 오토지로에게 손짓을 했다. "이게 끝나면 더 이상 자네에게는 폐를 끼치지 않을 걸세. 별것 아니야."

"뭡니까?"

"기모노 옷깃을 걷고, 오른쪽 어깨를 보여 주게. 어제 자네, 여기서 나를 전송할 때 어딘가가 아픈 것 같은 얼굴을 하고 있었지. 그때는 마음 쓰지 않았지만 어젯밤에 유부초밥을 먹다가 마음이 쓰이기 시작해서 말일세."

묘한 제안이라며 눈을 끔벅거리는 주인 옆에서 오토지로는 눈에 띄게 창백해졌다. 나중에 이토키치가 "얼굴에서 핏기가 가시는 소리가 들리는 것 같았습니다"라고 말했을 정도다.

오토지로는 망설였다. 교묘한 말로 빠져나가려고 했을 것이다. 하지만 이토키치 쪽이 빨랐다. "실례"라고 말하자마자 오토지로의 등 뒤로 돌아가 기모노 옷깃에 손을 댔다.

그러자 오토지로가 분별을 잃었다. 그는 거품을 물고 도망치려고 했다. 그렇게 되면 우시노 곤조가 나설 차례다. 이 남자는 그냥 둔중하기 때문에 소라고 불리는 것만이 아니다. 제압할 때가 되면 범인을 짓눌러서라도 도망치지 못하게 할 만큼의 체중을 갖고 있다.

모시치는 오토지로의 세련된 줄무늬 기모노를 벗겼다. 오른쪽 어깨의 하얀 피부 위에 가늘고 길게 쓸린 듯한 붉은 자국이 또렷하게 남아 있다.

"이것을 보시오, 노자키야 주인장" 하고 모시치는 말했다. "오토지로, 고생 많았네. 멜대를 메느라 어깨의 피부가 벗겨졌나? 자네도 힘쓰는 일에 조금이나마 익숙했다면, 이럴 때에 이렇게 되지는 않았을 텐데 말이야."

모시치가 생각한 사건풀이는 아주 단순한 것이었다.

"오세이는 그날 저녁때, 아마 여섯시보다는 조금 전에, 오토지로에게 어딘가의 뱃집으로 불려가서 거기에서 살해되었을 걸세. 오카와 강으로 이어지는 해자에 면해 있는, 눈에 잘 띄지 않는 뱃집, 돈만 쥐여 주면 다소의 수상한 일에는 눈을 감아 주는 뱃집 말일세. 오토지로가 불지 않아도, 찾아보면 그리 수고를 들일 필요도 없이 찾을 수 있겠지."

오세이는 거기에서, 등 뒤에서 오토지로에게 팔로 목이 졸려 죽었다. 이런 방법이면 목을 조른 흔적이 남지 않는다.

그러고는 옷이 벗겨졌다. 오토지로는 뱃집 근처에서 오세이의 알몸 시체를 강에 버리고 오세이의 기모노를 입은 뒤 장사 도구를 짊어지고 겐베에다나로 갔다——.

"오토지로가 오세이의 옷차림을 하고?"

"그렇다네. 그러기 위해서 발가벗긴 게야."

"그럼 앞집 선생이 여섯시에 본 것은 오세이가 아니라……."

"오토지로였지. 오세이는 몸집이 컸네. 오토지로가 오세이의 옷차림을 해도, 멀리에서는 알아볼 수 없었겠지. 게다가 간장 장수는 독특한 옷차림을 하고 머리에는 두건까지 쓰니, 남자 머리와 여자 머리의 차이를 숨길 수 있지. 본 사람은 '아, 간장 장수다'라고 생각하고, 그런 간장 장수가 오세이의 방문을 열고 들어가는 모습을 보았다면 '아아, 오세이가 돌아왔구나'라고 생각하고 말 걸세."

설령 그것이 수제비라고 해도 된장국 속에 떠 있으면, 먹지 않고 보기만 한 사람은 "아아, 순뭇국이군" 하며 착각하고 만다. 그것과 똑같다.

"위험한 다리였지만 건너는 보람은 있었네. 하지만 오세이가 모은 푼돈을 가지고 나가기 위해서는 오세이의 방을 뒤져야 했지. 무엇보다 이게 잘되면, 오토지로는 날개라도 돋지 않는 한 자신은 오세이를 죽이고 삼십 분 이내에 노자키야로 돌아갈 수는 없다고 주장할 수 있네. 오세이가 장사할 때의 옷차림을 하고 있을 때, 겐베에다나의 누군가와 정면에서 얼굴을 마주치지 않도록 조심하기만 하면 될 일이야. 그렇게 어려운 일은 아닐세. 이렇게 추운 계절이니 말일세. 문이나 창문이 여기저기 열려 있을 리도 없지. 아낙들도 추워서 우물가에서 수다를 떨지도 않을 테고."

그리고 단 한 사람, 늘 오세이와 앞서거니 뒤서거니 하면서 여섯시 종이 울릴 때쯤 겐베에다나로 돌아오는 신나이부시 선생에게만 오세이의 옷차림을 보여 주면 된다.

"오토지로에게는 그 선생에게 간장 장수의 옷차림을 보여 주는 것이 중요했네. 그것도 잘되었지."

이제는 재빨리 옷을 갈아입고 오세이의 방을 뒤져서 돈을 빼앗은 후 노자키야로 달려가기만 하면 된다. 갈아입을 옷은 미리 나무통 속에 숨겨서 가져갔을 것이다.

"예? 하지만 그러면 갈아입을 옷이 간장에 젖어 버리지 않습니까."

이토키치가 놀란 목소리로 말했지만 모시치는 웃었다. "그 녀석이 간장으로 가득 찬 통을 짊어지고, 살인을 저지른 뱃집에서 겐베에다나까지 갈 수 있었을 리가 없지. 오세이의 시체를 버릴 때 간장도 함께 강에 흘려보냈을 걸세."

곤조가 어이없는 얼굴을 했다. "뭡니까, 그럼 놈은 빈 나무통 두 개를 짊어졌을 뿐인데 어깨에 상처가 생긴 겁니까?"

"뭐, 가게 일꾼 중에는 그런 사람도 있네. 힘쓰는 일에는 맞지 않는 게지."

조사를 하자 오토지로는 울며 자백하고, 가와사키에 있는 어머니에게만은 이 일을 알리지 말아 달라고 부탁했다고 한다.

"제가 어엿한 상인이 되는 것만이 어머니의 희망이었으니까요."

오세이가 지은 기모노도 돈과 함께 훔쳤다. 그 기모노는 가와사키로 돌아갔을 때, 마찬가지로 야부이리를 맞아 휴가를 얻어서 돌아온 소꿉친구 처녀에게 주었다고 한다.

이번 일을 생각해 내는 데에 그리 머리는 쓰지 않은 모양이다.

오세이는 오토지로가 아무것도 묻지 않아도 멋대로 자신의 생활이 어떤지 이야기하기를 좋아했기 때문에, 신나이부시 선생에 대해서나 오세이가 대체로 어느 시간에 무엇을 하는지에 대해서는 이전부터 알고 있었다고 한다.

"하지만 오세이가 야부이리 때 저를 따라 제 어머니를 만나러 가겠다, 며느리로서 인사를 드리겠다고, 그런 말을 꺼내지만 않았다면 저도 이런 짓은 하지 않았을 겁니다. 어머니에게는 죽어도 오세이를 만나게 할 수 없었습니다. 그런 여자가 제 색시가 되면 어머니의 꿈도 망가지고 마니까요."

오토지로의 이야기를 듣고 모시치는 문득 오래된 문장 한 구절을 떠올렸다.

——야부이리에 어머니에게 말해야 하는 것다카하마 교시의 시 한 구절.

·

오세이 살해 사건이 정리된 후 모시치는 아내를 데리고 다시 그 노점을 찾아갔다. 처음 갔을 때보다는 이른 시각이었지만 놀랍게도 긴 의자는 두 개 다 가득 차 있었다. 모시치와 아내는 선 채로 유부초밥을 먹고, 뜨거운 순뭇국을 마셨다. 순무가 나는 동안에는 국으로 줄곧 이것을 낼 거라고 하니 기대된다.

게다가 또 한 가지, 노점 주인의 정체를 알아낸다는 즐거움도 있다.

'뭐, 느긋하게 해야지.'

순뭇국을 홀짝이면서, 모시치는 마음속으로 혼잣말을 했다.

뱅어의 눈

1

이월 말, 에도 거리에 봄눈이 크게 내렸다. 이번 해는 이제 막 지나간 겨울에도 의외로 눈이 많이 내렸기 때문에 아무도 그리 놀라지 않았고 또 신기해하지도 않았지만, 여기저기에 핀 매화꽃에는 폐가 되는 일이었다.

눈이 내리기 시작한 것은 오후였는데, 그 무렵 마침 에코인의 모시치는 부하 이토키치를 데리고 오카와 강가에 접어든 참이었다. 공무가 있어 핫초보리의 나리를 찾아갔다가 후카가와로 돌아가는 도중이었다.

에이타이바시 다리 위에서 두 사람은 걸음을 멈추고, 미리 짠 것처럼 다리 난간에 팔꿈치를 올려놓고는 강 수면을 사이에 두고 쓰쿠다지마 쪽을 바라보았다. 얼어붙은 것처럼 잔잔한 강 위에 셀 수 없을 정도의 눈송이가 춤추며 떨어졌다가 사라져 간다.

이제 내리기 시작한 눈은 요란하다. 밑에 있는 사람들이 머리 위를 올려다보고는 "아이구, 눈이다", "어머나, 눈이네" 하고 탄성을 지르며 맞이하기 때문에 눈도 좋아하는 것인지 모른다. 조용히 소리도 없이——하고 내리는 것은 더 많이 내려서 쌓이고 나서의 일이다.

모시치는 손등을 하늘로 향하고 눈송이를 받아내며 문득 생각했다. 이제 내리기 시작한 눈은 아이일지도 모른다. 아이란 어디에 가더라도 말없이 가는 법이 없으니까. 야—아, 라든가 와—아, 하고 요란을 떨면서 내려온다. 그러고 나서 나중에 천천히 어른 눈이 쫓아온다——.

그런 생각을 한 까닭은 조금 전까지 나리에게 들었던 이야기가 머리에 남아 있었기 때문일지도 모른다.

요즘 오카와 강 동쪽에 있는 마을 여기저기에서, 길바닥에서 지내는 아이들을 보게 되는 일이 많아졌다. 그냥 내버려 둘 수도 없다고 해서 여러 가지로 이야기가 나오고 있었다.

그런 아이들의 수는 요즘 들어 갑자기 늘어난 것은 아니고, 이전부터 차츰차츰 늘었다. 오캇피키인 모시치의 눈에는 나리들이 신경 쓰기 시작하기도 훨씬 전부터, 그 아이들의 모습이 마음에 걸리는 광경이었다.

아이들이 어디에서 오는지 모시치도 잘 모른다. 대부분은 부모가 없는 아이들이다. 또는 부모가 있어도 그들을 키우고 지켜줄 만한 힘이 없거나, 오히려 그들에게 도움이 되지 않는 부모이거나 둘 중 하나다. 그래서 그들은 집을 나와, 동지들끼리 모여서 자력으로 살아가게 된다. 구걸을 하거나 장작을 패고 물을 긷는 등 어설픈 일을 해 가며 어떻게든 일당을 버는 아이도 있고, 날치기나 소매치기 같은 짓을 해서 입에 풀칠을 하는 아이도 있다. 해가 지면 신사, 절의 처마 밑에 들어가서 밤을 보낸다. 비어 있는 공동 주택의 한 방에 멋대로 눌러 살기도 해서 멍청한 관리인을 깜짝 놀라게 할 때도 있다.

모시치도 그런 아이들을 어찌하지 못하고 있었다. 한두 명이라면 어떻게든 된다. 자신의 집으로 데려와 싹수가 있는 것 같으면 부하로 단련하거나 고용살이를 할 만한 적당한 곳을 찾아줄 수도 있다. 하지만 어제는 저쪽에서 세 명, 오늘은 이쪽에서 두 명, 하는 식으로 자주 보이게 되면 어디에서부터 손을 대야 할지 알 수 없게 되고 마는 것이다. 무엇보다 그런 아이들은 다가오는 어른을 발견하면 그 순간 기가 막힐 정도의 속도로 도망쳐 버린다.

모시치가 때때로 니혼바시 도리초나 간다 부근을 맡고 있는 오캇피키들에게 물어본 바로는, 오카와 강 건너 맞은편에서는 아직 아이들에 대해서 그렇게 신경을 쓰지 않는 모양이다. 큰 가게나 무가 저택이 많은 곳에서는 문지기도 지신반自身番시내 곳곳에 두었던 자치적인 경비 초소도 까다롭게 굴고, 마을 자체의 눈도 엄하기 때문에 그들도 자리 잡고 살기 어려울 것이다. 낮 동안에는 강 여기저기를 오가며 돈을 벌지만 해가 지면 이쪽으로 돌아온다는 뜻일까.

그러다가 마침내 혼조 후카가와 쪽을 맡고 있는 부교쇼 나리들이 그들에 대해 신경을 쓰기 시작했다는 것이다.

어지간한 나리들도 아이들을 상대로 거친 짓은 할 수 없다고 했다. 그렇다고 해서 그들을 한곳에 모아 놓고 앞으로 어떻게 살아야 할지 결정될 때까지 길러 줄 수 있는 여분의 돈은 부교쇼에 한 푼도 없다. 그래서 상의를 하게 된 것이다.

혼조 후카가와를 담당하는 나리의 집에 불려간 이는 모시치만이 아니었다. 오카와 강 이쪽 편의 주된 오캇피키들 중에서 이런 이야기에 넘어올 것 같은 사람들이 모두 모여 있었다. 이야기가 시작되자 그 대장들은 하나같이 얼굴을 마주 보며 고개를 끄덕였다. 과연, 이런 일이라 우리들을 모았다는 건가.

나리들은 혼조 후카가와 일대의 유복한 상인, 지주 모임, 마을 관리들에게서 일정한 액수의 기부를 받아 아이들을 위한 구휼소를 만들 생각을 하고 있었다. 돈이 얼마나 오래갈지는 알 수 없고, 마을 관리들 몇 명이나 승낙해 줄지도 알 수 없다. 하지만 우선 급한 불만이라도 끄고 아이들에게 지붕과 옷과 먹을 것을 주려면 그렇게 할 수밖에 없다는 것이다. 물론 혼조 쪽에서도 적당히 거들 거라고 했다.

그 자리에 모인 오캇피키들은 각각 그 구역의 마을 관리들에게 신뢰를 받고 있어서, 그들에게 이런 이야기를 꺼내기에는 안성맞춤인 사람들뿐이었다. 오캇피키들의 얼굴에는 하나같이, 역시 그것밖에 방법이 없을 거라며 납득하는 표정이 떠올라 있었다. 무턱대고 아이들을 쫓아내라는 명령을 받는 것보다 훨씬 낫다. 동시에 여러 가지로 부수입이 많은 혼조 후카가와의 나리들에게서도 얼마쯤 기부를 받아야 한다는 생각도 얼굴에 드러나 있었다. 윗분들 중에는 내놓는 것이라고 하면 혀를 입 밖으로 내놓는 것조차 사양이라는 분들이 많다. 의외로 마을 관리들을 설득하는 것보다 이쪽이 더 어려운 일일지도 모른다.

그래도 어쨌든 절의 처마 밑에서 거적을 덮고 떨면서 서로 바싹 붙어 밤을 지내는 아이들에게 이것은 길보라고 할 수 있다. 모인 오캇피키들은 하나같이 마주 보며 고개를 끄덕이고, 핫초보리를 떠나 왔다——는 것이 이야기의 경위다.

눈은 계속해서 내린다. 모시치는 멍하니 생각에 잠겨 있다가 정신을 차리고 이런 날씨라면 하루라도 빨리 구휼소를 만들어 주어야겠다고 생각했다. 올봄은 변덕스럽다. 매화꽃을 망쳐 놓은 것만으로는 성에 차지 않아 벚꽃이 필 무렵에도 눈이 올지 모른다. 시작하는 것은 빠른 편이 좋다.

이토키치를 재촉하려고 고개를 돌리니 그는 아직도 먼 곳을 보는 듯한 눈을 하고 쓰쿠다지마 쪽을 바라보고 있었다.

"어이, 간다" 하고 말을 건다. 이토키치는 한숨을 길게 내쉬면서 난간에서 팔꿈치를 떼었다.

"이렇게 되면 오늘 밤, 뱅어 낚시는 하루 쉬어야겠군요."

이 계절에 오카와 강 하류 쓰쿠다지마 부근에서는 뱅어 낚시가 활발하게 이루어진다. 매일 밤마다 어두운 강의 수면에 수많은 초를 켜 놓은 듯 낚시불이 깜박이고, 많은 낚시꾼들이 사각 어망을 던져 뱅어를 잡는다.

"그럴까. 뱅어 철은 짧으니 이 정도 눈에 어부가 쉬지는 않을 게다."

이토키치는 콧등에 눈을 붙인 채 머리 위를 올려다보았다.

"많이 오네요. 이런 봄눈이 전부 강으로 떨어지고, 바다로 흘러가서 하룻밤이 지나면 뱅어가 되는 겁니다, 대장님."

모시치는 호오, 하고 말했다. "너치고는 세련된 문구를 생각해 냈구나."

그러고 보니 이토키치는 뱅어를 먹지 않는다. 모시치도 모시치의 아내도, 또 한 명의 부하인 곤조도 살아서 팔딱팔딱 뛰는 갓 잡힌 뱅어에 초간장을 뿌려서 꿀꺽 삼키다시피 먹는 것을 좋아하지만 이토키치만은 달랐다.

"왜 그러느냐? 그런 세련된 것을 생각하기 때문에 뱅어를 먹지 못하는 게냐?"

모시치의 물음에 이토키치는 부끄러워하며 고개를 저었다.

"그렇지 않습니다. 저는 다만, 그 작고 새까만 눈을 보면 먹을 수 없게 되는 것뿐입니다. 그놈들은 점 같은 눈을 갖고 있지 않습니까. 그 눈으로 초간장 속에서 이쪽을 올려다보면 젓가락을 댈 수가 없게 되고 말아요."

모시치는 웃었다. "의외로 담이 작은 녀석이로군. 그건 살아 있는 생선을 먹는 게 아니다. 봄을 삼키는 것이지."

"흔히들 그렇게 말하지요. 하지만 저는 안 돼요. 아무래도 안

되더라고요."

그로부터 보름쯤 지나서, 저녁밥에 곁들여 나온 작은 주발 안에서 팔딱팔딱 움직이는 뱅어를 발견했을 때, 모시치는 문득 이토키치와 그런 대화를 나누었던 것을 떠올렸다.

"이건 어디서 났소?" 하고 아내에게 물었다.

"우오토라의 마사 씨가 갖다준 거예요. 슬슬 제철도 끝날 거라면서."

그렇게 펑펑 내리던 눈은 흔적 없이 녹아 사라지고 에도의 거리 구석구석까지 봄의 숨결이 퍼져 있다. 아침부터 해 질 녘까지, 기부금을 얻어 내기 위해 여기저기에 있는 마을 관리들을 찾아다니고 상인들을 설득하는 일을 계속하고 있는 모시치에게는 고마운 일이다. 또 구휼소가 생길 때까지 길가에서 생활할 수밖에 없는 아이들에게도.

기부금을 모으는 일은 생각했던 것보다 더 난항을 겪고 있었다.

혼조 후카가와의 상인들이나 마을 관리들의 입장에서 보자면, 그 아이들이 이 근처 해자나 운하에서 솟아나온 것도 아닐 텐데 어째서 우리가 부담해야 하는 거냐고 생각할 것이다. 그 생각에는 일리一理도 이리二理도 있다.

그래서 모시치는 오로지 그들의 정에 호소했다. 이치나 이익을 내세워서 진행할 이야기가 아니다. 다행히 이 근처에는 자신의 대에 재산을 모은 자수성가형 상인들이 많다. 게다가 기바의 목재 도매상 등은 가게들끼리 유대가 강하기 때문에 그들을 통솔하는 역할을 하는 사람 한 명과 이야기가 잘되면 염주 엮듯이 모두가 찬동해 주기도 한다.

그러나 상인을 설득해서 이익으로 연결되지도 않는 돈을 내게 한다는 것은 비구니를 꾀는 것보다 더 힘든 일이다. 나리들이 낸 돈으로 구한 아이들이 장래에 자립하면, 모두 손님이 되어서 낸 돈이 돌아올 것이다, 그런 것이 살아 있는 돈을 쓴다는 게 아니겠느냐는, 먼 미래의 일까지 들먹이는 형편이다.

후루이시바의 어느 목재상 주인은, 돈은 낼 수 없지만 그런 길거리 아이들을 몇 명 맡아 주겠다고 했다. 우리 가게에서 고용살이를 시키며 가르쳐서 목재상의 어엿한 일꾼으로 만들어 부리겠다는 것이다. 모시치는, 매우 고마운 이야기지만 도움이 될 것 같은 아이를 골라내려면 우선 여기저기에 흩어져 숨어 살면서 음식을 훔쳐 먹거나 날치기 같은 꺼림칙한 짓을 하고 있는 아이들을, 벌을 주지 않을 테니 안심하라고 설득하고 한곳에 모아야 한다, 그러려면 역시 먼저 돈이 필요하다고 재차 부탁했다. 그러자 그 주인은 떫은 얼굴을 한 채, 그럼 우리는 대장님들이 아이들을 모은 후부터 나서겠다고 말했다. 이런 사람을 욕심쟁이라고 부르는 것이다.

하지만 반대로, 진심으로 기쁜 대답을 듣는 일이 없는 것은 아니었다. 우미베다이쿠초의 가쓰키치라는 도편수는, 자기네 집의 목재 저장소 구석을 비워서 당장이라도 단층집을 하나 짓겠다고 말해 주었다. 거기에 아이들이 모이기 시작하면 필요한 만큼 밥도 지어 주겠노라고 한다. 모시치에게는 가쓰키치의 머리에 후광이 비쳐 보였다.

가쓰키치는 많은 말을 하지 않았지만, 아무래도 자신도 어린 시절에 누군가로부터 그런 은혜를 입은 적이 있는 듯했다. 참으로 사람이란 가난의 고통을 한번은 맛보고 볼 일이라고 모시치는 절실하게 생각했다.

고집스럽게 기부금을 내려 하지 않는 놈들에게는, 길거리 아이들이 대체 어떤 생활을 하고 있는지 한번 멱살을 잡고 데려가서 보여 주는 것도 방법일지도 모른다, 그렇게 눈앞에서 아이들이 얼마나 심한 곳에 있는지를 알게 해 주지 않으면, 돈에 흐려진 눈에서 깍지가 떨어지지 않을 놈들이다——모시치가 그렇게 생각하고 있을 때 터무니없는 일이 일어났다.

2

가메히사바시 다리 근처, 후유키초의 속된 말로 '데라우라寺裏' 라고 불리는 곳에 작은 이나리 신사가 있다. 이곳에 있는 여우 동상의 얼굴이 무섭다고 해서, 모시치의 조카딸이 어렸을 때는 이곳을 지나가면 늘 울면서 싫어했다. 혼조 후카가와 일대에는 그야말로 수많은 이나리 신사가 있는데 어째서 이곳에 있는 여우만 그렇게 무섭다고 생각하는 것인지, 지금도 이상해 죽겠다. 하지만 조카딸 혼자만 느끼는 것은 아니었는지, 이웃 주민들도 이곳의 여우를 무서워하여 밤에는 절대로 가까이 가지 않는다고 한다.

길에서 사는 집 없는 아이들은 그런 것을 민감하게 알아챈 모양이다. 작년 가을쯤부터 밑으로는 일곱 살 정도부터 위로는 열네다섯 살 정도까지, 대략 네다섯 명의 아이들이 밤이 되면 이곳을 잠자리로 삼게 되었다고 한다. 그중에는 열 살 정도 된 여자아이도 하나 섞여 있었는데, 그 아이가 입고 있는 빛바랜 붉은색 기모노를 보고 여우가 사람으로 둔갑했다며 소란을 피운 주정뱅이도 있었다.

집이 없는 그 아이들에게는 이 무서운 이나리 신사가 편안하기 그지없는 곳이었던 모양이다. 옆에 있는 하마구리초나 후유키초, 야마토초 등에 사는 마을 사람들은 이 무서운 이나리 신사의 여우를 달래기 위해, 교대로 청소를 하거나 유부초밥이며 주먹밥, 때로는 찹쌀떡 등을 공물로 바치고 간다. 물론 그것은 낮 동안의 일이기 때문에 아이들은 돈을 벌러 나가고 없다. 그러면 해가 지고 나서 이곳으로 돌아온 아이들이, 여우의 곁섶을 들추고 그 공물들을 먹을 수 있는 것이다. 오늘 하루는 어떻게 먹고살까 하는 것이 가장 큰 걱정거리인 아이들에게 이렇게 고마운 일은 없을 것이다. 주위에 상가商家가 빽빽이 들어서 있는지라 도리이 안으로 들어가 버리면 바람도 맞지 않는다.

인근의 주민들은 도리이 안쪽에서 아이들의 얼굴을 발견하면, 그런 짓을 하면 여우님의 벌을 받을 거라는 둥, 여우님에게 씰 거라는 둥 야단을 치며 위협했던 모양이지만, 발을 들여 놓기도 무섭고 공연히 상관하면 귀찮게 될 거라고도 생각했는지, 그 이상의 참견은 하지 않았나 보다. 아이들도 그것을 잘 알고 있어서 쓸데없이 주위를 자극할 만한 짓은 하지 않고 조용히 숨어 있었기 때문에 그걸로 끝나곤 했을 것이다.

그 데라우라의 이나리 신사에, 대략 다섯 명 정도 되는 아이들이 쓰러져 있다——고 알려 온 것은 늘 그렇듯이 소문에 빠른 이토키치였다.

"그 근처에서는 아주 난리입니다. 드디어 이나리님의 벌을 받았다고요."

모시치는 신을 꿰어 신고 달려갔다.

데라우라에 있는 이나리 사당의 도리이 주변에는 이중 삼중으로 인파의 담이 생겨나 있었다. 여자들은 소매로 얼굴과 입을 덮고 있다. 모두가 눈을 크게 뜨거나, 눈을 감고 염불을 외고 있다.

"의원은 불렀소?" 하고 고함치자 누군가가 대답했다. "다카바시의 료안 선생님을 불렀습니다."

인파를 헤치고 앞으로 갔을 때, 모시치도 순간 숨이 멎을 것 같았다.

고작해야 한 평 정도밖에 안 되는 넓이의 이나리 신사 경내에

다섯 명의 아이들이 겹겹이 쌓이듯이 쓰러져 있다. 그들 주위에서는 토사물이 내뿜는 쉰 듯한 냄새가 피어오르고 있었다.

모두 이 계절에 겹옷 한 장 차림. 게다가 그 겹옷은 누덕누덕 기운 자국투성이다. 맨발에 흙이 달라붙어 있다. 이전에 들었던 대로 여자아이가 한 명 보인다. 그 아이가 가장 앞쪽에 쓰러져 있었다. 얼굴을 가까이 들이대고 자세히 보아야 가까스로 모란 무늬가 있다는 것을 알 수 있는 붉은 기모노를 입고, 머리카락에는 지저분한 빗을 꽂고 있다.

모시치는 재빨리 여자아이의 맥을 짚어 보았다. 굵기가 모시치 손목의 절반도 되지 않는 그 손목의 피부는 차가웠고 아무런 움직임도 느껴지지 않았다.

다음 아이, 그다음 아이, 손목을 쥐고 확인해 나간다. 가장 나이가 많은 듯한 남자아이. 얼굴에 심한 찰과상이 나은 흔적이 있는 열두 살 정도의 남자아이, 혹시 형제인 것인지 그 아이와 손을 마주 잡고 쓰러져 있는 일곱 살 정도의 남자아이. 모두 틀렸다. 차가워져 있었다. 하지만 마지막으로 잡은, 줄무늬 겐로쿠소매 아래쪽이 둥그스름하고 자수로 문양을 수놓은 기모노의 웃옷. 겐로쿠 시대에 입기 시작했다를 입은 열 살 정도 되는 남자아이의 손목에는 아직 가까스로 맥이 뛰고 있었다.

"이 아이는 살아 있네!"

모시치가 안아 올려 얼굴을 위로 향하게 하자 아이의 눈꺼풀이 아주 약간 움직였다. 흰자위를 드러낸 눈이 보였다. 숨은 얕고 빠르고, 콧방울이 움찔움찔 떨리고 있다.

"어이, 얘야, 얘야, 정신 차려라, 어이!"

목소리를 높여 부르자, 아이의 눈꺼풀이 또 움직였다. 눈을 반쯤 뜨고, 돌아가 있던 눈동자가 아주 잠깐 동안 흰자위 한가운데로 돌아와 모시치를 알아보았다.

"얘야, 힘내라, 지금 의원 선생님이 올 테니까."

안아 받치며 그렇게 말을 걸어 준다. 아이는 그것이 들리는지 들리지 않는지, 입을 벌리고 뭔가 말하려고 한다. 귀를 가까이 대어 보니 숨을 들이쉬었다 내쉬었다 하는 소리에 섞인 아주 희미한 목소리를 알아들을 수 있었다.

"……잘못했어요, 잘못했어요."

그렇게 말했다.

아마 음식을 훔치다가 붙잡힐 뻔하거나, 이곳에 모여 있는 모습을 보고 어른들이 꾸짖을 때마다 이 아이는 이렇게 말해 왔을 것이다.

모시치는 눈시울이 뜨거워지려는 것을 참고 조용히 그 아이를 흔들어 주었다.

"걱정 마라, 아무도 화내지 않으니까. 이제 곧 선생님이 봐 주실 게다."

아이의 눈이 감겼다. 이제 흔들어도 대답하지 않았다. 입가에 귀를 대 본다. 숨이 끊어져 있었다.

모시치는 천천히 주위를 둘러보았다. 이나리 신사의 아담한 사당 앞에 작은 촛대와, 공물을 담았던 것인지 하얀 접시가 오도카니 놓여 있었다.

모시치는 팔 안에 있는 아이의 손을 잡아 보았다. 손바닥을 더듬어 보니 약간 끈적끈적한 감촉이 남아 있다.

다시 한 번, 하얀 접시 쪽으로 눈길을 주었다. 그 접시에 간장색을 띤 무언가가 붙어 있는 것이 보였다.

3

아이들의 시체는 가쓰키치의 제안을 받아들여, 우미베다이쿠초의 도편수 집으로 실어 갔다. 거기에서 더운 물로 시신을 씻기고 조촐한 장례식도 치르겠노라고 가쓰키치는 말했다.

"너무 늦으셨군요, 대장님."

가쓰키치는 어깨를 늘어뜨리며 말했고, 옆에서 가쓰키치의 아내가, 참혹하네요……라고 중얼거리며 새빨개진 눈으로 울고 있었다.

평소 같으면 후유키초에서 일어난 일의 뒤처리는 이곳을 담당하는 마을 관리의 손에 맡겨진다. 하지만 이번만은 그럴 수 없기 때문에, 가쓰키치의 호의는 고마운 것이었다.

데라우라에 있는 이나리 신사의 아이들에게 무슨 일이 있었던 것인지는, 불을 보는 것보다도 뻔했다. 그것은 왕진을 하러 나가 있었다나 해서 허둥지둥 달려온 료안이라는 의원의 말을 기다릴 것까지도 없이, 모시치에게는 지나칠 정도로 잘 알 수 있는 명백한 것이었다.

어제, 이 아이들이 마을에 먹을 것을 구하러 나가 있는 동안 누군가가 이 신사에 유부초밥을 몇 개 가져온 것이다. 그러고는 그것을 공물로 바치고 갔다.

그 안에 독이 들어 있었다.

"이와미긴잔岩見銀山 시마네 현에 있는 은광의 이름. 이 은광에서 부산물로 나는 비석(砒石)으로 만든 쥐약 또한 이와미긴잔이라고 불렀다이군요."

쥐를 잡기 위한 맹독이다. 그것은 모시치도 료안이 말해 줄 필요도 없이, 아이들 주위에 떠돌고 있는 냄새만 맡아도 짐작할 수 있었다.

독이 든 유부초밥을 가져온 자가 이곳의 무서운 이나리님을 퇴치할 생각이었을 리는 없다. 이 아이들이 이곳을 잠자리로 삼고 있고, 공물을 바치면 틀림없이 먹을 거라는 사실을 알고 그렇게 한 것이다. 그리고 속이 뒤집히는 일이지만, 그 계획은 성공했다.

다섯 아이들의 손은 전부 조금 끈적끈적했다. 땅바닥 위에는 먹다 만 유부와 밥알이 잔뜩 떨어져 있었다.

이 아이들은 틀림없이 서로 사이좋게 도와 가며 살고 있었을 것이다. 만일 먼저 돌아온 아이가, 또는 힘이 센 아이가 더 많은 유부초밥을 먹으려 했다면 먹지 못한 아이는 목숨을 건졌을 것이다. 하지만 그들은 그러지 않았다. 몇 개였는지 확실하지는 않지만, 접시의 크기로 보아 그렇게 많지는 않았을 유부초밥을 사이좋게 나누어 다 함께 모여서 먹은 것이다. 그래서 한 사람도 남지 않았다.

운 나쁘게, 어젯밤엔 봄바람이 거칠게 불어 닥쳤다. 창문을 두드리는 바람 소리에 가려져, 아이들의 고통스러운 신음이나 도움을 청했을 목소리를 들은 사람은 없었다.

아니——하고 모시치는 생각했다. 어쩌면 그것을 들었고, 그것이 들려오는 것을 알면서도 모르는 척했던 사람이 있을지 모른다.

이 일로 제일 먼저 의심을 받게 되는 것은 이 이나리 신사에 참배를 오던 인근의 마을 주민들이다. 따라서 이곳의 마을 관리에게는 도움을 빌릴 수 없다.

취조는 엄하기 그지없었다.

모시치는 물론이고, 이 사건을 다루게 된 혼조 후카가와 쪽 도신同心요리키 밑에서 지금의 경찰 업무를 맡던 하급 관리도 머리에서 김이 날 정도로 화가 나 있었기 때문이다. 이 도신은 아이들을 위한 구휼소를 만드는 일에 가장 열심인 사람이기도 했다.

"한심해, 나는 한심하네. 모시치."

지신반 안에서 땅을 발로 구르며, 나리는 부르짖었다.

"언제부터 이 마을 사람들은 이런 무도한 짓을 할 수 있게 되었단 말인가. 언제부터 이런 금수도 하지 않을 짓을 하게 되었나? 가르쳐 주게, 모시치."

이 나리의 이름은 가노 신노스케라고 한다. 나이는 아직 스물서넛. 작년 말, 혼조 후카가와 안에서는 가장 고참이었던 이토라는 도신이 병으로 급사하는 바람에 급히 그 뒤를 맡게 된 젊은이였다. 모시치도 아직 그리 친하지는 않다.

가노 나리가 화내는 까닭은 잘 이해할 수 있었고 화를 내는 나리여서 기뻤지만, 반면 다섯 명의 아이들이 한꺼번에 살해된 터무니없는 사건을, 아직 경험이 얕은 도신 한 명에게 맡기고 대충 때우려는 방식에 기가 막혔다.

본심을 말하자면 혼조 후카가와의 나리들——아니, 마을 부교쇼 자체가, 집이 없는 아이들 따위는 그다지 진심으로 생각하고 싶지 않은 것이리라. 다만 너무나도 더럽고, 여러 가지로 불평이 나오니 기부금을 내게 하여——결국은 남의 손을 빌려서——구휼소를 지음으로써 어물어물 넘기려고 했을 것이다. 그렇게 생각하니 마음이 무거워졌다.

게다가 조사가 진행됨에 따라, 이 인근 사람들 중에는 이렇게 잔인한 짓을 하고도 아무렇지도 않은 얼굴을 할 수 있는 놈은 없는 것 같다——는 사실을 알게 되었다.

모시치는 당초 머릿속에서 절반쯤은, 어쩌면 독을 넣은 유부초밥을 가져온 사람이 아이들을 죽일 마음은 없었던 게 아닐까 짐작했다. 약간 상태를 나쁘게 만들어 아이들을 겁주고, 그걸로 쫓아내려고 했다——는 게 아닐까 하고. 만일 그렇다면 결과가 이렇게 큰일이 되어 누구보다도 벌벌 떨고 있는 것은 바로 범인 본인이리라. 그렇다면 슬쩍 찌르기만 해도 쉽게 찾을 수 있을 것이다.

하지만 자세한 사정을 알고 나서는 그런 짐작이 얼마나 안이했는지 깨달았다.

료안은 독을 넣은 유부초밥은 어지간히도 잘 생각해서 만들어진 것일 거라고 했다. 아이들 토사물을 조사해 보니 독의 양이 딱 어린아이 하나를 해치기에 알맞은 양이었던 것 같다고 한다.

"어쨌든 원래의 유부초밥이 남아 있지 않으니 정확하게는 알 수 없습니다. 하지만 이와미긴잔은 몸속에 들어가면 금세 효과를 발휘합니다. 고통도 있지요. 너무 많이 넣었다면, 아무리 어린아이라도 씹은 순간에 이건 이상하다 싶어 뱉어내 버렸을 겁니다. 그러니, 어린아이들이라고는 해도 다섯 명 중 아무도 의심을 품지 않고 먹어 버렸다는 것은 아마 유부초밥 자체가 작아서 한 입 정도에 먹을 수 있었기 때문이 아닐까 싶습니다. 게다가 간이 세서 다소의 쓴맛 정도는 감출 수 있으니——."

모시치도 그 말에는 고개를 끄덕였다. 게다가 이곳 아이들은 설령 하루 종일 비를 맞았던 공물이라도 먹곤 했다. 다소 맛이 나쁘거나 딱딱해도 개의치 않고 먹었을 것이다.

그렇게까지 용의주도하게 생각해서 독을 구하고 집어넣는다. 그런 짓을, 과연 이곳 주민들이 할 수 있었을까?

그들은 생업을 갖고 있고, 얇으냐 두꺼우냐의 차이는 있을지언정 지붕이 있는 집에서 살며 어떻게든 생계를 꾸리고 있다. 하지만 그것도 껍질 하나만 벗기면 이나리 신사에서 살해된 아이들과 다르지 않은 빠듯한 생활이다. 그들이 아이들을 눈엣가시라고 생각하거나, 또는 보고도 못 본 척해 온 까닭은 그들에게도 다른 사람 일에 상관할 여유가 없었기 때문이거나 혹은 아이들의 가엾은 처지에 남의 일 같지 않은 감정을 느끼고 오히려 눈을 피하고 싶어졌기 때문일지도 모른다——움찔거리며 이쪽의 물음에 대답하는 후유키초와 하마구리초 주민들의 얼굴을 계속 보다가, 모시치는 그리 생각하게 되었다.

그러니 이제 무도한 범인을 찾는 범위를 더 넓혀야 한다. 모시치는 이토키치를 보내 오카와 강 바로 맞은편의 오캇피키에게도 부탁해, 이 주변 일대의 약재 도매상에서 최근에 이와미긴잔을 사간 사람을 닥치는 대로 조사하는 일을 시작했다.

이것은 끈기가 필요한 엄청난 일이다. 약재 도매상에는 많은 행상 약장수들이 드나든다. 가게에 따라서는 문외한을 상대로 소매를 하는 곳도 있고, 의원만을 주된 손님으로 삼고 있는 곳도 있다. 이와미긴잔은 맹독이지만, 반면에 아주 간단히 구할 수 있는 약이기도 해서 그 전부를 조사하려면 어쨌거나 부지런히 돌아다니는 것 말고는 방법이 없다.

모시치는 한편으로 곤조와 둘이서, 일이 일어난 날에 데라우라의 이나리 신사에서 뭔가 본 사람이 없는지도 범위를 넓혀 조사하기 시작했다. 종잡을 수 없는 조사지만 첫걸음은 그것밖에 없다.

그래도 마음이 조급했다. 만일 이런 짓을 한 범인이 우연히 데라우라의 이나리 신사에 있던 아이들을 골랐을 뿐이고 이 지역이나 주민들 자체와는 전혀 관련이 없다면 무서운 일이 될 것이기 때문이다.

그 녀석이 다음에 언제, 어디에서, 몇 명의 아이들을 노리고 독이 든 음식을 뿌릴지 알 수 없다.

위 밑바닥이 타들어갈 것 같은 기분이 들 정도로 마음이 급했다.

4

사건이 일어나고 나서 정확하게 열흘 후 밤, 모시치는 혼자서 훌쩍 도미오카바시 다리 기슭 골목길에 나와 있는 유부초밥 노점을 찾아갔다. 모시치가 던진 투망에는 전혀 물고기가 걸리지 않았고, 그저 초조하게 매일을 보내다 보니 잠시 혼자가 되어 쉬고 싶다고 생각했을 때 발길이 그쪽을 향한 것이다.

아무래도 정체를 알 수 없는, 하지만 무사 출신인 것 같은 주인이 혼자서 꾸려나가는 작은 노점이다. 근방의 협객, 가지야의 가쓰조조차도 주인의 얼굴을 보고 소변을 지릴 뻔하여 자릿세를 뜯어내지도 않는다. 그런 주제에 당사자인 유부초밥 가게 주인은 전혀 무서운 얼굴을 보이지도 않을뿐더러 피부에 문신에도 시대에는 큰

범죄를 저지른 죄인에게 문신을 새겼다이 있는 것도 아니다.

모시치는 이미 그 주인과 얼굴을 익힌 사이다. 자주 다니기 때문이다. 주인의 정체에 흥미가 있고 또 직업상 그것을 알아 두고 싶다는 마음도 있다. 하지만 그 이전에 유부초밥은 물론이고 이곳에서 나오는 음식이 몹시 맛있어서 저도 모르게 단골손님이 되고 말았다.

보통 유부초밥을 파는 노점은 국물 같은 것은 내지 않는 법이지만, 여기에서는 그것도 내 주고 구이, 조림, 때로는 단것까지 갖추어 놓는다. 게다가 싸다. 그리고 밤늦게까지 불을 켜고 장사를 한다. 단골이 된 것은 모시치만이 아니어서, 밤이 되면 노점 주위는 장사를 접고 돌아가는 싸구려 메밀국수 가게 주인이나 밤 순시를 하는 사람들, 문지기 사내들이나, 오늘은 벌이가 좀 괜찮았다는 매춘부 여자들로 가득 차고 만다.

오늘 밤에도 비슷한 상황이었다. 모시치는 주인에게 눈으로 인사하고, 교대하듯이 일어나 골목길을 나선 난봉꾼 같은 젊은 남자가 차지하고 있던 자리에 걸터앉았다.

"한동안 뵙지 못했습니다, 대장님" 하고 주인이 말했다. 오늘 밤에도 유부초밥이 늘어서 있는 매대 맞은편에서 하얀 김이 피어오르고 있다.

모시치는 약간 목소리를 낮추었다. "그 데라우라 살인이 있었어서 말이오."

모시치보다 약간 연하일 테지만, 이마의 주름은 훨씬 깊게 새겨져 있는 주인이 희미하게 얼굴을 일그러뜨렸다.

"잔인한 일도 다 있습니다."

"그러게 말이오."

사실을 말하면 그 일이 있은 후로 이곳에 들르지 않은 것에는 확실한 이유가 있었다. 유부초밥을 보면 그 아이들의 얼굴이 생각나기 때문이다. 이곳만이 아니다. 길을 걷다가 유부초밥을 파는 노점을 마주치면 저도 모르게 눈을 피하게 되고 말았다.

그래서 오늘 밤에도, 잠깐 그 노점에라도 가 볼까 하는 생각이 들었을 때 처음에는 망설임이 있었다. 하지만 마음을 고쳐먹고 집을 나왔다. 어쩌면 유부초밥을 한번 보는 것이 좋을지도 모른다. 그렇게 함으로써 그 아이들의 얼굴을 떠올리고, 마음이 약해져 가고 있는 자신에게 활기를 불어넣어 주는 편이 좋을지도 모른다고 생각했다.

"유부초밥이었다면서요" 하고 주인이 말했다. 문득 시선을 들고, 모시치는 처음으로 주인의 눈썹 언저리에 화난 듯 도드라진 힘줄을 발견했다. 지금까지 자신의 마음속을 밖으로 드러내지 않았던 만큼, 모시치는 주인의 얼굴을 물끄러미 바라보고 말았다.

"당신도 화가 나시오?"

"나고말고요." 주인이 곧 대답했다. "제가 파는 것인데요."

그 말과 함께 유부초밥이 세 개 담긴 작은 접시가 나왔다. 모시치는 접시를 받아들고 뜳은 차가 든 찻잔을 들어올렸다. 여기에서는 술은 팔지 않는다. 차나 백비탕뿐이다.

"오늘 밤에는 또 뭐가 있소?"

"뱅어 어묵은 어떠십니까?"

들어 본 적이 없는 음식이다.

"그건 뭐요?"

"뭐, 한번 드셔 보십시오."

잠시 후에 나온 것은 그릇 속에 들어 있는, 무언가 하얗고 작은 것이었다. 확실히 모양을 빚지 않은 어묵 같은 모양새지만, 구즈앙설탕, 간장 등으로 간을 맞추어 걸쭉하게 끓인 갈분 음식. 요리에 쳐서 먹는다이 듬뿍 뿌려져 있고 꼭대기에 고추냉이가 오도카니 올라가 있다.

맛을 보니 희미하게 생선 맛이 나는데, 살짝 짭짤하고, 입안에서 눈처럼 사르륵 녹는다.

"이거 맛있군."

"그렇지요? 대장님은 운이 좋으십니다. 많이 만들 수는 없거든요. 그게 마지막 한 그릇이었습니다."

그 말을 들었는지 뒤쪽에서 여자의 목소리가 "어머, 너무하네요"라고 말했다. 모시치는 돌아보지 않았다. 매춘부일 것이다. 이쪽의 얼굴을 보여 주어 겁먹게 할 필요도 없다.

"뱅어 어묵이라고 하는군. 뱅어를 쓰는 거요?"

"그렇습니다. 뱅어를, 예를 들어 한 되가 있으면 똑같은 양의 물 한 되에 담급니다. 아침부터 밤까지요. 그러면 물이 탁해지지요. 그 물을 냄비에 푹 끓여서 굳힌 것을 떠낸 겁니다."

모시치는 놀랐다. "엄청나게 손이 가는군. 게다가 아까운 것 같지 않소? 뱅어는 초간장을 쳐서 그대로 먹는 거라고 생각했는데. 약간의 양을 말이오. 한 되라니, 그렇게 많이 사면 비쌀 테지."

주인은 입가에 미소를 지었다. "그건 그 말씀이 옳습니다. 하지만 저는 뱅어를 산 채로 먹는 게 아무래도 싫어서요."

"호오, 우리 이토키치와 똑같구려. 아무래도 불쌍하다, 그 점 같은 눈을 보면 먹을 수가 없다고 하더군."

"그런 말을 하기 시작하면 끝이 없긴 합니다만" 하며 주인은 웃었다. "가다랑어도 삼치도 모두 마찬가지니까요. 하지만 아무래도 뱅어는 어렵습니다. 아아, 나는 살아 있는 것을 먹고 있다, 살생을 하고 있다는 것이 제대로 느껴지고 말거든요. 분명히 이토키치 씨의 말대로."

"그래도 어묵을 만들어 버리면……."

"뭐, 눈이 없어지니까요."

모시치와 주인은 눈을 마주 보며 웃었다. 오랜만에 웃었구나, 하고 모시치는 생각했다.

이렇게 마음을 다잡은 것이 잘한 일이었는지도 모른다. 그것이 행운을 부른 것인지도 모른다. 데라우라의 아이들을 살해한 범인이 밝혀진 것은 그로부터 며칠 후였다.

생각하기에 따라서는 모시치의 공이라고 할 수 있었다. 아니, 곤조는 처음부터 "대장님의 덫이 효과가 있었습니다"라고 말했다.

모시치는 이토키치와 곤조에게 구역 내의 약재 도매상을 빠짐없이, 그리고 몇 번이고 찾아가라고 분부해 두었다. 그쪽에서 귀찮아하더라도 몇 번이든 가라고. 그러는 동안에 그쪽에서 생각해 내는 것이 있을지도 모른다. 또 그런 성의 있는 모습이 도매상의 입을 통해 고객들 사이에도 퍼질 것이다. 또, 싫어도 퍼질 정도로 박력 있고 집요하게 찾아가라고 명령해 두었던 것이다.

이시와라초에 있는 포목점 오와리야의 하녀 오코마라는 여자가 데라우라의 지신반을 주뼛거리며 찾아온 것은, 가게 주인의 분부로 그녀가 몇 번인가 이와미긴잔을 사 간 적이 있는 약재 도매상에 높으신 분의 수하가 집요하게 찾아와 이와미긴잔을 사 간 손님 중에 눈치가 이상한 사람은 없었느냐는 둥, 손님의 얼굴이 생각나지 않느냐는 둥 꼬치꼬치 묻는 것을 알았기 때문이라고 한다. 그리고 언젠가 자신이 이와미긴잔을 산 적이 있다는 사실을 들키면, 자신은 틀림없이 주뼛거리고 말아서 거짓말은 할 수 없을 테고, 그렇게 되면 오와리야의 나리가 전부 오코마 혼자서 멋대로 한 일이라고 그녀에게 죄를 뒤집어씌우려 할지도 모른다는 생각이 들어서 무서워졌다고 한다.

모시치는 벌벌 떠는 오코마를 달래기도 하고 때로는 꾸짖기도 하면서 이야기를 들었다.

오와리야에는 올해 열여섯 살이 되는 외동딸 오유라는 아가씨가 있다. 투명할 정도로 깨끗하고 하얀 피부에 크고 맑은 눈동자. 혼담이 끊이지 않을 정도의 미인이라고 한다.

하지만 오유에게는 곤란한 성벽이 있었다. 살아 있는 것을 괴롭히거나 죽이면서 좋아한다는 것이다.

“저는 어릴 때부터 아가씨에게 붙어 있었기 때문에 잘 알고 있어요.” 오코마는 야윈 어깨를 부들부들 떨면서 말했다. “오와리야에서는 금붕어나 고양이나 강아지를 키워도 오래간 적이 없어요. 전부 아가씨가 죽여 버리니까요.”

오유의 성벽은 슬프게도 타고난 것이었던 모양이다. 오와리야 사람들도 물론 마음 아파하며 이것저것 갖은 수를 써 왔지만 어떻게 할 수도 없었다.

그래도 어느 정도 어른이 되자 이 성벽도 평소에는 아름다운 얼굴 밑에 숨어 있게 되었다. 가끔——반년에 한 번 정도의 비율로 마치 미치광이가 된 것처럼 새끼고양이를 괴롭히거나, 들개에게 독이 든 경단을 주고 버둥거리며 죽어가는 모습을 물끄러미 바라보거나——하게 된다. 하지만 그럴 때가 아니면 대개 잠잠했다. 그래서 오와리야로서는 오유의 ‘발작’이 일어났을 때 빨리 그녀의 기분이 풀리도록 해 주는 것이 중요했다.

“보름 전에도 그랬어요” 하고 오코마는 힘없이 말했다.

오유에게 그 병이 도져 피가 술렁거리기 시작했고, 오코마에게 이와미긴잔을 사 오라고 분부했다고 한다.

“아가씨가 그렇게 되었을 때, 섣불리 거슬렀다간 얻어맞거나 할퀴어지거나, 정말 심한 일을 당한답니다. 그래서 그 말대로 할 수밖에 없었어요.”

게다가 오와리야 사람들은, '발작'의 폭풍이 지나가면 오유도 조용해질 것이다, 들개나 도둑고양이나, 아니면 참새나 까마귀 한두 마리만 죽이면 진정될 것이다——라는 생각에 익숙해졌기 때문에 대수롭지 않게 여겼다고, 오코마는 이야기했다.

그러나 뚜껑을 열어 보니 어린아이가 다섯 명이나 죽는 엄청난 일이 벌어져 있었다——.

"아가씨는 사흘에 한 번, 데라우라의 재봉 선생님한테 바느질을 배우러 다니세요. 아가씨를 모셔다 드리고 모셔 오는 일은 제가 하고 있고요. 그 이나리 신사에 대해서는 아가씨도 잘 알고 있었어요. 한번, '여기에는 밤이 되면 도둑고양이 같은 아이들이 우글거린다고 하더구나'라고 제게 말한 적이 있었습니다."

살인이 일어나기 전날, 부엌 하녀가 오유의 분부로 유부초밥을 많이 만들었던 것도 오코마는 알고 있었다.

"그래서 그 아이들이 죽고 나서는, 저는 살아 있는 것 같은 기분이 들지 않았어요."

"그럼 아가씨 쪽은 어떤가? 다섯 명이나 죽이고 나니 만족하는 것 같던가?"

"네, 지금은 완전히 진정되셨습니다. 또 반년은 가겠지요."

오코마의 이야기를 들으면서, 모시치는 끊임없이 오유라는 아가씨의 머릿속은 어떻게 되어 있는 것일까 하고 생각했다.

세상에는 노점 주인이나 이토키치처럼 뱅어조차 작은 점 같은 눈으로 바라보기만 해도 먹지 못하는 사람이 있다. 그런데 어린

아이를 다섯 명이나 죽여 놓고 본인은 태연한 얼굴로 밥을 먹거나 바느질을 배우거나 베개를 높이고 잠들거나 한다——.

문득 등골이 오싹해졌다.

오유라는 아가씨의 눈에는 이나리 신사에 숨어 살던 아이들이 초간장이 뿌려지고도 아직 팔딱팔딱 움직이는 뱅어처럼 보일 뿐이었던 게 아닐까. 예를 들면 그들이 바라보거나 그들을 바라보아도, 뱅어의 점 같은 눈이 나를 바라보았을 때와 비슷한 정도의 감정밖에 느끼지 않았던 것이 아닐까.

그러니 산 채로 꿀꺽 삼켜 버려도 아무렇지도 않은 것이다.

오코마가 돌아간 후 곤조가 물었다. "어떻게 하실 겁니까, 대장님."

오유를 책형 효수에 처하게 하고 싶다. 하지만 이번 일로는 그렇게 될 가망성은 낮을 것이다.

이시와라초의 오와리야는 분가分家다. 본가는 도리초 한가운데에 있고, 갈퀴로 긁어모으듯이 돈을 벌고 있다. 높으신 분들 중에는 그런 대상인에게서 돈을 융통받고 있는 자들도 적지 않다. 그렇게 되면 이 일을 공공연하게 알려도 마지막에는 얼마의 돈을 내비치고 협박을 해 가며 증언을 없던 일로 하라고 타일러 오는 것이 고작이리라. 혼조 후카가와의 나리들도, 가노 신노스케를 제외하고는 뇌물에 홀랑 넘어가 버릴 테고.

그렇다면——.

모시치는 불쑥 일어섰다. "곤조, 따라오게."

"예에." 곤조는 눈을 빛냈다. "오와리야로 가시는군요."

모시치는 씩 웃었다. "가게 사람을 을러대는 방법은 가게 일꾼 출신인 자네가 가장 잘 알고 있을 테지."

자, 오와리야에서 얼마나 뜯어내 줄까. 앞으로 사오 년 동안은 집 없는 아이들을 살게 해 주고 입히고 먹이고, 그래도 거스름돈이 남을 정도의 돈…… 그리고 우미베다이쿠초의 가쓰키치에게 부탁해 집을 한 채 더 지을 수 있을 정도의 돈.

물론 두 번 다시 오유가 그런 짓을 못하도록, 다음에 그런 일이 일어나면 오와리야가 어떻게 될지 뼈저리게 알려 주어야 한다. 그런 위협이라면 이쪽은 특기 중의 특기다.

"가 볼까" 하고 모시치는 말했다.

다섯 명의 아이들이 죽임을 당하고 나서 일 년 남짓 만에, 데라우라의 무서운 이나리 신사 바로 옆에 작은 지장당地藏堂이 지어졌다. 기와로 제대로 엮은 지붕 아래에는 자그마한 지장보살 다섯 개가 어깨를 나란히 하고 서 있다.

이 지장당은 데라우라와 하마구리초 부근의 주민들이 돈을 모아 지은 것이다. 오와리야의 돈은 한 푼도 쓰이지 않았다.

옆에 있는 이나리 신사와 달리 이 지장당을 무서워하는 사람은 없다. 하지만 바람이 강한 밤이면 여기에서 아이들의 웃음소리가 들린다고 수군대는 사람은 있다고 한다.

그리고 대개의 사람들과는 상관이 없는 일이지만 에코인에 사는 모시치의 아내에게만은 이상한 일이 하나 있다. 데라우라 사건 이후로, 모시치 대장은 팔딱팔딱 뛰는 뱅어에 초간장을 쳐서 먹는 일이 없어졌다. 누가 어떻게 권해도, 그것만은 못 먹겠다며 거절한다고 한다.

천 냥짜리 가다랑어

1

이토키치가 손님이 왔다고 알려 왔을 때 모시치는 부엌에 서 있었다.

바람 냄새도 향긋한 오월 하면 가다랑어다. 모시치가 직접 부엌칼을 손에 들고 가다랑어 회를 만들려는 것이다.

예년 같으면 아내가 반쪽의 또 절반 정도 되는 생선 토막을 사와서 회로 만든다. 하지만 올해는 한 마리를 통째로 얻었다.

바로 보름쯤 전, 상인을 노리는 사기꾼에게 걸려 어쩔 줄 몰라 하던 아이오이초의 주머니 도매상을 은밀하게 도와준 적이 있었다. 이쪽은 이미 그런 일은 잊고 있었는데 도움을 받은 쪽은 성실한 사람이라, 싱싱한 가다랑어가 들어왔다며 보내온 것이다.

"제가 느릿느릿 만지느라 미지근해지는 것보다, 당신이 만들어 주는 게 더 좋겠어요."

아내가 그렇게 말하며 모시치에게 일임해 버린 데에는 약간 사연이 있다. 이전에 아내가 참치를 회 치고 있을 때, 그 손놀림이 느릿느릿했기 때문에 모시치가 반쯤 놀리는 기분, 반쯤 불평하는 기분으로, "이러니까 여자가 만드는 회는 미지근해서 문제야"라고 말해 버린 적이 있다.

아내가 토라질 대로 토라진 결과, 그 자리에서는 모시치 대장이 사과함으로써 수습했지만 사과를 받았다고 해서 깨끗이 잊을 수는 없는 것이 여자의 천성인가 보다.

참치의 원한을 가다랑어로 갚은 아내 때문에, 부엌칼을 한 손에 들고 어쩔 줄 몰라 하던 모시치는 손님이라는 말에 하늘이 도운 것이라고 생각했다.

"누가 왔다는 게냐?"

부엌에서 큰 소리로 부르자 이토키치가 느긋한 목소리로 대답했다.

"가쿠지로 씨입니다, 미요시초의."

더욱더 하늘의 도우심이다. 미요시초의 가쿠지로는 행상을 다니는 생선 장수다.

"들어오라고 해라. 여기까지 쭉 오라고 해."

큰 소리로 명령해 두고, 모시치는 아내에게 말했다.

"달인의 눈앞에서 어엿한 요리사인 양 부엌칼을 휘두르다니, 촌스럽기 짝이 없는 일이야. 이건 가쿠지로에게 부탁합시다."

아내는 곁눈질로 모시치를 보았다.

"당신도 악운에 강한 사람이군요."

역시 장사꾼이다. 가쿠지로는 모시치와 아내가 지켜보는 눈앞에서 가다랑어를 손질하고, 숯불로 생선 토막 껍질에 눌은 자국을 내고 찬물로 식혀, 삼각형의 선명한 붉은 살이 아름답게 보이도록 접시에 담는 데까지, 솜씨 좋게 척척 해냈다.

"저는 가다랑어를 먹을 때 늘 이 석쇠를 사용해서 생선 토막을 살짝 굽는데. 이렇게 해도 되나요?"

아내는 가쿠지로에게 말했다.

"사실은 꼬치에 꿰어서 굽는 거지요?"

가쿠지로는 석쇠를 풍로 위에 놓고 껍질에 눌은 자국이 골고루 나도록 가끔 기울였다 돌렸다 하면서 대답했다.

"저도 이런 석쇠를 씁니다. 하지만 이 석쇠를 다른 요리에 사용하시면 안 됩니다. 생선 냄새가 배어 버리니까요."

"네, 그런 짓은 하지 않아요."

"그렇다면 괜찮습니다. 원래 가다랑어를 이렇게 불에 살짝 구워서 먹는 건 어부가 시작한 방법입니다. 그때는 짚을 태워서 생선을 굽곤 했으니까요."

두 사람의 대화를 옆에서 듣고 있던 모시치는, 그러고 보니 가쿠지로가 에도에 올라오기 전까지 가와사키 쪽에서 근근이 어부일을 했다던 것이 생각났다. 이 에도에서 살아가는 수많은 사람들과 마찬가지로, 가쿠지로도 고향에서는 먹고살 수가 없어서 에도로 흘러오게 된 사람이다.

가다랑어 한 마리를 통째로 회 치면 상당한 양이다. 부엌에 있는 접시란 접시는 전부 다 써 버리고, 모시치의 아내는 이번에는 어디와 어디에 이것을 담을지 고민하기 시작했다. 모시치는 그 상담 상대로 이토키치를 붙여 두고 가쿠지로를 방 쪽으로 불러들였다.

"고맙네. 덕분에 정말 살았어."

"어려운 일도 아닙니다."

꾸벅 머리를 숙이며, 가쿠지로는 목에 감고 있던 수건으로 이마를 닦았다.

나이는 서른 중반. 다부진 몸집에, 가다랑어포 색깔로 그을린 피부. 어느 모로 보나 어부 출신 같은 분위기의 사내다. 커다란 손은 억세고 거칠지만, 네모난 손톱이 가지런히 나 있는 그 손이 얼마나 능숙하고 재빠르게 일을 해내는지, 방금 그가 보여 주지 않았더라도 모시치는 잘 알고 있다.

"자, 어려워 말고 편히 앉게."

모시치는 책상다리를 하고 앉으면서 스스럼없는 말투로 말했다.

"일부러 우리 집까지 걸음을 옮겨 준 것은 기쁘네만, 자네치고는 드문 일이로군. 무슨 곤란한 일이라도 있나?"

모시치가 가쿠지로와 알고 지낸 지도 그럭저럭 삼 년 정도 되는데 지금까지 가쿠지로 쪽에서 찾아온 적은 한 번도 없다. 생선을 팔러 온 적조차 없다. 그것은 가쿠지로가 게으름뱅이라서가 아니라 모시치가 우오토라라는 생선 장수에게서 늘 생선을 사고 있다는 것을 알기 때문에 그쪽을 배려해 주는 것이다.

가쿠지로는 더 이상 땀이 나지 않는데도 또 수건으로 이마를 훔쳤다.

"참으로…… 이야기하기 힘든 일입니다, 대장님."

"호오." 모시치는 씩 웃었다. "뭐야, 자네한테 여자라도 생긴 겐가?"

"당치도 않습니다."

가쿠지로는 작은 눈을 휘둥그렇게 뜨고 당황하며 손을 저었다.

"그런 게 아니고요. 다만 대장님이 믿어 주실지 어떨지를 모르겠어서요. 정말이지 기묘한 이야기입니다."

가쿠지로의 곤혹은 진짜다. 그가 성실한 사내인 것은 모시치도 알고 있기 때문에, 놀리는 것은 그쯤에서 그만두었다.

"자, 말해 보게. 나는 어지간한 일에는 놀라지 않으니."

수건을 움켜쥐어 구깃구깃하게 만들어 버리더니 그것으로 콧등을 쓱 닦고 나서, 가쿠지로는 간신히 얼굴을 들었다.

눈빛은 진지하지만 어찌 된 셈인지 입매가 느슨했다. 당장이라도 웃음을 터뜨릴 것 같다.

"이 계절이니까요, 대장님. 저도 가다랑어를 사들여 팔고 있습니다."

"음, 그렇겠지."

"하기야 저처럼 멜대를 메고 생선을 팔러 다니는 생선 장수한테서 생선을 사는 손님은 모두 저와 비슷한 가난뱅이들입니다. 통째로 한 마리라든가, 반 토막짜리 가다랑어 같은 것은 도저히 살 수 없는 사람들뿐이지요."

"우리도 마찬가지일세. 저 가다랑어는 얻은 거야."

"그러십니까? 뭐, 그런 건 상관없지만——으음."

"자네도 가다랑어를 판다는 이야기를 하고 있었네. 손님은 검소한 생활을 하는 자들이라는 데까지 이야기했고."

"맞아요, 맞아."

가쿠지로는 또 땀을 흘리기 시작했다. 얼굴은 실실 웃고 있다.

"죄송합니다. 저는 바보라서요. 관리인이 늘 그럽니다. 가쿠지로 자네는——."

모시치는 도중에 가로막았다.

"쓸데없는 이야기를 하면 또 알 수 없게 될 걸세. 그래서, 가다랑어가 어쨌다는 겐가?"

"그렇지, 가다랑어, 가다랑어 말입니다."

가쿠지로의 억센 얼굴에 배어 있는 땀과, 이리저리 차분하지 못하게 움직이는 눈알을 보고 있으면 이쪽까지 불안해지는 것 같다고 모시치는 생각했다.

무슨 일일까. 일부러 나를 찾아올 정도이니, 분명히 뭔가 곤란한 일을 안고 있는 것일 텐데, 이래서는 오히려 좋은 일이 있어서 들떠 있는 것처럼 보이기까지 한다. "사귀는 여자라도 생겼나?"

라며 놀린 것도 그의 분위기가 그렇게 심각한 것으로는 보이지 않기 때문이다.

"제 경우, 가다랑어는 손질을 하고 나서 회를 쳐서 팝니다."

겨우 본론으로 돌아왔다——돌아온 것인지 아닌지, 확실히는 알 수 없지만——가쿠지로는 말을 이었다.

"횟감용 덩어리로 팔지도 않습니다. 전부 회로 만들어 두고, 손님이 주문하는 양만큼 팔고 있지요. 겨우 두세 조각을 팔 때도 있습니다."

마누라를 전당포에 잡혀서라도 먹고 싶다고들 하는 제철 가다랑어다. 가쿠지로 같은 행상꾼이 있어 주면 가난한 사람에게도 즐거움이 늘어난다고 할 수 있다.

"그건 아주 좋은 일이라고 생각하네."

고맙습니다, 하며 가쿠지로는 머리를 숙였다.

"그래서 가다랑어 철인 이 계절에는, 저는 매일 아침 강가에서 자그마한 가다랑어 한 마리를 삽니다. 그걸 집에 가져와서 아까 말씀드린 것처럼 회를 치고, 짊어지고 팔러 나가는 것이지요."

"성실히 하는군."

예, 하고 가쿠지로는 고개를 끄덕였다.

"그런데, 오늘 아침의 일이었습니다."

가쿠지로는 어찌 된 셈인지, 여기에서 꿀꺽 침을 삼켰다.

"오늘 아침의 일입니다, 대장님."

"들었네. 오늘 아침에 무슨 일이 있었는데 그러나?"

가쿠지로의 다부진 어깨가 희미하게 떨리기 시작한다. 모시치는 몸을 일으켜 상대방 쪽으로 몸을 내밀었다.

"무슨 일이 있었나?"

가쿠지로는 지금은 땀에 흠뻑 젖어 있다. 겨우 입을 열었을 때, 그 목소리가 갈라져 있었다.

"제가 오늘 아침, 평소처럼 가다랑어를 회 치려고 했을 때였습니다. 사람이 찾아왔습니다. 니혼바시 도리초의 포목점, 이세야라는 곳의 대행수라고 했습니다."

"그 대행수가 어쨌나?"

"제 가다랑어를 사고 싶다고요. 가게로 가져갈 것이니, 한 마리를 통으로 회 쳐 달라는 겁니다."

"그게 묘한 이야기라는 건가?"

가쿠지로는 눈치를 살피는 듯한 눈빛으로 모시치를 보았다.

"묘하지 않습니까?"

"지나는 길에 자네의 가다랑어를 보고, 아아, 좋은 가다랑어로군, 저걸 꼭 사 가야겠다, 그렇게 생각한 게 아니겠나? 니혼바시의 포목점이라면 부자임은 틀림없지. 하기야 대행수가 자기 혼자 생각으로 그런 말을 하는 것은 주제넘은 일이네만……. 자네도 그 점이 마음에 걸리는 것이겠지."

가쿠지로는 고개를 저었다.

"그게 아닙니다. 그 대행수님은 분명히 말했습니다. 나는 나리의 심부름으로 왔소. 가쿠지로 씨, 우리 나리는 무슨 일이 있어도 당신에게서 가다랑어를 사고 싶다고 하시니 팔아 주시오, 라고."

"그럼 좋은 일 아닌가. 팔아 주지 그러나. 부자의 변덕일세, 가쿠지로. 실컷 값을 올려서 팔아 주고, 자네가 장사할 몫으로는 또 따로 가다랑어를 사들이면 되지 않나?"

모시치의 말에 가쿠지로는 입을 다물었다. 입술은 굳게 다물어져 있지만 눈매는 웃는 것처럼 느슨해진 묘한 상태가 되었다.

아무래도 이상하다. 모시치도 드디어 진심으로 걱정하기 시작했다.

"자네, 괜찮나, 가쿠지로?"

"모르겠어요" 하고 가쿠지로는 정직하게 대답했다.

"저도 이런 일은 처음이라."

"가다랑어를 통으로 한 마리 파는 것이 말인가?"

"그게 아니고요. 아무리 제가 가난한 행상꾼이라도, 그 정도의 일은 전에도 있었습니다."

"그럼 대체 뭐란 말인가? 자네는 무엇에 마음을 쓰고 있는 겐가."

모시치도 약간 초조해지기 시작해서 목소리가 높아졌다. 그 목소리의 여운에 섞여 들리지 않을 듯 작게 속삭이는 소리로, 가쿠지로가 말했다.

"——천 냥."

"뭐?"

"천 냥을 내겠다는 겁니다."

모시치는 물끄러미 가쿠지로의 얼굴을 보았다. 그도 콧등에 땀이 밴 채 모시치를 마주 보았다.

"그렇습니다. 제게서 가다랑어를 사겠다. 그 값으로 천 냥을 매긴 겁니다. 꼭 천 냥을 내겠다면서 막무가내입니다. 그 이하의 값으로는 사지 않겠다, 무슨 일이 있어도 천 냥을 받아 달라면서."

2

점심때쯤, 가쿠지로가 장사를 하러 나간 후를 노려 모시치는 미요시초에 있는 그의 집을 찾아갔다.

가쿠지로에게는 동갑내기인 오센이라는 아내와 열세 살이 되는 오하루라는 딸이 있다. 오센은 실력이 좋은 침녀다. 가쿠지로와 가정을 꾸리기 이전부터 바느질을 생업의 길로 삼았고, 지금도 남편과는 별도로 어엿하게 간판을 걸고 장사를 하고 있다. 실은 모시치의 아내도 바느질일을 하고 있어서, 그 선을 통해서도 모시치는 오센의 소문을 자주 들어 알고 있다.

오센이 취급하는 것은 게이샤들이 방에서 걸치는 고급 물품들이다. 단골 거래처는 다쓰미 게이샤라고 불리는 후카가와 에이타이지 절 앞 마을의 게이샤들이다.

게이샤의 기모노는 본래 소매 진동을 넉넉히 둔다. 춤을 추기 때문이다. 머리를 크게 틀어올리기 때문에 옷깃도 깊이 파여 있다. 애초에 포목을 마를 때부터 여염집 여자들의 옷과는 다르다고 하지만 오센의 바느질은 거기에 더욱 생각을 짜내어, 천차만별의 체형을 가진 게이샤 한 사람 한 사람이 각각 가장 아름답게 보이도록 미묘하게 옷자락의 길이를 바꾸거나 폭을 조절한다고 한다.

가정을 꾸린 지 얼마 되지 않았을 무렵, 오센과 가쿠지로는 야나기바시에 살고 있었다. 즉 그 무렵에는 야나기바시의 게이샤들이 오센의 단골손님이었다. 걸핏하면 경쟁하기를 좋아하는 게이샤들이니, 이 부부가 이사했을 무렵에는 다쓰미 게이샤에게 오센을 빼앗겨서 자못 분했을 것이다.

지금 가쿠지로 부부가 살고 있는 이 미요시초의 공동 주택은 구조로 보면 어디에나 있는 형태의 집이다. 기바 한가운데에 있기 때문에 주위에는 목재 저장소와 해자밖에 없다. 볕도 잘 들고 통풍도 잘된다. 거기에 이 부부는 오센의 일을 생각해서 이 공동 주택에서 가장 넓은 집을 빌렸다. 행상꾼이라고는 해도 생선 장수의 집인데 비린내 같은 것은 전혀 나지 않는다. 부엌 옆의 볕이 잘 드는 곳에는 가쿠지로가 팔 생선을 손질할 때 사용하는 커다란 도마와 오센이 밥을 지을 때 사용하는 자그마한 도마가 깨끗하게 씻겨 나란히 말려져 있었다.

큰길의 장지문에도 아마 관리인의 것일 글씨로, 한 장에는 '생선 가게 가쿠지로', 또 한 장에는 '바느질 센'이라고 꽤 묵직한 필적으로 적혀 있다.

스스로 그만한 직업을 갖고 착실하게 돈을 벌고 있는 오센에게도 역시 천 냥은 눈이 돌아가는 큰돈이다. 모시치의 얼굴을 보자 그녀 쪽에서 달려들다시피 하며 이야기를 꺼냈다.

"그럼 오늘 아침에 우리 집 양반이 찾아뵈었겠군요. 실례가 많았습니다."

"사과할 것은 없네. 확실히 희한한 이야기야."

기분 탓인지, 오센의 뺨이 상기되어 있는 것 같다. 그러고 보니 가쿠지로도 그랬다.

가다랑어를 천 냥에 팔아 달라니, 당장 믿을 수 있는 이야기는 아니다. 정상적인 거래가 아니다. 뭔가 좋지 못한 꿍꿍이가 있다. 그렇게 생각하는 것은 자연스러운 감정이다. 하지만 반면, 부지런히 일하며 살아가는 서민에게는 천 냥이라는 말의 무게 또한 대단하다.

에도에서는 물가가 매년 비싸지기만 할 뿐이라 일률적으로 말할 수는 없지만, 한 냥이 있으면 어른 한 명이 일 년 동안 먹고살 수 있을 만한 양의 쌀을 살 수 있다. 천 냥이면 천 명이, 아무것도 하지 않아도 일 년 동안 쌀밥을 먹을 수 있다. 가쿠지로의 집은 세 식구이니, 각자가 앞으로 삼백 수십 년 동안, 일하지 않아도 쌀밥은 먹을 수 있다는 뜻이 된다. 천 냥이란 그만큼 큰돈이다. 이상한 이야기라고 생각하면서도 가쿠지로의 얼굴이 이상하게 느슨해지고, 오센의 뺨이 빨개지고 마는 것도 무리는 아니다.

"대장님 댁에는 제가 가 보라고 권했어요." 오센은 말했다. "이런 이야기는 무서워서 받아들일 수 없어요. 하지만 역시 거절하기에는 아깝고……."

"그야 그렇지. 당연하네."

"어쨌든 대장님께 상의해 보고 싶어서요. 이세야…… 대체 어떻게 된 일일까요."

오늘 아침에는 가쿠지로가 가다랑어를 팔러 오기를 기다리는 손님이 있으니 우선 돌려보냈다고 한다. 그러자 이세야의 대행수는, 그럼 내일, 내일은 반드시 당신이 사들인 가다랑어를 천 냥에 팔아 달라고 다짐하고 돌아갔다는 것이다.

하지만 왜 가쿠지로의 가다랑어를 사고 싶은 것인지, 게다가 왜 천 냥이라는 큰돈과 맞바꾸어야만 하는 것인지, 그 이유에 대해서는 부부가 아무리 물고 늘어져도 완강하게 대답해 주지 않았다고 한다.

"돈은 틀림없이 준비해 왔다고 하면서 보여 주더군요."

지참하고 온 나무 상자를 열고 기리모치스물다섯 냥에 해당하는 은화 백 닢을 네모지게 종이에 싸서 봉한 것 마흔 개, 정확하게 천 냥을 가쿠지로 부부의 눈앞에 늘어놓았다고 한다.

"우선 나는 니혼바시의 도리초에 정말로 이세야라는 포목점이 있는지 없는지, 그걸 확인해 보고 싶네. 있다고 해도 이곳에 온 대행수가 정말로 그 이세야의 대행수인지 아닌지도 조사해야지."

"그럼 제가 같이 가는 것이 좋겠지요?"

"그렇게 해 주지 않겠나? 그쪽에서는 알아차리지 못하도록, 몰래 멀리서 보기만 할 테니 귀찮은 일은 없을 걸세."

오센은 크게 고개를 끄덕였다. "알겠습니다. 하지만 잠깐만 기다려 주시겠어요? 오하루를 심부름 보낸 참이에요. 이제 곧 돌아올 테니, 그러고 나면 그 애한테 집을 봐 달라고 하고 나갈 수 있어요."

"오하루도 이번 일은 알고 있겠지?"

"네, 그 애도 일어나 있었으니까요."

오센은 말하더니, 우후후 하고 웃었다.

"그 애가 가장 침착했어요. 아이는 아직 돈의 고마움을 뼈저리게 알지 못하기 때문이겠지요."

그런 말을 하고 있는 사이에 오하루가 돌아왔다.

"아, 대장님" 하며 생긋 웃는다. "안녕하세요."

"오오, 잘 지냈느냐. 잠깐 못 본 사이에 많이 컸구나, 아가."

"아이 참, 이제 아가라고 부르지 말아 주세요."

"그래? 그거 미안하다. 어머니를 돕고 있는 게냐?"

오하루는 자랑스러운 듯이 고개를 끄덕였다. "저 요즘에는 마름질도 할 수 있어요."

가쿠지로는 가다랑어포 같은 얼굴이고 오센도 빈말이나마 피부가 하얗다고는 말할 수 없는 편이지만, 딸인 오하루는 피부도 새하얗고 눈매가 서늘한 귀여운 소녀다. 앞으로 이삼 년 지나면 미요시초에서——아니, 아니, 후카가와에서 제일가는 미인 소리를 듣게 될 것이다.

오하루에게 집을 봐 달라고 부탁하고 니혼바시로 향하는 도중, 오센은 이것저것 이야기했다. 이번 일로 기쁘기도 하고 불안하기도 해서 허둥거리는 가쿠지로에 비해, 오센은 훨씬 야무지다.

"천 냥이라는 말을 들었을 때는, 그냥 바보 같다는 생각밖에 안 들었어요" 하며 오센은 웃는다.

"하지만 그 대행수님이 돌아간 후에 찬찬히 생각하게 되었지요. 만일 그 이야기가 진짜라면 어떨까. 부자가 색다른 취향을 가지고 있어서, 왜인지는 모르겠지만 우리 가다랑어가 재수가 좋다거나 해서, 어떻게 해서라도 천 냥을 치르고 싶다는 것뿐이라면 어떨까 하고요. 그럼 우리는 천 냥을 손에 넣을 수 있지요."

모시치는 말없이 듣고 있었다. 제비가 눈앞을 갑자기 가로질러 가도 오센의 눈은 먼 곳을 보고 있다.

"그러면 우리는 염원하던 가게를 가질 수 있어요. 그 사람도 더 이상 행상 같은 것은 다니지 않아도 되고요. 한여름에 땀을 뻘뻘 흘리며 돌아다니거나, 눈이 오는 날 동상을 참아 가며 말린 생선을 팔러 다니지 않아도 되는 거예요."

"하지만 자네는 가쿠지로의 가게를 도울 수는 없네" 하고 모시치는 천천히 말했다. "자네가 바느질일을 그만둬 버리면 다쓰미 게이샤들이 모두 곤란해할 걸세."

"생선 가게 쪽에는 사람을 고용할 거예요." 오센은 느긋하게 말했다. "그 공동 주택을 나와서, 큰길에 면해 있는 가게에서 살 거예요. 오하루도 더 편하게 살게 해 줄 수 있어요."

하지만 그 애는 지금도 결코 불행해 보이지 않네——입 밖에는 내지 않고 마음속으로 모시치는 중얼거렸다.

도리초의 이세야는 거의 찾을 필요도 없이 금세 눈에 띄었다. 하얀 바탕에 감색으로 염색한 커다란 포렴이 오월의 바람에 펄럭이고 있다.

모시치는 오센과 나란히, 아무렇지도 않은 발걸음으로 이세야 앞을 두 번 왕복했다. 그 사이에 오센의 눈이 피륙을 쌓아 올린 선반 맞은편, 상당히 오래된 것으로 보이는 계산대의 격자창 안쪽에 앉아 있던 남자의 얼굴을 알아보았다.

"틀림없어요, 저 사람이에요. 오늘 아침에 우리 집을 찾아온."

"엄청나게 번성하고 있는 가게로군."

천 냥 정도는 그냥 들어올지도 모른다.

"엉터리가 아니었네요, 대장님."

오센의 목소리가 약간 흥분하고 있다. 양손을 기도하듯이 모아 입가에 대고 있다.

"그런데 이런 일이 있을 수 있을까요?"

지금 오센의 마음속에는 긴자(막부의 금화를 주조하고 금에 관한 업무를 관장하던 관아)의 큰 저울보다도 더 큰 저울이 있고 오른쪽 접시에는 그녀의 꿈이, 왼쪽 접시에는 경계심이 올려져 있다. 저울은 계속해서 흔들흔들 흔들리고, 오른쪽이 올라갔다 왼쪽이 올라갔다 하고 있다. 모시치에게는 그 모습이 눈에 보이는 것 같았다.

오센의 마음속에 있는 저울의 눈금을 틀어지게 하고 싶지는 않다. 모시치는 애써 냉정하게 말했다.

“이보게, 오센. 찬물을 끼얹는 건 아니지만 그래도 역시 이 이야기는 묘하네.”

그녀는 눈을 내리깔았다. “그렇지요…….”

“납득이 갈 때까지, 내게 이 일을 맡겨 주지 않겠나? 저쪽에 어떤 사연이 있는지 찬찬히 듣고, 조사해 보고 싶네. 이거라면 괜찮겠다고 생각되면, 나는 그렇게 말할 걸세. 그러면 가다랑어를 천 냥에 팔아 주면 돼. 뭐, 복권에 맞았다고 생각하면 될 일이지. 하지만 오센.”

오센을 내려다보며, 그녀가 눈을 들어 시선을 맞춰 오기를 기다렸다가 모시치는 말을 이었다.

“그만두게 하는 편이 좋겠다는 생각이 들면 나는 사정없이 그렇게 할 걸세. 그러니 지금은, 오늘 아침의 일은 꿈이라고 생각하고 있는 것이 좋겠어. 꿈속의 돈은 믿을 게 못 되는 법일세.”

호흡 하나 정도의 시간을 두고 오센은 작게 대답했다.

“네, 알겠습니다.”

3

오센을 미요시초까지 바래다주고, 모시치는 일단 에코인 뒤쪽에 있는 자신의 집으로 돌아갔다. 아내와 곤조가 목을 빼고 모시치가 돌아오기를 기다리고 있었다. 물론 가다랑어 회를 먹으려는 것이다.

“점심부터 이런 사치라니 벌 받을 것 같은데요.”

밥을 푸면서 아내가 말했다.

“빨리 먹는 게 가다랑어를 위해서도 좋겠지요. 대신 오늘 밤에는 찻물에 밥이나 말아서 먹읍시다.”

“이토키치는?”

“가다랑어를 나누어 주러 갔는데 아직 돌아오지 않았어요. 하지만 슬슬 돌아올 거예요.”

가다랑어 회는 지금의 모시치의 혀에는 매우 안타까운 맛이 났다. 천 냥의 맛이 났다.

먹으면서 곤조에게 일의 사정을 설명했다. 가게 일꾼 출신인 이 부하는 이세야에 대해서 조사하는 데 안성맞춤이다.

“반나절만 주시면 대강은 조사할 수 있을 겁니다.”

곤조는 믿음직스럽게 일을 맡았다. 그리고 점심 식사가 대강 끝났을 무렵, 이토키치가 허둥거리는 기색으로 돌아왔다.

“서두르지 않아도 이토 씨 몫이라면 남겨 두었어요.”

웃으며 아내가 말을 걸었지만 이토키치는 신을 벗어던지고 방으로 들어오더니, 숨을 헐떡이며 모시치에게 말했다.

“이럴 때가 아닙니다, 대장님. 가지야가 드디어 일을 저질렀어요.”

가지야는 뱃집의 이름이지만 실은 동네 불한당들의 소굴이다.

가지야의 주인이자 불한당들의 두목인 가쓰조는 모시치에게 눈엣가시다.

애초에 장사하는 가게에서 자릿세를 뜯어내거나, 몸을 파는 여자들에게서 보호해 준다는 명목으로 돈을 받거나, 도박장을 열거나——하면서 옳지 못한 방법으로 동네에서 돈을 빨아들이는 놈들은 어느 곳에나 있다. 그런 자들 중에서 가지야의 가쓰조는 꽤 다루기 쉬운 편이기는 하다. 모시치도 가쓰조와는 알고 지낸 지 오래되었지만, 지금까지 가지야와 진심으로 싸워서 그들을 쳐부숴야겠다고 느낀 적은 한 번도 없다.

"무엇을 저질렀단 말이냐?"

"그 왜, 그 도미오카바시 기슭의 유부초밥 가게 주인 말입니다" 하고 이토키치는 말했다. "그 주인장한테 젊은 가지야 놈이 시비를 걸었습니다."

그 유부초밥 가게에, 결국 가지야가 손을 댔나.

"어찌 된 것이냐."

"도미오카바시 다리 부근에 이소겐이라는 생선 가게가 있지 않습니까. 거기에서 유부초밥 가게 주인이 가다랑어 토막을 사려고 하는데 가지야 놈이 트집을 걸었습니다. 그 토막은 내가 사려고 했던 거라는 둥 하면서요."

"횟감 덩어리예요." 모시치의 아내가 이토키치에게 말했다.

"예? 무슨 말씀이십니까, 마님."

"회로 치기 위한 생선 토막은 횟감 덩어리라고 하는 거예요."

이토키치는 갈팡질팡했다. “예에, 알겠습니다. 하지만 어쨌든 대장님, 그렇게 되었습니다.”

“그래서 소동이 일어났나?”

“그야 뭐, 큰 소동이 일어났지요.” 이토키치는 침을 튀기며 말했다. “그 젊은 가지야 놈은, 이름은 신고로라고 하는데요, 성질이 급해서 금세 단도를 뽑았습니다. 하지만 유부초밥 가게 주인도 지지 않고, 공격하는 손이 보이지도 않다시피 했는데 신고로의 단도를 쳐서 떨어뜨리고 그 자리에 때려눕히고 말았습니다.”

모시치와 곤조는 얼굴을 마주 보았다.

“유부초밥 가게 주인은 그대로 돌아가 버렸기 때문에, 일단 신고로를 붙잡아 초소에 처넣어 두었습니다. 놈은 아직도 거기에 뻗어 있을 겁니다.”

“초밥가게 주인은 맨손으로 싸웠나?”

“그렇습니다. 정말 훌륭했습니다.”

밥을 다 먹자, 모시치는 기모노를 갈아입고 하오리기모노 위에 입는 짧은 겉옷. 기모노에 하오리와 하카마를 입는 것이 일본 전통복식에서는 격식을 차린 정장 차림이 된다를 껴입고 집을 나섰다. 날씨가 덥다 싶었지만 니혼바시에 있는 큰 가게의 주인을 찾아가려는 것이니 어쩔 수 없다.

이세야로 향하기 전에, 이토키치가 신고로를 처넣었다는 초소에 들러 보았다. 신고로는 깨어나 있었다. 몸집은 작지만 눈썹이 굵고 고집이 세어 보이는 젊은이다. 양손이 뒤로 묶여 있고 턱에 멋지게 멍이 든 채 부루퉁한 얼굴을 하고 있었다. 위험한 단도는 초소의 서기가 이토키치에게서 맡아 두었다고 한다.

"그 유부초밥 가게 주인이 자릿세를 내지 않으니 마음에 들지 않아서 시비를 건 겐가?"

물어도, 신고로는 흥 하고 코웃음을 칠 뿐 대답을 하지 않는다.

"먹을 것을 두고 다른 사람한테 시비를 걸다니, 한심하다는 생각은 안 드나?"

신고로는 날카롭게 눈을 부릅떴다.

"어린애나 먹는 유부초밥 따위를 파는 주제에, 잘난 척 가다랑어를 먹으려고 하다니 건방져."

"자네야말로 제대로 된 직업도 없는 주제에 가다랑어를 먹으려고 하다니 잘못된 생각이지."

호되게 꾸짖어 놓고 쪼그려 앉아 모시치는 신고로의 눈에 눈을 맞추었다.

"가쓰조의 명령을 받고 한 짓인가?"

신고로는 내뱉듯이 대답했다. "두목은 아무것도 몰라."

아마 그럴 거라고 생각하고 있었다.

"뿐만 아니라 주인장한테는 손대지 마라, 내버려 두어라, 라는 말을 들은 건 아닌가?"

그렇지 않다면 지금까지 그 유부초밥 가게가 가지야의 괴롭힘을 당하지 않고 장사를 계속할 수 있었을 리 없다.

처음부터 모시치는, 가지야의 가쓰조와 그 유부초밥 가게 주인

사이에 무언가 인연이 있는 것 같다는 생각이 들어서 견딜 수 없었다. 이번 일로 그 인연이 어떤 것인지 조금은 알게 될지도 모른다.

"어떤가? 두목은 뭐라고 하던가?"

신고로는 바닥에 침을 퉤엣 뱉었다.

"두목은 아무것도 몰라."

흐흥, 하고 모시치는 생각했다. 아무래도 이자는 자릿세도 내지 않고 장사를 하고 있는 유부초밥 가게를 내버려 두는 가쓰조에게 답답함을 느끼는 것 같다.

"그래? 그렇다면 자네는 멋대로 소동을 일으킨 거로군. 가지야에 이 일이 알려지면 심하게 야단을 맞을 테지."

신고로의 눈에 두려움의 빛이 떠올랐지만 입술은 움직이지 않았다.

"자네, 지금 가진 돈은 얼마나 있나?"

신고로가 대답하지 않아서, 모시치는 그의 옆에 쪼그려 앉아 품을 뒤져 지갑을 꺼냈다. 잔돈 얼마와, 한 냥짜리 금화가 한 닢 있었다.

"부자로군."

내용물을 빼내어 자신의 품으로 옮기며 말했다.

"이건 폐를 끼친 이소겐에 대한 사죄의 값일세. 내가 대신 전해 두지. 자네는 두목에게 야단을 맞으러 가지야로 돌아가게."

신고로를 묶은 밧줄을 풀고 초소에서 쫓아내자, 모시치는 서기에게서 단도를 받아들었다. 그대로 도미오카바시 다리 쪽으로 향했다.

이소겐에 돈을 건넨 후, 늘 유부초밥 가게가 노점을 내고 있는 곳을 들여다보았다. 주인이 있었다. 이미 장사를 시작했다. 손님 몇 명이 선 채로 유부초밥을 먹고 있다. 싸 주기를 기다리고 있는 여자도 있다.

모시치는 말을 걸지 않고 그곳을 떠났다. 단도는 에이타이바시 다리 위에서 버렸다.

4

이번의 천 냥짜리 가다랑어 일로 가쿠지로 이외의 사람, 그것도 오캇피키가 찾아올 거라고는 이세야 쪽에서도 꿈에도 생각하지 않았던 모양이다. 모시치가 방문을 알리고 용건을 말했을 때 상대방은 몹시 당황했다.

어쨌거나 안으로 들어오시라며 그 대행수가 직접 선두에 서서 긴 복도로 안내했다. 많은 방문 앞을 지나갔다. 도중에 선향 냄새가 코를 찔렀다.

안내되어 간 곳은 넓은 방으로, 도코노마다다미방의 정면에 바닥을 한 층 높여 만들어 놓은 곳. 벽에는 족자를 걸고 바닥에 도자기나 꽃병 등을 장식해 둔다에는 커다란 달마대사 그림이 걸려 있었다. 마당에 있는 영산백 나무에는 옅은 붉은색 꽃이 가득 피어 있다. 모시치는 거기에서 담배를 한 대 피우면서 기다렸다.

다과가 나왔다. 색깔도 향기도 좋은 옥로가 나왔지만, 모시치의 혀에는 약간 지나치게 미지근했다. 뜨겁게 끓인 질 낮은 엽차가 맛있다고 생각하는 것은 이쪽 성미가 가난뱅이이기 때문일까.

이윽고 마흔 정도 되어 보이는 몸집이 작은 남자가, 기다리게 해서 미안하다고 사과하면서 나타났다. 이세야의 주인이었다. 몸집은 작지만 상당한 미남으로, 머리도 영리해 보인다고 모시치는 생각했다. 눈이 날카롭다.

바로 뒤에 그 대행수가 따라왔다. 말없이 모시치에게 머리를 숙이더니, 그대로 장식품처럼 가만히 앉았다.

"이번에 저희 대행수 가스케가 터무니없는 폐를 끼쳐서……."

"죄송합니다" 하고 가스케가 엎드려 절한다.

모시치는 웃었다. "행상꾼 가쿠지로에게 당신이 폐를 끼친 건 아니오. 그는 그저 깜짝 놀란 것입니다. 당연한 이야기지만."

"모든 것이 제 말이 부족했기 때문입니다." 가스케가 몸을 움츠리며 말했다.

"대체, 아무리 제철 생선이라고 해도 어째서 가다랑어 한 마리에 천 냥이나 지불해야 하는 겁니까?"

이세야 주인의 얼굴을 물끄러미 바라보며 모시치는 물었다. 주인은 작게 헛기침을 하더니,

"믿어 주시지 않을지도 모르겠지만"이라는 전제를 달고 이야기

를 시작했다.

"저희들에게는 선대 주인 때부터 자별히 지내고 있는, 점을 잘 치는 분이 계십니다. 그분의 권유에 따라서 가다랑어에 천 냥을 지불하게 된 것입니다."

실은 요즘 이세야의 장사가 시원찮아진 모양이다. 그것을 타개하려면 어떤 형태로든 일시적으로 큰돈을 써서, 돈과 장사의 흐름에 바람 구멍을 뚫는 것이 좋다는 말을 들었다고 한다.

"돈을 쓴다고 해도 곤란한 노릇이었습니다. 이렇다 할 갖고 싶은 것은 눈에 띄지 않고 돈을 쓸데가 없었으니까요. 그래서 계절상 가다랑어를 사기로 한 것입니다. 값을 터무니없이 깎아서 산다면 불평도 듣겠지만 비싸게 산다면 그런 일도 없을 것 같아서."

"그럼 가쿠지로를 고른 것은 우연이란 말이오?"

이번에는 대행수가 고개를 끄덕였다. "예. 제가 우연히 발견했을 뿐입니다. 그 생선 가게의 가다랑어는 분명히 질도 좋아 보이고, 게다가 어차피 비싸게 산다면 큰 생선 가게보다 행상꾼에게서 사는 편이 상대도 기쁠 거라고 생각했으니까요."

모시치는 천천히 담배를 피웠다.

점에 미쳐 있는 사람이라면 나름대로 앞뒤가 맞는 이야기라고 여길지도 모르지만, 모시치에게는 물구나무를 서도, 예, 그랬군요, 하고 받아들일 수 있는 이야기가 아니었다. 어째서 이런 엉터리 이야기를 늘어놓으면서까지 가다랑어에 천 냥을 지불하려고 하는 것일까?

이세야의 주인은 품에서 보라색 비단보를 꺼냈다. 천천히 펼친다. 안에서 기리모치——스물다섯 냥 꾸러미가 두 개 나왔다.

"얼마 되지는 않지만, 대장님께서는 이것을 폐를 끼친 데 대한 사과의 뜻으로 받아 주시겠습니까."

모시치에게 정중하게 돈을 내민다. 모시치는 담배를 피우면서 입을 다물고 있었다.

그러다가 갑자기 말했다. "누군지 모르겠지만, 엿듣는 것은 안 되지요."

이세야의 주인과 대행수가 깜짝 놀라며 움찔했다. 모시치는 재빨리 일어서서 방의 장지문을 드르륵 열었다. 거기에는 놀란 나머지 움직이지도 못하고, 몸을 굳힌 채 얼굴이 창백해진 여자가 한 명 앉아 있었다.

하지만 그 얼굴을 보았을 때 이번에는 모시치가 핏기가 가시는 기분을 맛보았다.

"이거 실례했습니다." 이세야 주인이 사과하고 있다.

"제 아내 가요입니다. 모쪼록 기분 나빠하지 말아 주십시오."

이세야 주인의 목소리 따위는 한 쪽 귀로 들어와서 한 쪽 귀로 흘러나가고 있었다. 다만 '아내'라는 말만이 걸렸다. 과연 이 여자는 벌써 서른 하고도 중반은 지난 나이이다.

하지만——나이를 빼면 얼굴은 모시치가 아주 최근에 본 그 얼굴과 판박이라고 해도 좋을 만큼 꼭 닮아 있었다. 하얀 피부도, 서늘한 눈매도.

그 얼굴이란——오하루의 얼굴이다.

모시치는 물론 돈 같은 것은 받지 않고, 내가 괜찮다고 할 때까지는 가쿠지로 일가에게 접근하지 말라고 엄중히 못을 박은 후 이세야를 나왔다.

집으로 돌아오니 곤조가 기다리고 있었다.

"가게에 이렇다 할 수상한 점은 없습니다. 장사도 순조롭고, 고용살이 일꾼에게 불상사가 있었다는 소문도 들리지 않아요. 가다랑어 한 마리에 천 냥을 턱 내놓을 수 있을 정도의 돈은 있겠지요."

모시치는 천천히 고개를 끄덕였다.

"복도를 걷고 있을 때 묘하게 선향 냄새가 코를 찌르던데, 집안의 누군가가 죽었다거나 하는 일은 없나?"

곤조는 미소를 지었다. "글쎄요, 오늘은 거기까지는 알 수 없었습니다. 하지만 선향은 아마 딸을 위한 것일 겁니다."

"딸?"

"예, 외동딸 오미쓰라는 아가씨가 반년쯤 전에 목숨을 잃었더군요. 포창이었다고 합니다."

모시치는 곰곰이 생각에 잠겼다.

"이보게, 곤조. 이세야라는 곳은 상당히 오래된 가게인가?"

"예, 지금의 주인이 6대째니까요."

"선대 주인 부부는 아직 건강한가?"

"아니요. 두 분 다 이미 돌아가셨습니다. 선대 주인은 삼 년 전에, 안주인은 오미쓰가 죽기 얼마 전에. 장례식이 연달아 있었다는 의미로는, 요즘 이세야가 운이 없었다는 뜻이 되겠지요."

여기에서 곤조는 얼핏 쓴웃음을 지었다.

"선대 안주인은 상당히 성미가 격한 여자였던 모양입니다. 바로 뒤에 있는 잡곡 도매상에서 이야기를 들어 보았는데 지금의 안주인, 즉 며느리 가요에게 고함치는 목소리가 하루 종일 들리곤 했다고 합니다. 본래 가요는 이세야에 드나들던 염색 가게의 딸이었거든요. 가요의 입장에서 보자면 비단 가마를 타고 시집을 간 것이지만, 이세야 쪽에서 보자면 마당에서 데려온 며느리가 되지요. 선대 안주인은 그게 마음에 들지 않았는지, 틈만 나면 가요를 괴롭히곤 했던 모양이에요."

모시치는 말없이 팔짱을 끼고 몇 번이나 고개를 끄덕였다.

대충 알 것 같았다. 하지만 싫은 이야기다——.

5

그날 밤, 모시치는 혼자서 도미오카바시 다리 기슭 골목길에 나와 있는 유부초밥 노점을 찾아갔다.

손님이 끊길 때였는지 주인은 혼자 쓸쓸히 앉아 있었다. 모시치가 말을 걸자,

"어라, 대장님, 오늘 밤에는 공을 치고 있던 참입니다" 하며 엷은 웃음을 띠었다.

가까이 가 보고 모시치는 놀랐다. 그 노점 바로 뒤에 커다란 술통을 두 개 늘어놓고 노인이 한 명 앉아 있다. 됫박이 몇 개 쌓여 있는 것을 보면 술을 한 되씩 달아 파는 모양이다.

유부초밥 가게 주인이 웃음을 머금은 목소리로 말했다.

"저는 술을 팔지 않습니다. 술을 취급할 줄 몰라서요. 하지만 맛있는 요리에는 역시 술이 있으면 좋겠다는 손님들이 많아서, 이렇게 손을 잡기로 했습니다."

주인의 목소리를 들으며 모시치는 술 파는 노인의 옆모습을 물끄러미 바라보았다. 수건으로 얼굴을 폭 싸고 고개를 돌리고 있어서 금방은 알 수 없었다. 하지만 자세히 보니——.

"자네, 이노스케 아닌가. 맞지?"

노인은 천천히 수건을 벗더니 모시치를 향해 깊이 머리를 숙였다.

"몸은 이제 괜찮나?"

"덕분에 건강해졌습니다."

올해 정월의 야부이리 때 오카와 강가에서 여자의 익사체가 나왔다. 알아보니 간장을 지고 다니며 파는 오세이라는 여자였다.

이노스케는 그 오세이의 아버지다. 오세이가 살해된 당시에는 몸이 좋지 않아 고이시카와의 요양소에 들어가 있었다.

건강했을 때는 술을 지고 다니며 팔았던 남자다. 그러면 이런 형태로 장사를 다시 시작했다는 뜻일까. 과연 이거라면, 병을 앓고 난 노인이 하루 종일 술을 짊어지고 다니지 않아도 충분히 장사를 할 수 있다.

'그렇다고 해도…….'

모시치는 유부초밥 가게 주인을 곁눈질로 훔쳐보았다.

어떻게 이런 생각을 해낸 것일까? 어쩌다가 이노스케와 알게 된 것일까?

"뭘로 하시겠습니까, 대장님."

주인이 말을 걸었다. 모시치는 그의 눈을 마주 보고, 거기에서 만만치 않은 벽을 발견하고는 한숨과 함께 말했다.

"저쪽에 있는 영감한테 술을 좀 사겠소. 당신한테는 가다랑어 회를 사지. 낮에 그렇게 요란한 난투를 벌여 가며 산 가다랑어라고 하니, 나도 좀 먹어 봅시다."

주인은 눈썹 하나 까딱하지 않고 "예에" 하고 대답하더니 일을 시작했다. 유부초밥 가게지만 이 노점에는 국물, 구이, 회 등 무엇이든지 있다.

"오늘 밤은 좀 우울해 보이시는군요."

모시치가 술 한 됫박을 비웠을 때, 주인이 말을 걸었다.

"이곳에 올 때는, 늘 우울하다오."

요즘 모시치는 생각이 막히거나, 또는 생각하던 것의 답이 나왔는데 그것이 우울해지는 결말일 때면 꼭 이 노점에 오게 되었다.

오늘 밤에는 그중 후자 쪽이다. 내일이 되면 싫은 역할을 해야 한다. 지금 머릿속에 있는 것이 틀림없다면 매우 괴로울 일이 기다리고 있다.

"술을 너무 많이 드시지 마십시오."

주인은 그렇게만 말하고는 입을 다물었다.

묵묵히 술을 마시면서, 모시치는 가쿠지로 부부와 오하루와 이세야 부부를 머리에서 쫓아내기 위해서도 끊임없이 생각했다. 이 주인은 정체가 무엇일까? 가지야와 어떤 관계가 있는 것일까?

원래는 무사였던 모양이다. 오늘 이토키치가 본 난투를 생각해 보아도, 그것은 맞을 것이다. 그러나 그것과 가지야가 어떻게 관련되어 있단 말인가?

머릿속이 부풀어 오르고, 취기 때문에 혀도 가벼워져서 저도 모르게 '이보시오 주인장, 당신 가지야의 가쓰조와 무슨 관계가 있는 거요?'라고 말해 버릴 뻔한 그때, 주인이 말했다.

"어라." 노점의 매대 맞은편에서 자신의 손을 내려다보고 있다.

"왜 그러시오?"

모시치는 일어서서 주인의 손을 들여다보았다.

"별일이군요" 하고 주인이 말한다.

사발 속에 달걀 하나가 깨어져 있다. 달걀은 하나인데 노른자가 둘이다. 쌍알이었다.

"계란국을 만들까 싶어서요. 유부초밥에 잘 어울리니까요."

"그거 반가운 소리군." 모시치는 건성으로 말했다. 쌍알을 본

순간, 내일 해치워야 할 역할을 떠올린 것이다.

모시치는 부지런히 유부초밥을 먹고 계란국을 마셨다. 아무래도 기세가 오르지 않는다. 다른 손님들이 오고 긴 의자가 북적북적해지자 일어섰다.

돈을 치르고 노점을 떠나, 도미오카바시 다리를 향해 골목길을 나가려고 했을 때 오른쪽 어둠 속에서 누군가의 기척이 느껴졌다. 걸음을 멈추고 자세히 보니 각별히 조심해서 숨어 있는 기색도 아닌 그자가 모시치를 알아차리고 힐끗 이쪽을 본다.

가지야의 가쓰조였다.

딱딱한 얼굴에 굵고 짧은 목, 손등에까지 문신이 있다. 턱 언저리에는 옛날에 어지간히 날카로운 칼에 베인 것인지, 살이 한 줄로 솟아오른 추한 흉터가 비스듬히 나 있었다.

"이런 데서 뭘 하고 있나?"

모시치의 물음에 가쓰조는 시선을 피했을 뿐 대답하지 않았다.

"유부초밥을 먹고 오지그러나. 맛있다네."

그 말에도, 아무 말도 하지 않는다.

"이보게, 가쓰조. 저 주인장은 정체가 뭔가? 자네는 저자를 알고 있나?"

잠시 후, 가쓰조는 죽어가면서도 영역을 어지럽히려는 신참 개를 향해 으르렁거리는 개같이 낮은 목소리로 대답했다.

"나는 모르오."

"그럼 어째서 저자한테서 자릿세를 받지 않는 겐가?"

가쓰조는 대답하지 않는다. 그저 물끄러미 노점 주인을 바라보고 있다. 그러는가 싶더니 갑자기 빙글 발길을 돌려 다리를 건너가려고 한다.

"어이, 가쓰조."

모시치의 부름은 허무하게 어둠에 빨려 들어간다.

이튿날 아침 일찍, 숙취 때문에 약간 멍한 머리를 끌어안고 모시치는 미요시초에 있는 가쿠지로 부부의 집을 찾아갔다.

모시치는 이제부터 강가에 갈 거라는 가쿠지로를 붙들고, 부부 두 사람을 공동 주택의 문 밖으로 데려가서 말했다.

"내가 지금부터 묻는 말에 정직하게 대답해 주게. 자네들이 솔직하게 대답해 주고, 그러고 나서 내 부탁을 들어준다면, 나는 앞으로 모든 것을 잊고 못 들은 척할 테니."

부부는 불안한 듯이 얼굴을 마주 보며 서로 바싹 다가섰다.

"무슨 일이십니까?"

모시치는 베어낼 듯한 기세로 말했다.

"오하루는 자네들 부부의 아이가 아니지? 주워온 아이겠지. 아마 태어난 지 얼마 안 된 아기였을 때. 아마 자네들이 아직 야나기바시에 있었을 무렵에."

오센이 순식간에 새파랗게 질리고 가쿠지로는 그녀의 어깨를 안아 부축했다.

"정직하게 대답하기로 약속했지. 어떤가?"

굳어 있던 어깨를 힘없이 늘어뜨리며 가쿠지로가 고개를 끄덕였다.

"……맞습니다."

"그래?"

"지금까지 줄곧 숨겨 왔습니다. 오하루 본인도 이 일은 모릅니다. 야나기바시 다리 기슭에서, 낡은 옷에 싸여 버려져 있던 것을 발견했지요. 가엾어서…… 저도 모르게 데려오고 말았어요."

울 것 같은 목소리로 오센이 말했다. "우리 사이에는 아이가 생기지 않았고, 오하루는 정말로 우리 딸이나 마찬가지예요. 이곳으로 이사를 온 것도 그 애가 버려진 아이였다는 것을 알고 있는 이웃 사람들에게서 그 아이를 떼어 놓고 싶었기 때문에……. 그래서 바깥양반한테는 장사하는 구역을 바꿔 달라고 하고 저도 야나기바시의 단골손님들을 전부 버렸어요."

"그러기를 잘했지 않은가."

모시치는 힘 있게 고개를 끄덕였다.

"묻고 싶은 것은 그것뿐일세. 그리고 내 부탁이라는 것은 이걸세. 그 천 냥에 대해서는 잊어 주게. 그건 그냥, 부자의 별난 취미일세. 제대로 된 이야기가 아니었어."

부부는 흠칫 몸을 떨었다. 하지만 그것은 돈이 아까워서 나온 반응이 아니었다. 오센이 모시치에게 바싹 다가섰다.

"그게 무슨 말씀이세요, 대장님. 오하루의 일과, 그 천 냥이 뭔가 관련이 있다는 뜻인가요?"

모시치는 그녀의 눈을 응시했다. 그리고 나서 물었다.

"만일 그렇다고 한다면 자네는 어쩌겠나?"

"어쩌다니요?"

"오하루를 택하겠나, 천 냥을 택하겠나?"

갑자기 오센이 모시치의 뺨을 때렸다. 저질러 버리고 나서 그녀 자신이 더 놀란 모양이다. 비틀거리며 쓰러지려고 했다. 가쿠지로가 허둥지둥 부축한다.

"그거면 되었네, 안심했어."

맞은 뺨이 따끔거렸지만 모시치는 씩 웃었다.

"오하루한테 잘해 주게."

그런 말을 남기고 등을 돌렸다.

이세야에서도 어제 모시치가 떠난 후 작은 소동이 일어났던 모양이다. 찾아가니 가스케가 나와서 안주인의 몸이 좋지 않아져서 뵐 수 없다고 한다.

"나리만이라도 좋네. 꼭 만나고 싶다고 전해 주게."

어제와 같은 방이었는데 이번에는 별로 기다리지 않았다. 이세야의 주인은 눈꺼풀이 조금 부어 있었다.

"간단하게 말하지" 하고 모시치는 말을 꺼냈다. "행상꾼 가쿠지로의 딸 오하루는 옛날에――십삼 년 전에 자네들 부부가 야나기바시 다리에 버린 아이지?"

이세야의 주인은 대답하지 않았다. 끊임없이 눈만 깜박인다.

"오하루는 반년 전에 포창으로 죽은, 자네들의 딸 오미쓰의 쌍둥이 동생일세. 자네의 아내는 쌍둥이 딸을 낳았을 테지."

이세야 주인은 눈을 깜박이던 것을 멈추고 작은 목소리로 물었다. "왜 우리가 아기를 버려야 한단 말입니까?"

"자네들 부부는 버리고 싶지 않았겠지. 하지만 버리지 않을 수는 없었네. 자네 부모——특히 기가 센 자네 어머니가, 신분이 낮은 아가씨를 며느리로 삼으니 이렇게 되는 것이다, 가요는 짐승배여자가 한 배에 둘 이상의 아이를 낳는 것을 욕하여 이르던 말였던 게 아니냐며 상당히 난리를 피웠을 테니 말일세."

이세야의 주인은 고개를 떨어뜨렸다.

"무사님이나 상인의 집에서는 쌍둥이를 싫어하는 법이지. 소중한 자식이 한꺼번에 둘이나 생기는 것을 왜 그렇게 싫어하는지, 나는 전혀 모르겠네만."

"저도 괴로웠습니다."

이세야의 주인은 적혀 있는 것을 읽듯 평탄한 목소리로 말했다.

"지난 십삼 년, 저도 가요도 얼마나 괴로워했는지."

"하지만 그 무서운 어머니는 이제 없네." 모시치는 말했다. "게다가 하필이면 오미쓰도 죽고 말았지. 자네들은 쓸쓸해져서 버린 아기를 되찾고 싶어졌네. 그래서 오하루를 찾아냈어. 용케도 반 년 남짓 만에 그 아이를 찾아낼 수 있었군."

"어디에 있는지는 훨씬 전부터 알고 있었습니다." 이세야 주인은 말했다. "버렸을 때, 어떤 사람이 주워 가는지 그늘에 숨어서 보고 있었습니다. 뒤를 밟아, 신원도 확인했습니다. 우리에게도 그런 부모의 마음은 있었습니다."

모시치는 이세야 주인의 얼굴을 응시하며 엄한 목소리로 말했다.

"그럼 그 천 냥은 무슨 속셈이었나? 오하루의 집에 베풀어 줄 생각이었나? 아니면 그런 이상한 짓을 저질러서 그 집과 인연을 맺고 싶었나? 갑자기 찾아가서 오하루, 네 친부모는 우리다, 라고 말하고 사과할 용기는 없었나? 그래서 잔재주를 부리려고 한 겐가?"

이세야의 주인은 목소리를 쥐어짜냈다. "그 애가 행복해지기를 바랐습니다. 행상을 다니는 생선 장수의 딸이라니, 너무 불쌍해요——."

"행상꾼이 어디가 나쁘단 말인가? 오하루는 지금도 충분히 행복하네. 그 애는 자네들의 아이가 아니야. 자네들의 아기는 십삼 년 전 버려졌을 때 죽었네. 몇 천 냥을 내도, 도로 사 올 수는 없어."

이세야 주인은 얼굴을 숙이고 말았다.

"포기하게." 모시치는 냉정하게 뿌리치듯이 말했다. "그래서 상의할 것이 있네. 이보게, 이세야, 그 천 냥, 가쿠지로에게 치렀다고 생각하고 내게 주지 않겠나?"

이세야 주인은 얼굴을 번쩍 들었다. 얼굴이 붉어져 있었다.

"무슨 뜻입니까?"

"글쎄, 입막음료일세."

"치르지 않으면, 우리가 한 짓을 오하루에게 이야기하겠다는 겁니까?"

모시치는 입을 다물고 있었다. 잠시 말없이 모시치를 노려보고 나서, 이세야 주인은 튕기듯이 일어서서 방을 뛰쳐나갔다.

잠시 후 발소리도 거칠게 돌아왔다. 어제도 보았던 그 비단보를 움켜쥐고 있었다.

"자, 여기."

돈을 모시치의 눈앞에 내던졌다.

"가지고 가시오. 이 들개 같으니!"

모시치는 천천히 돈을 주웠다. 그러고 나서 그것을 비단보에 다시 쌌다. 이세야의 주인은 줄곧 어깨를 들썩이며 그것을 바라보고 있었다.

"그럼 이세야 주인장."

모시치는 싼 비단보를 이세야의 주인 앞에 미끄러뜨렸다.

"나는 이것을 당신에게 치르겠소. 내가 당신에게 주는 입막음료요."

이세야 주인의 입이 딱 벌어졌다.

"두 번 다시, 오하루에게 참견하지 마시오. 그 애가 버려진 아이라는 것을, 이 세상 누구에게도 말하지 말란 말이오. 알겠소?"

그렇게만 말하고 모시치는 재빨리 일어섰다.

복도를 걷고 있자니 어제와 똑같이 선향 냄새가 났다. 모시치는 거기에서 발을 멈추고 가볍게 합장했다.

그로부터 며칠 후, 오하루가 모시치의 집을 찾아왔다.

"이번 일에 대한 답례래요, 아버지와 어머니가."

그녀가 내민 것은 훌륭한 가다랑어 한 마리였다.

"만일 괜찮으시다면 아버지가 이걸 손질하러 찾아뵙겠다고 하셨어요. 어떻게 하시겠어요, 대장님?"

모시치는 싱긋 웃으며 오하루에게 말했다.

"부탁한다고 아버지에게 전해 다오. 어머니한테 안부 전하고."

옆에서 아내가 어이없어하고 있다.

"잘 모르겠네요. 그 가다랑어를 천 냥에 어쩌고저쩌고 했던 그 일 말이지요? 당신, 아무것도 하지 않았잖아요."

아니, 한 대 호되게 얻어맞았지, 하고 모시치는 마음속으로 생각했다.

감로다, 감로지

1

에코인의 모시치가 사는 이층집에는 새끼 고양이 이마 정도 넓이의 마당이 딸려 있다. 올해, 그 마당에 서 있는 감나무가 처음으로 열매를 맺었다.

모시치와 그의 아내가 이 집에 살기 시작한 지 햇수로 십오 년이 된다. 감나무는 전에 세 들어 살던 사람이 심고 갔다고 하는데, 모시치 부부가 이사를 왔을 때에는 아직 모시치의 머리 높이밖에 되지 않았으면서 어엿하게 가지를 뻗고 잎을 무성하게 달더니 그럴듯하게 감나무 노릇을 하고 있었다. 이대로 가면, 이삼 년 후에는 첫 열매를 맺지 않을까 기대하기도 했다.

그러나 매년 해가 갈수록 올려다보아야 할 정도로 키만 성장해 가는데 줄기는 휘청휘청했고 잎이 우거진 상태 역시 다른 곳의 감나무와 비교하면 듬성듬성한 것 같았다. 땅이 나쁜 것인지, 별이 잘 들지 않는 것인지, 어쨌든 이제 이 녀석이 열매를 맺는 일은 없지 않을까 하고, 십 년이 지났을 때쯤에는 모시치도 포기해버렸다.

그런데 십오 년째에 파란 감이 떡하니 달린 것이다. 흔히들 복숭아와 밤은 삼 년, 감나무는 팔 년이라고 하는데, 세상 다른 감나무의 두 배 가까운 세월이 지나 드디어 어른이 되었다는 뜻이다.

"아무래도 이녀석은 엄청나게 늦된 감이었던 모양이군."

"그만큼 분명 달 거예요."

모시치 부부는 그런 대화를 나누며 매일 아침저녁으로 감을 올려다보았다.

올해 가을, 모시치의 신변에는 잔잔한 바다처럼 평온한 나날이 이어지고 있었다. 오캇피키 일을 하다 보면 가끔 이럴 때가 있다. 있는 그대로 말하자면 한가하다.

대개의 오캇피키가 그렇듯이 모시치의 경우에도 아내가 모시치와는 별개로 생업을 갖고 있다. 아내는 젊을 때부터 침녀로 생계를 꾸려 왔고, 지금도 그쪽 일이 꽤 바쁘다. 특히 홑옷에서 겹옷으로 바뀌기 전인 가을 이 무렵은 바느질 일이 많은 시기다. 자연히 집에서 공치고 있는 모시치 대장은 아내의 지시에 따라 얌전히 실패에 실 감는 일을 돕거나, 시침실을 뽑거나, 바쁜 아내를 대신해 물을 긷고 청소를 하거나, 마당에 풍로를 내놓고 꽁치를 굽는 등 완전히 은퇴한 노인 같은 기분으로 지내고 있었다.

하지만 너무나도 한가하고 느긋한 생활에도 약간 질리기 시작하기는 했다. 그래서 아내가 일을 하면서 슬쩍 입에 담은, 평소 같으면 흘려듣고 말았을 동네 소문이 마음에 걸렸던 것인지도 모른다.

2

"영감靈感 스님이라고?"

아내는 일을 부탁받은 수수한 연보라색의 사메코몬칼자루에 사용하는 상어 가죽 같은 자잘한 문양. '사메'는 '상어'라는 뜻이다. 가늘고 하얀 점의 반원형을 겹친 무늬로 물들여, 대개 무사의 예복이나 정장에 사용했다에 어느 안감과 시접을 맞출 것인지, 방 가득 피륙을 펼쳐놓고 피륙의 바다 한가운데에 앉아 고개를 갸웃거리고 있는 참이었다. 모시치는 아내가 일하는 방의 문지방 가까이에 책상다리를 하고 앉아서 기둥에 기대어 아내가 대어 보는 색깔의 조합에 가끔 야유를 퍼붓고 있었다.

그때 갑자기 영감 스님인지 뭔지의 이야기가 나왔다. 정확하게는, 아내가 "어머나, 이 조합은 요전 영감 스님 일이 있었을 때 가즈사야의 안주인이 입었던 것과 똑같네"라고 말했던 것이다.

모시치는 기둥에서 등을 떼고 몸을 내밀었다.

"그건 뭐지?"

"이거예요" 하고 아내는 사메코몬에 짙은 보라색 안감을 대어 보인다. "이렇게 하면, 무난하지만 재미는 없잖아요. 무엇보다 화려해야지요. 가즈사야의 안주인은 나이보다 젊어 보이게 꾸미는 걸 좋아하니까——."

가즈사야는 후카가와 니시초에 있는 큰 실 도매상으로, 아내는 거기에서 실을 들여오고, 그곳 안주인은 아내의 단골손님 중 한 명이다. 그러나 뒤에서는 무슨 말을 하는지 알 수 없는 일이다.

"기모노 이야기가 아니라. 그, 영감 스님인가 하는 것 말이야."

"어머나," 하며 아내는 웃었다. "내가 그런 말을 했어요?"

"했고 말고. 어딘가의 절에 영험한 스님이 나타났다거나, 그런 이야기인가?"

아내는 웃으며 고개를 저었다. "아니에요. 스님이라고 해도, 절의 스님을 말하는 게 아니에요. 어린아이지요. 어린아이."

"아, 머리를 박박 깎아서 스님이라고 하는 건가."

"맞아요. 그 왜, 바로 요전에 가즈사야에 후리소데를 가져다주러 갔었잖아요?"

가즈사야의 외동딸이 올해 가을에 맞선을 본다나 해서, 새 기모노를 지어 달라는 부탁을 받았던 것이다.

"놀라 자빠질 만한 가부키 무늬였지."

"맞아요, 정말 난처했어요."

지금 아내가 고개를 갸웃거리고 있는 일도 그런 종류인데, 아내에게 일을 부탁하는 돈 많은 손님은 대개 포목점 사람을 함께 데려온다. 손님을 대하는 데 능숙한 대행수가 산더미만큼 많은 피륙을 짊어진 사환을 데리고 찾아와, 방 가득 피륙을 펴놓고 겉감에서부터 안감, 띠, 하오리 등을 마름질 단계에서 골라서 결정해 나가는 것이다. 손님이 결정을 내리지 못할 때는 아내에게 판단을 맡기고, 포목점 쪽에서도 후보로 올라온 포목 몇 개를 아내에게 맡기고 간다. 포목점의 입장에서 증서 한 장으로 상품을 맡기고 가는 대담한 일을 할 수 있는 것은 상대가 에코인 모시치의 아내이기 때문일 것이다.

전에 가즈사야에서 부탁해 온 후리소데도 그런 수순으로 맡은 일이었는데, 포목점에서 지고 온 피륙을 보자마자 가즈사야의 딸이 가리켜 고른 것은 바탕이 거무스름한 적갈색의 기쿠주菊壽 염색이 된 천이었다. 지금보다 훨씬 옛날에 가부키 배우인 2대 세가와 기쿠노조의 인기에 힘입어 유행하기 시작했기 때문에 국화菊花와 수壽 자를 교대로 물들인, 한눈에 알 수 있는 화려한 무늬다.

"줄곧 인기가 있기는 했지만, 지금은 오로지 띠로만 쓰이는 거예요. 그걸 용케 염색해서 파는 쪽도 파는 쪽이지만 사는 쪽도 사는 쪽이라고 생각했지요."

가즈사야의 딸은 눈에 띄는 미모를 갖고 있고, 화려한 기모노에 잘 어울리는 큰 무늬 천이니 꼭 이걸로 해 달라고 했다. 포목점에서도 손바닥을 비비며 권하고 어머니도 썩 싫지는 않은 얼굴이라 곤란해진 것은 아내였다. 그런 화려한 기모노에 어떤 띠와 안감을 맞춘단 말인가.

"뭐, 결국 다른 부분은 수수하게 자제해서 꽤 좋은 옷은 되었으니까" 하고 아내는 말을 이었다. "나도 옷을 갖다 주러 가면서 마음이 무겁지는 않았어요. 가즈사야의 아가씨는 전부터 화려한 것을 좋아했고, 어쨌든 의상을 겨루는 것을 도락으로 즐기니까요. 어머니를 닮은 것이겠지만."

그러나 아내가 가즈사야에 도착해 뒷문에서 아무리 사람을 불러도 아무런 대답이 없었다. 귀틀에서 마루 위로 몸을 내밀다시피 하며 몇 번이나 부르자 겨우 달려온 하녀에게 무슨 일이냐고 물으니, 지금은 안주인도 아가씨도 기모노를 볼 때가 아닌 것 같다고 했다.

"그게, 영감 스님 때문이었어요."

기모노를 지어 달라는 의뢰는 장마가 끝나자마자 들어왔는데, 바로 그 후부터 가즈사야의 저택 안에서 도깨비불이 자주 날아다녔고 다다미가 타거나 장지가 불타는 등 엄청난 소동이 일어나고 있었다고 한다.

글자 그대로, 모시치는 흐흥 하고 코웃음을 쳤다. 아내도 웃었다.

"물론 당신은 상인의 집에서 변사가 일어나면 열에 아홉까지는 고용살이 일꾼의 짓이라고 말하는 사람이죠."

"그런 변사가 일어나는 상인의 집은 고용살이 일꾼에게 가혹한 집이라고 말하기도 하고."

남에게 부려지는 입장에 있는 사람——특히 상가의 고용살이 일꾼은 주인 일가에게 생사여탈의 권리가 있고 무슨 일을 당해도 불평을 할 수 없다. 하지만 몸으로는 따라도 마음은 살아 있는 법이다. 고용살이 일꾼들은 때로 주인 집의 재물을 일부러 망가뜨리고, 그럼으로써 쌓이고 쌓인 울분을 풀 때가 있다. 물론 일부러라고 해도, 본인은 그것을 알면서 하는 것이 아니라 마음이 멋대로 그렇게 하는 것이지만.

그래서 모시치는 상인의 집에서 일어나는 사소한 화재나 작은 도난 등은 지나치게 눈을 부라리며 쫓지 않도록 하고 있다. 모시치 자신은 처음부터 그런 것을 믿지도 않으면서, 이것은 요물 탓일지도 모른다는 말을 할 때도 있다. 요물을 떼어내려면 덕을 쌓는 것이 제일이다, 상도를 지키고, 아랫사람에게 후하고 상냥하게 대하도록 하라——는 방향으로 끌고 가는 것이다.

"그래서 나도, 아하, 가즈사야에도 드디어 도깨비불이 나왔나, 꽤나 원한을 샀나 보다고 머릿속으로는 생각하고 있었지만" 하고 아내는 말을 잇는다. 모시치는 음음 하며 고개를 끄덕인다. 가즈사야는 딸에게는 의상 겨루기 같은 도락을 즐기게 해 주지만 하녀에게는 하루에 두 끼 끼니도 먹이지 않는 상인이다. 이것은 예전부터 유명한 일이다.

"하지만 가즈사야 쪽은 난리였어요. 도깨비불이 나오는 것은 무언가의 저주가 틀림없다고 하면서요. 스님을 부르기도 하고 주술사를 부르기도 하고……."

하지만 여러 가지를 해 보아도 도깨비불은 전혀 잦아들지 않았다.

"그래서 머리를 싸매고 있을 때, 어디에서인지 모르겠지만 아가씨가, 이 후카가와에 아주 영감이 강해서 요물을 잘 떼어내고, 잃어버린 물건을 찾아주고, 사람의 수명까지 알아맞히는 아이가 있어서 매우 큰 평판을 얻고 있다는 이야기를 듣고 온 거예요. 그래서 당장 불렀다고 하더군요."

"그 꼬마는 이름이 뭐지?"

"니치도."

"헤에?"

"니치도 님이라고 불리고 있어요. 나는 얼핏 보았을 뿐이지만, 하얀 기모노흔히 신사(神事)나 흉사(凶事) 때 입었다를 입고 있더군요. 아직 열 살도 되지 않은 사내아이예요. 부모가 옆에 붙어서, 그야말로 아가씨처럼 금이야 옥이야 소중히 대하고 있더군요."

흐음 하고 신음하면서, 모시치는 팔짱을 고쳐 끼었다. 그다지 마음에 드는 이야기는 아니다.

"복채는 얼마나 받는 걸까, 그 니치도라는 꼬마는."

"점쟁이가 아니니까 복채는 아니겠지만, 글쎄요……."

아내는 고개를 갸웃거린다.

"거기까지는 듣지 못했지만 한두 푼은 아니겠지요. 원래 기도사는 비싸니까요."

모시치는 말없이 고개를 끄덕이고 있었다. 도대체가 재미없는 이야기다. 경우에 따라서는 가즈사야에 잠깐 얼굴을 내밀어 보는 편이 좋을지도 모른다.

담배가 피우고 싶어져서, 모시치는 일어서서 아내의 방을 나갔다. 포목점에서 피륙을 맡길 때도 있고, 일이 일이다 보니 이 방에서 담배는 엄금이다.

곰방대를 한 손에 들고 마당으로 나가 보았다. 올려다보니 가지에 달린 감에 서녘 해가 비쳐 빛나고 있었다. 가장 위에 있는 가지에 달린 감은 화재 현장에서 반 정[T 약 55미터] 앞에 있는 긴토키 일본 속담 중에서 '긴토키의 화재 위문'이라는 말이 있는데, 이것은 얼굴이 붉은 (사카타노) 긴토키가 화재 현장에 가면 불빛이 비쳐 더욱 붉어진다는 데서, 술을 마시거나 해서 얼굴이 몹시 붉다는 뜻의 비유이다——라고 할 정도의 색깔이 되어 있었다.

그날 밤.

아내가 오늘 밤에는 밤새 일을 할 거라고 해서, 모시치는 도미오카바시 다리 기슭에 나가 보기로 했다. 한잔 걸치는 김에 아내에게 유부초밥을 사다 주려는 것이다.

모시치가 공무 때문에 골치를 앓고 있을 때, 유부초밥 가게 주인이 불쑥 흘리는 중얼거림에 정신이 번쩍 들 때가 종종 있다. 또 이 노점은 완전히 인근의 명물이 되어, 언제 찾아가도 의자가 비어 있을 때가 없을 정도로 번성하고 있었고, 그 때문에 마을의 소문이나 풍문이 많이 모인다. 모시치에게는 이것도 고마운 일이었다. 사실을 말하면 오늘 밤에도, '니치도'인가 하는 꼬마의 소문을 노점 주인도 알고 있을지도 모른다고 생각했기 때문에 가 볼 마음이 든 것이다.

도미오카바시 다리 기슭, 다리에서 북쪽으로 조금 올라가 오른쪽으로 꺾으면 뒷골목 앞쪽에 있다. 유부초밥 색깔과 비슷한 옅은 붉은색의 초롱불이 켜져 있다. 밝은 달이 둥글게 뜬 밤, 등롱 없이도 발밑이 밝아서, 모시치는 품에 손을 집어넣고 어슬렁어슬렁 걸어갔는데——.

오늘 밤은 불빛이 보이지 않는다.

바람이 조금 강했기 때문에 골목길 안쪽으로 들어간 것인가 싶어 가까이 다가가 보았지만 역시 불빛이 없고, 아무도 없다. 물론 긴 의자도 나와 있지 않고, 그 주위의 땅을 더듬어보아도 불을 피운 흔적도, 물을 쓴 흔적도 남아 있지 않다. 이노스케도 노인 혼자서는 장사가 되지 않기 때문인지 보이지 않았다.

'오늘 밤은 쉬나……?'

아는 사이가 되고 나서 지금까지 이런 적은 한 번도 없었다. 모시치는 단골이기는 하지만 정해진 날에 오는 손님은 아니다. 생각이 났을 때 불쑥 들르는 것이다. 그래도 노점이 쉬는 것을 본 적은 없었다.

무슨 일이 있었던 것일까 하고 얼핏 생각했다. 그와 동시에 가쓰조의 얼굴을 떠올렸다.

통칭 '세토의 가쓰조'는 모시치에게는 품에 넣은 양날의 검 같은 존재다. 있으면 귀중할 때도 있지만 위험한 것은 틀림없다.

그러나 이 양날의 검은 유부초밥 가게 주인에 관련된 일로, 최근 다른 의미로 모시치의 배 속을 따끔따끔하게 자극한다. 후카가와 일대의 크고 작은 상인들에게서 자릿세를 뜯어내며 살아가고 있을 정도인 놈들이, 이 유부초밥 가게에만은 손을 대려고 하지 않는다. 한번은 성질 급한 부하 한 명이 주인에게 두들겨 맞고 도망쳐 돌아갔는데도 가쓰조는 그 보복조차 하려 들지 않았다.

마침 가다랑어 철이 시작될 무렵, 모시치는 노점을 찾아갔을 때 그늘에서 물끄러미 노점 주인을 바라보는 가쓰조의 모습을 보고 말았다. 싸움을 걸려는 눈빛을 하고, 몸 양쪽으로 주먹을 움켜쥐면서도 가쓰조는 한 발짝도 움직이지 않고 어둠 속에서 굳어버린 듯 우두커니 서 있었다——.

수수께끼는 이것저것 많이 있지만, 우선 오늘 밤은 술이 아깝게 되었다. 고개를 한 번 젓고, 아내에게 사다줄 것은 어떻게 할까 생각하면서 모시치는 발길을 돌렸다.

3

이튿날, 아침을 먹고 곧 모시치는 기타모리시타초에 있는 고쿠라쿠유에 갔다. 이 목욕탕에는 모시치의 부하 중 하나인 이토키치가 신세를 지고 있다.

이토키치는 아직 스무 살밖에 안 된 젊은이다. 평소에는 거의 들어와 사는 것이나 마찬가지인 형태로 함께 살고 있다. 모시치의 집에는 이토키치의 방도 틀림없이 있다. 하지만 지금처럼 한

가한 때에는 이토키치 본인이 그런 빈둥거리는 생활에 주눅이 드는 모양이다. 어디에서 어떻게 연줄을 더듬어 간 것인지 모르겠지만 최근에 이 고쿠라쿠유를 찾아내서, 한가할 때에는 여기서 일하겠다고 말을 꺼냈다.

"목욕탕이라면 가마에 불을 때거나 장작을 패는 등 할 일이 여러 가지 있잖습니까. 남탕 위층에서 재워 주면 잠자리도 필요 없고. 게다가 공무에도 도움이 될 것 같고요."

확실히 목욕탕도 동네의 소문이 모이는 곳이다. 특히 남탕 이층은 공공연한 유흥장이고, 신분에 상관없이 많은 사람들이 드나드는 사교장이다. 모시치가 타진해 보니 고쿠라쿠유 쪽에서도 이토키치가 얼굴을 내밀어 주기를 바라는 모양이었다. 일종의 호위로 삼을 셈일까.

그런 사정으로 불쑥 들러 보니, 이토키치는 남탕 위층에 드러누워 기뵤시黄表紙에도 시대 중기에 간행된 이야기책. 그림을 주로 하여 세태나 인정을 그린 이야기로, 익살과 풍자가 특색이었다. 노란색 표지를 사용했던 데에서 이런 이름이 붙었다를 읽고 있었다. 핫초보리의 나리들이 아침 목욕을 하러 왔다가 돌아간 후인 이 시간에는 한가하다.

"여자나 아이들이 읽는 것을 읽고 있구나."

모시치가 말을 걸자 이토키치는 에헤헤 하고 웃으면서 일어났다. "어라, 대장님, 무슨 일이십니까, 이런 시간에."

뭐, 급박한 일은 아니다만, 하고 서두를 두고, 모시치는 니치도의 이야기를 꺼내 보았다. 소문에 밝은 이토키치라면 뭔가 알고 있지 않을까 생각했던 것이다.

"아아, 그 애라면" 하고 이토키치는 눈을 빛냈다. "굉장하다고, 소문이 파다합니다."

"뭐가 굉장하단 말이냐?"

"니치도라는 녀석은 오후나구라 뒤쪽에 있는 미요시야라는 잡곡 도매상의 아들입니다. 아마 아직 열 살인가."

"음, 우리 마누라도 그렇게 말하더군."

"사실 원래 이름은 조스케라고 하지만, 세 살이 될까 말까 할 때부터 이상한 짓을 여러 가지 시작해서 부모도 깜짝 놀라, 결국 니치도라는 이름까지 붙이고 말았지요."

"하얀 기모노를 입고 다니는 것은 사실이냐?"

이토키치는 쿡쿡 웃었다. "돈을 받고 요물을 떼어내거나 잃어버린 물건을 찾아 주기 시작하게 된 후로는 그렇습니다. 뭐, 배우의 무대 의상 같은 것이겠지요."

모시치는 주위를 둘러보고, 담배합을 발견하고는 가까이 끌어당겨 품에서 곰방대를 꺼냈다. 담배합은 깨끗하게 재를 버리고 청소를 해 둔 상태다. 이것도 이토키치가 하는 일일지도 모른다.

"부모가 깜짝 놀랐다는 것은 무슨 뜻이냐? 나는 니치도라는 꼬마가 어떤 놀라운 재주를 부리는 것인지, 자세한 것은 모른다."

이토키치는 앉은 자세를 바로 하더니 고조口上연극에서 배우를 소개하거나 상연물의 줄거리를 설명하는 일를 늘어놓는 요미우리에도 시대에 사건 등을 가와라방으로 인쇄한 것을 소리내어 읽으며 팔러 다니던 사람처럼 손짓 발짓으로 이야기하기 시작했다.

"처음에는 그해의 팥이나 콩이 흉년일지 풍년일지, 반년도 전에 알아맞혔다고 합니다."

잡곡 도매상 아들다운 이야기다.

"너는 어떻게 그런 것을 아느냐고 물었더니, 어찌 된 셈인지 모르겠지만 안다고 하고요. 날씨도 열흘 후 정도까지라면 알아맞힐 수 있다는 겁니다. 실제로 정말 알아맞혔다고 합니다."

모시치는 후우, 하고 연기를 내뿜었다. "요행은 아니고?"

"소나기나 벼락까지 알아맞힌다고 하던데요. 그렇지, 삼 년쯤 전에 센소지 산문 근처 나무에 벼락이 떨어졌지 않습니까. 그것도 니치도가 알아맞혔다고 합니다. 전날 점심밥을 먹을 때, 내일 저녁에 센소지 앞의 나무 중에서 문에서부터 네 번째에 있는 벚나무에 벼락이 떨어질 거라고요."

모시치는 쓴웃음을 지었다. "그 외에는?"

이토키치는 손가락을 쑥 내밀었다. "이게 굉장해요. 부지깽이를 구부러뜨린답니다."

"그런 거야 스모 선수라면 할 수 있겠지."

"힘으로 구부러뜨리는 게 아닙니다. 손가락 끝으로 쓰다듬기만 해도 이렇게——흐물흐물하게 구부러지고 만다더라고요."

"요물을 떼어내는 것은 어떠냐?"

"미요시야의 거래처 안주인이 여우에 씌었다는데요. 감옥방에 가두어 두었던 안주인을 하룻밤 동안 기도해서 고쳐 버렸어요."

"잃어버린 물건 찾기는?"

이토키치는 흥이 난 듯하다. "어느 직참 하타모토에도 막부의 직속인 하타모토의 저택에 대대로 전해지는 보물인 족자가 없어졌어요. 집안의 큰일이다 보니 열심히 찾아다녔지만 나오지 않았지요."

"흠흠."

"니치도의 평판을 듣고 지푸라기에라도 매달리는 마음으로 부탁해 보니 별것도 아니었어요. 젊은 마님이 두는 곳을 바꾸고는 잊어버렸을 뿐이었는데, 그래도 니치도는 집에 들어가자마자 망설이지 않고 그곳으로 걸어가 가리켰다더군요. 천장 아래에 있는 벽장이었지만요. 이 이야기에는 덤이 있습니다. 그 마님은 본래는 시정 사람으로 상당히 부유한 상인의 딸인데, 먼저 그 하타모토의 친척에게 양녀로 들어갔다가 시집을 왔다고 합니다."

무사의 집에서는 시정의 사회에서 며느리를 들일 때 자주 이런 수순을 밟는다. 한번 양녀로 들어가면 그 처녀는 무가의 처녀가 되기 때문이다.

"본래 살림살이가 어려운 집안이었으니 지참금을 얻고 싶어서 상인의 딸을 들인 것이겠지요. 하지만 그 소동 때문에, 목숨과도 바꾸기 어려운 가보를 천장 벽장에 집어넣다니 무슨 짓이냐고 어르신이 화를 내어 결국 이혼하게 되었습니다. 베여 죽지 않은 것만으로도 다행으로 여기라며 재산 한 푼 주지 않고 쫓아냈다고요. 젊은 부부의 사이는 좋았으니, 가엾게 되었다는 소문입니다."

모시치는 곰방대를 만지작거리면서 천천히 고개를 끄덕였다.

이토키치가 눈썰미 좋게 알아보고 말했다.

"대장님, 니치도 같은 놈들은 싫어하시지요?"

"마음에 안 드는군."

"하지만 아까 말씀드린 여우에게 씐 마님처럼 구해 준 사람들도 있는데요."

"돈을 듬뿍 받지 않느냐, 니치도는."

"미요시야는, 지금은 장사를 대행수에게 맡기고 부모가 모두 니치도에게만 붙어 있습니다. 가게를 물려받은 지 얼마 되지 않았다고 하는데도요. 그래도 가게가 기울었다는 소문은 들리지 않고, 니치도는 언제 보아도 얼룩 하나 없는 하얀 기모노를 입고, 어디를 가더라도 가마를 타고 간다고 하니 돈을 벌고 있는 것은 분명하겠지요."

모시치는 더욱더 싫은 기분이 들기 시작했다. 담뱃재를 떨고, 곰방대를 집어넣으면서 이토키치에게 말했다. "앞으로 한동안, 니치도에 관한 소문을 은밀하게 모아 다오. 아직 꼬마이니 부모가 뒤에서 조종하고 있을 테지. 니치도가 실패했다는 이야기, 니치도에게 속았다는 이야기가 있으면 자세히 이야기를 들어 두지 않겠느냐?"

이토키치는 두말없이 받아들였다. 가끔은 집에 밥을 먹으러 돌아오라는 말을 남기고, 모시치는 아래층으로 내려갔다.

고쿠라쿠유를 나와 해자를 향해 기타노바시 다리 앞까지 왔을 때, 오른쪽에서 "대장님, 대장님" 하고 부르는 목소리가 났다. 곤조의 목소리였다. 기나가시하카마를 입지 않은 남자의 약식 복장 자락을 펄럭이면서 서두르는 걸음으로 이쪽으로 다가온다.

"마님께 물으니 이토키치에게 가셨다고 해서."

곤조도 모시치의 부하지만 나이는 마흔 중반을 넘었다. 본래는 큰 가게의 고용살이 일꾼 출신으로, 평소에는 모시치의 집 바로 옆에 있는 공동 주택에 방을 하나 빌려서 혼자 홀가분하게 살고 있다. 곤조도 주산을 할 줄 알고 장부도 쓸 줄 알며 사람을 대하는 솜씨가 능숙해서, 살고 있는 공동 주택의 관리인은 그에게 완전히 의지하고 있다. 그러다 보니 공무가 한가할 때에는 그쪽 일을 도우며 생계에 보태고 있었다.

"무슨 일인가?"

"살인입니다" 하고 곤조는 짧게 대답했다. "가메히사바시 다리 옆의 뱃집에서 남자 한 명이 죽었습니다. 요류楊流라는 숙소인데, 어떻게든 조용히 수습해 달라면서 숙소 여주인이 미친 듯한 기세로 대장님을 찾아다니고 있습니다."

가메히사바시 다리라면 센다이 해자에 걸려 있는 다리로 기타모리시타초보다 더 남쪽이다. 모시치는 방향을 휙 바꾸어 곤조와 나란히 걷기 시작했다.

"가엾기는 하지만 살인이라면 그렇게는 안 되지. 범인도 알아내야 하고."

"그것이." 곤조는 타고난 매끄러운 목소리로 말했다. "범인은 이미 알고 있습니다."

모시치는 저도 모르게 걸음을 멈추었다. "뭐라고?"

"살인을 한 후, 범인이 스스로 계산대로 내려와서 지금 사람을 죽였다고 말했다고 합니다. 그대로 얌전히 기다리고 있다는군요."

뱃집 '요류'는 가메히사바시 다리를 건너면 바로, 야마토초의 한 모퉁이에 있었다. 해자에 면해 있고, 가게 이름의 유래인지 이층집의 지붕까지 닿을 정도로 키가 크고 호리호리한 버드나무에 둘러싸여 서 있다. 초여름 무렵이라면 이 버드나무도 자못 아름답겠지만, 낙엽이 춤추며 떨어지는 지금 같은 계절에는 혈색이 좋지 못한 유령이 비틀거리고 있는 모습을 보는 것 같아서 어딘지 흥이 식는 듯하다고 모시치는 생각했다.

요류의 여주인은 몸집이 작고 기가 세 보이며 눈매가 또렷한 여자였다. 아마 마흔이 넘었을 나이에 어울리지 않는 새된 목소리로, 모시치의 얼굴을 보자마자 하소연하기 시작했다.

"부탁입니다, 대장님, 우리는 이런 일에 휘말리면 장사는 끝장인데 저는 빚을 지고 있는 몸이고 남편은 행방불명이고——."

알았네, 알았어, 하고 양손으로 여주인을 달래고 나서, 모시치는 물었다. "그래서 시체와 범인은 어디에 있나?"

"위층에요. 계단을 올라가서 바로 오른쪽에 있는 방인데, 우리 가게에서는 제일 좋은 방입니다. 다다미를 바꾼 지 얼마 되지도 않았고……."

아무래도 여주인은 불평을 늘어놓고 싶은 모양이다.

"지금은 누가 같이 있나?"

"우리 뱃사공이 한 명 붙어 있습니다. 도망칠 기미는 없는 것 같지만 역시 걱정되니까요. 일단 띠를 풀어서 손목만 묶었는데, 불평도 하지 않고 잠든 것처럼 눈을 감고 꼼짝도 않은 채 고개를 숙이고 있습니다."

모시치는 이층으로 올라가는 계단의 첫 단에 발을 올려놓았다. 곤조를 재촉해 먼저 위층으로 올라가게 했다. 곤조도 잘 알고 있어서 발소리도 내지 않고 계단을 올라갔다.

"이곳 외에는 위층으로 올라가는 계단은 없겠지?"

"예, 없습니다."

"그럼 한동안은 괜찮겠군. 먼저 좀 묻겠네. 살해된 손님은 어디에 사는 누군가?"

여주인은 한순간 입을 꼭 다물더니 '모른다'고 말하려 했다. 하지만 모시치는 웃으며 제지했다.

"나는 여기에 발을 들여놓는 것은 처음이지만 평판은 들어서 알고 있네. 요류는 처음 보는 손님을 들이는 곳이 아니지. 적어도 여주인인 자네는 시체나 범인 둘 중 하나를 알고 있을 걸세."

여주인은 눈을 내리깔았다. 희미하게 얼굴을 찌푸리면서 입술을 핥다가, 이윽고 가만히 숨을 내쉬었다.

"거짓말을 해도 소용없겠지요. 네, 알고 있습니다. 시체는 요로즈야의 세이지로 씨입니다."

"요로즈야라니?"

"사루에 신사 근처에 있는 방물 도매상입니다. 세이지로 씨는 그곳의 행수인데, 장사를 잘하는 사람인지 주인 나리에게도 귀여움을 받고 있는 모양입니다."

행수 나부랭이가 대낮에 가게를 빠져나와 뱃집에 틀어박혀 놀다니, 확실히 나리의 신임이 어지간히 두텁거나, 어지간히 뻔뻔하거나 둘 중 하나가 아니면 할 수 없는 일이다.

"이곳에 오는 것은 처음인가?"

"아니요. 벌써 네 번째 정도예요."

"늘 이 시간에?"

"그렇지요, 대개는."

"상대는 정해진 여자인가?"

여주인은 얼핏 웃었다. "항상이요."

"그럼 그 여자가 세이지로를 죽였다는 건가?"

그러자 여주인은 눈을 크게 떴다. "당치도 않아요. 세이지로 씨를 죽인 것은 여자가 아니에요."

"여자가 아니라고? 그럼 남자인가?"

"남자 말고 또 있겠습니까?"

"단 둘뿐인가?"

"네."

여주인은 침착하게 말한다.

"세이지로 씨가, 오늘은 형을 데려왔어요."

"형제라——."

여주인은 고개를 끄덕였다. "세이지로 씨는 원래 가와고에 출신이에요. 차남이라 에도에 고용살이 일꾼으로 보내졌고, 형이 집안을 물려받았대요. 날품팔이나 하는 농민이니 고용살이를 하러 에도로 온 게 오히려 다행이라고 말했던 적이 있지요."

"그럼 가난한 형이 동생을 찾아온 겐가?"

"그렇겠지요. 형이라는 사람은 옷차림이 딱 보아도 변변치 못했으니까요. 상투 속까지 진흙탕이 배어 있는 것 같았어요."

아이고, 싫어라——라는 듯이 여주인은 몸을 부르르 떨었다. 에도에 있는 뱃집의 여주인에게 있어서, 인근에 있는 백성들은 그런 것에 불과할지도 모른다.

나머지는 본인에게 직접 묻는 편이 빠르다. 모시치는 두 계단씩 계단을 올라갔다. 찾아가려는 방은 장지문이 활짝 열려 있어서 복도에서도 잘 보였다. 출입구 쪽에 곤조가 정좌를 하고 앉아 있고, 창문에 기대어 젊은 뱃사공 한 명이 곤란한 듯한 얼굴을 하고 있다. 그리고 방의 거의 한가운데에 하오리를 단정하게 입고 상투를 틀어올린 남자가 앉은 자세 그대로 상반신을 좌탁 위에 엎드린 채 쓰러져 있다. 이 자세로는 머리 뒤와 등밖에 보이지 않지만, 앞으로 축 늘어져 있는 양손의 손가락이 좌탁을 긁으려는 듯이 일그러져 있는 것이 죽을 때의 고통이 어느 정도였는지를 이야기해 주고 있었다.

한 가지, 모시치의 시선을 끈 것이 있다. 시체 바로 옆에 예쁘장한 상자 하나가 뚜껑이 열린 채 뒤집어져 있다. 아무래도 과자 상자인 모양이다. 내용물이 튀어나와 다다미 위에 흩어져 있다. 색깔도 모양도 제각각인 마른 과자였다.

시선을 움직여 보니 동생을 죽인 형이라는 남자는 벽장의 장지문 앞에 두 다리를 축 늘어뜨리고 앉아, 두 손이 뒤로 묶인 채 고개를 숙이고 눈을 감고 있었다. 곤조가 말없이 모시치에게 고개를 끄덕였다.

모시치는 젊은 사공에게 고맙다는 인사를 하고 그를 방에서 내보냈다. 장지문을 닫고 남자 옆까지 몸을 낮추고 다가가, 눈높이를 맞추며 불렀다.

"어이, 자네, 이름은 뭐라고 하나?"

남자는 눈을 떴다. 흰자위가 탁한, 생기가 느껴지지 않는 눈이었다.

"나는 이 구역의 오캇피키로, 모시치라는 사람일세. 자네가 여기에서 동생을 죽였다고 해서 달려왔지. 여기에 죽어 있는 것은 분명히 자네의 동생, 요로즈야에서 고용살이를 하고 있는 행수 세이지로인가?"

남자는 천천히 고개를 움직여 끄덕였다.

"자네는 세이지로의 형이고, 가와고에에서 동생을 만나러 온 모양이더군. 여기에서 만나기로 약속했던 겐가?"

또 고개를 끄덕인다. 분명히 여주인이 말한 대로 때가 끼고 닳아 빠진 기모노와 모모히키를 입었고, 목에 걸친 수건 끝은 너덜

너덜하다. 몸에서는 땀 냄새가 난다.

"자네의 이름은?"

스으…… 하고 소리를 내어 숨을 들이쉬고, 마른 입술을 뜯어 내듯이 간신히 남자는 대답했다. "아사타로."

"자네가 동생을 죽였다는 것은 확실한가?"

"예."

"죽인 후, 여주인에게 사람을 죽였다고 알리러 간 것도 자네고?"

"예."

"왜 동생을 죽였나?"

아사타로의 눈동자가 허무하게 옆으로 움직였다. 귀찮다는 듯이 고개를 움직이더니 설레설레 저었다.

"모르는 겐가?"

아사타로는 계속 고개를 젓는다.

"말하고 싶지 않다는 뜻인가?"

아사타로는 고개를 끄덕였다. 그러고 나서 말했다. "제가 그랬습니다. 이유는 묻지 마십시오. 제가 죽였습니다. 잡아 가십시오."

그의 말투는 밀대로 민 것처럼 평평하고 억양이 없었다. 모시치는 무릎걸음으로 한 걸음 다가갔다.

"그럴 수는 없지. 자네가 어째서 이런 짓을 했는지, 그 이유를 모르고서는 어떻게도 할 수 없네. 이제 곧 검시 관리님도 오실 걸세. 나처럼 부드럽게 물어봐 주지는 않을 거야. 지금 솔직하게 이야기해 두는 게 자네를 위한 일일세."

아사타로에게는 모시치의 말이 들리지 않는 것처럼 보였다. 시선은 질척하게 아래쪽으로 내린 채, 헛소리처럼 되풀이한다.

"제가 그랬습니다. 잡아 가십시오."

마침 그때 계단 아래쪽에서 시끄러운 여자의 목소리가 들려왔다. 여주인과 누군가가 말다툼을 하고 있는 모양이다. 곤조에게 신호를 보내자 그는 불쑥 일어나서 계단 쪽으로 향했지만, 곧 계단을 뛰어 올라오는 가벼운 발소리가 들린 후 곤조가 뒷걸음질을 치며 방 쪽으로 되돌아왔다.

곤조를 밀쳐낼 것 같은 기세로 방 안에 뛰어 들어온 사람은 젊은 처녀였다. 처음에는 누구인지 알 수 없었다. 검은 시접을 두른 한시로 가노코에도 말기의 가부키 배우인 5대 이와이 한시로가 사용했다는 대마 잎 무늬의 홀치기 염색. 갈색 바탕에 흰 점이 드문드문 있다 고소데 자락 사이로 화려한 교유젠京友禅교토 지방의 유젠. 유젠은 날염법의 일종으로, 방염 풀을 사용하여 비단 등에 꽃, 새, 산수 등의 무늬를 화려하게 염색하는 것이다 허리띠가 엿보인다. 이거 참으로 세련된 아가씨구나 하고 생각하고 있자니 그녀가 입을 크게 벌리고,

"세이지로 씨!"

하고 외치며 엎드려 있는 남자에게 달려들었다. 그 목소리를 들은 순간, 모시치는 그녀가 가즈사야의 딸 오린이라는 것을 깨달았다.

"가즈사야의 아가씨 아니오?"

어째서 당신이 여기에――라고 말하면서 모시치가 그녀에게 다가갔을 때, 겨우 한순간의 빈틈을 뚫고 아사타로가 재빨리 일어섰다. 조금 전까지 보였던 소처럼 둔중한 몸짓에서는 상상도 할 수 없을 정도로 가벼운 몸놀림으로, 창 쪽으로 달려간다.

아차, 하고 생각할 새도 없었다. 모시치보다 한 발 먼저, 곤조가 아사타로에게 달려들어 기모노 자락을 붙잡으려고 했지만 얇은 천은 가볍게 펄럭였고, 곤조의 손가락은 허공을 움켜잡았다.

"형제가 아니면 좋았을 텐데."

아사타로는 바깥 하늘을 향해 으르렁거리듯이 말하고는 열려 있던 창문을 통해 밖으로 뛰어나갔다. 모시치의 눈에, 흔들리는 버드나무 가지를 배경으로 가을 햇빛 속으로 뛰쳐나간 아사타로의 모습이 또렷하고 검은 그림자가 되어 새겨졌다.

쿵, 하고 둔한 소리가 났다.

모시치는 창으로 달려갔다. 이층 높이이니 꼭 죽지는 않을 거라고 생각했지만 한번 보자마자 무리라는 것을 알았다. 머리부터 떨어졌는지, 아사타로는 살아 있는 인간이라면 도저히 불가능한 자세로 목을 비튼 채 조금 전까지와 다름없는 공허한 눈을 모시치 쪽으로 향하고 있었다.

뛰어 내려간 곤조가 아사타로 옆에 무릎을 꿇는다. 곧 얼굴을 들고, 안 되겠다는 듯이 고개를 가로저었다.

모시치 옆에서 오린이 와앙 하고 울음을 터뜨렸다.

4

요류에서 일어난 살인은 결과적으로 여주인이 바란 대로 은밀하게 처리되었다. 다소 시간이 앞서거니 뒤서거니 했을 뿐, 강제 동반자살 같은 것이라고 말할 수도 있다.

가즈사야의 오린은 눈물의 폭풍이 잦아들자 모시치가 묻는 말에 또렷하게 대답했다. 이것저것 연구해 가며 옷차림에 열을 올릴 정도의 아가씨이니, 머리는 좋은 것이다.

"그럼 세이지로가, 당신이 가을에 맞선을 보기로 되어 있었던 상대라는 거요?"

오린은 고개를 끄덕였다. "아버지와 어머니에게서 이야기를 들었을 때, 맞선 때까지 기다리다니 그런 느긋한 건 싫다는 생각이 들어서…… 몰래 요로즈야로 만나러 가 보았어요."

다행히 세이지로도 오린을 마음에 들어 해서 비밀스러운 만남이 시작되었다.

"어차피 가정을 꾸릴 사람이니까요" 하고 오린은 매우 태연하게 말한다.

"점잔을 빼고 얌전하게 굴면서, 맞선 때까지 기다릴 것은 없다고 생각했거든요. 세이지로 씨는 장사와 관련해서 밖에 나갈 일도 많았기 때문에 비교적 마음대로 행동할 수 있었어요."

애초에 이 혼담을 가즈사야에 가져온 것은 요로즈야의 주인이었다고 한다. 세이지로는 고용살이 일꾼들 중에서도 우수해서,

일찍부터 두각을 나타내고 있었다고 한다. 하지만 요로즈야에는 후계자가 될 좋은 아들이 있다. 그래서 주인 부부는 세이지로를 상인으로서 어느 정도 가르치고 나면 어딘가에 사위로 보내거나, 분점을 내 주어도 좋겠다고 생각했던 모양이다.

"요로즈야의 주인은 우리 아버지와 장사 동료로 오랫동안 알고 지냈고, 그래서 제 남편으로 어떠냐는 이야기가 나와서……."

오린의 입장에서 보자면 상대가 어떤 남자인지 흥미가 생기는 것도 무리는 아니다. 말괄량이 아가씨이니, 상대가 마음에 들면 잠자코 수줍어하며 떨어져 있을 리도 없다. 오린은 마련된 맞선 자리에서 실은 벌써 사귀기 시작한 상대 남자에게 눈짓을 하면서, 새침하게 앉아 있는 어머니 옆에 얌전히 앉아 있는 것도 재미있겠다고 생각했는지도 모른다.

"하지만 이제 납득이 가는군" 하고 모시치는 말했다. "아무리 왈가닥 아가씨라도 맞선 자리에 대뜸 가부키 무늬 기모노라니 도가 지나치지. 상대에게 거절당하면 불쾌할 텐데, 라고 당신이 우리 집사람한테 기모노를 지어 달라고 부탁하러 왔을 때 생각했다오. 하지만 세이지로가 당신의 그런 취향을 이해해 준다는 걸 알고 있었기 때문에 그런 대담한 짓을 할 수 있었던 것이로군."

오린은 고개를 끄덕이면서 눈물을 닦았다.

"세이지로의 집이나 형에 대해서는 들었소?"

"조금요. 형한테서 편지가 왔고, 조만간 만나러 올 거라는 건 알려 주더군요."

"그것이 오늘 요류였다는 것도?"

"네. 방 안에 과자가 흩어져 있던 것을 기억하세요?"

"아아, 기억하오. 그건 선물이겠지?"

"맞아요. 형한테 들려 보내고 싶으니 사다 주지 않겠느냐고 했어요. 그래서 저는 시간을 보아, 요류 앞에서 기다리고 있었지요. 그랬더니 세이지로 씨도 형님도 마침 같은 시간에 와서……. 요류 앞 해자에서, 저도 인사는 했어요."

"그리고 과자 상자를 건넸다고?"

"네. 같이 들어가고 싶었지만, 세이지로 씨가 가족의 수치가 되는 이야기이니 오지 말아 달라고 했기 때문에 과자 상자를 건네고 곧 집으로 돌아갔어요."

"형님을 어떻게 생각했소?"

오린은 대답을 망설였다. 몇 번인가 고개를 갸웃거리고, 갸웃거리며, 입을 다물고 있다.

"뭐, 좋소." 모시치는 말했다. 분명히 요류의 여주인과 똑같은 말을 할 거라고 생각했다. 태생은 같아도, 세이지로는 이제 엄연한 에도 사람이 된 것에 비해 아사타로는 오린에게 친숙하지 않은 곳에서 온 이방인일 뿐이었다. 게다가 이 이방인은 에도 사람이 모르는 가난을 흩뿌리면서 걸어다니고 있었다.

"한 가지만 가르쳐 주시오. 세이지로 씨는 형님이 무엇 때문에 에도에 오는 거라고 했소? 아니면 아무 말도 하지 않던가?"

오린은 붉은 입술을 깨물었다. "금품을 요구하는 거라고."

"돈이란 말인가?"

"네. 형님네 밭이 올해 여름에 도열병인가 하는 것 때문에 완전히 못쓰게 되어 버려서, 먹을 것도 없어 곤란하다고요. 하지만 세이지로 씨도 아직 고용살이 일꾼의 입장이니까요. 빌려 줄 돈 같은 건 없다고 얼핏 말했었어요."

세이지로의 말을 떠올리려는 것인지, 오린은 살짝 고개를 기울였다. 그러고 있는 사이에 또 눈이 젖어 들었다.

"세이지로 씨는 어릴 때부터 형님과는 사이가 나빴다고 했어요. 형님은 늘 으스대기만 하고, 자신을 방해꾼으로 취급했다면서. 너는 밥이나 축내는 벌레라는 말을 듣고, 화가 나서 덤벼든 적도 있었대요. 형이라는 건, 자신은 힘들어도 동생들에게 상냥하게 대하고, 먹을 것이 적으면 자신은 참더라도 손아래 사람에게 먹게 하고, 입을 것이 없으면 자신이 입고 있는 것을 벗어 입히고, 그래야만 비로소 으스댈 수 있는 것이 아니냐, 우리 형은 그렇지 않다, 먼저 태어났다, 집안을 물려받는다는 것만 가지고 으스대곤 했다고."

한쪽만의 이야기이니 전부 다 그대로 받아들일 수는 없고, 아사타로에게도 할 말은 있을 것이다. 하지만 밥이나 축내는 벌레라고 경멸을 받고 쫓겨나다시피 에도로 나온 세이지로의 마음속에 본가와 맏형에 대한 원한과 괴로움이 깊이 뿌리를 내리고 있었던 것만은 확실한 것 같다.

발치로 시선을 떨어뜨리며, 모시치는 생각했다. 방에 흩어져 있던 그 마른 과자…… 그것은 무엇을 나타내는 것일까. 아사타로에 대한 세이지로의 비아냥일까. 아니면 먹고살기 힘든 형의 눈에 그 마른 과자가 어떻게 비칠지 모를 정도로, 세이지로가 이미 풍요로운 에도 가게의 일꾼이 되어 있었다는 뜻일까.

어느 쪽일까. 어느 쪽이, 아사타로의 마음속에 동생의 목을 조르게 만들 정도로 맹렬한 분노를 낳은 것일까. 비아냥의 가시일까. 아니면 둔함일까.

고맙다고 말하고, 모시치는 오린을 돌려보냈다. 곤조를 붙여 집까지 바래다주게 하자.

"그 기모노, 쓸모없어지겠네요."

일어서면서 오린이 불쑥 중얼거렸다.

"또 기회가 있을 거요."

"세이지로 씨의 장례식 때 입어 줄까요. 그 사람, 내가 그런 화려한 기모노를 입으면 정말 좋아했어요."

그로부터 며칠 후의 일이다.

이토키치가 오랜만에 집에 얼굴을 내밀고, 터무니없는 소식을 가져왔다. 뱃집 요류가 액운을 떨쳐내기 위해 니치도를 불렀다는 것이다.

"살인의 더러움을 씻어 내겠다는 겁니다."

모시치는 이토키치를 데리고 요류로 달려갔다. 도착했을 때는 이미 불제가 끝난 후였다. 하얀 기모노 차림의 니치도가 깊이 머리를 숙이는 여주인의 배웅을 받으며, 한껏 멋을 낸 부모 사이에 끼어 가마에 올라타는 참이었다.

"어이, 니치도."

길 반대쪽에서 모시치는 큰 소리로 불렀다. 가마 덮개를 내리려던 니치도는 자신의 이름을 함부로 불러대는 것에 대한 놀람을 얼굴에 그대로 드러내며 휙 돌아보았다.

"당신은 누구십니까?"

새침한 입매. 무표정한 눈. 도저히 열 살이 될까 말까 한 잡곡 도매상 집 아이의 얼굴이 아니다. 양옆에 버티고 있던 아버지와 어머니도 험악한 얼굴로 이쪽을 노려보고 있다.

"나는 혼조 후카가와 일대를 맡고 있는 오캇피키 모시치라고 한다."

니치도는 물끄러미 모시치를 바라보고 있다. 아버지 쪽이 가마 너머로 대꾸해 왔다.

"오캇피키 나부랭이가 니치도 님께 무슨 용무냐."

"니치도 님이라고 하나? 자네 아들 아닌가."

모시치가 비웃자 요류의 여주인이 새파랗게 질렸다.

"대장님, 니치도 님은 우리 가게의 나쁜 인연을 씻어 내러 와 주신 겁니다. 실례되는 말씀은 하지 말아 주십시오."

모시치는 아랑곳하지 않았다. 니치도——열 살짜리 소년 한 명을 향해서 말을 걸었다.

"네가 영력을 갖고 있다나 하는 소문이 있더구나. 그렇다면 요류의 그 방에서 어떤 경위로 살인이 일어났는지 전부 꿰뚫어볼 수 있겠지?"

니치도는 건방진 느낌으로 턱을 쳐들었다.

"남자가, 다른 남자의 목을 뒤에서 팔로 졸랐지요."

그 정도는 검시를 했던 관리의 조사로 알고 있다.

"어째서 그렇게 되었는지 아느냐?"

니치도는 낮 동안에 달이 어디에 있는지 가리켜 보라는 말을 들은 것같이 약간 당황한 듯한 얼굴을 했다.

"그 방에는 미움의 기가 떠돌고 있었습니다." 정중한 말씨에, 희미하게 기가 꺾인 빛이 보였다.

"어떤 미움이었는지 아느냐?"

니치도는 더욱더 곤혹스러운 얼굴이 되었다. 곧 어머니가 감싸듯이 다가와 니치도를 가마 안으로 밀어넣으려 했다.

"그런 건 아무래도 상관없잖아요. 니치도 님은 나쁜 기를 씻어 내러 왔을 뿐이니까요."

"사람의 마음을 모르는 꼬마가 무슨 나쁜 기운을 알겠나" 하고 모시치는 내뱉었다.

아사타로가 세이지로를 죽였을 때, 거기에는 어떤 마음이 있었을까. 먹고살기도 힘든 백성의 눈에, 에도 아가씨 오린의 그 화려한 옷이 어떻게 비쳤을까. 내일 먹을 밥도 없어서 머리를 숙이러 온 형에게 빌려 줄 돈은 없다고 말하면서, 먹는 것이라고는 생각되지 않는 정교한 세공을 한 마른 과자 상자를 선물로 내미는 동생을, 아사타로가 어떤 마음으로 바라보았을까.

'형제가 아니었으면 좋았을 텐데.'

그런 마음을, 고작해야 열 살짜리 꼬마가 어떻게 알겠는가.

"가지요."

어머니가 재촉하고 니치도가 가마에 올라타자, 일동은 조용히 떠났다. 가마꾼 중 뒤쪽을 지고 가던 사람이 도중에 고개를 돌려 모시치를 보았다.

"대장님." 이토키치가 두려움이 배인 말투로 말을 걸었다. "괜찮을까요? 그렇게 화를 내도 어쩔 수 없는 것 같네요. 이렇게 보니 아직 정말로 어린아이이지 않습니까."

어린아이이기 때문에 처리하기가 나쁜 거라고, 모시치는 속으로 생각했다.

"앞으로도 니치도의 움직임에 주의해 두어라."

멀어져 가는 가마에서 눈을 떼지 않고 모시치는 낮게 말했다.

그날 밤, 모시치는 다시 도미오카바시 다리 기슭으로 나갔다. 오늘 밤에는 노점이 나와 있었다.

"요전에 쉬었지요?"

말을 걸면서 앞에 걸터앉은 모시치에게, 늘 그렇듯이 엄한 얼굴에 불가사의한 미소를 담은 주인은 공손하게 머리를 숙였다.

"헛걸음을 하시게 했습니까? 죄송합니다. 잠깐 수업을 나가 있었습니다."

"수업?"

"예. 과자 만드는 법을 배우러."

오늘 밤에는 이노스케도 술을 팔러 나와 있다. 반쯤 졸면서도 손님이 말을 걸면 됫박을 내민다. 주인은 그런 이노스케를 곁눈질로 보며 말했다.

"여기에서 술도 마실 수 있게 했더니, 이번에는 술을 못하는 손님들 중에 단것이 먹고 싶다는 분들도 생겨서요. 하지만 그렇게 적당한 과자 장수가 있을 리 없지요. 그래서 제가 만들려고."

"어디에 가 있었소?"

주인은 말을 흐렸다. "그냥, 연줄을 통해서."

그날 밤에는 기름이 오른 꽁치를 안주 삼아 술을 홀짝홀짝 마셨다. 유부초밥은 집에 사다 주기로 하고 마지막에는 떫은 차와,

"주인장의 과자를 좀 먹어볼까" 하고 청했다.

아직 수업중이라며 주인이 조심스럽게 내민 것은 양갱 같기도 하고 한천 같기도 한, 옅은 적갈색의 과자였다.

한 입 먹어 본다. 희미한 단맛과 익숙한 맛이 퍼졌다.

"이건……."

"감입니다. 감양갱이라고 부르고 있지요."

맛있었다. 감은 그대로 먹는 편이 맛있을 것 같았지만, 이것에는 이것의 맛이 있다.

"양갱이라는 건 이름뿐이고 만드는 방법은 전혀 다릅니다."

"집에서도 할 수 있나? 아니, 우리 집 마당 감나무에 감이 열려

서 말이오. 익기를 기다리고 있는 중이라오."

주인은 눈가에 주름을 지으며 웃었다. "그런 감이라면 양갱을 만들기는 아깝지요. 오래 보존이 되는 것이니 조금 싸 드리겠습니다. 요전에 헛걸음을 하신 데 대한 사과의 뜻입니다. 마님께 드리십시오."

모시치는 기뻐져서, 집에 있는 감나무 이야기를 이것저것 했다. 주인은 조용히 듣고 있다가 도중에 끼어들었다.

"꽃나무가 아니라 열매가 달리는 나무가 마당에 있으면 즐거운 법이지요. 옛날에 제가 살았던 저——집에도 커다란 지로 감나무가 있었습니다. 아이들이 자주 따러 오곤 했지요."

모시치는 주인이 '우리 집'이 아니라 '내 저택'이라고 말하려고 했음을 알아차렸다.

"흐음, 감나무 중에는 지로 감이라는 것이 있소?"

"있습니다. 단맛이 강하고 맛있는 감이지요."

"다로 감다로와 지로는 모두 사람 이름으로 흔히 쓰이며, 특히 첫째 아들의 이름을 '다로(太郎)'라고 지으면 둘째는 으레 '지로(次郎)'라고 짓곤 한다은 없나?"

"없는 것 같네요." 주인이 잠시 생각한다. "만일 있다면 지로 감보다 더 맛있을지도 모르겠는데."

아니, 다로 감은 떫은 감일 거라고, 모시치는 마음속으로 생각했다. 팔자 때문에 그렇게 되고 마는 것이다.

형제인데. 같은 감나무인데. 떫은 감과 단감이.

계산을 마치고 감양갱과 유부초밥 꾸러미를 손에 들고 일어서서 도미오카바시 다리 쪽으로 돌아가려고 했을 때, 모시치는 몇 발짝 앞의 어둠 속에서 사람의 기척을 느꼈다. 혹시 싶어서 가까이 가 보니 아니나 다를까 가지야의 가쓰조가 서 있었다.

오월의 그날과 똑같았다. 도테라보통의 기모노보다 좀 길고 큼직하게 만든 솜옷. 방한용이며 침구로도 쓰였다를 걸친 가쓰조는 부하 한 명 거느리지 않고 구월의 밤바람을 맞으며 어둠 속에서 굳어 있다.

모시치가 옆을 지나가려고 하는데도 눈길도 주지 않는다. 모시치는 걸음을 멈추고 노점의 불빛과 가쓰조의 검은 옆얼굴을 번갈아 바라보면서 한마디했다.

"자네도 한잔하고 오는 게 어떤가?"

가쓰조는 대답하지 않는다.

"저 노점의 초밥은 맛있다네. 자릿세를 받을 생각이라면, 잘 좀 해 주었으면 좋겠군. 주인장이 여기 있기 힘들어져서 후카가와를 떠나 버리면 내가 곤란해."

가쓰조는 커다란 퉁방울눈을 깜박이며 말없이 주먹을 움켜쥐고 있다.

"이보게, 가쓰조. 자네 저 주인과 아는 사이지? 그렇게 노려보는 건, 어지간히 사연이 있는 사이이기 때문인가?"

가쓰조는 고집스럽게 앞만 보고 있다. 바위 같다. 하지만 그 옆얼굴에 갑자기, 마치 부동명왕이 발을 구르다가 작은 아기를 밟고 말았다고 말하기라도 한듯, 이루 말로 다할 수 없는 슬픔의 빛이 떠올랐다.

"피는 더러워."

갑자기 가쓰조는 내뱉듯이 그렇게 말했다. 그러더니 깜짝 놀라는 모시치를 내버려 두고 빙글 몸을 돌려 밤거리 맞은편으로 걸어가 버렸다.

방금 들은 말을, 모시치는 이해하지 못하고 있었다. 피는 더럽다고?

떠나가는 가쓰조의 등과, 옅은 붉은색 불빛 속에 흐릿하게 떠 있는 노점 주인의 얼굴. 번갈아 바라보다가——.

'형제인가?'

지금까지 생각해 보지도 않았던 말이 모시치의 마음을 돌풍처럼 스쳤다.

얼어붙은 달

1

오늘은 아침부터 상투가 날아가겠다 싶을 정도로 강한 늦가을 바람이 불어닥치고 있다.

에코인의 모시치는 나가히바치직사각형의 상자 모양의 나무로 된 화로. 서랍과 물을 끓이는 그릇 등이 딸려 있으며 거실에 두고 씀 앞에 앉아 멍하니 담배를 피우며 지붕 위와 창 밖에서 바람이 부는 소리를 듣고 있었다. 이러고 있어도 얼어붙을 것처럼 차가운 바깥공기 속을 바람의 신이 커다란 대빗자루를 타고 날아와, 잎이 다 떨어지고 알몸이 된 나무들의 가지를 쏴아아 하고 울리거나, 길 가는 사람들의 머리 위를 스치며 목을 움츠리게 하고는 다시 기세 좋게 하늘로 달려 올라가는 모습이 눈에 보이는 것 같은 기분이 든다.

섣달 들어서 열흘 정도는 한기가 누그러들고 햇빛도 봄을 연상시키는 따뜻한 귤색이었지만, 그런 바보 같은 날씨는 믿을 수 없는 것이라 나중에 틀림없이 배로 돌아온다. 다시 기승을 부리기 시작한 이 추위는 결코 추위를 타는 편이 아닌 모시치의 몸에도 견디기 힘들었다. 급하지는 않아도 처리해야 하는 소소한 볼일이 몇 가지 있는데 오늘은 밖에 나가기는커녕 화로 옆을 떠나기조차 싫었다.

그와는 달리 아내는 기운이 넘쳐서, 점심때 지은 옷을 가져다 주러 나간 후로 슬슬 오후 두시가 되려고 하는데 아직도 돌아오지 않는다. 나가는 김에 마쓰마에즈케마쓰마에 지방의 명물인 다시마와 마른 오징어, 당근 등을 조미 간장에 절인 식품를 만들 다시마와 마른 오징어를 사 오겠다고 말하기는 했지만, 그렇다고 해도 시간이 너무 걸린다. 아마 손님 집에서 정월용 외출복을 지어 달라는 이야기라도 나와서, 그야말로 장아찌의 누름돌처럼 버티고 앉아 이야기에 열중하고 있을 것이다.

이토키치와 곤조 두 사람은 아침에 나란히 얼굴을 내밀었지만 한 시간도 진득하게 앉아 있지 않았다. 아내에게 설맞이 대청소는 반드시 도우러 오겠다는 말을 남기고 바삐 돌아갔다. 이토키치는 고쿠라쿠유의 일이, 곤조는 그가 사는 공동 주택의 관리인을 돕는 일이 있다. 섣달에는 역시 그들도 바쁘다.

부하 두 명이 나름대로 돈을 벌 수 있는 생업을 갖고 있어서 모시치 한 사람에게만 의지하고 있지 않다는 것은 좋은 일이다. 덕분에 모시치는 지금까지 한 번도 "내게도 돌봐주어야 하는 부하가 있으니 말이야——" 하고 뇌물을 조르는 한심한 말을 한 적이 없다. 어떤 사건을 다룰 때에도 마음의 저울에만 의지해 정직하게 심판할 수 있다. 또한 모시치가 그런 오캇피키라는 것은 주위 사람들에게도 매우 안심이 되는 일이다.

그러나 그런 수하를 두고 있으면 지금처럼 귀찮은 일이나 사건이 아무것도 일어나지 않을 때에는 모시치 혼자서 쓸쓸히 공을 치게 된다. 만약 이런 모시치와 마찬가지로 이토키치도 곤조도 한가한 형편이었다면, 지붕을 스치는 늦가을 바람 소리를 들으며 셋이서 뒹굴뒹굴 똬리를 틀고 아내의 눈총을 받거나 하면서, 대낮부터 바보 같은 이야기를 나누는 등, 그것 나름대로 또 재미있을 텐데.

곰방대를 화로 가장자리에 부딪쳐 재를 떨어내고, 모시치는 크게 하품을 했다.

물론 모시치도 줄곧 한가한 것은 아니다. 바로 그저께까지는 밥을 먹을 시간도, 잠잘 시간도 아까워하며 일했다.

곰방대를 담배합에 정리하고, 뒹굴 드러누워 천장을 올려다보며 모시치는 또 하품을 하고는 눈을 감았다. 쉰 살이 넘고 나서는 하루 밤을 새면 그 후 사흘 정도는 머릿속에 졸음기가 남게 되었다…….

꾸벅꾸벅 졸기 시작했을 때, 바깥 문 쪽에서 누군가의 목소리가 났다. 아내가 돌아온 것일까 하고, 모시치는 눈을 감은 채 적당히 "오오, 왔나" 하고 말을 걸었다.

하지만 대답이 없다. 모시치는 드러누운 채 문 쪽으로 고개를 빼 보았다.

조용하지만 사람의 기척이 느껴진다.

"누구시오?" 하고 말을 걸어 보았다.

"에코인의 모시치 나리 계시는지요?"

바보처럼 정중한 말투에, 들어본 적이 있는 목소리다. 그것도 바로 최근에 들은 목소리다.

"있습니다."

모시치는 일어나서 상투에 손을 대어 모양을 바로잡고 기모노 자락을 털고 나서, 현관 쪽으로 나갔다.

현관 문지방 안쪽에 발을 한 발짝만 들여놓고, 젊은 남자 한 명이 추운 듯한 얼굴로 서 있었다. 줄무늬 기모노에 같은 무늬의 하오리와 접은 목도리를 팔에 걸쳤고, 나올 때 갈아신었는지 버선은 새것처럼 새하얗다. 그의 등 뒤에는 현관 미닫이문이 반쯤 열려 있었다. 문을 닫아 버리면 실례가 될 거라고 생각한 것이리라. 예의가 바르다고 하면 좋겠지만, 전에 찾아왔을 때도 들어오라고 권했는데 좀처럼 들어오지 않아, 이쪽은 추워서 난처했다.

"이거 실례했습니다, 가와치야 주인장."

모시치는 가볍게 머리를 숙여 보였다.

"추운 데 서 계시게 해서……. 모쪼록 안으로 드시지요."

마음속으로 모시치는 혀를 차고 있었다.

찾아온 젊은 남자는 이마카와초에 있는 술 도매상 가와치야의 당주, 마쓰타로다. 모시치가 방금 반쯤 졸면서, 처리해야 하지만 서두를 것은 없다——고 생각하던 일거리 중 하나는 마쓰타로가 그저께 가져온 것이었다.

느긋하게 화로를 끌어안고 있었더니 일 쪽에서 재촉하러 왔다. 그야 물론 게으름을 피우고 있었던 것은 잘못이지만, 마쓰타로가 가져온 사건은 지금 안고 있는 몇 가지 사건 중에서도 가장 서두를 필요가 없어 보였기 때문에, 아아, 귀찮게 되었구나, 하고 새삼 생각하고 말았다.

"그게, 대장님. 너무 느긋하게 있을 수는 없습니다."

전에 왔을 때도 그랬으니 이것이 타고난 성격일 것이다. 마쓰타로는 잘 울리는 목소리로 조급하게 말했다.

"저희 가게에서 또 변사가 있어서요."

모시치는 태평하게 듣고 있었다. 마쓰타로는 전에 모시치를 찾아왔을 때도 '변사'라는 말을 썼지만, 그 '변사'의 내용이 내용이었기 때문이다.

"호오, 이번에는 뭡니까?"

"고용살이 일꾼 한 명이 도주했습니다."

매우 진지한 말투에 모시치는 눈을 끔벅거리고 말았다. 도주라니 어처구니가 없다.

"가게에서 도망쳐 나갔다는 뜻입니까?"

"네. 오늘 아침부터 행방을 알 수가 없습니다. 오사토라는, 스무 살 처녀입니다. 직업소개꾼의 알선으로 우리 가게에서 고용살이를 한 지 올해로 만 삼 년이 되는 여자인데, 지금까지는 성실하게 일해 줬는데 말이지요…….”

마쓰타로는 얼굴을 일그러뜨리며 과장되게 어깨를 축 늘어뜨린다.

“생각지도 못한 일이었습니다. 오늘 아침에 제게 와서, 일전에 없어진 물건은 제가 훔쳤습니다, 죄송합니다, 라고 말하더니 그대로 가게에서 사라지고 만 것입니다. 가게 사람들을 모두 동원해서 찾고 있지만 보이지 않습니다.”

모시치는 약간 어안이 벙벙해져서 그 자리에 우두커니 서 있었다.

2

그저께 점심때쯤, 가와치야의 부엌에서 선물로 들어온 얼간 연어 자반 한 마리가 도난당해 없어졌다——그것이 그저께의 일이고, 본래 이 일의 시작이다.

마쓰타로는 그 도난당한 얼간 연어 자반과 훔친 범인을 찾아내 달라며 모시치를 찾아왔다. 모시치는 쓴웃음을 꾹 참으면서 범인은 고양이일지도 모른다고 말하고, 설령 사람이 훔쳤다고 해도 그 정도의 도난은 어느 상인의 집에서나 있는 일이라며 고용살이 일꾼들을 모아 놓고 따끔하게 야단치고, 훔친 사람은 스스로 정직하게 나서라, 이번 한 번만은 눈 감아 주겠다고 말해 두면 되지 않겠느냐고 이야기를 했다.

그러자 마쓰타로는, 그 설교를 대장이 해 주지 않겠느냐고 부탁해 왔다.

"제가 설교해도 고용살이 일꾼들에게는 효과가 없습니다."

"왜 그렇게 생각합니까?"

"저 자신이 고용살이 일꾼 출신이기 때문에 무게가 없습니다. 나이도 부족하고요……."

분명히 마쓰타로는 그의 말대로 본래 가와치야의 사환이었다. 에도 사람은 아니고, 부모는 가즈사 지방의 시골에서 밭을 경작하고 있다. 그는 글자 그대로 몸뚱이 하나만 갖고 에도에 올라와 힘든 고용살이에 우는 소리도 하지 않고 노력을 쌓아 십 년째에 행수 우두머리가 되었다. 그 후에도 수 년 동안 성실하게 정진했고, 그 사람 됨됨이와 장사에 밝은 눈을 선대 주인이 높이 사서 외동딸의 남편으로 삼은 것이 작년 봄. 선대 주인이 은퇴하고 딸 부부가 가게를 물려받아 마쓰타로가 드디어 가와치야의 당주가 된 것이 올해 가을의 일이었다. 마쓰타로는 스물여덟 살의 나이에 큰 출세를 한 것이다.

그런 이야기에 대해서는 가와치야의 대가 바뀌었던 당시부터 모시치도 잘 알고 있었다. 오캇피키는 양지의 일이 아니기 때문에 지역 상인이나 지주가 바뀌는 날이나 혼례가 있을 때마다 일일이 축하를 하러 가지는 않고, 무엇보다 초대도 받지 못한다. 하지만 그래도 상대방 쪽에서는 일단 인사를 하러 온다. 물론 주인이 찾아오는 것은 아니고 고용살이 일꾼에게 쓰노다루角樽 뿔처럼 긴 질손이 둘 있는, 붉은 칠이나 검은 칠을 한 술통. 경사 때 술을 선사하는 데에 쓴다나 하나 들려 보내며 "대장님, 앞으로도 모쪼록 잘 부탁드립니다——"라고 하는 정도지만 그래도 사정은 잘 알 수 있다.

가와치야에서도 마쓰타로가 주인이 되었을 때 그런 인사를 받았다. 고용살이 일꾼 출신이 데릴사위가 되는 것은 흔히 있는 일이다. 실제로 가와치야의 선대 주인도 그랬다. 사위가 되면 고생은 많겠지만 그래도 경사스러운 일이다, 그런데 가와치야는 2대 연속으로 후계자가 될 아들을 얻지 못하다니 딸만 태어나는 가계인 걸까, 하고 모시치는 아내와 잡담을 하기도 했다.

그 가와치야 마쓰타로가 직접, 갑자기 모시치를 찾아온 것이다. 모시치도 성실하게 응대했다. 마쓰타로가 자칫하면 바보라는 쓸데없는 두 글자가 앞머리에 들러붙을 것같이 성실하다는 소문은 대가 바뀌었을 무렵부터 듣고 있었기 때문에, 소홀히 다루어서는 안 된다고 마음도 다잡고 있었다.

그런데 뚜껑을 열어 보니 얼간 연어 자반 한 마리를 잃어버린 것이어서, 모시치는 몹시 맥이 빠졌다. 그 반동으로 조금 기분이 나빠져서——게다가 그저께라면, 모시치는 바빠서 지칠 대로 지쳐 있던 참이다——고용살이 일꾼에게 설교 정도도 직접 하지 못한다면 주인이라고 할 수는 없겠지요, 하고 약간 엄한 말도 했다.

그러자 마쓰타로는 눈가를 붉히며, 그렇습니다, 저는 도저히 가와치야의 당주가 될 수 있는 그릇이 아닙니다, 하며 울음 섞인 목소리로 말하기 시작했다. 가게 안에 분쟁이 끊이지 않으니 불편하기도 할 것이다. 이렇게 울면 어떻게 대해야 할지 모르겠다. 모시치는 대가 바뀐 지 아직 반년도 지나지 않았다, 그런 일도 있는 법이라고 달래기 시작했고, 고용살이 일꾼을 가르치는 데 자신이 없다면 은퇴한 선대 주인에게 상의해서 처음부터 가르쳐 달라고 하는 것이 제일이다, 나 같은 바깥 사람의 손을 빌리는 것보다 그 편이 훨씬 효과가 있다——고 구체적인 조언도 해 주었다.

그러나 마쓰타로는 말을 듣지 않았다. 은퇴한 선대 주인——마쓰타로는 이미 장인이 된 이 사람을 종종 '나리'라고 잘못 말했다——은 가게의 일은 네게 맡겼다며, 네기시에 있는 거처에 틀어박힌 후로는 전혀 도움을 주지 않는다고 한다. 선대 안주인은 이미 세상을 떠났기 때문에 거리낄 것도 없고, 데릴사위로 주눅 드는 생활을 계속해 온 선대 주인은 이제야 얻어낸 자유로운 생활에 찬물이 끼얹어지는 것을 바라지 않을 것이라고 한다.

그러저러해서 모시치도 결국 완강하게 거절하지 못하고 마쓰타로 대신 가와치야의 고용살이 일꾼들에게 설교를 하기로 하고 말았다——는 데까지가 그저께의 이야기다. 성가시기는 하지만, 누군가가 우발적으로 저지른 일일 테고 훔친 사람은 훔친 사람대로 불편할 테니 그렇게 서두를 필요는 없다고 대수롭지 않게 여기며 이틀을 지낸 것이었는데…….

모습을 감춘 고용살이 일꾼 오사토라는 이는 가와치야의 부엌일을 맡고 있는 하녀였다. 따라서 처음 연어 자반이 사라졌을 때도 그녀의 이름이 나왔다. 문제의 연어 자반은 사라지기 직전까지 부엌 선반에 놓여 있었고, 오사토와 부엌을 맡고 있는 또 한 명의 하녀 오요시가 본 것이 마지막이었기 때문이다.

"저는 부엌 하녀를 의심하지는 않았습니다."

마쓰타로는 고개를 숙이며 말했다. 화로에 손을 쬐지도 않고 단정하게 정좌하고 있다.

"부엌에서 물건이 없어지면 제일 먼저 의심을 받는 사람은 자신들이라는 것을, 오사토도 오요시도 알고 있을 겁니다. 그러니 그 둘 중 한 쪽이 훔쳤을 거라고는 생각하지 않았습니다."

모시치는 그렇게 생각하고 있었다. 마쓰타로의 기분도, 그의 이치도 잘 알겠지만 실제로 일어나는 일은 그렇게 에두른 형태를 취하지는 않는 법이다.

"그래도 실제로 오사토가 자신이 훔쳤다는 말을 남기고 모습을 감추어 버렸지 않습니까? 그렇게 되면 이야기는 다르지 않을까요."

마쓰타로는 얼굴을 번쩍 들었다. "오사토는 도둑질을 할 아이가 아닙니다. 그 애는 누군가를 감싸느라 그렇게 말한 것입니다."

마쓰타로의 눈빛에, 모시치는 마음속에 무언가가 번뜩이는 것을 느꼈지만 입 밖에는 내지 않았다. 대신 이렇게 말했다.

"그렇군요. 오사토가 정말로 훔친 것인지 그렇지 않은 것인지는 아직 확실하지 않을지도 모르겠소. 하지만 이런 일은 금세 요란스럽게 소란을 떨지 않는 편이 좋아요. 오사토가 가게에서 사라졌다고 해도 아직 반나절밖에 지나지 않았잖습니까? 조금 상황을 보다 보면 돌아올지도 모르지요."

"그럼 대장님께서는 내버려 두라는 말씀이십니까?"

모시치는 손을 저었다. "내버려 두라는 말은 아닙니다. 나도 나중에 가게로 찾아가 보지요. 괜찮으시다면 고용살이 일꾼들에게 이야기도 들어 보겠습니다. 다만 소란을 피워 봐야 아무 도움도 되지 않는다는 말씀을 드린 겁니다. 따지고 보면 고작해야 연어 자반 한 마리에서 시작된 일인데. 그 정도 일에 가와치야의 주인이나 되는 분이 직접 나를 찾아온다는 것도 사실은 탐탁한 일은 아니지요. 나리는 가게의 누름돌입니다. 좀 더 묵직하게 자리를 잡고 있어야지."

"제게는 무게가 없습니다――."

"없어도 무게가 있는 척해 보십시오. 그러다 보면 싫어도 무게가 생길 겁니다. 물건은 형태로 결정되는 법이니까."

모시치는 마쓰타로를 격려해 주고, 등을 떠밀다시피 하여 이마카와초로 돌려보냈다. 그러고 나서는 화로에 숯을 더 넣고 곰방대를 꺼냈다. 첫 모금과 함께 한숨이 나왔다.

'오사토, 라.'

전에 마쓰타로가 찾아왔을 때는 이제 갓 주인이 된 터라 그냥 자신감이 없을 뿐이라고 생각했는데, 아무래도 그것만은 아닌 것 같다. 오늘 그의 말투, 오사토에 대해서 이야기할 때의 말투로 미루어보면 문제는 연어 자반도 아니고, 고용살이 일꾼들에게 어떻게 대처해야 할지 모르는 일꾼 출신 당주의 마음가짐도 아니고, 오사토라는 하녀에게 있는 것 같다는 생각이 든다.

고작해야 연어 자반 한 마리를 잃어버린 것뿐인데 마쓰타로가 그렇게나 고민했던 까닭은, 그것이 부엌에서 도난당했기 때문이 아닐까. 부엌에는 오사토가 있다. 그가 걱정하고 있었던 것은 연어 자반이 아니라 오사토——.

생각해 보면 예전의 마쓰타로와 오사토는, 행수 우두머리와 부엌 하녀라는 격차는 있어도 같은 고용살이 일꾼 사이였다. 거기에 어떤 감정이 오가고 있었다고 해도 이상하지는 않다.

오사토가 가와치야에서 사라진 것도 그런 이유 때문은 아닐까.

하지만 그 고지식한 마쓰타로에게 직접 이런 생각을 밝혀 본들 아무 소용도 없을 것이다. 아니, 실제로 판단을 내릴 수가 없다. 고용살이 일꾼이 도망친 것은 가게에 있어서는 손해이고 죄가 되는 일이기도 하지만, 오사토가 천 냥 상자를 짊어지고 도망쳤다면 모를까 사라진 것이 고작 연어 자반 한 마리——그것도 그녀가 훔쳤는지 어떤지 확실하지 않다——라면 모시치도 눈을 번뜩이며 찾아다닐 수는 없다.

그래도 모시치는 잠시 후 겨우 아내가 돌아왔기 때문에, 교대로 집을 나가 가와치야로 향했다. 목도리를 단단히 감았지만 이마카와초에 도착할 무렵에는 완전히 얼어붙어 있었다.

일에 지장이 없도록 당주 마쓰타로에게 들었다는 말은 하지 않고, 여기 하녀가 가게를 나가 돌아오지 않아서 찾고 있다는 소문을 듣고 들러 보았는데——라고 운을 띄우자 또 다른 부엌 하녀, 오요시는 순순히 또 이야기해 주었다. 그녀는 다소 화가 나 보였다. 오사토가 멋대로 사라지는 바람에 자신의 일이 늘었기 때문이었다.

"오사토라는 아가씨는 왜 가게에서 뛰쳐나간 것일까?"

모시치는 시치미를 떼고 물어보았다.

"자네, 뭔가 짐작 가는 데는 있나?"

"몰라요. 얼간 연어 자반 때문이 아닐까 하고——어쨌든 나가기 전에 나리에게 이야기하고 갔다던데요" 하고 오요시는 곧 말했다. 그러고 나서 그 사건에 대해서 이야기한 후,

"연어 자반이 그렇게 대단한 것도 아닌 것 같은데 말이에요" 하고 웃으며 말했다.

"자네는 누가 훔쳤다고 생각했나?"

"고양이겠지요. 대장님도 그렇게 생각하지 않으시나요?"

"그럼 자네도 오사토를 의심하고 있지는 않았다는 거지?"

오요시는 놀란 것 같았다. "저뿐만 아니라 아무도, 아무것도 의심하지 않았어요. 부엌 창은 언제나 열려 있고요. 모두 고양이의 짓일 거라고 말했어요."

"나리와 마님은?"

"마님은 얼간 연어 자반을 좋아하지 않으셔요. 없어져도 신경도 쓰지 않으십니다." 오요시는 선뜻 말했다. "나리는 집 안에서 물건이 없어지는 것은 좋지 않다는 둥 어떻다는 둥 고지식한 말

을 하며 혼자서 날카롭게 구셨지만요. 하지만 우리는 그런 건 신경 쓰지 않았어요. 누가 연어 자반 따위를 훔치겠어요? 그나마 만주 같은 거라면 훔쳐 먹는 사람도 있겠지요. 하지만 날 연어 자반을 누가 좋다고."

오요시가 한 말은 그저께 마쓰타로가 찾아왔을 때 모시치가 그에게 했던 말이기도 하다.

누가 좋다고 연어 자반을 훔치겠는가, 아마 고양이의 짓일 테지, 내버려 두자——이것이 세상 사람들의 일반적인 반응일 것이다. 그러나 마쓰타로는 그렇게 생각하지 않았다. 누군가가 훔쳤다고 생각했다. 그래서 오사토는 "제가 훔쳤습니다"라고 말했다——그렇지 않을까. 그의 뜻을 따르기 위해서…… 인지 아닌지는 제쳐 두고.

"그 연어 자반은 선물로 들어온 것이었다지?"

"네, 맞아요. 매년 이 시기에는 선물이 많이 들어오지요. 우리도 여기저기에 선물을 드리니까 차감하면 똑같지만."

"사라진 연어 자반이 어디에서 온 건지 아나?"

"아마 다쓰미야에서 받은 게 아닐까 싶어요. 요 앞에 있는."

"같은 술 도매상이로군."

"예. 그저께는 그것 한 마리밖에 없었어요. 그래서 없어진 사실도 금방 알아차렸지요."

"확실하겠지? 없어진 연어 자반이 애초에 한 마리밖에 없었다는 건."

"틀림없어요. 부엌은 저희가 맡고 있는걸요."

오요시는 그러고 보니 연어 자반 사건이 있은 후로, 오사토가 어딘지 모르게 기운이 없어 보였다고 말했다.

"하지만 원래가 별로 기운이 넘치는 사람은 아니니까요."

"오요시 씨라고 했지, 자네는 여기에서 일한 지 얼마나 되었나?"

"이 년 하고 조금 더 되었어요."

"그럼 선대 나리에 대해서도, 지금의 나리가 고용살이 일꾼이었을 때의 일에 대해서도 조금은 알고 있겠군?"

"예." 고개를 끄덕이고 오요시는 약간 입을 삐죽였다. "하지만 지금의 나리는 행수 우두머리였을 때부터 우리들하고는 전혀 다른 취급을 받고 있었어요. 뭐, 저 같은 건 하녀니까 어쩔 수 없지만, 같은 행수였던 사람들이나 대행수님 같은 분들 중에는 좋게 생각하지 않는 사람들도 있는 것 같아요. 하지만 그것도 흔히 있는 일이겠지요, 대장님."

"그래……? 이보게, 이번 연어 자반 일로 나리가 정말로 그렇게 날카롭게 굴던가?"

오요시는 또 웃음을 터뜨렸다. "그야, 머리로 벽에 구멍을 뚫을 수도 있을 것 같을 만큼, 혼자서 날카로워져 있었어요. 이래서는 본보기가 못 된다나 하면서. 저 사람은 옛날부터 소심했다고, 대행수님이 그러시더군요."

모시치는 머리를 벅벅 긁으면서 밖으로 나갔다. 오요시라는 처녀는 그렇게 머리가 좋은 것 같지는 않지만 당연한 상식과 마음가짐을 갖고 있다. 그녀의 말은 모두 지당하다.

마쓰타로가 원래의 고용살이 일꾼들이나 선배들 위에 서는 신분이 되어 하기 어려운 일이 있다고 해도, 그것 때문에 그의 주인으로서의 권위가 다소 부족한 점이 있었다고 해도, 그런 점들과 이번 연어 자반 사건은 별로 관련이 없는 듯하다는 생각이 든다. 스스로 그렇게 믿고 있을 뿐이지 관련은 없을 것 같다.

문제는 역시 마쓰타로 자신의 마음 쪽이 아닐까.

그렇게 생각했기 때문에 한동안 모시치는 멀리에서 가와치야의 모습을 지켜볼 뿐 굳이 손은 대지 않았다. 마쓰타로에게도 오사토가 돌아오거나 그녀가 어디 있는지 알게 되면 알려 달라고만 말하고, 그 외에는 내버려 두었다. 마쓰타로는 그 후에도 한 번 걱정스러운 얼굴로 모시치를 찾아와 오사토를 찾지 않아도 되겠느냐고 우물우물 말했지만, 모시치는 그를 노려보며 가와치야 주인장에게는 어떻게 해서라도 찾고 싶은 이유라도 있는 거냐고 물었다. 그러자 마쓰타로는 고개를 숙이고 돌아갔다.

게다가 섣달도 중순이 지나, 모시치는 갑자기 일이 번다해져 가와치야의 일은 아무래도 머리에서 사라지게 되었다. 눈도 귀도 떠났다. 그래서 그 영감 스님 니치도가 가와치야에 매일 드나들며 기도를 하고 있다는 소문을 들은 것은 그믐날까지 닷새 정도 남은, 연말이 코앞까지 다가왔을 무렵이 되어서였다.

3

"기도사가 뭘 하고 있다는 거냐?"

모시치가 묻자 이토키치가 웃음을 터뜨렸다.

"대장님도 참, 니치도 이야기가 나오면 금세 시비조가 되신다니까."

둘이서 료고쿠바시 다리로 향하는 참이었다. 공무 때문에 간다 묘진시타까지 가게 된 것이다. 오늘은 바람은 잔잔하지만 내쉬는 숨이 얼어붙고 손가락이 곱는 추위임에는 변함이 없다. 이토키치는 콧등이 새빨개져 있었다.

기도사 니치도는——사실 오후나구라 뒤에 있는 잡곡 도매상 미요시야의 아들로 아직 열 살밖에 안 된 조스케라는 아이에 지나지 않지만, 태어나면서부터 영감이 강하다나 해서 잃어버린 물건을 찾거나 사람을 찾거나 요물을 떼어내는 것은 물론, 인상만 봐도 그 사람의 수명까지 알아맞힐 수 있다는 대단한 선전이 따라다니는 꼬마다. 뭐, 선전은 그렇다고 쳐도 기도할 때마다 큰돈을 요구한다는 것이 마음에 들지 않는다.

그렇지 않아도 모시치는 본래 이런 종류의 일을 싫어한다. 그래서 이토키치가 웃는 것이다.

모시치가 그 니치도와 직접 얼굴을 마주한 것은 올해 가을, '요류'라는 뱃집에서 사건이 일어났을 때가 처음이었다. 처음부터 궁합은 나빴다. 그 후로 모시치는 주의깊게 니치도의 신변을 살피고 있지만, 이렇다 하고 개입할 핑곗거리가 있는 것도 아니어서 떨떠름한 기분을 억누르며 연말까지 지내 왔다.

그 니치도가 가와치야에 드나들고 있다고 한다.

"그 왜, 중순에 가와치야에서 하녀 하나가 도망쳤다고 하지 않습니까." 이토키치가 말했다. "그 하녀의 행방을 알아내 달라고, 가와치야 주인이 부탁했다고 합니다."

"가와치야의 나리냐, 마님이냐?"

"나리겠지요. 그곳 안주인은 곱게 자란 아가씨라 얌전한 성격이고, 장사에 대해서도 집안일에 대해서도 거의 모르는 것 같다는 평판이니까요."

"그래서, 찾아냈나?"

이토키치는 고개를 저었다. 추위 때문에 뺨까지 빨갛다.

"못 찾은 모양입니다. 다만 니치도는, 하녀가 이미 죽었다고 말하고 있다고 합니다. 처음에 가와치야에서 기도를 했을 때 '아아, 그 여잔 죽었어'라고 말했다나요."

모시치는 걸음을 멈추었다. "뭐라고?"

"강에 뛰어들어 죽었다고요. 이제는 시체가 어디에 있느냐 하는 이야기가 되었는데요."

"가와치야에서는 니치도의 말을 믿고 있더냐? 시체까지 찾아내려고 기도를 부탁했다는 게냐?"

"그렇겠지요. 가엾으니 적어도 시체를 건져서 장례라도 치러 주고 싶은 건가 봅니다. 가와치야는 고용살이 일꾼에게 다정한 가게로군요."

모시치는 이토키치처럼 마음이 훈훈해지는 감상을 늘어놓을 기분은 들지 않았다. 가와치야의 마쓰타로는 그런 짓을 할 정도로 이 일을 깊이 생각하고 있는 것일까.

"공무를 마치면, 돌아가는 길에는 에이타이바시 다리로 가서 이마카와초의 가와치야에 들러 보자꾸나. 얼간 연어 자반 사건이 아직 끝나지 않았구나."

갑작스러운 모시치의 방문에 마쓰타로는 놀란 얼굴을 했지만, 그 얼굴을 본 모시치도 깜짝 놀랐다. 마쓰타로는 지난 보름 남짓 사이에 홀쭉하게 야위고 말았다. 큰 병을 앓고 난 사람처럼 피부가 늘어지고 생기가 없고, 눈도 흐릿한 것이 잠이 부족한 것 같았다.

"대장님, 오사토의 소식이라도 있어서 오셨습니까?"

방에서 마주 앉자 마쓰타로는 곧 그렇게 물었다.

모시치는 당장은 대답하지 않고, 나온 차를 천천히 홀짝이면서 이것저것 생각했다. 이곳이 마쓰타로의 방이라고 하지만, 도코노마에 장식되어 있는 가레산스이일본 정원에서 물을 쓰지 않고 돌과 모래를 배치하여 산수(山水)를 나타내는 양식 족자가 그의 취향에 맞는 물건인 것 같지는 않다. 선대 주인의 방을 그대로 물려받았을 뿐이리라. 역시 가와치야라는 배는 마쓰타로라는 선장의 말만을 순순히 들어주지는 않는 것으로 보인다. 그런 상태에서 집에 기도사 나부랭이를 끌어들이면 그것이 고용살이 일꾼들 사이에 어떤 잔물결을 일으킬지, 마쓰타로는 모르는 것일까.

“어떻게 된 겁니까, 대장님.” 마쓰타로는 몸을 내밀었다. “오사토를 찾으셨습니까?”

“당신, 기도사 니치도를 부르고 있다고 하더군요. 니치도는 뭐라고 하던가요?”

마쓰타로는 몸을 물렸다.

“알고 계셨습니까.”

“아아. 니치도는 혼조 후카가와에서는 유명한 기도사니까요.”

“요즘은 다카나와나 센다기 쪽에서도 니치도 님께 보아 달라고 먼 길을 찾아온다고 합니다.”

마쓰타로는 낮게 그렇게 말하고 눈을 내리깔았다.

“니치도 님은 오사토가 이미 죽었다고 하셨습니다.”

모시치는 고개를 끄덕였다. “그것도 알고 있소. 그러니 가와치야 주인장, 당신은 지금은 오사토가 있는 곳이 아니라 시체가 있는 곳을 찾고 있는 셈이로군요.”

마쓰타로는 눈을 깜박이더니 후 하고 숨을 내쉬었다.

“살아 있었으면 좋겠습니다만…….”

“하지만 니치도는 어떻게 그런 것을 아는 것일까요?”

“오사토가 사용하던 앞치마를 손에 들어 보니 그런 환상이 떠올랐다고 합니다. 물에 뛰어드는 오사토의 모습이 심안心眼에 비쳤다더군요.”

이토키치가 놀리는 듯한 눈빛으로 모시치를 보고 있다. 모시치는 마주 노려봐 주고 나서 다시 마쓰타로를 돌아보았다.

"다른 데 가서 이야기하는 일은 없을 거라고 약속할 테니 정직하게 대답해 주었으면 좋겠는데, 가와치야 주인장——아니, 마쓰타로 씨. 당신과 오사토 사이에는 이전에 뭔가 있었던 게 아닙니까?"

마쓰타로는 눈을 크게 떴다. 그다지 단정한 생김새의 얼굴은 아니지만 눈만은 아름답다고, 그때 모시치는 생각했다.

"오사토는, 마음씨가 착한 아이입니다." 마쓰타로가 말했다. 천천히 손을 들어 이마를 문지르면서.

"부지런했고요. 저는——오사토를 좋아했습니다."

"오사토도 그 사실을 눈치채고 있었겠지요."

"입 밖에 낸 적은 없었지만 알고 있었을 겁니다. 그런 것은 대개의 경우, 한쪽만의 착각은 아닌 법이지 않습니까?" 하고 마쓰타로는 말했다. "아직 데릴사위 이야기가 내밀한 것이었을 무렵에, 저는 한 번, 동료 사이의 농담으로만 들리도록 오사토에게 말한 적이 있습니다. 사실은 이런 큰 가게를 맡아서 분수에 맞지 않는 고생을 하는 것보다 오사토 같은 여자와 가정을 꾸려서 조촐한 고생을 하고 싶다고."

"오사토는 뭐라고 했습니까?"

"아무 말도요. 그냥 웃고 있었습니다."

웃을 수밖에 없었을 것이다. 잔혹한 짓을 했구나, 하고 모시치는 속으로 생각했다.

"오사토는 잘 웃는 여자입니다." 마쓰타로는 말을 이었다. 기분 탓인지 눈초리의 선이 부드러워졌다.

"그 여자도 고향에 나이 많은 부모님이 있었고, 돈도 보내 주어야 해서 꽤 고단한 처지였습니다. 하지만 밝은 아가씨예요. 눈치가 빨라서 선대 나리와 마님도 마음에 들어 하셨지만, 어쩌다 보면 따끔하게 꾸중을 듣는 일이 있습니다. 자신이 잘못하지 않아도 혼날 때가 있는 것이 고용살이 일꾼이라는 것이니까요. 하지만 그럴 때도 오사토는 얌전히 야단을 맞은 후에 혀를 쏙 내밀며 웃곤 했어요. 그 여자가 옆에 있으면 저는 언제나 마음이 편해졌습니다."

"하지만 마쓰타로 씨, 당신은 결국 이 집의 데릴사위가 되었소."

"행수 우두머리로 발탁해 주셨을 때부터 정해져 있던 일입니다."

"오사토는 납득하던가요?"

"납득이고 뭐고……."

마쓰타로의 얼굴에 씁쓸한 웃음이 떠올랐다. 그러고 보니 이 남자가 웃는 것을 모시치는 처음으로 보았다.

"이 집의 데릴사위가 되어 달라는 바람을, 제가 거절할 리는 없다고 줄곧 생각하고 있었겠지요. 그러니 그런 의미로는, 예, 납득한 것일지도 모릅니다. 아니면 포기해 준 것일까요."

“신분이 다르다고?”

“그렇겠지요.”

마쓰타로는 살짝 얼굴을 찌푸렸다. 오사토와의 일은 그의 마음 속의, 건드리면 아픈 부분에 집어넣어져 있는 것인지도 모른다.

“제가 아가씨의 남편이 되는 것이 정식으로 정해졌을 때, 저는 오사토가 가게를 그만두지 않을까 생각했습니다. 아니, 오사토만이 아니에요, 저를 좋게 생각하지 않는 대행수님이나 다른 사람들은 모두 그만둘 거라고 생각했지요. 하지만 그렇게 되지는 않았어요. 신기하지요.”

“차라리 그만둬 주는 편이 마음이 편했던 것은 아닙니까?”

모시치의 말에 마쓰타로는 가볍게 웃었다.

“당치도 않아요. 그렇게 되면 이 가게는 꾸려나갈 수가 없게 됩니다.”

모시치는 고개를 끄덕였다. “그렇겠지요. 가게라는 것은 나리 혼자서 해 나가는 것이 아니니까. 게다가 대행수와 다른 사람들도 우선은 먹고살아야 하고, 나름대로 오기도 있을 테지요. 지금까지의 고용살이를 헛되이 하고 싶지는 않을 겁니다. 그런 사람들이 당신이 주인 나리가 된 것을 불만스럽게 생각하고, 그 이유만으로 그만두는 게 아닐까 생각했다는 것은 당신의 착각이오.”

마쓰타로는 입을 다물고 있다. 모시치는 말을 이었다.

“하지만 오사토의 경우는 대행수나 다른 일꾼들과는 다르오. 마음과 마음의 문제니까. 오사토가, 당신이 데릴사위로 이 집에 자리를 잡고 나서도 이번 일이 있을 때까지는 가게를 그만두려고 하지 않고 고용살이를 계속하고 있었던 것이 왜인지, 짐작 가는 이유는 없습니까?"

"무슨 말씀이신지?"

"이 집의 데릴사위로 자리를 잡은 후, 오사토를 붙들어 두려고 뭔가 하지는 않았느냐는 뜻입니다."

모시치와 이토키치의 눈앞에서, 마쓰타로는 얼굴이 창백해졌다. 몸 전체가, 등 뒤의 도코노마에 장식되어 있는 가레산스이 족자와 비슷할 정도로 빛바래고 말았다.

"저는, 그런 이기적인 사내가 아닙니다" 하고 떨리는 목소리로 말했다. "이 가게도, 아가씨도, 소중하게 생각하고 있습니다. 그런 성실하지 못한 짓은, 저는 할 수도 없고 생각한 적도 없습니다."

그러나 그렇다면 왜 오사토는 가와치야를 그만두지 않고 남아 있었던 것일까? 버틸 수 없다고 생각하지는 않았을까. 그리고 왜 이제 와서, 얼간 연어 자반이 없어졌다는 사소한 일을 계기로 뛰쳐나가 버린 것일까——.

그 물음을 뱃속에 삼킨 채, 모시치는 어깨를 움츠리고 가와치야를 떠났다. 오카와 강을 따라 입을 꾹 다문 채 걷다가 오후나구라 앞까지 왔을 때 니치도의 집에 들렀다 가자는 생각이 들었다.

"갑자기 덮치는 겁니까?" 하며 이토키치가 놀란다.

"덮치다니 듣기 거북하구나. 그 녀석은 오사토가 이미 시체가 되었다고 말했다. 어째서 그렇게 생각하는 것인지, 그 이유를 들어 보자고 생각했을 뿐이야."

"심안입니다, 대장님."

놀리듯이 말하며 이토키치는 뒤를 따라왔다.

미요시야는 오후나구라 뒤의 파수막 옆에 있다. 좁은 해자를 따라 걸어가니 파수막의 등롱과 나란히 미요시야 앞에 켜져 있는 초롱불이 보이기 시작했다. 해는 지고 얼어붙을 듯한 밤하늘, 모든 상가가 이미 대문을 닫을 시간이지만 미요시야는 바깥문을 닫은 후에도 니치도를 찾아오는 손님을 위해 불을 끄지 않는다고 한다. 미요시야의 본업인 잡곡 도매상도 번성하고 있지만 니치도의 벌이는 그것을 웃돌 정도라고 한다.

시건방지다——고 생각하면서 모시치가 그 초롱불 쪽으로 걸어갔을 때, 미요시야의 대문이 움직이고 안에서 사람이 한 명 나타났다.

모시치는 숨을 삼켰다. 이토키치도 서둘러 걸음을 멈춘다.

"대장님, 저건——."

쉬, 조용히 해, 하며 모시치는 이토키치를 눌렀다.

미요시야에서 나온 것은 도미오카바시 기슭에 노점을 내고 있는, 그 유부초밥 가게 주인이었던 것이다.

그는 미요시야 쪽을 돌아보더니 대문 안쪽에 있는 누군가를 향해 정중히 머리를 숙였다. 한 손에 무늬 없는 초롱을 들고 있고, 발에는 셋타를 신었다.

유부초밥 가게 주인이 다시 이쪽을 향하기 전에 모시치는 이토키치의 멱살을 잡다시피 하며 서둘러 가까운 골목길로 뛰어들었다. 몸을 움츠리고 분위기를 살피고 있자니 주인은 초롱으로 발치를 비추면서 약간 고개를 숙이고, 만넨바시 다리 쪽으로 걸어갔다.

모시치 일행이 골목길에서 밖으로 나와 보니 노점 주인이 든 초롱의 불빛이 강한 북풍을 맞아 가끔 흔들리면서 멀어져 가는 것이 보였다.

유부초밥 가게 주인이 니치도를 찾아왔었다――주인도 니치도의 영력인지 뭔지를 믿고 있는 것일까. 아니, 그 이전에 니치도에게 부탁해서 봐 달라고 하고 싶은 무언가를 안고 있는 것일까.

돌아보니 미요시야의 대문은 다시 닫혀 있었다. 초롱불만이 추운 듯이 깜박이고 있다.

“저 아저씨, 옛날에는 무사였을 거라고 대장님이 그러셨지요?”

“너는 그 노점에 간 적이 없느냐?”

“없습니다. 춥기도 하고요. 게다가 저는 술을 못하니까.”

“요즘은 단것도 판다. 맛있는 것을 먹을 수 있지.”

헤에, 그렇습니까, 하고 말하면서 이토키치가 모시치의 얼굴을 보았다. 조금 곤란한 듯한 표정이다.

“괜찮으십니까, 대장님.”

모시치가 어지간히도 넋이 나간 것처럼 보였던 모양이다. 이토키치가 모시치의 팔을 두드리며 말했다.

"아아, 괜찮다. 좀 놀랐을 뿐이야."
"미요시야에는 안 가십니까?"
모시치는 말없이 고개를 저었다.
"오늘 밤은 그만두자꾸나."
니치도보다 오늘 밤에는 우선 노점 주인의 이야기를 들어 보고 싶다. 주인이 무엇을——주인이 왜 니치도를 찾아간 것일까. 그것을 알고 싶다. 그것에 따라서는 모시치도, 니치도에 대한 사고방식을 바꾸어야 할지도 모른다. 저 유부초밥 가게 주인은, 지금은 모시치에게 그만큼 큰 존재가 되어 있었다.

4

그날 밤 늦게, 모시치가 도미오카바시 다리 기슭에 있는 노점에 얼굴을 내밀자 주인은 평소와 똑같이 말없이 목례를 보내며 맞아 주었다.
"우선, 데운 술을 주시오."
주인은 옆에 나란히 서서 장사를 하고 있는 이노스케에게 고개를 끄덕여 보였다. 이노스케가 술병에 술을 채워, 커다란 풍로 위에서 끓고 있는 주전자의 물 속에 술병을 담갔다. 이노스케는 고령에 병을 앓고 난 지 얼마 안 된 몸이다. 모시치는 이 한기가 사무치지 않을까 하고 걱정이 되었지만, 노인은 두툼한 솜을 넣은 옷을 껴입고 수건으로 얼굴을 폭 싼 채, 의자 위에는 모피를 깔고 활활 피어오르는 풍로 앞에 몸을 웅크리고 붉은 얼굴을 하고 있었다.

오늘 밤은 손님이 적었다. 세 개를 나란히 놓은 긴 의자는 텅 비어 있고, 길가에 마련되어 있는 손님용 풍로만이 붉은빛을 선명하게 내뿜고 있다.

"오늘 밤에는 공치고 있습니다." 주인이 웃음을 지으며 말했다.

"추우니까요. 덕분에 나는 대절 상태로군."

"그러게요"라고 하며 주인은 미소를 지었다.

데운 술과 함께 접시가 나왔다. 구운 연어 조각이 올라와 있다. 간 무가 함께 나왔다.

모시치는 눈을 들어 주인의 얼굴을 바라보았다. 연어 자반이 나오는 것은 계절상 이상한 일은 아니다. 하지만——.

모시치의 눈을 마주 보며 주인이 말했다. "간은 싱겁지만 살이 실한 좋은 연어입니다."

"음, 맛있을 것 같구려."

"대장님은 이 일로 가와치야를 찾아가셨지요?"

모시치는 젓가락을 든 채, 한기 탓이 아닌 이유로 얼어붙어 주인을 올려다보았다.

"잘 아시는구려."

"미요시야의 니치도 도령에게서 들었습니다. 저는 오늘 그 아이를 만나러 갔으니까요."

여러 가지를 생각할 새도 없이, 모시치는 말하고 있었다. "아아, 당신을 봤소."

"그렇겠지요. 저도 대장님을 보았습니다. 젊은 사람이 함께 있던데, 부하입니까?"

들켰던 것이다. 모시치와 이토키치도 서툰 것은 아닌데, 제대로 기척을 알아채고 있었던 것을 보면 역시 이 남자는 평범한 노점 주인이 아니다.

모시치는 쓴웃음을 지었다. "음. 이토키치라고 하오."

"이토키치 씨는 아직 우리 가게에는 와 주시지 않았지요."

"선전은 해 두었소. 또 한 사람, 곤조라는 이도 있지요. 이토키치는 술을 못 마시지만 곤조는 술꾼이오. 조만간 데려오지."

모시치는 데운 술을 단숨에 들이켜고는, 눈을 감고 술이 몸에 스며들어 가는 것을 맛보았다. 그러고 나서 말했다.

"주인장, 당신은 어째서 니치도를 만나러 갔소? 거기에서 가와치야나 내 이야기가 나왔다는 것은 어째서요?"

주인은 침착했다. 무언가 달걀 푼 물 같은 것을 휘저으면서 조용히 말했다.

"니치도가 가와치야의 오사토라는 하녀는 이미 죽었다고 했다, 는 이야기를 들었기 때문입니다. 그 얘긴 틀렸으니까요."

"뭐라고요?"

주인은 모시치의 눈을 보며 고개를 끄덕였다. "오사토 씨는 살아 있습니다. 어젯밤에도 여기에 왔습니다."

모시치는 기가 막혀서 아무 말도 할 수가 없었다.

"오사토 씨는 이달 중순쯤에 가와치야에서 도망쳤다더군요."

"……아아, 맞소."

"그러니 그 사람이 처음으로 이곳에 온 날은 도망치고 나서 이삼일째 되던 날이 아니었을까요. 지금보다 더 이른 밤이었는데, 여기에 들렀습니다."

"아는 사이요?"

"저는 아니지만, 이노스케 씨가," 하며 주인은 노인 쪽으로 머리를 향했다. 이노스케는 수건으로 싼 머리를 끄덕였다.

"가와치야는 행상꾼에게도 술을 도매하고 있다더군요. 이노스케 씨는 이전부터 오사토 씨를 알고 있었습니다. 그 사람이 도망친 날 아침에도, 이노스케 씨는 가와치야에서 술을 사면서 오사토 씨와도 만났지요. 그 정도만 아는 사이입니다. 그래서 오사토 씨도 여기에 온 것입니다. 이노스케 씨를 만나서, 분위기를 물으려고."

"분위기라는 건——."

"자신이 뛰쳐나온 후 가와치야가 어떻게 되었는지 신경이 쓰였겠지요. 소란스러워진 것 같으면 한 번은 돌아가서, 제대로 사과를 하고 나서 가게를 그만두고 싶다면서요."

"그래서?"

"저와 이노스케 씨는, 그런 걱정은 할 필요가 없지 않겠느냐고 말했습니다. 말없이 나가는 편이 당신을 위해서도, 가와치야를 위해서도 좋을 거라고."

주인은 달걀 푼 물을 사발에 부었다.

"오사토 씨는 지금 아카사카 쪽에 있다고 합니다. 먼 친척이 산노 신사 근처에서 찻집을 하고 있다는데, 이전부터 도와 달라는 부탁을 받곤 했다더군요. 오사토 씨는 잘 지냅니다. 조금 낙담하기는 했지만. 게다가 아직 마음이 석연치 않아서 가끔 이곳에도 들르는 것이겠지요."

"무슨 뜻이오?" 하고 모시치는 물었다. "나는 영문을 모르겠군. 오사토가 가와치야의 데릴사위 마쓰타로에게 반해 있었던 것 같다는 얘기는 알지만——."

주인은 고개를 끄덕였다. 커다란 냄비의 뚜껑을 열자 새하얀 김이 피어올라, 잠시 동안 그가 모습을 감추었다.

"우리에게도 자세한 것은 이야기해 주지 않았습니다. 다만, 왠지 낙심해서 갑자기 가와치야에 있기 싫어졌다고 했습니다."

"낙심했다?"

"예. 오사토 씨는 설령 마쓰타로 씨와 맺어질 수 없더라도 가와치야에서 열심히 고용살이를 함으로써 마쓰타로 씨에게 도움이 되고 싶다고 생각했던 모양입니다. 반대로 말하자면 그만큼 반해 있었다는 뜻이겠지요. 억지로 태연한 척해서라도 가와치야에 있으면서, 마쓰타로 씨 옆에서 살 수 있다면 그걸로 되었다고 스스로에게 들려 주고 있었나 봅니다."

모시치는 마쓰타로와의 대화를 떠올리고 있었다. 그때 마음에 떠오른 의문도.

오사토는 왜 지금까지 가와치야를 그만두지 않았을까.

"하지만," 하고 주인은 말을 이었다. "요전에 고양이가 훔쳐갔을지도 모르는 얼간 연어 자반 한 마리 때문에 본보기가 못 되느니, 고용살이 일꾼을 누르지 못하는 것은 자신에게 무게가 없기 때문이라느니 하면서 날카롭게 구는 마쓰타로 씨를 보고 있자니, 갑자기 아아, 이 사람은 이제 자신과는 인연이 없는 다른 사람이 되어 버렸구나, 하는 생각이 들었다고 합니다. 그러자 평생 그늘에서 최선을 다하려고 했던 자신의 마음이 갑자기 시든 것 같아서, 앞뒤 생각하지 않고 가와치야를 뛰쳐나오고 말았다더군요."

모시치는 주인의 말을 머릿속에서 음미해 보았다. 알 것 같은 기분이 든다.

모시치가 만난 마쓰타로. 소심하고 자신감이 없고, 가게의 무게에 짓눌릴 듯하면서도 가게에 대한 집념은 당연하게 여기는 마쓰타로, 대행수들의 안색을 살피고 아랫사람들에게 어떻게 보일지 그것만 신경 쓰는 마쓰타로.

그런 마쓰타로는 아마 오사토가 반했던 행수 우두머리 마쓰타로가 아닐 것이다. 그는 변하고 말았다. 오사토는 그 사실을 얼간 연어 자반 한 마리를 통해서 퍼뜩 깨달은 것이다. 그가 변했다는 것, 두 사람의 입장이 변했다는 것을.

아니, 어쩌면 이전부터 어렴풋이 눈치채고 있었던 것이 그때 한꺼번에 뿜어져 나와, 오사토를 가와치야에서 도망쳐 나가게 한 것인지도 모른다.

'오사토는 포기했다——.'

아니, 포기한 것은 아니었을 것이다. 오사토는 어떤 형태로든 마쓰타로 옆에 있는 것이 자신의 행복이라고, 그저 스스로에게 들려 주고 있었을 뿐이다. 그러나 한 달, 두 달 시간이 지나가면서 그것이 얼마나 이상한 일인지, 아름다운 일이기는 하지만 얼마나 자신의 마음을 상하게 하는 일인지, 영리한 아가씨이다 보니 서서히 깨닫고 있었을 것이다.

오사토의 마음은 뛰쳐나갈 때를 기다리고 있었다. 마쓰타로를 끊어내야 할 때가 오기를. 무언가 사소한 일이라도 스스로 연심을 끊어내게 될 계기를.

"그런 이유라면 오사토 씨는 이제 가와치야로 돌아가지 않는 게 좋다, 모르는 척하는 것이 좋다고, 이노스케 씨도 저도 생각했습니다."

"나도 그렇게 생각하오." 모시치는 고개를 끄덕였다.

"그래도 오사토 씨는 아직 여기에는 옵니다. 여기에서도 발길이 멀어지게 된다면 정말로 가와치야를 잊은 것이겠지요."

주인은 냄비 앞에 서 있다. 김이 모락모락 피어오르고 있다. 아무래도 찜 같다.

"주인장, 당신은 그것을 니치도에게 말하러 간 거요?"

"아니요." 주인은 고개를 저었다. "저는 다만, 오사토 씨가 살아 있으니 물에 뛰어들어 죽었다고 말하지 않는 편이 좋겠다고,

그렇게만 말했습니다."

"영시靈視가 빗나가서, 니치도가 뭐라고 변명을 하던가요?"

모시치는 하얀 기모노를 입은, 새치름하고 태연한 아이의 얼굴을 떠올리고 있었다. 주인은 웃었다.

"영시를 했을 때, 옆에 있던 누군가의 머릿속에 오사토는 죽었다——물에 뛰어들기라도 해서 죽어 버린 것은 아닐까 하는 걱정이나 죽었으면 좋겠다는 기대가 있었기 때문에, 자신은 그것을 느낀 걸 거라고 말하더군요."

모시치는 웃으려고 했지만 웃을 수 없었다. 마쓰타로의 걱정스러운 듯한 얼굴이 머리를 스쳤다.

그리고 또 한 사람, 마쓰타로의 아내인 가와치야 외동딸의 얼굴——만난 적도 없는 여자의 얼굴이지만, 그것이 보이는 것 같은 기분이 들었다.

'아가씨는 대범하니까.'

하지만 그 아가씨도 자신의 남편이 되는 남자에 관한 일, 그 남자와 사이가 좋았던 하녀에 관한 일, 그 하녀가 가와치야에 들어앉아 있는 의미를 생각해 보거나 떠올려 보지 않았을 리 없다.

"추워졌군. 데운 술을 하나 더 주시오."

잠시 동안, 노점의 세 사람은 말없이 김이 서린 공간에 있었다. 이윽고 추가로 주문한 술을 모시치의 앞에 놓으면서 주인이 말했다.

"아이에게 그런 일을 시켜서는 안 되지요."

물론 니치도를 말하는 것이다.

"나도 그렇게 생각하오." 모시치가 말했다. "니치도——가 아니라 조스케를 위해서도."

"정말로 잘 알아맞힌다면 저도 봐 달라고 하고 싶지만요." 주인은 미소를 짓는다.

모시치는 그때, 심장이 약간 튀어오르는 것을 느꼈다.

수수께끼 남자지만, 지금의 모시치에게 가장 신경이 쓰이는 것은 그와 가지야의 가쓰조를 잇는 실이다. 감이 열릴 때쯤, 모시치는 이 노점 바로 옆에서 어둠에 숨어 꼼짝도 않고 있던 가쓰조가 노점 주인의 얼굴을 노려보다시피 응시하며, '피는 더러워'라고 내뱉는 것을 들었다. 그 후로 그 일은 모시치의 마음속에 걸려서 어떻게 해도 움직이지 않는다.

가지야의 가쓰조와 이 남자는 피로 연결되어 있는 것이 아닐까. 나이로 보아, 어쩌면 형제는 아닐까.

하지만 입 밖에 내서 물어볼 기회를 아직 찾지 못하고 있다. 아무렇지도 않게 물으면 아무렇지도 않게 부정하고, 그걸로 끝날 것 같은 기분이 들기 때문이다.

주인장——하고 모시치는 마음속으로 생각했다. 당신에게도 니치도에게 봐 달라고 하고 싶은 것이 있소? 당신이 이곳에 있는 이유, 당신이 품고 있는 것은 대체 뭐요.

주인은 냄비 뚜껑을 열고는 김 속에서 사발을 꺼내 모시치 앞에 내밀었다.

"오다마키무시입니다."

"이게 뭐요?"

"차완무시일본식 달걀찜. 가다랑어포 등을 우린 국물에 달걀을 풀고 고기, 표고, 은행, 어묵 등의 고명과 함께 공기에 넣어 뚜껑을 닫고 찐 것 속에 우동을 넣은 겁니다. 몸이 따뜻해지니 좋을 것 같아서요."

고맙다며, 모시치는 사발을 끌어당겼다. 육수 냄새가 코를 간질였다.

뜨거운 오다마키무시를 맛보고 있는데, 노점 주위를 겨울바람이 소용돌이치며 지나갔다.

"이제 올해도 끝이군요." 주인이 말했다. "겨울바람이 옛날 일을 전부, 처음부터 끝까지 다 날려 보내고 새로운 해가 올 것 같습니다."

모시치는 얼굴을 들고 주인을 보았다.

주인은 밤하늘을 올려다보고 있었다. 그의 눈 속에 겨울바람에 휘말려 어디론가 날아간, 그밖에 모르는 세월이 그때 얼핏 비친 것 같은 기분이 들었다.

하지만 지금은 아직 캐묻지 않기로 하자. 언젠가 분명히 그것에 어울리는 시기가 오거나, 어울리는 일이 일어날 것이다.

"무서울 정도로 맑은 달이군요." 주인이 말했다.

모시치도 하늘을 올려다보았다. 한가운데가 빠끔하니 갈라진 채, 내던져져 하늘에 걸려 있는 것 같은 달이 빛나고 있다. 그 이지러진 정도, 그 외톨이 빛.

오사토의 마음의 형태도, 지금은 저럴지도 모른다——문득 모시치는 생각했다.

원한의 뿌리

1

이야기는 늘 그렇듯이 이토키치가 '고쿠라쿠유'에서 들은 것이었다. 영감 스님 니치도가 누군가의 습격을 받아 크게 다쳤다는 것이다.

따뜻한 봄날 햇볕에 자칫하면 졸고 말 것 같은 날씨가 이어지고 있었지만, 그 무렵 모시치네는 이래저래 바빴다. 피기 시작한 벚꽃도 여기저기 바쁘게 뛰어다니는 사이에 불쑥 올려다보는 게 다인 나날이다. 그래도 어떻게든 꽃의 한창때가 끝나기 전에 한 번 정도는 꽃구경을 하고 싶다고 아내와 이야기하면서, 적어도 제철 음식이라도 먹자며 아내가 만들어 준 유채 나물 무침을 반찬 삼아 곤조와 둘이서 밥을 퍼넣고 있던 차에 이토키치가 뛰어들어온 것이었다.

"아, 유채 나물입니까? 맛있겠네요."

이토키치는 용무도 잊고 금세 식욕에 정신이 팔린다. 아내가 웃으면서 일어섰다.

“이토 씨 몫도 있으니까 안심해요.”

“그것보다 무슨 일인지 제대로 이야기해 보아라. 그 괴상한 기도사가 어떻게 되었다는 게냐?”

“그런 식으로 말하면 불쌍해요.” 아내가 타일렀다. “당신은 조스케 도령의 얘기만 나오면 금세 흥분하더라. 상대는 아직 어린 애라고요.”

모시치는 머쓱해졌다. 아내의 말은 지당하고 그것은 모시치도 잘 알고 있다. 하지만 니치도의 이야기가 나오면 아무래도 속이 부글부글 끓어서 견딜 수가 없다. 이전에 그것을 곤조에게 이야기했더니 “대장님은 마음 깊은 곳에서는 그 어린 기도사가 불쌍하다고 생각하시는 겁니다. 그래서 화가 나는 것이지요”라는 말을 들은 적이 있다.

이토키치는 모시치의 아내가 밥그릇에 가득 담은 밥을 향해 두 손을 모으고 나서, 냉큼 밥을 입에 퍼 넣었다. 밥을 먹고 또 먹으면서 바쁘게 이야기한다.

“저도 요즘은 공무가 바빠서 고쿠라쿠유에는 전혀 가지 못했지 않습니까. 그래서 오늘 아침에 잠깐 얼굴을 내밀어 보았더니 아저씨가 갑자기 그러더군요. 니치도 님이 자객의 습격을 받았다는 이야기, 알고 있느냐고.”

어젯밤의 일이라고 한다. 니치도는 다테카와 강의 후타쓰메바시 다리 부근의 상가로 기도하러 와 달라는 부탁을 받고 갔다가 돌아오는 길에, 양쪽으로 무가 저택이 늘어서 있는 미로쿠지 절 근처의 어둠 속에서 남자 몇 명에게 습격을 받았다. 남자들은 얼핏 보기에 부랑배 같은 자들뿐이었고, 칼은 들고 있지 않았지만 니치도를 가마에서 끌어내어 실컷 때리고 걷어찬 후에 함께 있던 니치도의 아버지와 어머니를 위협해 가진 돈을 빼앗아서 달아났다고 한다. 부모는 니치도만큼 다치지는 않았다. 다만 니치도가 얻어맞는 동안 끼어들 수 없도록 일당이 뒤에서 꼼짝 못하게 붙들고 있었다고 한다.

"그래서 얼마나 다쳤다더냐?"

"목숨은 건질 수 있을 것 같다던데요. 하지만 어쨌거나 어린애잖아요. 작고 마른 데다 호되게 얻어맞았으니 당분간 앓아눕고 말 것 같다고 합니다."

고쿠라쿠유는 기타모리시타초에 있다. 니치도가 습격받은 장소와 매우 가깝다. 그래서 목욕탕 주인은 소동을 알고 니치도 일행이 미요시야로 돌아가는 것을 도와주었다고 하는데, 일단락되고 나서 고쿠라쿠유로 돌아와서 문득 보니 두 손과 기모노 앞섶에 피가 잔뜩 묻어 있었다고 한다.

봄 향기가 나는 유채 나물 무침이 갑자기 맛없어져서 모시치는 젓가락을 놓았다.

"미요시야에서는 관청에 신고했겠지?"

이토키치는 밥알을 튀기며 고개를 갸웃거렸다.

"글쎄요."

"그야 신고했겠지요." 곤조가 차분하게 말한다. "어엿한 노상강도니까요."

"그런 것치고, 내 귀에는 아무것도 들어오지 않았네."

모시치가 모시고 있는 도신은 가노 신노스케라는 나리인데, 모시치가 지금껏 친하게 지내 온 고참 도신 이토가 병으로 갑자기 세상을 떠난 후에 대신 온 사람으로 아직 나이도 젊고 경험도 얕다. 그만큼 모시치가 일을 하는 데 있어서는 한 수고 두 수고 접어주기 때문에, 무언가 들은 것이 있다면 반드시 모시치에게 알려 주었을 것이다.

"잠깐 미요시야에 얼굴을 좀 내밀어 볼까."

곧 아내가 말했다. "무서운 얼굴로 가면 안 돼요. 상대는 어린애고, 지금은 다쳤으니까요."

"알고 있소."

"미요시야 부부도 가엾게 되었어요……." 아내는 힘없이 어깨를 늘어뜨린다. "아이가 얻어맞고 차이는 모습을 눈앞에서 보다니, 부모로서는 죽을 만큼 괴로웠겠지요."

오후나구라까지 서둘러 걸어가는 동안은 여기저기에서 벚꽃을 볼 수 있었다. 오카와 강을 건너 불어오는 바람도 따뜻해져서 술을 마시지 않아도 마음이 들뜰 것 같은 날씨다. 하지만 모시치는 줄곧 찌푸린 얼굴로, 품에 장아찌 누름돌이라도 품고 있는 것 같은 기분이었다.

미요시야의 가게 쪽은 평소처럼 장사를 하고 있었다. 여전히 번성하고 있는 듯 손님도 많다. 모시치가 가게 앞에서 앞치마를 봄바람에 펄럭거리면서 일하고 있던 젊은 고용살이 일꾼에게 말을 걸자, 상대는 한순간 몸을 굳혔다.

"어, 대장님이 어떻게 아십니까?"

"이런 이야기는 빨리 퍼지는 법일세. 니치도는 좀 어떤가?"

"앓아누워 계시는데요……."

우물쭈물 앞치마를 만지작거린다.

"내 구역에서 어린아이를 괴롭히는 성질 나쁜 노상강도가 나타났다는 말을 들었으니 내버려 둘 수는 없지. 아무래도 미요시야에서는 나를 별로 신용해 주지 않는 것 같은 형세지만, 적어도 이야기 정도는 제대로 들려 줄 수 없겠나?"

젊은 고용살이 일꾼은 매우 당황했다. 바삐 머리를 숙이고 손을 흔든다.

"아니, 결코 대장님을 소홀히 대하려는 생각은 없습니다. 다만 아무래도 일이 일이다 보니, 아직 나리도 마님도 흥분하고 계신 것 같아서."

모시치는 가게 뒤쪽으로 돌아 미요시야의 거주 공간 쪽으로 안내되었다. 안내를 하러 나온 이는 보기에도 만만치 않아 보이는 나이 많은 하녀로, 하녀 우두머리인 다키입니다, 하고 자기 이름을 말했다. 왠지 모르게 싸움을 거는 것 같은 말투여서 약간 낙심했다.

“조스케 도령은 좀 어떤가?”

오타키는 날카로운 눈을 하고 모시치를 노려보았다.

“니치도 님은 쉬고 계십니다.”

“이야기는 할 수 있나?”

“의원 선생님이 엄하게 금하셨습니다.”

“이보게, 오타키 씨. 나는 이래 봬도 조스케 도령이 심한 일을 당했다는 이야기를 듣고 내버려 둘 수 없어서 달려온 걸세. 원수나 적을 보는 것 같은 눈으로 보지 말아 주겠나?”

오타키는 여전히 무서운 얼굴을 하고 있었다. “하지만 대장님은 니치도 님의 힘을 믿지 않으시지요?”

“이 눈으로 본 것이 아니니까.” 모시치는 솔직하게 인정했다. “하지만 그것과 이것은 다르네.”

오타키는 여전히 ‘사실일까’라고 생각하는 듯한 얼굴을 했지만, 모시치를 방으로 안내해 두고 안쪽으로 사라졌다. 잠시 후 발소리가 다가오고 미요시야의 당주이자, 니치도의 아버지인 한지로가 얼굴을 내밀었다.

그와 만나는 것은 이번이 처음이다. 모시치는 니치도의 영력이 진짜든 가짜든, 어린아이를 구실로 이용해 장사를 하는 부모는 신용할 수 없다고 생각하기 때문에, 한지로의 사람 됨됨이에 대해서 좋은 감정은 갖고 있지 않다. 언젠가 기회가 있으면 여러 가지 의미로 기를 한번 팍 꺾어 주고 싶다는 마음을 줄곧 갖고 있었기 때문에, 눈앞에 나타난 한지로가 마치 병자처럼 야위고 눈도 푹 꺼져 있는 것을 보고 솔직히 말해 어디에 눈을 두어야 할지 곤란했다.

"대장님께서 이렇게 직접 다 와 주시고."

목례를 하고 앞으로 나서는 한지로의 발걸음마저 불안정하다.

"큰일을 당하셨구려. 도령의 상태는 어떻습니까?"

"목숨은 건진 것 같습니다만……." 한지로는 눈이 게게 풀려 있었다.

"어느 선생님께 봐 달라고 했습니까?"

"아사쿠사의 우마미치에, 타박상이나 골절을 잘 고치는 선생님이 계시다고 듣고 와 달라고 청했습니다. 게이안 선생님이라고 합니다."

"그래서, 진단은 어떻소?"

"완전히 원래대로 돌아올 때까지는 반년이나 일 년은 걸릴 거라고 하십니다." 한지로는 한숨을 쉬었다. "어릴 때 크게 다치면 어른이 되는 동안에 깨끗이 낫는 경우도 있지만 상처를 입은 곳이 일그러져 버리는 경우도 있다, 어느 쪽이 될지, 이것만은 시간과 운에 맡겨야 알 수 있지만, 어쨌든 힘이 닿는 대로 치료하겠다고 말해 주셨습니다."

실력이 좋다는 평판을 갖고 있으면서도 괜찮다, 내게 맡기라고 가볍게 말하지 않는 것을 보면 꽤나 훌륭한 의원이다. 모시치는 조금 안도했다.

“아까도 하녀 우두머리인 오타키 씨에게 한 말인데.” 모시치는 앉은 자세를 고치며 한지로를 향했다. “평소의 경위는 별도로 치고, 나는 미요시야 주인장, 아이를 때리는 괘씸한 노상강도를 내 구역에서 제멋대로 날뛰게 내버려 둘 수는 없소. 반드시 잡고야 말 생각이오. 어젯밤에 어떤 일이 있었는지 정직하게 이야기해 주지 않겠소?”

한지로는 고개를 숙이고 있다. 눈에 눈물이 고여 있는 것 같다.

“당신들, 어젯밤의 일을 관청에 신고하지 않은 것 같은데, 뭔가 꺼리는 것이 있는 거요?”

“꺼리는 것이라니요?”

모시치는 대답하지 않고 묵묵히 한지로의 얼굴을 바라보았다. 말하지 않아도 한지로는 알고 있을 거라고 생각했다.

한지로는 도움을 청하듯이 힐끔힐끔 방을 둘러보았다. 공교롭게도 아무도 없고 아무도 오지 않는다. 도코노마에는 에비스상가의 수호신가 도미를 낚는 그림 족자가 걸려 있었는데, 싱글벙글 웃는 에비스 님도 장사는 도와줄 테지만 지금의 한지로를 도와주지는 않을 것 같았다.

한지로는 체념했다. 어차피 모시치가 나선 이상, 숨겨도 언젠가는 알려질 일이라고 생각했을 것이다. 바보는 아니다.

“덮어두어 달라고, 아이오이야에서 부탁해 와서…….”

“어젯밤에 찾아갔던 후타쓰메바시의 상인 말이오?”

“네. 저희가 어젯밤의 일을 공공연하게 문제 삼으면, 관청의 조사는 아이오이야 쪽까지 미치게 되지 않습니까?"

"그야 그렇지요."

"우리가 아이오이야에서 무엇을 부탁받고 찾아간 것인지 알려져 버리겠지요."

모시치는 고개를 끄덕였다. 한지로는 어깨를 축 늘어뜨렸다.

"그쪽에서는 그게 곤란하다는 겁니다. 확실히 남우세스러운 일이었으니까요."

"대체 아이오이야에서 무슨 부탁을 받았소?"

한지로가 더듬더듬 이야기한 바에 따르면, 후타쓰메바시 다리의 아이오이야는 대모갑이나 빗, 우산을 취급하는 도매상인데, 본가의 본점은 몬젠나카초에 있고 후타쓰메바시는 분가라고 한다. 분가의 당주는 아이오이야의 장남으로, 본래 같으면 몬젠나카초의 집을 물려받아야 할 아들이지만, 젊은 시절의 방탕함 때문에 부모의 미움을 사서 분쟁 끝에 본가는 차남이 물려받고 장남은 분가로 내보내지고 말았다는 것이다.

"그래서 본가와 분가는 몹시 사이가 나쁩니다."

"드문 일은 아니로군."

예, 하며 고개를 끄덕이고 한지로는 또 두리번두리번 눈을 움직였다. 모시치는 이것이 도움을 청하는 것이 아니라 이 남자의 버릇이라는 것을 그때 깨달았다. 이런 눈빛을 다른 데서도 종종 보았던 것 같은 기분도 들었다.

"어젯밤 부탁한 것은——그——본가의 당주가 지금 병으로 앓아누워 계신다고 하는데, 그 병이——회복되지 않도록 기도해 달라는 것이었습니다."

모시치는 기가 막혔지만 저도 모르게 웃음을 터뜨렸다.

"그건 남우세스럽군. 하지만 사소한 일이오. 본가의 당주가 죽으면 분가의 주인이 본가로 돌아가서 재산을 물려받을 거라고 생각하기라도 하는 거요?"

"그것만은 아닌 것 같습니다. 어쨌거나 밉다, 얄밉다는 마음이 앞서는 것 같았으니까요."

재산으로 분쟁이 있어서 비뚤어지면, 왕왕 이런 뒤처리하기 나쁜 일도 딸려온다.

"그런 기도를 부탁하는 분도 부탁하는 분이지만, 맡는 쪽도 제정신이 아니오. 조스케가 그런 일을 할 수나 있단 말이오?"

발끈한 얼굴의 한지로에게 모시치는 서둘러 말했다.

"아니, 나도 조스케의 소문은 들었소. 잃어버린 물건을 찾거나 씐 요물을 떼어내는 일을 자주 한다고. 하지만 설령 조스케에게 그런 힘이 있다고 해도 사람을 저주하는 짓을 하는 힘이나 기술은 또 다른 것이 아니오?"

"할 수 있습니다, 니치도 님은." 한지로는 퉁명스럽게 대답했다. "게다가 대장님, 대장님 혼자 계실 때는 뭐라고 불러도 좋지만, 저희들에게 그 아이는 니치도 님입니다. 그렇게 불러 주셨으면 좋겠군요."

모시치는 내심 매우 언짢았지만 쓸데없는 말은 하지 않았다.

게다가 한지로의 이야기는 크게 흥미를 돋우었다.

아이오이야가 그런 목적으로 니치도를 부른 것이라면, 돌아가는 길에 습격한 남자들은 아이오이야의 본가 쪽 사람이다——라는 경우도 생각할 수 있기 때문이다. 만일 본가 사람들이 분가에서 본가의 당주를 저주해 죽이려 한다는 사실을 알았다면, 화도 날 테고 그대로 내버려 두지도 않을 것이다. 난폭한 사내들을 돈으로 고용해, 니치도가 아이오이야 분가의 의뢰에 응할 수 없게 되도록 때려눕히게 했다는 줄거리도 충분히 있을 수 있다.

그러나 모시치가 그런 생각들을 입 밖에 낸 것도 아닌데 한지로는 고개를 저었다.

"대장님이 아이오이야 본가 사람들을 의심하신다면, 그것은 아닙니다."

모시치는 놀랐다. 한지로는 역시 바보가 아니다.

"어째서요?"

"아니…… 이것은 그……." 한지로는 쩔쩔맸다. "왠지 그런 생각이 들 뿐이고."

"왠지라는 말만 듣고는 모르겠는데. 짐작 가는 데가 있을 테지요."

한지로의 검은 눈동자가 눈알 속에서, 펄펄 끓는 물 속에 던져 넣어진 콩알처럼 격렬하게 움직였다.

그것을 보고 모시치도 직감적으로 알아챘다.

"당신 설마…… 본가 쪽에서도 뭔가 부탁을 받은 것은 아니겠지요?"

한지로는 턱을 앞으로 내밀다시피 하며 고개를 끄덕였다. "실은 그렇습니다."

기가 막히는 이야기다.

"무슨 부탁을 받았소?"

"그쪽은 병의 회복을 비는 기도를."

"엉터리 짓 하지 마시오!"

그러나 한지로는 새침한 얼굴을 했다.

"하지만 대장님, 한쪽에서 저주하고 한쪽에서 그것을 막는 기도를 하면 균형이 맞아서 좋지 않습니까. 서로 상쇄되니까요. 그러면 자연에 맡겨 본래 나을 병자라면 나을 테고 죽을 병자라면 죽겠지요."

"복채도 양쪽에서 받을 수 있고 말이지." 모시치는 한껏 비아냥거리며 말했다. "하지만 어느 한쪽의 기도는 효험이 없었던 것이 되겠지. 그때는 효험이 없었던 쪽의 복채는 돌려주는 거요?"

"아니요. 다만 마지막 사례금을 받지 않을 뿐입니다."

도코노마의 에비스 그림 밑에는 아무리 번성한다고는 해도 미요시야 정도의 재산을 가진 상인의 집에 어울리지 않는 청자 항아리가 떡하니 놓여 있다. 모시치는 그것을 불러들인 방법이 무엇인지 엿본 것 같은 기분이 들었다. 한지로는 또다시 날카롭게도 모시치의 시선이 향한 곳에 무엇이 있는지를 눈치채고, 기분 탓인지 자랑스러운 듯이 말했다.

"나가사키에서 일부러 들여온 물건입니다."

아무래도 그 물건 안에는 미요시야 한지로의 '양심'으로 이루어진 유골과 재가 담겨 있는 것 같다.

모시치는 이야기의 형세를 바꾸기로 했다. 이 선에서 한지로와 계속 이야기하고 있으면 점심밥이 위장에 얹힐 것 같다.

"어젯밤에 당신들을 습격한 남자들이 다른 말을 하지는 않았소?"

"다른 말이라니요?"

"아아. 돈을 내놓으라든가 얌전히 있으라든가 하는 말 외에, 예를 들어 니치도를 때리고 있을 때, 이제 기도사 노릇은 그만두라거나, 목숨이 아까우면 어디어디에는 가까이 오지 말라거나, 그런 말을."

"니치도 님, 입니다." 한지로는 끈질기게 못을 박았다. "글쎄요, 분명하게 그런 말을 하지는 않았습니다. 다만, 당분간 일어설 수 없게 해 주겠다느니, 이 사기꾼, 하고 고함을 쳤습니다."

그때의 일을 떠올렸는지 한지로의 얼굴이 일그러졌다. 부모의 얼굴로 돌아와 일그러진 것이 반, 니치도를 사기꾼이라고 부른 데 대한 것이 나머지 절반.

"아무리 생각해도 평범한 노상강도는 아니로군." 모시치는 말했다. "당신들이 누구인지 알고서 노리고 덮쳐 온 거요. 돈을 훔친 것은 기왕 습격한 김에 받은 품삯이고, 진짜 목적은 처음부터 니치도——님을 혼내 주는 데 있었겠지."

"저도 그렇게 생각합니다."

"그렇다면 누가 놈들을 보냈는지 찾아내기 위해서 당신들의 장사 내용을 조사해 보아야 하오. 누구든, 당신들에게 깊은 원한을 갖고 있는 인간이 원한을 풀기 위해서 시킨 일일 테니."

어젯밤의 일을 관청에 신고하지 않은 데는 아이오이야 분가의 의향도 있었겠지만 그 이상으로, 이것을 계기로 이것저것 하고 있는 교활한 짓을 들켜서는 곤란하다는 한지로 쪽의 생각도 컸을 것이다. 정말이지, 무슨 이런 놈들이 다 있느냐고 모시치는 생각했다.

"그리고 또 하나 생각할 수 있는 것은 장사에 관한 원한이오. 니치도 님이 인기를 얻기 시작하는 바람에 찬밥을 먹거나 공을 치는 꼴이 된 무녀나 기도사가 있을 테지. 그런 놈들은 당신들을 좋게 생각하고 있지 않을 테니까."

한지로는 조금 겁먹은 듯한 눈을 했다.

"그것은 생각하지 못했습니다."

꺼림칙한 일이 어지간히도 많다 보니 그쪽으로만 생각하고 있었을 것이다.

"어느 쪽이든 당신들에게서 이야기를 듣고 찾아내지 않으면 아무것도 할 수 없소. 지금까지 맡았던 기도나 요물을 떼어내 달라는 의뢰 중에서 복채 때문에 분쟁이 있었다거나, 효험이 없어서 다툼이 있었다거나, 그런 종류의 일은 없었소? 장사에 얽힌 원한이 있는 듯한 놈들에게 심술궂은 일을 당한 적은 없었고?"

"글쎄요……. 당장은 뭐라고 말씀드리기도."

"그렇다면 이삼일 생각해 보시오. 생각나는 것이 있거든 적어 주어도 좋소."

한지로는 가볍게 목을 움츠렸다. "저는 글을 쓸 줄 몰라서요."

모시치는 그 말에 놀랐다. 사실을 말하면 모시치도 읽고 쓰기는 오캇피키를 직업으로 갖고 나서 어깨너머로 보고 배운 것이고 지금도 한자는 어렵다. 하지만 미요시야 당주인 한지로가 글을 쓸 줄 모르다니.

"안주인은?"

"그 사람은 글을 부지런히 씁니다."

"그럼 부탁해서 써 달라고 하시오. 아무리 작은 일이라도 좋으니까. 가능하면 그런 일이 있었던 대략적인 날짜도 알 수 있으면 좋겠소."

돌아갈 때가 되어서, 모시치는 잠깐 니치도 님을 보고 가면 안 되느냐고 물어보았다. 한지로는 승낙하면서도 자고 있으니 말은 걸지 말아 달라고 했다.

한지로의 뒤를 따라 복도를 더듬어 가는 동안에 코가 비뚤어질 것같이 심한 냄새가 느껴지기 시작했다. 저도 모르게 얼굴을 찌푸리고 있자니 한지로가 말했다.

"고약 냄새입니다. 게이안 선생님의 특제 고약이지요. 타박상에는 끝내 주게 잘 듣는다고 하는데, 확실히 냄새는 고약해도 이 고약을 사려고 에도 전체에서 게이안 선생님을 찾아오는 사람들이 끊이지 않는다고 합니다."

니치도의 방은 모시치가 안내되었던 방 안쪽의 계단을 올라가 이층 맨 앞에 있었다. 새로 갈아 붙인 지 얼마 되지 않은 듯한 당지는 새하얗다. 무늬도 아무것도 없다. 어설픈 그림이 그려져 있으면 정신이 흐트러진다며 니치도가 싫어한다고 한다.

한지로는 말을 걸지 않고 당지문를 살며시 열었다. 고약 냄새가 강해졌다. 모시치는 이전에 아내가 사온 달걀을 썩혔을 때, 그냥 버리기도 더럽다며 그것을 부뚜막 안에 던져넣었던 일을 떠올렸다.

방 중앙에 비단 요가 깔려 있다. 이불이 가볍게 덮여 있고, 한가운데가 약간 부풀어 있었다. 니치도는 이불 속에 파고들어 잠들어 있는 모양이다. 마치 무언가로부터 숨으려는 것 같다. 머리 부분이 약간 나와 있을 뿐이었고, 그 머리도 새하얀 무명천에 싸여 있었다.

열 살 남짓 되는 남자아이의 방인데 살풍경할 정도로 깨끗하게 정리되어 있고, 장난감도 눈에 띄지 않는다. 여기에서 조스케는 평소에 무엇을 하는 것일까 하고 모시치는 생각했다.

"온몸에 무명천이 둘둘 감겨 있습니다." 역시나 고개를 숙이고 한지로가 말했다. "다리는 양쪽 다 부러졌습니다. 코도 뭉개지고요. 그 애의 귀여운 얼굴이 엉망이 되었어요."

오래 있을 수는 없었다.

"얘야, 빨리 건강해지렴."

작게 그렇게 말을 걸고, 모시치는 그곳을 떠났다.

2

그 후 며칠 동안, 모시치는 우선 전부터 떠안고 있던 일을 처리하는 데 전념했다. 올해 봄, 후유키초에서 나카초 부근에 걸쳐서 도난이 빈번하게 일어나, 그쪽을 탐색하는 일에 쫓기고 있었던 것이다. 한편 누군가가 사루에 신사의 사전社殿에 무도한 낙서를 하고 등롱을 몇 개 쓰러뜨리고 갔다는 희한한 사건도 일어나, 신주神主의 의뢰를 받고 가노 나리가 나섰기 때문에 그쪽도 도와야 했다. 모시치 일당에게는 공무가 많은 봄이었다.

그래도 나카초에 갔을 때 아이오이야 본점에 훌쩍 들러 보았다. 함께 간 곤조는 가게가 크고 가게 일부에서 소매로 팔리는 물품이 비싼 것에 눈을 껌벅거리고 있었다. 모시치가 미요시야 한지로에게서 들은 이야기를 해 주었더니 곤조는 얌전한 그치고는 드물게 머리를 뒤로 젖히며 웃었다.

"아니, 대장님, 한지로에게 아무리 시간을 주어도 지금까지의 경위 같은 것을 써 보내지는 않을 겁니다."

"자네도 그렇게 생각하나?"

"예. 한지로의 입장에서는 조스케의 부상이 낫고 세상 사람들의 관심이 식으면 그걸로 족하니까요. 게다가 미요시야에서 호위를 위해서 낭인 무사를 고용했다는 소문도 있습니다."

곤조의 말대로 사루에 신사 사건이 해결되어 모시치가 한숨 돌리고, 미요시야의 일을 생각하기 시작할 무렵이 되어도 한지로는 이렇다 저렇다 말이 없었다. 만약을 위해 미요시야의 고용살이 일꾼들에게, 니치도를 때려눕힌 놈들이 경과를 확인하기 위해 가게 주위를 어정거리고 있을지도 모르니 낯선 얼굴을 발견하거든 당장 알려 달라고 말해 두었지만, 그쪽도 소식이 없다.

"난처하군. 처음부터 우리들끼리 찾아보지 않으면 아무것도 안 되는 건가."

모시치는 잠시 생각에 잠겼다가, 조신지 절 뒤에서 꽤 활발하게 장사를 하고 있는 요미우리꾼을 찾아가 이야기의 출처는 덮어두고 니치도가 습격을 당한 일을 써 주지 않겠느냐고 부탁했다. 이 요미우리꾼은 모시치가 이런 일을 할 때 힘을 빌려 주는 이로, 이번에도 두말 않고 맡아 주었다. 이날 오후에는 니치도 님이 노상강도를 당하셨다는 요미우리가 혼조 후카가와뿐만 아니라 오카와 강 맞은편에도 나돌게 되었다.

"생각했던 것 이상으로 니치도의 이름이 알려져 있었군."

요미우리가 나돌자 그것이 일으킨 화제의 크기에 모시치는 매우 놀랐다. 아내는 웃는다.

"멀리 하치오지 쪽에서도 그 애에게 기도를 해 달라고 오는 사람이 있다고 하니까요."

미요시야에서, 이 이야기를 흘린 것은 대장님이 아닙니까, 하는 날카로운 추궁이 들어왔지만 모시치는 모르는 척했다. 심부름을 온 고용살이 일꾼에게 니치도의 상태를 물으니, 조금이나마 이야기를 할 수 있게 되었고 미음도 먹고 있다고 한다. 그렇다면 가까운 시일 안에 만나러 갈까 생각했다. 니치도 본인의 입으로도, 습격을 받은 것에 대해 짐작 가는 데가 있는지 듣고 싶다.

그러나 그 전에 모시치는 먼저 가지야를 찾아가기로 했다. 겉으로는 뱃집이지만 뒤로 돌아가면 후카가와 일대를 주름잡고 있는 불한당들의 소굴인 가지야의 주인, 가쓰조와 교섭해 보면, 적어도 누군가에게 고용되어 니치도를 습격한 남자들을 찾을 수는 있지 않을까 하고 생각한 것이다.

"대장님이 직접 가실 것은 없겠지요. 저희가 가서, 우선 똘마니와 이야기를 해 보고 오겠습니다."

곤조가 말렸지만, 모시치는 가쓰조와 직접 이야기하고 싶었다. 유부초밥 가게 주인과의 관계가 있기 때문이다. 정체불명의 그와 가쓰조의 관계가, 모시치에게는 신경이 쓰여 견딜 수가 없다.

직접 물어볼 수는 없어도 한번 가쓰조와 둘이서 이야기할 수 있다면 조금은 생각할 재료를 끌어낼 수도 있을 것이다. 모시치는 이런 기회를 기다리고 있었다.

어슬렁어슬렁 가지야를 찾아가자, 아직 처마 끝에 걸려 있는 초롱불의 글씨도 읽을 수 없는 거리에 닿았을 때부터 가쓰조의 수하인 젊은 남자들이 우르르 몰려왔다.

"날씨가 좋아서 자네들도 산책을 나온 겐가?"

가지야가 면해 있는 해자에는 작은 배 두 척이 봄을 맞은 물 위에 한가롭게 떠 있었다. 겉으로는 사공이라고 하지만, 젊은 남자들의 손에는 노를 저으면 생기는 굳은살도 없고, 얼굴은 매끈하고 하얀 것이 볕에 탄 기색도 없다.

“대장님은 어디 가십니까?”

“자네들의 대장을 만나러 왔네. 있나?”

남자들은 힐끔힐끔 서로 눈짓을 주고받았다.

“나리는 손님을 만나는 중입니다.”

“그렇다면 기다리겠네.” 모시치는 곧장 가지야로 나아갔다. “방을 하나 잡아 주게. 술도 마셔 볼까. 나도 낮부터 꽃구경도 할 겸 술 한잔 걸친다고 해서 벌을 받지는 않겠지.”

“죄송하지만 공교롭게도 빈 방이 없어서요.”

모시치는 가지야 이층에 활짝 열려 있는 장지 창을 올려다보았다. 거기에 이불이 널려 있다.

“저 방이면 되네.”

“저기에도 손님이 있어서요.” 젊은 사내 하나가 입가를 일그러뜨리며 웃었다.

“손님이 이불을 말리러 오나?”

그렇게 내뱉고 가지야로 들어가려고 하자 남자들은 모시치 앞에 버티고 섰다.

“허리에 짓테를 차고 가지야에 들어오려고 하다니, 대장님치고는 촌스러우시군요.”

모시치는 웃으며 고개를 저었다. "나는 가쓰조를 잡으러 온 것이 아닐세. 볼일이 있어서 온 게야. 부탁이 있어서 말일세."

숨길 것은 없다. 에워싸고 있는 남자들에게 니치도의 이야기를 해 보았다.

"어린아이를 때리다니, 남자 중에서도 쓰레기일세. 그렇게 생각하지 않나? 그런 놈들이 자네들의 구역이기도 한 이 후카가와를 활개치며 돌아다니도록 내버려 둔다면, 가지야의 이름이 깎이지 않겠나."

남자들이 동요했는지 모시치를 에워싼 원이 약간 흐트러졌다. 모시치는 뛰어서 그곳을 돌파해 버릴까 생각했다. 하지만 그때 가쓰조 본인이 가지야의 입구 안쪽에 있는 계단을 내려와, 어슬렁어슬렁 모습을 나타냈다.

"시끄러운 파리로군." 모시치를 노려보며 내뱉었다. 웃통을 벗어부쳐 살집 좋은 배가 보인다.

"듣고 있었나? 그렇다면 이야기가 빠르겠군."

"기도사의 일 따위, 내가 알 바 아니오."

모시치는 웃었다.

"아무래도 자네, 뜸을 뜨고 있었던 모양이군."

가쓰조의 굵은 어깨에 뜸쑥 찌꺼기가 붙어 있다. 가지야의 문에는 안마사의 지팡이가 기대어 세워져 있다.

"어딘가 몸이 안 좋나? 이러다가 자네도 병이 낫게 해 달라며 니치도 님께 기도해 달라고 할 때가 올지도 모르지."

"억지를 부리는군."

"불평은 나한테 얼마든지 하게. 하지만 아까도 말했듯이 어린 아이를 일어서지도 못하게 될 만큼 패는 놈이 자네 구역을 어지럽힌 걸세. 내버려 두어도 되는 겐가?"

가쓰조는 삼백안을 더욱 희게 뜨며 모시치를 노려보았다.

"오캇피키 따위를 내 집에 들일 수는 없어."

"나도 자네와 마주 앉아 술을 마시려고 온 것은 아닐세."

그럴 수 있다면 노점 주인의 수수께끼도 풀기 쉬워지겠지만.

"용건만 전하면 되네. 어떤가, 받아들여 주겠나?"

가쓰조는 수하 사내들을 보았다. 모두 가쓰조의 신호 하나면 모시치에게 덤벼들 것이다. 하지만 가쓰조는 꼼짝도 하지 않고 있다가, 이윽고 낮고 탁한 목소리로 이렇게 말했다.

"부탁을 받았기 때문에 찾는 게 아니야. 내 구역이 어지럽혀지면 내 체면이 망가지니 찾는 것이지."

모시치는 기뻐했다. "명목은 무엇이든 상관없네."

니치도를 때려눕힌 놈들을 찾아내거든 뭇매질을 하거나 하지 말고 내게 알려 달라고, 다짐을 놓았다.

"내 볼일이 끝난 후라면 놈들에게 얼마든지 뜨거운 뜸을 놓아 주어도 상관없네만."

가쓰조는 느릿느릿 물러갔다. 모시치도 발길을 돌렸다. 실은 이때 짓테는 차고 있지 않았지만 그것을 말할 새가 없었다.

이윽고 벚꽃은 완전히 흐드러지게 피어 가지를 장식하고, 활짝 핀 꽃의 잔치가 열릴 무렵이 되었다. 가쓰조에게서는 아직 소식이 없다. 이 일을 처리하지 않고서는 술도 맛이 없으니 올해는 꽃구경도 물 건너갔구나, 하고 생각하던 차에 모시치에게 손님이 찾아왔다.

입질이 온 것이다. 요미우리를 써 달라고 부탁한 보람이 있었다. 손님은 젊은 아가씨로, 니치도 님을 습격한 상대가 누구인지 짐작 가는 바가 있다고 했다.

아가씨의 이름은 오나쓰. 몸집은 작지만 기가 드센지, 혼자서 모시치를 찾아왔는데도 겁먹은 기색이 보이지 않는다. 처음에는 니치도 님께 상의하러 갈까 했지만 그쪽에서는 그럴 때가 아닐지도 모른다고 마음을 바꾸어, 오는 길에 이 지역의 오캇피키 대장은 어디에 사시냐고 물어 물어 찾아왔다고 한다.

"저는 간다 미나가와초의 이세야에서 하녀로 고용살이를 하고 있습니다."

허름하지만 청결한 옷차림을 한 오나쓰는 단정하게 무릎을 모으고 앉아 손을 짚어 절을 하고 말을 꺼냈다.

"이세야는 큰 가게로, 된장 도매상입니다. 고용살이를 시작한 지 오 년이 되었습니다."

"가르침이 엄한 가게로군." 모시치는 미소를 지었다. "그렇게 긴장하지 않아도 되네. 편히 앉게."

오나쓰는 "네" 하고 고개를 끄덕였지만 등을 곧게 편 채 매우 온순한 얼굴을 하고 있다. 보기에도 고지식해 보였지만, 눈 밑 언저리가 피로한 듯이 검게 그늘져 있는 것이 애처롭다.

"그래서, 자네는 니치도에게 기도를 부탁한 적이 있나?"

"아니요. 제가 부탁드린 것은 사람을 찾아 달라는 것입니다."

오나쓰의 혼약자로, 마찬가지로 이세야에서 고용살이를 하고 있는 세이이치라는 남자를 찾아 달라고 부탁하러 갔다고 한다.

"니치도 님의 소문은 간다 부근에서도 들었기 때문에 틀림없이 세이이치 씨를 찾아 주실 거라고 생각했습니다."

세이이치는 이세야의 고용살이 일꾼으로 행수나 대행수 같은 위치는 아니고, 힘쓰는 일을 주로 하는 하인이라고 한다.

"그 사람이 가게에서 더 출세할 사람이었다면 나리나 마님들도 반대하셨겠지만, 우리 두 사람 다 허드렛일을 하는 일꾼이라서 가정을 꾸리고 싶다고 부탁드렸더니 곧 허락해 주셨습니다. 게다가 나리가 보증인이 되어 주셔서 공동 주택에 들어갈 수도 있을 것 같았습니다. 본래 같으면 지금쯤은 이미 가정을 꾸리고 둘이서 살고 있어야 했지요."

그러나——.

"딱 한 달쯤 전인데, 세이이치 씨가 사라지고 말았습니다."

하루의 일을 마치고 저녁 식사를 하고는 목욕을 하러 가겠다며 나간 것을 마지막으로 돌아오지 않는다고 한다.

모시치는 물었다. "나갈 때는 목욕하러 갈 준비를 하고 갔나?"

그것이 확실하지 않다고, 오나쓰는 말한다.

“저는 부엌에 있었고, 다녀오겠다고 말하는 세이이치 씨의 목소리를 들었을 뿐이었습니다. 나중에 가게 사람들에게 물어도 잘 모르겠다고 했습니다.”

가게에 들어와 사는 고용살이 일꾼에게는 자기 마음대로 할 수 있는 시간이 거의 없다. 심부름을 갔다올 때도 뛰어갔다가 뛰어온다고 할 정도다. 어떻게든 나갈 수 있을 때라면, 일이 끝나고 자기 전까지의 잠깐 동안일 것이다. 그러니 목욕을 하러 간다는 것은 구실이고, 어딘가 다른 곳에 간 것인지도 몰랐다.

“이전에도 목욕하러 갔다가 돌아오는 것이 매우 늦어진 적은 없었나?”

“없었던 것 같아요. 대장님이 말씀하신 것처럼, 이세야는 가르침이 엄하니까요.”

“그럼 세이이치 씨가 언젠가 누군가를 만나러 갈 거라거나 그런 말을 한 적은 없었나?”

오나쓰는 고개를 끄덕였다. “있었습니다. 저와 가정을 꾸리기로 결정되었을 때부터, 늘 그런 말을 했지요.”

누구인지는 말하지 않는다. 하지만 묘하게 의욕에 찬 얼굴을 하고,

‘가정을 꾸리고, 나도 어엿한 어른이 되는 거야. 그 사실을 꼭 만나서 알려 주고 싶은 사람이 있어.’

혼잣말처럼 중얼거릴 때가 있었다고 한다.

“기뻐하는 것 같던가?”

"글쎄요……. 제게는 왠지 화난 것처럼 들린 적이 더 많았습니다. 그래서 저도 굳이 누구냐고 물을 수가 없었어요. 무서워서."

그러나 사라진 세이이치를 찾는 데에 단서가 될 만한 것은 그런 수수께끼 같은 말밖에 없다. 오나쓰는 이세야의 주인 부부에게 부탁해 밥도 줄이고 잠잘 시간도 줄여 가며 짐작 가는 곳을 찾아다녔지만, 세이이치의 행방은 전혀 알 수가 없었다.

"그래서 니치도를 찾아갔다는 겐가?"

오나쓰에게는 적지만 모아둔 돈이 있었다. 그것을 몽땅 털어놓을 생각으로 미요시야에 가 보았지만 처음에는 거절당하고 말았다. 오나쓰의 돈은 정해져 있는 복채의 절반도 되지 못한다는 것이다.

하지만 오나쓰에게는 이제 다른 방법이 없다. 필사적으로 매일 다니며, 현관 앞에서 땅에 꿇어앉아 납작 엎드리고 부탁하자, 니치도 본인이 나와서 가엾으니 봐 주겠다고 말해 주었다고 한다. 오나쓰가 마음을 담아 '니치도 님'이라고 부르는 것은 그때의 고마움을 잊지 않았기 때문인 것 같다.

"니치도 님은 세이이치 씨의 물건을 가져오라고 말씀하셨습니다."

그래서 오나쓰는 그의 옷을 가져갔다. 그러자 니치도는 그것을 영시靈視하고는 거의 즉시, 안됐지만 이 사람은 죽었다고 말했다.

오나쓰의 목소리가 여기에서 갈라졌다. 괴로울 것이다. 울지 않으려고 참는 입가가, 서툴게 지은 옷의 바늘땀처럼 경련했다.

"세이이치 씨가 심하게 다친 것이 보인다, 저래서는 아마 죽었을 거라고. 장소는 아직 잘 모르겠다, 더 자세히 살펴볼 테니 이삼일 이 옷을 빌려 달라고요."

며칠 후, 니치도에게서 심부름꾼이 왔다. 오나쓰가 달려가 보니 세이이치가 있는 장소가 '보였다'고 했다.

"후카가와 내 어딘가 넓은 정원에, 에도에서는 보기 드문 커다란 수양벚나무가 있는 집 안이라고 하셨어요. 세이이치 씨는 그곳에서 다쳤거나 다른 사람에게 해를 입었거나 해서 목숨을 잃고, 그 수양벚나무 아래에 묻혀 있다는 거예요."

수양벚나무라는 단서 하나에 의지해, 오나쓰는 필사적으로 에도 전체를 찾아다녔다. 가르침은 엄해도 정은 두터운지, 이세야 주인 부부도 오나쓰를 가엾게 여겨 그녀가 나돌아다니는 것을 허락해 주었을 뿐만 아니라, 오나쓰와 세이이치의 동료인 고용살이 일꾼 한 명을 붙여 주어 그녀를 돕게 했다. 다만 기한은 보름으로 정해 두고. 보름이 지나도 찾지 못하면 포기하라고 했다.

그러나 오나쓰의 집념은 하늘에 닿았다. 기한이 아슬아슬하게 끝나갈 때쯤 되어, 마침내 커다란 수양벚나무가 있는 집을 찾아낼 수 있었던 것이다.

"후카가와의 주만쓰보에 있는 쓰노다라는 지주의 저택입니다."

호오…… 하고, 모시치는 소리 내어 말했다. 주만쓰보의 쓰노다라면 대지주다. 당주는 아마 쓰노다 시치에몬. 모시치와 비슷한 나이일 테지만 그 재산으로 말하면 모시치가 평생 걸려도 벌

수 있는 액수가 아니다.

오나쓰는 쓰노다 가를 찾아갔다. 당연한 일이지만 상대해 주지도 않았다. 그쪽에서는 미치광이 같은 젊은 여자가 갑자기 쳐들어왔으니 귀찮기 짝이 없었을 것이다.

"하지만 제가 세이이치 씨의 이름을 꺼냈을 때, 약간 겁먹은 것 같은 얼굴을 했습니다. 상대해 준 것은 쓰노다 가의 하녀였는데, 분명히 안색이 바뀌었어요."

오나쓰는 여기에 힘을 얻어 물고 늘어졌다. 매일 찾아갔다. 그러자 어느 날, 당주인 시치에몬이 직접 뒷문까지 나와, 난폭하게 오나쓰를 밖으로 쫓아내고 푼돈을 얼마쯤 집어던지며, 이걸로 포기하고 돌아가라고 고함쳤다.

분해서 눈물이 치밀어 올랐는지, 오나쓰는 꾹 참고 턱을 당겼다. 다부지게 말을 이었지만 입술이 떨렸다.

"저는, 절대로 포기하지 않을 거라고 마주 고함쳤어요. 세이이치 씨도 저도, 가족이라곤 없습니다. 둘 다 어릴 때 버려졌고 지금 일하는 가게를 잡을 때까지 죽도록 고생해 가며 간신히 여기까지 왔어요. 저한테는 세이이치 씨가 단 하나뿐인 가족입니다. 세이이치 씨에게도 저 하나만이 가족이고요. 버릴 수는 없습니다, 라고."

오나쓰는 지금도 시치에몬이 눈앞에 있는 것처럼 목소리를 쥐어짜냈다.

"저는 그때, 니치도 님께서 영시로 이곳을 알아내 주셨다는 걸

말해 버렸어요. 세이이치 씨가 저 수양벚나무 밑에 묻혀 있다고, 나는 알고 있다고요."

끝내 오나쓰의 당차 보이는 눈에서 눈물이 떨어졌다. 오나쓰가 보기에는 수양벚나무 아래의 흙이 파헤쳐진 지 얼마 안 된 것처럼 보였다고도 한다.

"그래서, 그 이후에는 어떻게 했나?" 모시치는 부드럽게 재촉했다. "보름은 이미 지났을 텐데."

"어떻게도 할 수 없었습니다. 말씀대로 기한도 다 되었고요. 저는 가게를 그만둘 각오를 했지만 나리가 꾸짖으며 말리셨습니다."

이세야의 주인은, 니치도의 말을 어디까지 믿을 수 있을지 알 수 없다, 확실하지도 않은 것 때문에 다른 사람에게 살인 혐의를 씌우다니 말도 안 된다, 어떤 사정으로 모습을 감추었든 세이이치는 살아 있다면 반드시 돌아올 테고, 돌아오지 않는다면 그 정도밖에 안 되는 사내였다고 생각하고 포기하라고 오나쓰를 타일렀다고 한다.

"그래서 자네는 니치도를 습격한 것이 쓰노다 시치에몬이라고 생각하는 게로군?"

오나쓰의 눈이 빛났다. 눈물의 흔적 때문이 아니라 안쪽에서부터, 마치 검 끝이 번득이듯이 날카롭게.

"당연하지요. 쓰노다의 사람들은 니치도 님이 이것저것 더 영시하면 곤란하니까, 그래서 그런 심한 짓을 한 거예요."

모시치는 품속에 손을 집어넣고 팔짱을 꼈다. 오나쓰의 주장은 잘 알겠고, 이야기도 앞뒤가 맞는다. 쓰노다 시치에몬에게는 수상한 구석이 있는 것 같다. 아무것도 꺼림칙한 데가 없다면 무턱대고 오나쓰에게 거칠게 대하거나 하지 말고 설득해서 돌려보내면 되었을 텐데, 개에게 먹이를 던지듯이 돈을 던져 주고 쫓아내려고 한 것이 모시치의 마음에 걸린다. 우선 주만쓰보에 가 볼 만한 가치가 있는 이야기를 들었다고 생각했다.

3

후카가와는 바다를 매립해서 만들어진 개척지다. 오카와 강에 가까운 쪽일수록 잘 개간되어 있고 마을도 북적거리며, 하치만구 신사 앞에 발달한 마을은 번성하고 찻집이나 유곽은 사람을 끌어모은다. 하지만 동쪽으로 나아가 시모우사 지방이 가까워지면 가까워질수록 상가는 적어지고, 논밭이 이어지며, 본래의 맨 얼굴인 휑뎅그렁한 매립지의 얼굴이 드러나게 된다.

통칭 주만쓰보, 로쿠만쓰보라고 불리는 부근은 논이 가득 펼쳐져 있고, 군데군데에 지주의 저택이나 큰 다이묘의 광대한 별채가 흩어져 있는 곳이다. 너무나도 넓고, 하늘은 높고, 해자는 푸르고, 에도의 세련된 냄새 대신 벼의 풋내와 비료 냄새가 바람을 타고 실려 온다.

지주인 쓰노다 시치에몬의 저택은 주만쓰보 서쪽에, 히토쓰바시 님의 어이없을 정도로 큰 저택을 조심스러워하듯이 약간 남쪽으로 내려간 곳에 논으로 둘러싸여 서 있었다. 안채와 별채를 나무들이 에워싸고 있고, 해자에서 물을 끌어다 정원에는 연못을 만들어 두었다.

"크네요."

논두렁길을 걷기 힘든 듯이 나아가면서 이토키치가 감탄의 소리를 냈다.

"이쪽에 오는 건 처음이냐?"

"예. 기오키바木置場 부근이 그나마 익숙하지요. 여긴 완전히 시골인데요."

도중에 비료를 쌓아 둔 짐수레와 스쳐 지나자 이토키치는 얼굴을 찌푸리며 몸을 뺐다. 모시치는 짐수레를 끌던 노인을 불러세워, 쓰노다 시치에몬 씨를 만나러 왔는데——하고 물어보았다.

노인은 신기한 듯이 모시치와 이토키치의 얼굴을 번갈아 바라보고는, 가다랑어포 같은 색깔로 볕에 그을린 뺨을 누그러뜨렸다.

"당신들도 축하하러 오신 겁니까?"

"축하? 쓰노다 가에 축하할 일이 있나?"

"예. 아가씨가 혼인을 하기로 결정되었지요. 오늘이 납폐고, 혼례는 보름 후입니다. 그때는 저희들에게도 술을 대접해 주신다고 하더군요."

노인을 전송하며, "좋은 때에 왔군" 하고 모시치는 말했다. "시치에몬도 기분이 좋을 테지."

쓰노다 가에 가까이 가니, 멀리에서도 나무 바로 안쪽, 안채 서쪽에 한눈에 알아볼 수 있는 수양벚나무 거목이 낭창낭창한 가지를 흐트러진 머리카락처럼 바람에 나부끼고 있는 것이 보였다. 성질이 급한 이토키치가 달려가, 발돋움을 하고 뛰어올라 보았지만 "나무 아래의 흙이 새것인지 아닌지, 저는 구분이 가지 않네요"라고 말했다.

수양벚나무는 본래 교토의 것으로, 에도에서는 좀처럼 볼 수 없다. 하지만 보통 모시치네가 보는 벚나무보다 개화가 늦는 모양이다. 가지에는 아직 꽃잎이 하나도 없고, 그저 가지 전체가 살짝 붉은색으로 물들어 보일 뿐이었다.

어떤 때에도 바깥 현관으로는 출입하지 않는 것이 오캇피키의 관습이다. 마구간 옆을 지나 안채 뒷문으로 돌아가서, 공무로 여쭙고 싶은 것이 있어서 찾아뵈었다고 말하자 안쪽으로 안내되었다. 도코노마도 없고, 쓸데없는 장식이라곤 없는 간소한 방이지만 다다미를 바꾼 지 얼마 되지 않는지 골풀 향기가 난다. 곧 미요시야의 오타키와는 분위기가 전혀 다른, 우아한 중년의 하녀가 차를 가져왔다.

나온 찻종 안에 든 것을 보니 사쿠라유소금에 절인 벚꽃에다 뜨거운 물을 부은 차. 경사 때 차 대신 마신다였다. 소금에 절인 벚꽃 꽃잎이 떠 있다.

"아가씨의 납폐라면서요. 경사가 한창일 때 찾아뵙다니, 참으로 풍류를 모르는 짓을 저질렀습니다."

"아니, 당치도 않습니다. 여기, 마음만 담은 것입니다만."

일단 물러갔던 하녀는 요리와 술도 가져왔다. 모시치 일행은 사양했지만 축하하는 날이니 대접하게 해 달라고 한다.

"나리는 곧 오실 겁니다. 기다리시는 동안 모쪼록 드십시오."

사양하는 것도 실례지요, 하며 이토키치는 요리에 손을 댔다. 기분 탓인지 기뻐 보인다.

삼십 분쯤 지나 시치에몬이 왔다. 때가 때인지라 몬쓰키하카마 가문의 문장이 들어가 있는 하카마 차림이다. 상당한 위장부로 이목구비가 뚜렷하다. 머리카락은 희끗희끗하게 세었는데, 그것이 또 품위 있어 보인다. 얼핏 보면 젊을 때는 자못 여자를 울렸을 거라고 생각하게 하는 노인이었다.

쉭 하고 하카마 스치는 소리를 내며, 시치에몬은 상석에 앉았다. 사람들이 올려다보는 데에 익숙한 사람의 대범한 태도였다.

"진심으로 축하드립니다." 모시치는 다다미에 손을 짚고 정중하게 인사를 했다.

"경사를 방해해서 죄송합니다. 게다가 저희들까지 대접해 주시니……. 본래 같으면 날을 새로 잡아 나중에 다시 와야 할 테지만, 공무 때문에 서두르고 있는 터라 실례인 줄 알면서도 기다렸습니다."

오캇피키가 찾아오는 것은 아무 일이 없을 때도 불유쾌한 일일 텐데, 앞선 모시치의 인사가 효과가 있었는지 시치에몬은 얼굴에는 분노를 나타내지 않았다.

"공무라면 어쩔 수 없지." 굵은 목소리로 시원스럽게 말했다.

"하지만 상황이 이러니 말입니다. 빨리 끝내 주셨으면 좋겠군요."

알겠습니다, 하고 머리를 숙이고 모시치는 오나쓰의 일을 이야기했다. 그 이름을 들은 순간, 그때까지 기분이 좋아 보였던 시치에몬의 얼굴이 흐려졌다. 축하주로 붉어진 얼굴이 일그러지니 마치 인왕 같다.

"그 처녀는 미쳤소" 하고 내뱉듯이 말했다. "그런 처녀가 하는 말을 당신들은 곧이곧대로 받아들이는 거요?"

모시치는 침착하게 말했다. "오나쓰가 말하는 것만을 심각하게 받아들인 것이 아닙니다. 그 외에도 여러 가지가 있어서요."

시치에몬은 가쓰조의 수하 같은 난폭한 분위기로 흥 하고 코웃음을 쳤다.

"니치도인가 하는 도령의 말을 당신들도 믿는 건가?"

"아니요. 니치도가 무슨 말을 했는가 하는 것보다 니치도가 최근에 누군가의 습격을 받아 빈사의 부상을 입었다는 것이 더 중요하지요."

시치에몬은 흠칫했다. 예전에 오나쓰가 처음으로 이곳을 찾아와서 세이이치의 이름을 꺼냈을 때 응대했던 하녀가 안색을 바꾸었다고 하는데, 그때도 이런 분위기였을 것이다. 쓰노다 가의 사람들이 어떤 기질이든, 숨어서 무슨 짓을 하고 있든, 상당히 정직한 인품인 것은 틀림없는 듯했다.

“그 일이 우리와 무슨 상관이 있다는 거요?”

“우리는 오나쓰가 말한 뜬구름 잡는 살인 이야기가 아니라 죽을 뻔한 니치도에게 마음을 쓰고 있습니다. 누가 그런 짓을 시켰는지 알아내고 싶습니다. 그래서 조금이라도 니치도에게 분노를 품고 있는 듯한 사람들을 찾아내, 이렇게 찾아뵙고 있는 것이지요.”

시치에몬은 웃음을 터뜨렸다. “그렇다면 더더욱 나와는 상관없소. 바보 같은 이야기에 성가시다고는 생각하지만, 그렇다고 해서 그런 말을 퍼뜨린 자를 어떻게 하려고 할 정도는 아니니까.”

“저 수양벚나무 아래에 시체가 묻혀 있다는 말을 해도 말입니까?”

시치에몬의 웃음이 사라졌다.

“흙이 새것인 것 같군요. 땅을 팠던 흔적이 아닙니까?”

시치에몬의 입술이 칼날처럼 얇아졌다. 미소를 지은 것 같다.

“수양벚나무는 교토의 것이오.”

“예, 그것은 알고 있습니다.”

“그쪽은 에도보다 훨씬 따뜻하지. 여기에서는 초봄에도 서리가 내리고, 강바람도 불거든. 수양벚나무를 에도에서 꽃피우려면, 시종 돈과 일손을 들여 관리를 해야 하오. 땅이 비옥해지도록, 서리로 굳지 않도록, 뿌리께 흙을 파고 새 흙을 보태 주기도 하지. 믿을 수 없다면 우리 집에 드나드는 정원사에게 물어 보시오.”

그 후에는 모시치가 무슨 말을 해도 시치에몬은 상대하지 않았다. 상관없다, 모른다는 말만 되풀이하더니 이야기 도중에 다시 하카마 스치는 소리를 내며 벌떡 일어섰다.

“똑같은 이야기를 되풀이해 봐야 소용없소. 나는 이만 실례하겠소이다. 필요하다면 집안사람들에게 이야기를 들어 보아도 상관없지만, 어쨌든 오늘은 딸의 납폐요. 외동딸의 신랑을 들이는 것이라 손님도 불러다가 성대하게 대접하고 있소. 너무 방해하는 것은 삼가 주셨으면 좋겠군.”

손님이 어디에 모여 있는 것인지 모르지만, 떠들썩한 소리가 전혀 들려오지 않는다. 그만큼 저택이 넓은 것이다.

이토키치는 재미없다는 듯이, 요리가 남아 있는 접시 옆에 양 팔꿈치를 괴었다.

“대장님, 그렇게 바보처럼 정중하게 말씀하실 겁니까. 좀 더 을러대도 되었을 텐데요.”

“상대는 대지주다. 가지야와는 사정이 달라.”

모시치는 식은 요리를 천천히 먹어 치웠다. 이토키치가 측간을 좀 쓰고 오겠다며 일어서는 것과 교대하듯이, 아까 그 하녀가 상을 물리러 왔다. 모시치 일행이 아직도 앉아 있는 것을 보고 놀란 눈치였다.

“또 찾아뵙겠습니다” 하고 모시치가 말하자 하녀는 노골적으로 싫은 얼굴을 했다.

돌아가는 길에, 이토키치는 저택이 너무 넓어 길을 잃을 것 같아서 어디가 측간인지 알 수 없었다며 남들의 눈을 피해 논에 서서 소변을 보았다. 끊임없이 콧방울을 흠칫거리며,

"역시 저는 시골이 싫어요" 하고 불평도 늘어놓는다. "저택은 저렇게 훌륭하지만 집 안까지 비료 냄새가 납니다. 복도 안쪽으로 가 보니 코가 비뚤어질 것 같던데요."

모시치는 이토키치에게, 이틀에 한 번은 쓰노다 가에 얼굴을 내밀어 주위를 어정거리고 있다는 것을 알려 주고 오라고 명령했다. 뭔가 물어도 대답할 필요는 없다, 그냥 인사를 하고 돌아오면 된다고.

한편 얼굴이 알려지지 않은 곤조에게는 쓰노다 가의 주위를 꼼꼼하게 알아보고, 드나드는 상인이나 소작인들에게 물어 세이이치가 모습을 감추었을 무렵 쓰노다 가에 평소와 다른 사람이 드나들거나 수상한 일이 있지는 않았는지 조사하라고 명령했다. 두 사람——시골을 싫어하는 이토키치는 툴툴거렸지만——은 곧 일을 시작했고, 모시치는 또 품에 손을 집어넣고 생각에 잠겼다.

이렇다 할 결정적인 단서가 없는 만큼, 지금은 움직일 수가 없다. 쓰노다 시치에몬의 분위기는 분명히 묘하지만 그것이 세이이치와 관계가 있는지 없는지 전혀 짐작이 가지 않는다. 이럴 때는 오히려 허둥거리지 않는 편이 좋은 법이다.

가지야에서는 아직 아무 소식도 없다. 문득 생각이 나서, 모시치는 유부초밥 노점에 가 보기로 했다. 밤이 되어 곤조와 이토키치가 돌아오기를 기다렸다가 두 사람을 데리고 집을 나섰다.

꽃구경하기 좋은 계절이라 도미오카바시 다리 기슭의 노점은 붐비고 있었다. 나란히 술을 팔고 있는 이노스케도 크게 번성하고 있다. 모시치는 평소와 다름없이 조용히 장사를 하고 있는 노점 주인에게 곤조와 이토키치를 소개했다. 주인은 기뻐하며, 모시치 일행을 위해 긴 의자를 하나 비워 주고 차례차례 요리를 내왔다.

"상당한 솜씨로군요."

삼치 소금구이를 집적거리면서 곤조가 말했다. 이토키치는 매우 만족스러운 얼굴로 요리를 먹어 치우고, 그 자리에 있던 다른 손님들과 왁자하게 웃으며 제대로 즐기고 있다.

"자네, 저 주인장을 어떻게 생각하나? 타고난 요리사라고 생각하나?"

곤조는 온화한 얼굴에 미소를 지었다. "저는 본래 가게 일꾼입니다. 지금은 대장님의 수하가 되었지만 그래도 가게 일꾼 냄새는 남아 있겠지요?"

"음. 자네는 얼굴이 주판알 같기도 하고."

곤조는 아하하, 하고 웃었다. "제게는, 저분에게도 이전 생활의 냄새가 있는 것처럼 보입니다."

"전에는 어떤 사람이었을 거라고 생각하나?"

잠시 뜸을 들이고 나서 대답했다. "부엌칼과 도刀는 통하지요."

역시 무사라고 생각하는 것일까. 모시치는 만족했다.

술기운이 돎에 따라 노점 주위는 시끌벅적해지고, 흥이 오른 사람이 "꽃구경을 할 꽃이 부족하군. 조달해 오지"라고 말하며 나가는가 싶더니, 어디에선가 큰 벚나무 가지 하나를 꺾어 들고 돌아왔다. 하지만 모시치 일행이 자리를 잡고 앉아 마시고 있는 사이에 그런 소란스러운 손님들도 점차 떠나가고, 한밤중이 가까워지자 결국 모시치 일행 셋만 남았다.

"슬슬 마지막 잔을 하시겠습니까." 주인이 말을 걸었다. "바지락탕을 만들었습니다."

모시치 일행은 주인 앞의 의자로 옮겨 뜨거운 바지락탕에 하얀 밥을 맛보았다. 이노스케는 슬슬 집에 갈 준비를 시작해 두건으로 대머리를 싸고 있다.

"돌아가는 길에는 술통이 가벼워서 좋지?" 하며 모시치는 웃었다. 이노스케는 머리를 숙이고는 돌아갔다.

그것을 기다리고 있었던 듯이, 주인은 이토키치에게 밥을 한 그릇 더 퍼 주면서 말을 꺼냈다.

"니치도 도령 일은 어떻게 되었습니까?"

이토키치가 깜짝 놀란 듯이 주인을 올려다보고, 곤조는 모시치를 보았다. 모시치는 두 사람에게 고개를 끄덕이고 나서 주인에게 대답했다.

"그게, 일이 묘하게 되었다오."

이토키치가 정말로 괜찮은 거냐는 듯한 얼굴로 지켜보는 옆에서, 모시치는 일의 전말을 주인에게 이야기했다. 주인은 묵묵히 손을 움직이면서 듣고 있었지만 이윽고 시선을 들더니, 보기 드물게 강한 말투로 딱 잘라 말했다.

"그런 어린아이를 습격하다니, 금수만도 못한 놈이 하는 짓입니다."

"그렇지. 하지만 니치도의 방식도 칭찬할 수 있는 것은 아니오. 뭐, 거저먹기로 왕창 벌다가 계산서가 비싸게 돌아온 것은 확실하지만, 이걸로 조금은 넌더리가 났겠지."

주인은 쓴웃음을 지었다. 이마에 깊은 주름이 생긴다.

"대장님이 그렇게 매정하게 말씀하시는 것은 니치도 도령 때뿐이지요."

"그런가? 나는 그렇게 정이 두터운 오캇피키는 아니라오."

"그 애가 정말로 영시를 할 수 있다고 생각하십니까?"

"글쎄, 어떨까요." 모시치는 바지락탕을 다 마시고, 그릇을 내려놓으며 주인을 올려다보았다. "솔직히 말해서, 모르겠소."

"곤조 씨와 이토키치 씨는 어떻습니까?"

두 사람은 힐끗 얼굴을 마주 보았다. 이토키치가 곤조를 팔꿈치로 찔렀다.

"영시라는 것은 있지 않을까 합니다." 곤조가 대답했다. "다만, 니치도에 대해서는 이야기가 조금 과장되어 있다는 생각이 드는군요. 아무리 영시라도 그렇게 자세히 보일지 어떨지."

주인은 노점 뒤에 걸터앉아 천천히 고개를 끄덕였다. "저도 똑같이 생각합니다. 대장님, 알고 계셨습니까? 그 미요시야의 한지로는 옛날에 오캇피키의 수하였던 적이 있는 남자입니다."

모시치도 곤조도 이토키치도 엉거주춤 일어날 뻔했을 정도로 놀랐다.

"어, 정말이오?"

이토키치는 눈을 둥글둥글 굴린다.

"하지만 미요시야의 후계자였는데."

"젊은 시절에 방탕 삼매경에 빠져서, 한때 의절당한 적이 있었습니다. 친구를 잘못 사귄 것이겠지요. 결국 도박장 단속 때 붙잡혀서 그것이 계기가 되어, 오캇피키의 수하가 된 것입니다. 아마 혼고 쪽에서였던 것 같은데요."

모시치와 두 명의 수하는 그렇지 않지만, 대체로 오캇피키와 그 부하들은 죄를 저지른 과거가 있는 경우가 많다. 다시 말해서 처음에는 이른바 밀고자로 시작한다. 노점 주인이 말한 것처럼 도박을 하다가 붙잡혀, 죄를 용서받는 대신 나라를 위해서 일한다――는 예는 오캇피키 노릇을 하는 사람들 사이에서 흔히 들을 수 있는 이야기다.

모시치는 한지로의 침착하지 못한 눈빛을 떠올렸다. 그런 눈빛을 어디에선가 본 적이 있다고 생각했는데, 그런가, 그것은 오캇피키의 눈인가. 너무 가까워서 오히려 당장 생각이 미치지 못했던 것이다.

"그런데 주인장, 어떻게 그런 것을 알고 계십니까?"

타고난 매끄러운 목소리로 곤조가 물었다. 주인은 미소를 지으며, "다소 인연이 있어서 언뜻 들었습니다" 하고 대답했다.

"그보다 니치도 도령이 영시한 내용은, 대부분 한지로가 조사한 것이 아닐까 하고 저는 보고 있는데요."

"그렇다면?"

"니치도 도령의 영시는 늘 그 자리에서 하는 것이 아니지 않습니까. 며칠 시간을 두고 신탁을 내리지요. 탐색을 어떻게 하는지 알고 있는 한지로라면, 그만큼만 있으면 부탁해 온 사람들의 주위를 대충 조사하는 것 정도는 쉬운 일이지 않겠습니까. 옛날에 익힌 솜씨이니 지금도 자신이 있겠지요. 물론 한지로 혼자서가 아니라, 아마 옛 동료에게 의지해서 부리고 있는 것이 아닌가 싶습니다만."

모시치는 주인의 의견을 음미해 보고 납득할 수 있는 구석이 있다고 생각했다. 과연, 잃어버린 물건이나 사람을 찾는 것은 본래 오캇피키가 하는 일이고, 남의 원한을 사서 저주를 받았다느니 하는 사정도 약간 수고를 들이면 어렵지 않게 조사할 수 있다. 다만 니치도에게 들어오는 사건은 애초에 오캇피키가 상대해 주지 않거나, 아니면 부탁하는 쪽이 표면화하고 싶지 않다고 생각하는 종류의 것이 많다는 점이 차이점일 뿐이다.

사정을 알고 나면 그 후에는 쉽다. 잃어버린 물건이나 사람은 찾아 주거나 단서를 주면 되고, 저주니 요물에 씌었느니 하는 경우에는 그럴듯한 기도를 올려 주면 되니까.

"하지만 그것도 맨 처음의 단서라는 것이 필요하지 않습니까." 이토키치가 아직도 눈을 휘둥그렇게 뜬 채 말했다. "아무런 단서도 없다면 한지로도 조사할 수가 없어요."

주인은 고개를 끄덕였다. "예. 그러니 만일 니치도 도령이 영시를 하고 있다면 그 부분이 아닐까요."

그때 곤조가 노점 맞은편의 어둠 쪽으로 얼굴을 돌렸다. 모시치도 따라서 그쪽을 보았다.

누군가 다가온다.

"어라, 가지야다……." 이토키치가 중얼거렸다.

그 말대로 가쓰조였다. 무언가 생각에 잠겨 있는지 무뚝뚝한 얼굴을 숙이고 모시치 일행을 알아차린 기색도 없이 철썩철썩 셋타 소리를 울리며 다가온다.

"여어, 자네도 한잔하러 왔나?" 하고 모시치가 말을 걸었다. "자리는 비어 있네. 다만 오늘 밤에는 술을 다 팔아서, 이노스케 영감은 집에 가 버렸네만."

가쓰조는 우스꽝스러울 정도로 놀란 기색을 보였다. 이토키치가 웃음을 참다가 작게 흘렸을 정도였다. 노점 주인은 양손을 내리고, 어둠 속에 서 있는 가쓰조를 눈부신 것이라도 보듯이 눈을 가늘게 뜨고 바라보고 있었다. 곤조가 그런 주인을 보고 있다.

가쓰조는 걸음을 멈추고 어깨를 굳혔다. 모시치는 이거 쓸데없이 오래 눌러앉아 있다가 방해를 해 버렸구나, 하고 생각했다. 가쓰조는 오늘 밤, 어떤 이유가 있는지는 몰라도 주인을 만나러 온 것이다. 그 일로 머리가 가득했기 때문에 조금 전까지 모시치 일행이 있는 것도 알아차리지 못한 것이다.

가쓰조는 날카롭게 이토키치를 노려보았다. 이토키치는 웃음을 거두었다.

"놈들은 아직 못 찾았어." 이토키치를 노려본 채, 가쓰조는 모시치에게 말했다. "하지만 실마리는 보이기 시작했다. 이제 곧 어떻게든 될 테지."

이제 노점으로 가까이 올 마음은 없는 모양이다. 모시치는 말했다. "고맙네. 잘 부탁하네."

가쓰조는 멀어진다. 올 때보다 더 걸음이 빠르다. 그의 모습이 어둠으로 사라지자 그때까지 국화 인형국화의 꽃이나 잎으로 의상 부분을 꾸민 인형처럼 꼼짝도 않던 주인이 갑자기 움직이기 시작했다.

"대장님, 단것은 필요 없으십니까?"

"저는 좋아합니다." 곤조가 말했다. "뭡니까?"

"계절에 맞춘, 사쿠라모치물에 푼 밀가루를 장원형으로 얇게 구워서 팥소를 싸고, 소금에 절인 벚잎을 두른 일본 과자입니다."

"아저씨가 만든 겁니까?"

"예. 하지만 벚잎 장아찌는 미처 만들지 못했습니다. 과자 만드는 법을 배우러 다니는 곳에서 나눠 주셨지요. 내년 봄에는 전부 직접 만들 수 있겠지만요."

작은 사쿠라모치가 접시에 담겨 나왔다. 뜨거운 엽차를 받아 모시치 일행은 같이 맛보았다. 주인은 사쿠라모치를 두 개 싸 주며 말했다.

"하나는 안주인께. 하나는 니치도 도령께 가져다주십시오. 대장님은 미요시야에 가실 거지요?"

"아아, 갈 거요. 이리 주시오. 그 아이도 기뻐하겠지."

이토키치는 기왕이면 이것도 같이 가져다주라며, 아까 왔던 손님이 훔쳐 와서는 그대로 근처에 떨어져 있던 벚나무 가지에서 가느다란 잔가지를 꺾어 냈다.

4

이튿날, 모시치가 미요시야를 찾아가니 때마침 의원이 와 있고, 니치도는 일어나 있다고 한다.

치료를 끝내고 나온 게이안을 붙들고 상태를 물어보았다. 아주 젊어 보이는 얼굴이지만 소하쓰이마에서 머리 중앙까지의 머리를 밀지 않고 전체의 머리를 뒤로 빗어 넘기거나, 머리 위에서 묶은 남자의 머리 모양 중 하나. 에도 시대에 의사, 유학자, 수도승 등의 머리 모양이었다에 백발이 섞여 있는 것을 보면 마흔 정도일까. 게이안은 침착한 말투로, 다소 시간은 걸리겠지만 니치도는 원래의 몸으로 돌아갈 수 있을 거라고 장담했다.

"선생님의 실력이 좋기 때문이오. 저도 감사드립니다."

옆으로 다가가자 게이안의 몸에서도 그 고약 냄새가 났다. 모시치의 얼굴을 보며 의원은 환하게 웃었다.

"냄새가 나지요? 하지만 이 고약 덕분에 저는 이름을 얻었습니다."

"이 고약은 선생님의 처방입니까?"

"그렇습니다."

"다른 곳에서는 구할 수 없습니까?"

"아니, 그렇지는 않아요. 부탁을 받으면 만들어서 다른 곳에 주기도 합니다. 꽤 양이 많기 때문에 집안사람들은 이것을 조합하느라 매일 정신이 없지요."

의원을 전송하고 모시치는 니치도의 방으로 향했다. 길게 이야기해서는 안 된다고 여러 번 주의를 받았다. 선물만 건네주어도 되지 않을까 하는 생각도 들었다.

니치도는 침상 위에 일어나 앉아 있고 어머니인지, 어깨띠를 걸친 여자가 그에게 잠옷을 입히고 있었다. 몸은 무명천으로 둘둘 감겨 있지만 검붉은 멍이 여기저기에 삐져나와 있다. 한쪽 눈이 부어올라 거의 감겨 있는 것이 애처롭다. 방 전체에 게이안의 특제 고약 냄새가 고여 있었다.

"대장님." 어깨띠를 걸친 여자가 재빨리 앞으로 나서서 니치도를 감쌌다. "미요시야의 안주인 미치입니다. 이야기라면 제가 듣겠습니다."

"아니, 괜찮네. 어려운 말을 하러 온 것이 아니야."

모시치는 품에서 사쿠라모치 꾸러미를 꺼냈다.

"도미오카바시 다리 기슭에 맛있는 유부초밥 가게가 있어서. 요즘은 과자도 만든다네. 사쿠라모치일세. 그 노점 주인에 대해서는 알고 있겠지? 전에 여기 온 적이 있으니까."

"그건 벚꽃이군요." 니치도가——아니, 지금은 미요시야의 조스케다——모시치가 한 손에 들고 있는 벚나무 가지에 시선을 멈추며 가느다란 목소리로 말했다.

"벌써 그렇게 피었군요."

"그래, 활짝 피었단다. 꽃구경을 놓치다니 유감이구나."

모시치는 벚나무 가지를 다다미 위에 놓아 주었다. 오미치는 경계하는 듯한 얼굴로 조스케와 모시치를 번갈아 바라보고 있다.

"어머니, 사쿠라모치를 먹고 싶어요. 목도 마르고. 따뜻한 물을 좀 가져다주세요" 하고 조스케가 말했다.

오미치는 돌아보고 또 돌아보며 방을 나갔다. 엄청난 기세로 되돌아올 것이다. 시간이 별로 없다.

"목숨을 건져서 다행이다."

이불 옆으로 다가가며 모시치는 말했다. 조스케는 말없이 고개를 끄덕였다.

"너를 습격한 놈들을 찾아내서 혼쭐을 내줄 생각이다. 하지만 솔직히 말해서 뜬구름을 잡는 것 같구나. 네게 뭔가 짐작 가는 데가 없느냐?"

조스케는 무참하게 부어오른 눈꺼풀을 깜박이며 침묵하고 있다. 모시치는 가엾어 견딜 수가 없게 되어, 저도 모르게 말했다.

"얘야, 너, 이런 일은 이제 그만두는 게 어떠니."

조스케는 모시치를 보았다. 지친 듯한 얼굴을 하고 있다.

"네 영시인지 뭔지는, 아버지가 조사한 것을 말하고 있을 뿐인

게 아니냐? 네 아버지는 의절했던 것이 풀리고 이곳으로 돌아와 가게를 물려받을 때까지 오캇피키의 수하로 일했다. 그렇지?"

조스케는 모시치에게 받은 벚나무 가지를 잡으려고 했지만 잡지 못했다. 손도 무명천으로 감겨 있다. 모시치는 벚나무 가지를 집어 이불 위에 올려놓았다.

"예쁘네요" 하고 조스케는 말했다.

둘이서 입을 꾹 다물고 있었다. 이제 곧 오미치가 돌아올 것이다. 모시치는 포기하려고 했다. 하지만 조스케가 고개를 끄덕인 채, 낮게 흘리듯이 말했다.

"정말로 보일 때도 있어요."

다친 어린아이의 얼굴은 무서울 정도로 진지하고, 그러면서도 엄청나게 슬퍼 보였다.

"그래……?" 하며 모시치는 고개를 끄덕였다. "하지만 보여도 잠자코 있으면 되지 않니. 너도 이런 심한 일을 당하는 건 이제 싫지?"

"아버지가……."

모시치는 고개를 저었다. "보이지 않게 되었다고 말하면 돼. 미요시야는 번성하고 있다. 복채가 들어오지 않게 되어도 전혀 곤란하지 않을 테고."

조스케는 모시치의 눈을 보았다. 무명천과 얼룩덜룩한 멍 사이로 보이는 눈동자가, 그때만은 니치도의 눈으로 돌아간 것 같다고 모시치는 생각했다.

"하지만 나를 의지하고 찾아오는 사람들을 실망시킬 수 없어요."

모시치는 할 말을 잃고 말았다. 애써 마음을 질타하며 말을 이었다.

"오나쓰라는 아가씨가 찾아왔을 때의 일, 기억나니? 약혼자를 찾아 달라고."

동정하는 마음에 직접 맡은 일이었기 때문일 것이다. 니치도는 기억하고 있었다.

"그 영시는 어떠냐. 너는 어디까지 보았지? 정말로 세이이치라는 남자가 수양벚나무 밑에 묻혀 있는 것을 보았니?"

니치도는 고개를 저었다. 다친 것 때문에 마음도 약해지고, 어린아이의 마음으로 돌아간 것이리라. 망설임도 없이 솔직한 말투로 말한다. "수양벚나무와 남자가 크게 다친 데까지는 봤어요."

"그럼 나머지는 아버지의?"

"네. 조사해 보니 벚나무 밑의 흙을 파헤친 흔적이 있었다고요. 거기에 묻혀 있는 걸로 하자고 하셨어요. 어차피 확인할 수 있는 것도 아니니까."

새삼스럽게 모시치는 화가 나기 시작했다.

"네 아버지도 죄를 짓는구나."

"……미안해요."

"오나쓰에게만 그런 것이 아니야. 누구보다도 너에게 가혹한 짓을 하고 있다는 말이다."

니치도는 무명천에 감긴 손에서 손가락을 내밀어 벚꽃의 꽃잎을 만졌다.

"노점 아저씨한테, 사쿠라모치 고맙다고 전해 주세요."

"……음."

"그 아저씨가 숨기고 있는 것, 대장님께 가르쳐 드릴까요?"

모시치의 마음을 들여다보듯이, 약간 고개를 기울이며 니치도가 말했다.

"그 아저씨, 누군가를 찾고 있어요. 거기에서 노점을 하고 있는 건 그것 때문이지요. 그 누군가를 몹시 만나고 싶어해요."

모시치는 천천히 말했다. "그건 네 영시냐?"

"네."

"그럼 지금 말한 것은 마음속에 넣어 두렴."

그때 오미치가 돌아왔다. 한지로까지 함께였다.

"이제 가려는 참일세." 모시치는 일어섰다. "몸조리 잘하렴."

나가는 모시치의 등 뒤에서 하얀 당지를 바른 문이 탁 닫혔다.

그로부터 며칠 후, 탐색한 보람이 있어서 곤조가 수확을 가지고 돌아왔다. 쓰노다 가 옆에 사는 소작인이 마침 세이이치가 모습을 감춘 날 밤, 낯선 남자가 지주의 집에 들어가는 것을 보았다는 것이다.

"병든 말을 돌보느라 늦게까지 깨어 있었다고 합니다. 물어보니 그 남자의 용모가 세이이치와 매우 비슷했습니다. 남자는 곧장 집 안으로 들어가지는 않고, 한동안 나무 주위를 서성거렸다는군요. 그날 밤 보름달이 떴기 때문에 소작인은 남자의 얼굴도 보았습니다. 세이이치의 인상을 그린 그림을 보여 주었더니 틀림없다고 했어요."

그럼 세이이치는 역시 쓰노다 가를 찾아갔던 것이다. 니치도는 그가 크게 다쳤다고 말했다. 그 상처가 원인이 되어 죽은 것일까. 죽어서 묻힌 것일까.

미간에 주름을 지으며 생각에 잠겨 있자니 곤조가 말을 이었다. "그리고 대장님, 쓰노다 가에는 가끔 의원이 드나들고 있습니다."

"의원?"

"예. 시치에몬이 통풍을 앓고 있다나 해서요. 약상자를 짊어진 하인을 데리고, 사흘에 한 번 꼴로 의원이 다니고 있습니다."

모시치는 입을 딱 벌렸다. 한동안 그러고 있었다. 그러고 나서 앉은 채 이토키치를 큰 소리로 불렀다. 곤조와 함께 돌아와 부엌에서 아내를 돕고 있던 이토키치가 깜짝 놀라 달려왔다.

"왜 그러십니까?"

"너, 쓰노다 가에서 측간을 빌리려고 했을 때, 그 집 안에서 묘하게 냄새가 난다고 말했지?"

"예?" 이토키치는 멍청한 목소리를 냈다. "냄새가 난다니, 뭐가."

"냄새가 났다고 했지 않느냐. 비료 냄새가."

"아아, 아아, 맞습니다."

"그건 정말 비료 냄새였느냐? 틀림없느냐?"

"글쎄요……." 이토키치는 고개를 갸웃거렸다. "뭘까요. 코가 비뚤어질 것 같은 냄새였는데."

모시치는 이토키치를 데리고 나가 아사쿠사에 있는 게이안의 집까지 달려갔다. 집에 가까워지자 이토키치가 펄쩍 뛰어오르다시피 하며 말했다.

"대장님, 이 냄새입니다!"

모시치는 곤조와 이토키치를 데리고 오나쓰를 불러다가, 게이안에게도 동행해 달라고 해서 다시 쓰노다 시치에몬을 찾아갔다. 오나쓰는 뛰다시피 따라왔다.

세이이치는 분명히 쓰노다 가에 있는 것이다. 다만 죽임을 당하지는 않았다. 아마 다쳐서 움직이지 못하게 된 것이리라. 쓰노다 가에서는 그를 가두어 두고, 고약을 쓰고 의원에게 보이며 몰래 치료를 하고 있을 것이다. 세이이치는 사라진 것도, 죽은 것도 아니다. 다만 들어간 후로 나오지 않았을 뿐이다.

마주한 시치에몬은 분노를 드러내며 모른다는 말을 되풀이했지만, 모시치가 소작인이 세이이치의 얼굴을 본 것을 이야기하고 게이안의 고약 냄새를 지적하며 누가 쓰고 있는 것이냐고 캐묻자, 겨우 기세가 꺾였다.

"세이이치는 별채에 갇혀 있습니다." 분한 듯이 어금니를 악물며 말했다.

“그날 밤 쳐들어와서 소동을 일으켰기 때문에 집안사람들을 불러 말리려고 했을 때, 조금 도가 지나쳐서 그자를 다치게 하고 말았습니다. 상처가 나으면 돈을 주고 에도를 떠나게 할 생각이었어요.”

오나쓰가 소리쳤다. “그렇다면 어째서 내게 그렇다고 말해 주지 않은 거지요?”

시치에몬은 차가웠다. “이야기하면 일이 알려지게 되오. 딸의 혼담에도 지장이 있을지 모르고. 어차피 세이이치는 제대로 된 사내가 아니오. 당신도 빨리 잊는 게 좋아.”

“너무해요! 그런 걸 어떻게 알아요?”

“알지” 하고 시치에몬은 단호하게 딱 잘라 말했다. “세이이치는 이십 년 전에, 내가 하녀에게 낳게 한 아이니까.”

시치에몬의 말대로 세이이치는 별채의 방에 있었다. 니치도보다는 나은 상태지만 거의 걸을 수도 없고, 오른손은 움직이지 않는다. 그래도 달려 들어간 오나쓰를 껴안고 몇 번이나 사과했다.

“나는 당신한테 돌아갈 생각이었어” 하고 되풀이해서 몇 번이나 말했다.

“왜 이런 곳에 온 거야.”

오나쓰는 울고 있었다. 기쁨의 눈물이지만 원통함의 눈물일지도 모른다.

"당신에 대한 이야기, 들었어. 당신의 어머니가 이곳 하녀였다면서? 당신을 낳고 나서 곧 돌아가셨다고. 당신은 이곳에서 쫓겨나서 혼자서 고생해 왔고. 왜 이제 와서 이곳을 찾아온 거야? 그런 금수만도 못한 사람, 부모도 아니잖아."

세이이치가 이 집을 나간 것은 일곱 살 때였다. 버려진 것이 아니라 내 쪽에서 이 집을 도망쳐 나간 거라고 그는 말했다.

"말이나 소보다도 못한 취급밖에 받지 못했으니까."

시치에몬의 정처正妻는 질투가 심한 여성이었던 모양이다. 시치에몬이 손을 댄 하녀는 이미 죽었는데도, 때때로 생각난 듯이 세이이치를 체벌하며 옛날의 울분을 풀곤 했다. 그것을 견딜 수 없게 되어, 세이이치는 어머니의 위패만을 안고 맨발로 도망쳤다.

그러나 언젠가 어엿한 어른이 되면 반드시 이 집에 돌아와, 자신이 당한 일에 대해서 한두 마디 해 주겠노라고, 마음 깊은 곳에서 결심하고 있었다. 어린아이였을 때니 쓰노다 가가 에도의 어디쯤에 있는 것인지 확실하게는 알지 못했지만, 후카가와의 넓은 논밭에 둘러싸여 있고 정원에 수양벚나무가 있는 집이라는 것만은 머리에 새겨 기억하고 있었다. 언젠가 반드시 찾아내겠노라고.

"잊을 수 없었어" 하고 세이이치는 말했다.

"내 머릿속에도 그 수양벚나무가 자라는 것 같았어. 그 정원에서 얻어맞으면, 밥도 얻어먹지 못하고 기둥에 묶여서 방치되었지. 내게는 그런 취급을 하면서, 쓰노다 가에서는 그 벚나무에 큰

돈을 들여 가며 키우고 있었어."

그러나 막상 쓰노다 가에 왔을 때는 역시 망설여져서, 곧장은 들어갈 수 없었다. 이대로 돌아갈까 생각했다. 결심이 선 것은 그 수양벚나무가 기억 속의 그것보다도 훨씬 크고 굵어져서, 많은 봉오리를 달고 있는 것을 보았을 때다.

"처음에 아버지는 저를 알아보지 못했습니다" 하고 세이이치는 모시치에게 말했다. "제가 세이이치라고 말하자 안색이 바뀌더군요. 가정을 꾸리고 어엿한 어른이 되겠다, 그것을 알리러 왔다고 말했더니 돈이 필요하냐며 제게 금화를 던졌어요. 화가 치밀어서 뭐가 뭔지 알 수 없게 되어 버린 것은 그때입니다."

세이이치가 매우 거칠게 날뛴 데다 쓰노다 가에서도 몹시 흥분하여, 일이 커진 것이다. 세이이치는 달려온 사람들에게 맨손뿐만 아니라 몽둥이 같은 것으로도 얻어맞고, 쓰러져서 정신을 잃었다. 그대로 줄곧 이곳에 있었던 것이다. 섣불리 그를 돌려보냈다가 소란이 일어나면 쓰노다 가의 수치가 되고, 사위를 들이는 데에도 지장이 생길 거라고 시치에몬이 생각했기 때문이다.

"그래도 자네를 제대로 의사에게 진찰받게 해 주었다는 것만은, 쓰노다 가도 그나마 괜찮았군" 하고 모시치는 말했다.

지난번과 딴판으로 붙임성도 정중함도 사라진 하녀에게, 세이이치를 싣고 돌아갈 테니 덧문짝을 빌려 달라고 말해도 대답도 하지 않는다. 별수 없이 모시치 일행은 소작인 중 한 명에게 부탁해 짐수레를 빌렸다.

수양벚나무는 아직 꽃이 피지 않았다. 가지가 우아하고 아름답게 흔들린다. 짐수레 위에서 오나쓰의 부축을 받으면서, 세이이치는 그것이 보이지 않게 될 때까지 노려보고 있었다.

그로부터 이틀 정도 지나, 가지야가 니치도를 습격한 남자들을 찾았다고 알려왔다. 그들은 어지간히 겁에 질렸는지, 모시치의 물음에 술술 자백했다. 분명히 쓰노다 시치에몬에게 고용되었다고 한다.

모시치는 속이 부글부글 끓는 기분이었지만, 미요시야가 일을 표면화하고 싶어 하지 않아서 니치도가 당한 일은 재판소에 보내기 어렵다. 세이이치도 더 이상 쓰노다 가와는 상관하고 싶지 않다고 한다.

모시치는 한 가지 계책을 짜냈다. 고용된 남자들을 혼쭐내 주는 역할은 가지야에 맡기고 그들을 흠씬 두들겨 준 후, 쓰노다 가에 가서 치료비를 받아오라고 말하라고 했다. 남자들은 쓰노다 가에 쳐들어간——모양이다. 큰돈도 타냈을 것이다. 그로부터 얼마 후, 쓰노다 가의 딸은 무사히 사위를 들였다.

남자들이 뜯어낸 치료비는 가지야가 빼앗았다. 그중 약간의 돈은 세이이치에게 건넸다——는 것을, 모시치는 모른다. 모르는 것으로 되어 있다.

벚나무에 잎이 돋을 무렵이 되어, 모시치 일가는 겨우 뒤늦게

꽃구경을 하러 나갔다. 아내가 싼 도시락을 둘러싸고 앉아 술을 마시고, 한껏 취해서 즐겁게 소란을 떨었다.

돌아오는 길에 곤조가, 이토키치와 아내의 귀를 꺼리듯이 슬쩍 모시치에게 속삭였다.

"그 노점 주인 말입니다."

"음."

"본래는 무사였다고 하는데, 그렇게 시정의 상황을 잘 아는 게 아무래도 이상합니다. 인연이 있어서 미요시야를 안다고 했지만, 그렇게 단순한 일은 아닐 거예요."

그것은 모시치도 그렇게 생각한다.

"무사이기는 하면서, 시정의 관리였던 것이 아닐까요." 곤조가 말했다. "혼조 후카가와 쪽이 아니라면, 대장님도 얼굴을 모르시는 분이 있겠지요."

"글쎄, 어떨까." 모시치는 애매하게 대답했다.

그 주인이 옛날에 시정의 관리였다면, 아무리 구역이 달라도 모시치도 알아챌 수 있었을 것이다. 하지만 곤조의 말도 일리는 있다. 그는 시정을 탐색하는 일을 하던 무사였던 것이다. 틀림없이 그럴 거라고, 모시치도 생각한다.

그럼 그런 직책이 시정 관리 외에 있을까.

딱 하나 있다. 가야쿠가타加役方——방화와 도적을 단속하는 직책이다.

하지만 너무나도 엉뚱해서 말을 해 볼 마음도 들지 않는다. 그래서 모시치는 취한 척하고 있었다. 깊어 가는 봄날 밤에 생각에 잠기는 것은 도대체가 어울리지 않는 일이다.

"잎이 돋은 벚나무도 좋네요" 하고 아내가 말했다. 쓰노다 가의 수양벚나무도 지금쯤은 피었을까, 모시치는 생각했다.

이토키치의 사랑

1

혼조 후카가와 일대를 담당하고 있는 오캇피키, 에코인의 모시치에게는 속된 말로 '시탓피키'라고도 '고모노'라고도 불리는 부하가 두 명 있다. 올해 마흔일곱 살로 가게 일꾼 출신인 곤조와, 스무 살 하고도 한 살을 더 먹었지만 아직도 어린애 같은 얼굴을 한 이토키치라는 젊은이다. 모시치는 쉰여섯 살. 오랫동안 함께 산 조강지처와의 사이에서는, 사이가 좋은데도 아이를 얻지 못했다. 그래서 이토키치는 부하이면서 아들 같은 데도 있다.

신카와초의 술 도매상에서 대행수까지 되었던 경력을 갖고 있는 곤조와 달리, 이토키치에게는 이렇다 할 과거가 없다. 아직 젊기 때문이기도 하지만, 모시치와 만나기 전까지 이 젊은이의 생활 속에서 정해진 무언가가 없었기 때문이기도 하다.

이토키치는 부모의 얼굴을 모른다. 버려진 아이다. 아직 젖먹이 아기였을 무렵, 다른 곳도 아닌 에코인 경내에 버려져 있는 것을 참배 온 신자가 발견하고 지신반으로 데려갔다. 아무리 기다려도 부모가 나타나지 않아, 그 달의 당번을 맡고 있던 관리인의 집에 맡겨져서 자라게 되었다.

어릴 때부터 민첩하고 바지런히 잘 움직였으며 한곳에 가만히 있지 못하는 성격이었다. 이토키치를 맡아 기른 관리인은 그 무렵부터 모시치와도 친하게 지냈는데, 이토키치가 성장함에 따라 그가 장래에 어떻게 살아야 할지에 대해서 고민하며 모시치에게 자주 상의를 청했다.

이토키치는 고용살이를 보내도 일을 하지 않았고, 기술을 익히게 하려고 등롱 장인, 메밀국수 장인, 땜질 장인, 신발 장인, 대장장이 등 연줄이 있는 모든 장인에게 일을 배우러 보내도 보름을 버티지 못했다. 결코 게으름뱅이는 아니었다. 아침에는 일찍 일어나고 잡일도 싫어하지 않고 손재주도 그럭저럭 좋은 데다 사람들의 호감을 사는 애교도 있다. 다만 그 애교가 지나쳐서 경박하고, 한 가지 일에 대한 흥미가 오래가지 않는 것이 곤란한 점이었다.

이토키치의 양아버지인 관리인은 그가 열다섯 살 때 죽었다. 그때 모시치에게 이토키치를 부탁하고 갔다. 혹시 대장님이라면 그 녀석을 어디에 써야 할지 알지도 모른다며.

당시의 모시치에게는 분지라는, 약간 마음이 약한 면이 있지만 일은 잘하는 부하가 있었기 때문에 딱히 새로운 일손이 필요하지는 않았다. 당사자인 이토키치가 모시치를 돕고 싶어 했던 것도 아니었다. 그 무렵에는 오후나구라 근처의 짐마차꾼 집에서 말을 돌보는 일을 했는데, 말이 귀여워서인지 보기 드물게 오래 버텼다. 마구간 안에서 생활했기 때문에 당장 지낼 곳도 있었다. 뭐, 곤란한 일이 있으면 상의하러 오라는 정도의 마음으로, 모시치는 이토키치를 맡았다.

그러나 그로부터 얼마 후, 부하인 분지에게 바라지도 않았던 데릴사위 이야기가 들어와 모시치의 곁을 떠나게 되었다. 떠들썩하게 혼례가 끝나고 한숨 돌렸을 무렵, 무엇을 생각했는지 이토키치가 불쑥 찾아왔다.

"대장님이 혼자서 멍하니 계신다는 소문을 들어서요……. 괜찮으시다면 뭔가 도와 드릴까요? 돌아가신 관리인도 제게 대장님의 분부를 잘 듣고, 대장님께 도움이 되어야 한다고 단단히 말씀하셨습니다."

분지가 떠나고 쓸쓸하기는 했지만 딱히 멍하니 있었던 것은 아니었던 모시치는, 어느 모로 보나 걱정스러워하는 듯한 이토키치의 멍청한 얼굴이 귀여워서 크게 웃고 말았다.

"그래? 그럼 부탁할까. 앞으로 너는 내 부하다."

그렇게 해서 이토키치는 모시치의 곁에 눌러앉게 되었다.

이토키치도 곤조도, 모시치의 부하로 일할 뿐만 아니라 각자 생업을 갖고 있다. 곤조는 옛날에 익힌 솜씨로 자신이 살고 있는 공동 주택의 관리인을 도와 주판을 튕기거나 장부를 쓰거나, 타고난 매끄러운 목소리로 세입자들끼리의 싸움을 중재하며 귀중한 존재로 여겨지고 있다.

그러나 이토키치는 처음에는 늘 그렇듯 자리를 잡지 못했다. 사탕 장수를 하거나, 지붕 덮는 일을 돕거나, 우물을 바꾸는 일을 거드는 등 여기저기 떠돌며 도무지 한곳에 정착하지를 못했다. 그것은 그것대로 사람들과의 관계의 틀이 넓어져서 모시치의 부하로서 이익이 없는 것은 아니지만, 너무 자리를 잡지 못하면 옆에서 보기에는 조마조마하고 불안하다. 그래서 모시치의 아내가 한번 이토키치를 불러다가 차분하게 설교를 한 적도 있었다. 그래서 이토키치가 나름대로 생각해서 찾아낸 것이 기타모리시타초의 '고쿠라쿠유'라는 목욕탕 일이었다.

"목욕탕에는 여러 사람들이 드나드니까요. 제 밝은 귀를 살릴 수 있겠지요."

벌써 일 년 이상, 이토키치는 고쿠라쿠유에서 일하고 있다. 청소를 하고 가마에 불을 때는 것이 주된 일인데, 한가할 때는 남탕 이층에 모여 있는 손님들을 상대하며 서툰 장기를 두거나 과자도 없이 차를 마시면서 수다를 떨어도 되는 마음 편한 부분도 있다. 고쿠라쿠유의 주인은 이토키치가 모시치와 연결되어 있다는 것을 잘 알고 있고, 여차할 때에 마음이 든든하다며 나름대로 이토키치를 소중히 여겨 주었다.

목욕탕에서 일하는 사람들에게는 중요한 일이 하나 더 있다.

물을 끓이기 위해 가마에서 태울 연료를 조달하는 것이다. 대개의 목욕탕은 목재상이나 나막신 가게 등 일상적으로 나뭇조각이 나오는 집과 약속을 하고, 모아 둔 부스러기를 인수하여 그것을 주로 태운다. 사실 태울 것이라면 무엇이든 필요하고 공짜로 주워올 수 있는 것이라면 더욱 좋다——고 해서, 목욕탕의 고용살이 일꾼들은 낮동안 시정을 어슬렁거리며 가마에 땔 수 있을 만한 것을 물색해 교섭하고 인수해 오는 일을 한다. 다만 꽤 지저분한 일이기 때문에, 고쿠라쿠유의 주인이 이토키치에게 이 일을 명령한 적은 없다. 없지만, 이토키치 쪽에서 손이 비면 마음 편히 시중에 나가, 저쪽 저택에서 나무문을 고치거나, 이쪽 밥집에서 낡은 나무통을 버린다거나 하는 것을 눈도 밝게 찾아내어 가져온다. 실제로 이토키치는 그렇게 시정을 어슬렁거리는 것을 매우 좋아한다.

한데 올해 봄, 나날이 따뜻해지는 바람과 햇빛에 들떠서 가끔 참새 새끼처럼 폴짝폴짝 뛰면서 즐겁게 돌아다닐 때, 이토키치에게 어떤 일이 일어났다.

사랑에 빠지고 만 것이다.

2

사 년 전의 일이다. 초봄에 혼조 아이오이초 한쪽 모퉁이에서 화재가 일어났다. 작은 집들과 상가가 수십 채 불타 없어진 것 외에, 불을 끄기 위해 많은 집을 부숴야 했기 때문에 피해가 상당했던 화재였다.

이때 전소된 집들 중에 이웃 사람들이 '이마모토 공동 주택'이라고 부르는 공동 주택이 있었다. 이마모토는 이 공동 주택의 지주가 장사를 하는 과자 가게의 상호로, 그것을 따서 붙여진 이름이다.

아이오이초의 화재로 이마모토 공동 주택은 흔적도 없이 불타 없어졌다. 주민들은 일시적으로 여기저기에 뿔뿔이 흩어져, 공동 주택이 재건되기를 기다리게 되었다. 하지만 화재가 있고 얼마 지나지 않아, 재건은 가망 없을 것 같다는 소문이 퍼지기 시작했다. 실은 이마모토의 가세가 많이 기울어 있어, 큰길에 면한 두 간짜리 공동 주택 두 동과 골목길의 공동 주택 두 동을 재건할 만한 돈을 마련할 수 없었던 것이다.

지주가 망해 버리면 세입자들은 어떻게도 할 수 없다. 결국 이마모토 공동 주택의 관리인이 보증인이 되어 세입자들의 새로운 거처를 마련해 주게 되었다. 그들이 정착할 곳이 정해진 후에도 이마모토 공동 주택이 불탄 자리는 여전히 공터로 남았다. 이웃 아이들에게는 좋은 놀이터가 되었고, 여자들도 말뚝을 치고 끈을 달아 빨래를 말리거나 하며 편리하게 사용했다.

공터에는 여러 종류의 풀과 꽃이 우거진다. 그대로 내버려 두면 보기에도 나쁘고, 여름에는 모기가 끓기 때문에 이웃 사람들이 풀을 베기도 했지만, 그중 누군가가――다소 순수한 마음을 가진 인물일 것이다――여기에 유채씨를 뿌릴 생각을 해냈다. 채소는 키우는 데 수고가 들지만 유채라면 내버려 두어도 멋대로 자라 준다. 꽃은 보기 예쁘고, 줄기는 어릴 때 뜯어먹을 수도 있다. 일거양득이라고 생각한 것이다.

그런 과정을 거쳐 이마모토 공동 주택 터는 온통 유채꽃밭이 되었다. 상가가 빽빽이 들어서 있는 아이오이초에서, 이곳만이 별천지 같은 풍치다. 지주인 이마모토도 딱히 불평을 하지는 않는다. 덕분에 소문을 듣고 일부러 구경하러 오는 사람들도 생겼을 정도였다.

이렇게 해서 올해도 봄이 왔다. 유채꽃의 계절이다. 이웃 사람들이 서로 이야기해서 약속하고 식용으로 뜯어도 되는 양을 정확하게 정했기 때문에, 적당히 솎아진 유채꽃밭은 작년보다 더 아름답게 만발해 주민들뿐만 아니라 아이오이초를 지나가는 사람들의 눈도 즐겁게 해 주었다.

이토키치도 그중 한 사람이다.

고쿠라쿠유가 땔감을 사들이는 건구상이 아이오이초에 있었다. 건구이니 많은 양이 나오는 것은 아니지만 하루 걸러 한 번씩 정확하게 나뭇조각을 모아서 팔아 주기 때문에 매우 친하게 지내는 곳 중 하나였다.

이토키치는 그 건구상에 갈 때마다 이마모토 공동 주택 터의 유채꽃밭 앞을 지난다. 꽃을 좋아하기 때문에 이곳을 바라보는 것이 즐거워서 견딜 수 없는 것이다. 너무 예뻐서, 모시치의 아내를 끌고 와서 보여 준 적도 있다. 때마침 그 자리에서 잡초를 뽑고 있던 이웃 아주머니에게 참 멋지다고 말을 걸었더니, 나물 무침이라도 하라며 어린 줄기를 싸 주기도 했다. 이토키치는 이마모토의 가세가 회복되더라도 그곳에는 아무것도 짓지 말고 유채꽃밭으로 그냥 두었으면 좋겠다고 생각했다.

이토키치는 이 유채꽃을 사랑하게 되었다. 물론 이것은 말이 그렇다는 것이고 상대는 살아 있는 처녀였다. 이토키치가 처음으로 처녀를 보았을 때 마치 유채꽃의 정령처럼 보였던 것이다.

피부가 희고 가냘픈 자태의 처녀였다. 꽤 야위었지만 뺨에 유채꽃의 밝은 노란색이 비쳐 아름답게 보였다. 처녀의 기모노도 옅은 풀색이고 띠는 검은색, 띠끈은 노란색. 그 옷차림으로 유채꽃밭 안에, 노란 꽃의 바다에 무릎까지 파묻혀 홀연히 서 있었다. 이토키치 쪽——즉 길 쪽에서 반쯤 등을 돌리고 양손을 가볍게 기도하듯이 가슴 앞에서 모으고, 고개를 약간 숙인 채.

이토키치는 걸음을 멈추고 눈을 깜박이며 잠시 우두커니 서 있었다. 지나칠 정도로 아름다운 광경이었다. 저것은 누구일까, 무엇을 하고 있는 것일까 하고 생각하기 전에 잘라내 두고 싶은 광경에 넋을 잃고 말았다.

하지만 이내 부끄러워졌다. 뚫어져라 바라보다가 처녀가 이쪽을 돌아보기라도 하면 거북해진다. 서둘러 유채꽃밭 앞을 지나갔다. 모퉁이를 돌면서 슬쩍 돌아보니 처녀는 아직도 똑같은 자세로 서 있었다. 왠지 두근거리는 기분이었다.

돌아오는 길에 평소보다도 걸음을 서둘러 유채꽃밭이 있는 데까지 와 보니 처녀의 모습은 사라지고 없었다. 이토키치는 꽤 낙담했다. 그때 처음으로, 어디 사는 처녀일까 하고 생각했다. 지금까지 이 부근에서는 본 적이 없는 얼굴이다. 저런 미인이라면, 한 번이라도 보았다면 기억하고 있을 것이다.

그날 밤에는 왠지 쉬이 잠이 오지 않았다. 눈을 감으면 처녀의 하얀 옆얼굴이 유채꽃밭 속에 흐릿하게 떠올라 보이는 것이다.

이튿날은 원래 건구상에 가는 날이 아니지만, 이토키치는 아이오이초까지 나갔다. 어제와 비슷한 시간을 노리고 갔지만 처녀의 모습은 보이지 않았다. 이토키치는 또 낙담했다. 한동안 유채꽃밭을 어정거리며 꾸물거리고 나서 고쿠라쿠유로 돌아갔다.

또 다음날, 이토키치는 기운차게 아이오이초로 향했다. 오늘은 처녀가 있을 것 같은 기분이 들었다. 근거는 없지만 있을 것 같은 기분이 들었다. 그렇게 생각하는 것만으로도 가슴이 뛰었다. 걸으면서 얼굴이 풀어져 버렸다.

그러나 처녀는 없었다. 순간 이토키치는 건구상에 갈 마음이 사라졌다. 하지만 오늘은 나뭇조각을 인수하기로 약속한 날이다. 가지 않을 수는 없다. 유채꽃을 구경하는 척하며 한동안 기다려

보았지만, 처녀는 오지 않았다. 별수 없이 건구상으로 향했다.

건구상에서는 직인들과 수다를 떨며 게으름을 피웠다. 부지런히 돌아가는 길을 걸어가 처녀가 없는 유채꽃밭을 지나가기는 싫었던 것이다. 시간을 때우며 기다리다 보면 처녀가 나타날 것 같은 기분이 들었다. 하지만 잡담을 하다가 문득, 이러고 있는 사이에 처녀가 유채꽃밭을 찾아왔다가 이토키치가 없는 사이에 돌아가 버리는 것이 아닐까 하는 생각이 들었다. 그래서 서둘러 일어섰다.

처녀가 있었다.

오늘은 길가에 서 있다. 얼굴은 유채꽃밭 쪽으로 향하고, 역시 고개를 약간 숙이고 있었다. 요전에 보았을 때와 똑같은 옷차림이다. 마치 유채꽃의 화신 같다. 그렇다고 해도 어쩌면 저렇게 하얗단 말인가. 이토키치는 얼굴이 뜨거워지는 것을 느꼈다.

처녀가 길가에 서 있어서, 지난번보다도 가까이 다가가서 바라볼 수 있었다. 그녀의 틀어올린 머리카락이 약간 흐트러져서 살짝 언저리에 귀밑머리가 흔들리는 것이 보였다. 이토키치는 퍼뜩 놀랐다.

이토키치는 여기저기에서 여러 가지 일을 해 왔고 지금은 모시치를 돕고 있기도 해서, 나이에 비해서는 여러 종류의 분위기를 가진 여자를 보아 왔다. 이토키치 나름대로 '괜찮은 여자구나'라고 생각한 여자도 만나 왔다. 하지만 이렇게 마음이 움직인 것은 처음이다. 특히 여자의 귀밑머리에. 감은 머리카락이나 귀밑머리는 아무리 나이 든 여자의 것이라도 요염한 법이라고 하지만, 이토키치는 그다지 좋아하지 않았다. 왠지 칠칠치 못한 기분이 들고, 요염하면 요염한 대로 목적을 위해 일부러 꾸민 것처럼 보이기 때문이다.

하지만 이 유채꽃 처녀의 귀밑머리는 달랐다. 손가락으로 살며시 쓸어올려 주고 싶어지는 덧없음이 있었다.

처녀는 이토키치의 존재를 알아차리지 못했는지, 유채꽃밭을 바라보며 선 채 돌아볼 기색도 없다. 이토키치도 한 간약 1.8미터 정도 뒤로 물러난 곳에 우두커니 선 채 말도 걸지 못하고, 처녀의 얼굴을 들여다보지도 못한 채 목각인형처럼 꼼짝도 않고 있을 뿐이다.

그때 처녀의 몸이 가볍게 움직였다. 한쪽 발을 앞으로 내딛었다. 유채꽃밭 안으로 들어가려는 것 같았다.

"거기, 잠깐 당신!"

오른쪽에서 목소리가 날아왔다. 처녀는 그쪽을 보았다. 이토키치도 그쪽을 보았다. 유채꽃밭 바로 옆에 있는 여염집의 문에서, 기모노 소매를 어깨띠로 걷어올린 여자가 몸을 반쯤 내밀고 처녀 쪽을 무서운 얼굴로 노려보고 있다.

"당신, 유채꽃 속에 들어가면 안 돼요! 요전에도 들어갔었지? 우리가 모처럼 예쁘게 가꾸고 있으니까 멋대로 밟아서 흐트러뜨려 놓으면 곤란하다고요!"

처녀는 눈에 띄게 흠칫거렸다. 뒤로 물러나다가 이토키치와 부딪칠 뻔했다. 이토키치는 매우 당황해서 몸을 뒤로 물렸다. 처녀는 발길을 휙 돌리더니, 놀랄 만큼 재빠르게 오카와 강 쪽을 향해 달려갔다. 이토키치는 무엇을 어떻게 하지도 못한 채, 눈을 끔벅거리며 그것을 지켜볼 수밖에 없었다.

"당신! 당신도 유채꽃에 나쁜 짓을 하면 안 돼요!"

여자가 이토키치에게도 소리를 지른다. 이토키치는 처녀의 작은 뒷모습이 사라져 버릴 때까지 지켜보고 나서, 여자 쪽을 돌아보았다.

"아주머니, 방금 그 처녀가 어디 사는 누군지 아세요?"

"내가 어떻게 알아!"

여자는 다부진 두 팔을 허리에 대고 물어뜯을 듯이 말하더니 문을 탁 닫아 버렸다. 문은 비스듬히 찌그러져서 기울어 있고, 유채꽃밭 쪽 판자벽에는 저마다 제각각의 형태와 길이를 가진 판자 조각이 못 박혀 있다. 화재 때 입은 피해의 흔적을 마침 있던 것으로 때워 두었다는 느낌이었다.

이토키치는 처녀가 도망친 방향을 돌아보았다. 이미 그 모습은 보이지 않았다.

그날 밤 모시치의 집에서 저녁을 먹을 때, 이토키치는 아이오이초의 유채꽃밭 이야기를 꺼내 보았다. 대장님이 그곳에 출몰하는 처녀에 대해서 혹시 뭔가 들어서 알고 있지는 않을까 하고 생각한 것이다.

하지만 모시치는 전혀 모르는 것 같았다. 안주인만이, 그래, 올해도 예쁘게 피었겠지, 보러 갈까, 하고 즐거운 듯이 말했다.

"무슨 일이냐, 오늘은 기운이 없구나."

이토키치가 밥을 먹는 모습을 바라보면서 모시치는 말했다.

"삼치구이는 네가 좋아하는 것일 텐데?"

"예에, 맛있습니다."

"별로 맛있게 먹지 않는데. 이토키치가 밥을 한 그릇 더 달라고 하지 않다니, 내일쯤 싸라기눈이라도 내리는 것이 아닐까."

이토키치는 몸을 움츠리고 밥을 먹었다. 가슴이 탁 막힌 것 같아서, 분명히 오늘 밤에는 평소의 밥 같은 맛이 나지 않았다.

이튿날도 그 이튿날도, 이토키치는 유채꽃밭으로 걸음을 옮겼다. 이틀 모두 처녀를 만날 수는 없었다. 하루 종일 유채꽃밭 옆에 붙어 있을 수도 없다. 돌아보고 또 돌아보며 고쿠라쿠유로 돌아갔다. 밥때가 무엇보다도 즐거운 이토키치인데, 밥은 날이 갈수록 맛이 없어지는 것 같았다.

그러나 근처 이나리 신사를 참배해 둔 보람이 있었는지 사흘째 나가보았을 때, 유채꽃밭에 서 있는 처녀를 발견할 수 있었다. 오늘은 짙은 남색에 노란색 무늬가 흩어져 있는 기모노를 입고 있었다. 하얀 얼굴에 잘 어울려, 더욱더 유채꽃의 화신처럼 보였다.

이토키치는 너무나 기뻐서, 앞뒤를 잊고 빠른 걸음으로 다가갔다. 처녀는 인기척에 퍼뜩 얼굴을 들었다. 이토키치와 눈과 눈이 마주쳤다.

처녀는 울고 있었다. 갸름하고 모양 좋은 눈에서 눈물을 뚝뚝 흘리고 있었다.

"이런, 미안합니다……." 이토키치는 놀란 나머지 저도 모르게 그렇게 말했다.

처녀는 이토키치를 향해 재빨리 머리를 숙이고는, 오른쪽으로 몸을 돌려 도망쳤다. 이토키치는 우두커니 서서 그것을 지켜보았다. 그러나 처녀가 아이오이초의 길모퉁이를 돌아 모습을 감추었을 때, 생각난 듯이 달려가 뒤를 쫓았다. 모퉁이에서 눈치를 살피니 마침 처녀가 걸음을 늦추고 손등으로 얼굴을 살짝 닦은 뒤 다시 빠른 걸음으로 걷기 시작한 참이었다.

이토키치는 처녀가 눈치채지 않도록 조심해서 뒤를 밟았다. 처녀는 오카와 강 쪽을 향해 잠시 걷다가, 발길을 남쪽으로 돌려 히토쓰바시 다리를 건넜다. 해자를 따라 오후나구라 옆을 터벅터벅 걸어, 신오하시 다리 기슭까지 오자 인파 속을 헤치고 왼쪽으로 꺾었다. 오가는 사람들 속에 섞여, 이토키치는 처녀 바로 뒤를 따라갔다.

후카가와 모토초 부근이었다. 신오하시 다리에서 동쪽으로 이어지는 길을 따라 음식점이나 방물 가게 등, 입구가 좁은 가게가 늘어서 있다. 처녀는 그중 한 집, 간판에 '아오이야'라고 적혀 있는 메밀국수 가게 안으로 들어갔다.

메밀국수를 삶는 좋은 냄새가 장지문 옆 격자 틈으로 새어 나온다. 평소 같으면 공복감을 돋울 냄새를 맡으면서, 이토키치는 묘하게 두근거리는 가슴으로 우두커니 서 있을 뿐이었다. 그때 마침, 문을 열고 상인으로 보이는 남자 한 명이 밖으로 나왔다. 이토키치는 그를 불러 세웠다.

"잠깐 실례하겠습니다. 지금 이 메밀국수 가게에 젊은 아가씨가 들어간 것 같은데."

남자는 입에 이쑤시개를 물고 등에 진 보자기 꾸러미를 영차 하고 끌어올리면서 고개를 끄덕였다.

"아아, 오토키 말이지."

"오토키 씨? 이곳 따님인가요?"

"그렇다오. 간판 아가씨지." 남자는 이쑤시개를 약간 비스듬히 하고 얼굴을 찌푸렸다. "지난 일 년 정도, 뭔가 몸 상태가 나쁘다면서 완전히 풀이 죽어 버렸지만. 한때는 어딘가 요양을 하러 갔다나 하면서 보이지 않았던 적도 있고."

남자에게 고맙다는 인사를 하고 헤어진 후, 이토키치는 잠시 생각했다. 메밀국수 가게에 들어가 볼까 하다가, 망설인 끝에 그만두었다. 지금 들어가도 처녀를 겁먹게 만들 뿐일 테고, 참을성 있게 기다리다 보면 분명히 또 유채꽃밭에 나타날 것이다.

실제로 그렇게 되었다. 이튿날, 전날과 비슷한 시간에 유채꽃밭에 나가니 마침 길 반대쪽에서 오는 처녀와 마주쳤다. 이토키치는 웃음을 지었다. 처녀가 이토키치의 얼굴을 보고 달려서 도망쳐 버리지 않도록.

그녀는 얼굴을 숙이고 아래만 보며 걷고 있었다. 그래서 금방은 이토키치를 알아차리지 못했다. 그녀가 이토키치를 보고 겁에 질려 걸음을 멈춘 것과 거의 동시에 이토키치가 말을 걸었다.

"아가씨, 아니, 도망치지 말아 주십시오." 이토키치는 가능한 한 부드러운 목소리로 말했다. "나는 수상한 사람이 아닙니다. 무서워할 것은 없어요. 가끔 이곳에서 마주치는 당신이 왠지 큰 걱정거리를 안고 있는 것처럼 보여서, 한번 이야기를 하고 싶다고 생각했을 뿐이지요."

완전히 긴장해 버려서 매끄럽게 말할 수는 없었다. 처녀를 만나면 이렇게 말해야지, 저렇게 말해야지 하고 생각했는데, 말이 그 절반도 잘 나와 주지 않는다.

"으음, 오토키, 당신 오토키 씨 맞지요? 후카가와 모토초에 있는 메밀국수 가게 아오이야의 아가씨지요? 나는 이토키치라고 하는데, 기타모리시타초의 고쿠라쿠유라는 목욕탕에서 일하고 있어요——."

처녀는 목을 움츠리고, 이토키치의 말이 끊기는 틈을 보아 도망치려는 듯이 긴장하고 있다. 이토키치는 초조해졌다.

"하지만 목욕탕뿐만 아니라 사실은 에코인의 대장님도 돕고 있지요. 관아의 공무를 돕는 일입니다. 그러니 수상한 사람이 아닙니다, 아시겠어요?"

찌푸리고 있던 처녀의 미간이 약간 느슨해졌다. 하얀 얼굴에 이토키치가 처음으로 보는 커다란 표정 변화가 있었다.

"관아의——" 하고 작게 중얼거렸다.

"맞아요, 맞아." 이토키치는 기세 좋게 고개를 끄덕였다. "그러니 쓸데없는 참견이기는 하지만, 오토키 씨가 뭔가 굉장히 곤란해하는 것처럼 보여서, 내가 뭔가 힘이 되어 줄 수 없을까 하는 생각이 들어서."

처녀는 고개를 갸웃거리더니 이토키치를 뚫어져라 바라보았다. 그러고 나서 떨리는 목소리로 물었다. "네, 저는 아오이야의 딸 오토키예요. 저를 어떻게 아시는지요?"

이토키치는 가능한 한 밝게, 한 손을 가슴 앞에 세우며 사과했다. "정말 미안하지만 요전에 당신 뒤를 밟았어요. 용서해 주십시오."

머리를 숙였다가 들어 보니 오토키는 천천히 눈을 깜박이고 있었다. 당장이라도 도망치려는 것 같은, 긴장한 기색은 아니었다. 이토키치는 안심했다.

"오토키 씨——오토키라고 부를게요——무슨 슬픈 일이라도 있나요? 당신의 이름을 가르쳐 준 아오이야의 손님도 걱정하던데. 몸 상태가 나쁘다면서. 게다가 당신, 전에 이 유채꽃밭에 왔을 때 울고 있었지요?"

오토키는 문득 두 어깨를 늘어뜨리더니 이토키치의 얼굴을 바라보았다. 망설이듯이 뭔가 말하려다가는 멈추고, 눈을 움직여 유채꽃밭 쪽을 돌아보고는 다시 이토키치를 향한다.

"제 말을 믿어 주시겠어요?"

"응, 믿을게요."

"경솔하게 떠맡으시는 건 싫습니다."

"그런 게 아니에요. 나는 그…… 당신이 걱정되어서 그래요." 이토키치는 주뼛거리며 식은땀을 흘렸다. "여기서 당신을 볼 때마다, 걱정하고 있었어요."

오토키는 고개를 숙였다. 이토키치는 그녀의 신뢰를 얻지 못한 것인가 하고 낙담했다. 하지만 잠시 후 오토키는 눈을 들더니, 작지만 그때까지보다는 훨씬 또렷한 목소리로 이렇게 말했다. "그렇다면 말씀드릴게요. 제 힘이 되어 주세요."

이토키치는 가까운 경단 가게로 그녀를 데려가, 긴 의자 끝 쪽에 앉아 오토키가 작은 목소리로 털어놓는 이야기에 귀를 기울였다. 그러다가 의자에서 떨어질 뻔할 정도로 놀랐다.

"저 유채꽃밭 아래에는, 부모의 손에 죽음을 당한 가엾은 아기가 묻혀 있어요. 저는 그걸 알고 있어요. 알고 있지만, 아무리 열심히 이야기해도 아무도 제대로 받아들여 주지 않아요. 그래서 슬퍼서 견딜 수가 없습니다."

3

"그건 거짓말이야. 지어낸 이야기다."

에코인의 모시치가 내뱉었다.

오토키의 이야기를 다 듣고 이토키치는 모시치에게 달려갔다. 모시치는 마침 외출했다가 돌아온 참이었다. 목이 빠지게 기다리다가 이토키치가 들려주기 시작한 이야기를, 봄의 흙먼지로 더러워진 발을 닦고 옷을 갈아입으면서 듣다가 겨우 화로 앞에 자리를 잡고 앉아 담배를 한 대 태우는가 싶더니, 화로에 달라붙을 듯이 몸을 내미는 이토키치에게 단언한 것이다.

"너는 참으로 경솔하구나. 그런 이야기를 그대로 믿고 보고하는 바보가 어디에 있단 말이냐."

모시치의 얼굴은 험악했다. 이 대장님은 완고하기로 유명해서 성의 돌담보다도 머리가 딱딱하다는 말을 들을 정도지만, 완고한 사람에게 흔히 있는 급한 성질은 없어서 이토키치와 곤조에게 대뜸 고함을 치는 경우는 좀처럼 없다. 그 좀처럼 없는 일을, 지금 이토키치를 향해서 하고 있었다.

이토키치는 놀라기보다 먼저 발끈했다. 이것도 그치고는 드문 일이었다. 대장님이 드문 짓을 하니, 부하도 드문 짓을 해서 받아친 것이다.

"그렇게 말씀하실 건 없지 않습니까."

"그렇게고 저렇게고 없어."

"하지만 저는 늘 이런 일을 하고 있지 않습니까. 여러 가지 이야기를 듣고 와서 대장님께 알리는 것이 제 역할이지요. 그래서 대장님도 저를 귀 밝은 이토키치라고 칭찬해 주시지 않습니까."

"그건 그렇지. 하지만 이번 이야기만은 평소의 이토키치가 아니야."

"무엇이 다릅니까?"

"평소의 너라면 이러이러한 이야기를 들었는데 어떨까요, 하고 가져오지. 하지만 지금 그 이야기는 그렇지 않다. 대뜸, 그곳에 아기가 묻혀 있다, 큰일이야, 큰일——이래서는 귀가 밝고 자시고 한 것이 아니라 그냥 멍청이다. 남에게 들은 이야기를 그렇게 쉽게 믿어서는 관아의 일을 할 수 없어."

과연 이토키치는 말문이 막혔다. 그러나 마음의 달리기는 멈추지 않는다.

"그 오토키라는 아가씨는 아기가 살해당한 것에 대해서 아주 자세히 알고 있었습니다. 도저히 지어낸 이야기라고 생각되지 않아요. 그래서 믿는 것입니다."

오토키의 이야기에 따르면 살해된 아기는, 이마모토 공동 주택이 불타 없어지기 전에 뒷골목 쪽 집에 살던 다케조와 오신이라는 부부의 아기라고 한다. 태어난 지 보름도 지나지 않아 어머니 오신의 손에 목이 졸려 죽었고, 다케조가 집의 마루 밑에 구덩이를 파서 묻었다. 당시 부부의 집 자리는 지금 유채꽃밭의 거의 한가운데쯤이고, 그러니 그곳을 파 보면 분명 작은 뼈가 나올 거라고 했다.

이토키치도 그 정도의 이야기를 당장 믿은 것은 아니다. 이마모토 공동 주택과는 아무런 연관도 없어 보이는 후카가와 모토초의 메밀국수 가게 아가씨가, 어째서 그런 이야기를 자세히 알고 있는 것이냐고 캐물어 보았다.

그러자 오토키가 대답했다. “오신 씨는 이마모토 공동 주택에 살 때 우리 가게에서 종업원으로 일했어요. 그래서 잘 알고 있지요. 다케조 씨는 땜장이를 하고 있었는데, 얼마 전부터 가슴에 병을 앓아 일할 수 없게 되어서 오신 씨 혼자 벌어서 먹고살아야 하게 되었어요.”

그때 아기가 생기고 말았다. 오신은 산달이 다 될 때까지 일하다가 아기를 낳았지만, 태어난 아이가 또 허약해서 젖도 먹지 않고 바싹 야위어 울기만 했다고 한다.

“안 그래도 살림살이가 힘든 차에 이제 어떻게 할 수도 없게 되어서, 어차피 자랄 것 같지도 않은 아기라며 이름도 지어 주기 전에 몰래 죽여 버린 거예요. 공동 주택 사람들에게는 키울 수가 없어서 아는 사람한테 수양자식으로 보냈다고 거짓말을 하고.”

오토키는 이 일련의 사정을 아오이야에서 들었다고 한다.

“이마모토 공동 주택이 불타고 그곳 사람들이 떠나게 되었을 때 오신 씨가 우리 집에 와서 아버지와 어머니에게 울면서 고백하는 것을 엿들었어요. 오신 씨네는 다케조 씨의 친척에 의지해 교토쿠 쪽으로 가게 되어서 우선 생계는 꾸릴 수 있게 되었지만, 아기가 마음에 남아서 견딜 수가 없다고.”

이야기를 들은 오토키의 부모님은 오신에게, 끝나 버린 일은 이제 잊어라, 어쩔 수 없는 일이다, 아기도 결코 원망하지 않을 거라고 위로하고 이 일을 누구에게도 말하지 않겠다는 약속을 한 후에 헤어졌다고 한다.

"하지만 그러면 아기가 너무 가엾잖아요." 오토키는 눈물을 짓고 있었다. "뼈를 파내어서 제대로 공양을 해 주어야지요. 아기를 죽인 오신 씨도 벌을 받아야 해요. 가난해서 키울 수 없으니까 죽이다니 너무해요. 그냥 두어도 되었잖아요."

조리에 맞는, 제대로 된 이야기다. 이토키치는 오토키의 이야기를 들은 후 그녀를 바래다줄 겸 아오이야에 갔다. 손님인 척 메밀국수 장국을 한잔 홀짝이면서, 꽤 오래전의 일이지만 이곳에서 음식을 나르던 여자가 있지 않았느냐고 물어, 이마모토 공동 주택에 살던 오신이라는 여자가 일했던 것을 확인했다. 그 길로 모시치에게 달려온 것이다.

"거짓말이 아니고, 지어낸 이야기도 아닙니다. 그 처녀는 사실을 말한 거예요, 대장님."

게다가 대장님은 오토키의 그 슬픈 듯한, 마음이 부서지고 그 틈새로 피가 흐르는 것같이 우는 얼굴을 보지 못했잖느냐고 이토키치는 생각한다. 그러니 오토키가 이야기를 지어냈다는 말을 할 수 있는 것이다——.

"대장님, 오토키를 만나 보십시오. 만나서 직접 이야기를 들어 보십시오. 그러면 알 수 있을 거예요."

모시치는 얼굴을 찌푸린 채 곰방대를 화로 가장자리에 털었다.
"거절하겠다."

"대장님……."

"이토키치, 이 이야기는 이제 그만해라. 너도 더 이상 관여하지 마."

이토키치는 스스로도 생각지 못했을 정도로 큰 소리를 질렀다.

"싫어요!"

모시치 대장이 눈을 부릅떴다. "뭐라고?"

"싫다면 싫은 겁니다. 대장님이 그런 금수만도 못한 사람일 거라고는 생각하지 않았어요. 제가 사람 잘못 봤습니다!"

이토키치는 일어서서 방을 뛰쳐나갔다. 장지 그늘에서 이야기를 들었을 안주인이 열심히 부르는 목소리가 쫓아왔지만, 뿌리치고 밖으로 나갔다.

고쿠라쿠유로 돌아가 화난 마음으로 몸 닦는 곳과 목욕통을 벅벅 청소하다 보니, 뜨거워졌던 머리가 조금씩 식기 시작했다. 그러자 무서워졌다. 짚을 묶어 만든 수세미를 쥔 손이 떨린다.

'대장님을 화나게 만들고 말았어…….'

모시치 곁을 떠나다니, 이토키치는 생각해 본 적도 없었다. 언제나 일하면 일한 만큼의 보람이 있었고 마님도 좋은 사람이었고, 지금껏 대장 곁에서 즐겁게 지내 왔다. 게다가 모시치를 떠나는 것은 양아버지인 관리인의 유언에 등을 돌리는 것으로도 이어진다.

'하지만…….'

오토키를 이대로 버려둘 수는 없다. 그녀와 약속하지 않았는

가. 믿겠다고. 힘이 되어 주겠다고. 그 약속을 지켜야 한다.

"이 일은 내가 반드시 어떻게든 하겠습니다. 그러니 오토키 씨, 안심하고 집에서 요양을 하세요. 당신, 몸이 안 좋다면서요? 매일 유채꽃밭까지 와서 차가운 바람을 맞고 있으면 안 돼요. 어떻게든 되고 나면 내가 꼭 알리러 갈 테니까. 알겠지요?"

이토키치의 말에 오토키는 몇 번이나 고개를 끄덕이며 눈물을 지었다. 오토키도 나를 믿어 준 것이다. 배신할 수는 없다. 남자가 아닌가.

'남자라…….'

나는 어엿한 남자일까, 하고 이토키치는 문득 생각했다. 지금까지는 언제나 대장님이 옆에 있었고, 대장님의 말대로 하면 되었다. 그러고도 어엿한 한 남자의 삶이라고 말할 수 있을까.

이토키치는 갑자기 불안해졌다. 어릴 때부터 버려진 아이였던 자신을, 자못 마음이 불안할 거라며 동정해 주는 사람을 만날 때마다, 나는 외톨이가 되는 것 따위 무섭지 않다고 으스대곤 했다. 진심으로 그렇게 생각하고 있었다. 하지만 그것은 단순한 착각이었던 것이 아닐까. 지금까지 정말로 외톨이가 된 적은, 실은 한 번도 없었지 않은가. 처음에는 관리인이 있어 주었다. 관리인이 죽은 후에는 대장님이 있었다.

지금이야말로 진짜 외톨이다.

'하지만 오토키가—— 오토키가.'

오토키가 있나? 그녀를 생각하면 이토키치의 가슴은 봄날 망아

지처럼 펄쩍펄쩍 뛰어오른다. 하지만 오토키가 이토키치를 어떻게 생각하는지는 알 수 없다. 적어도 여기에서 이토키치가 오토키의 기대에 응하지 못한다면 모든 것은 허사로 돌아간다.

몸 닦는 곳에 쪼그리고 앉아 이토키치는 어쩔 줄 몰라 하고 있었다. 수세미에서 물이 떨어져 발과 정강이를 적신다.

"이봐, 이토 씨" 하고 뒤에서 목소리가 났다. 돌아보니 곤조가 서 있었다.

가게 일꾼 출신인 이토키치의 동료는 오캇피키의 부하가 된 지금도 늘 어딘가의 대행수같이 단정한 옷차림을 하고 있다. 일 년 내내 옷자락을 허리띠에 걷어지르고 맨발로 뛰어다니는 이토키치와는 영 딴판이다. 곤조는 줄무늬 기모노 자락을 약간 들어올리고, 벗은 버선을 한 손에 모아든 채 싱글벙글 웃으며 이토키치를 내려다보고 있었다.

"대장님께 꾸중을 들었다지." 곤조는 부드러운 목소리로 말했다.

"꾸중을 들은 게 아니야." 이토키치는 입을 삐죽거렸다. "내가 대장님을 버린 거지."

"그거 위세가 좋군."

곤조는 이토키치 옆에 쪼그려 앉았다. 이토키치는 그에게 등을 돌렸다. "곤조 씨와도 이제 끝이군. 신세 많이 졌어."

"뭐, 그렇게 무뚝뚝한 말은 하지 말아 주게." 곤조는 전혀 기분 상한 것 같지 않다. "대장님과 싸웠다고 해서 나와도 사이가 틀어져야 하는 것은 아니야. 이야기는 마님께 들었네."

"어떻게 생각해?" 하며 이토키치는 저도 모르게 곤조의 얼굴을 보았다.

이토키치의 심약한 본심을 보고도 곤조는 놀리지 않았다. 오히려 웃음을 거두고 진지하게 턱을 당겼다.

"나는 이토 씨. 오토키라는 아가씨의 이야기가 사실인지 아닌지 알아볼 수는 없네. 이토 씨가 옳을지도 모르고 대장님의 말씀이 맞을지도 모르지. 하지만 중요한 것은 거짓이냐 사실이냐가 아니라 이토 씨가 어떻게 하고 싶은가 하는 것이 아니겠나."

"내가 어떻게 하고 싶은가라니?"

"음. 그 이야기가 사실이었을 경우, 이토 씨는 교토쿠까지 찾아가서 아기를 죽인 오신이란 여자를 잡아올 생각인가? 오토키 씨는 오신이 벌을 받아야 한다고 말했다는데."

이토키치는 입을 다물었다. 실은 거기까지는 생각하지 않았다. 지금까지 이토키치가 일을 할 때 그렇게 앞일까지 걱정할 필요가 없었다. 그것은 대장님의 일이었기 때문이다.

"어떤가?" 곤조가 이토키치의 얼굴을 들여다보았다. 이토키치는 고개를 저었다.

"모르겠어. 생각하지 않았어."

곤조는 웃음을 터뜨렸다. "솔직하군. 그게 이토 씨의 좋은 점일세."

"하지만 나는…… 나는……." 이토키치는 곤조의 얼굴을 보았다. "그 유채꽃밭에 정말로 아기가 묻혀 있다면, 어떻게든 해야 한다고 생각해. 그러면 오토키 씨도 위로해 줄 수 있을 테고—— 만일, 만일 오토키 씨의 이야기가 거짓이라면, 아기의 뼈 같은 건 없다는 뜻이겠지만……. 어떻게든 확인할 방법이 없을까."

"이토 씨는 다정하군." 그렇게 말하고 곤조는 기모노 스치는 소리를 내며 일어섰다.

"파낼 수는 없겠지?"

"무리야. 소동이 일어날 테니."

곤조는 천천히 고개를 끄덕였다.

"방법은 있네."

"정말?" 이토키치도 벌떡 일어섰다. "어떻게 하면 되지?"

"이런 방법을 쓰면 대장님은 화를 내시겠지만, 이토 씨는 이제 대장님과 인연을 끊은 것 같으니 괜찮겠지" 하며 곤조는 웃었다.

"니치도에게 봐 달라고 하는 걸세."

영감 스님 니치도는 오후나구라 뒤쪽에 있는 잡곡 도매상 미요시야의 장남, 열한 살이 되는 조스케의 별명이다. 스님이라고 불리기는 하지만 승려가 아니라 도령인 것이다. 이 아이는 영감이 강해서 보이지 않는 것까지 보고, 앞일을 알아맞히며, 사람에 씐 요물을 떼어 낸다고 오카와 강 맞은편까지 평판이 자자하다.

그러나 이 니치도가 바로 얼마 전, 영시에 얽힌 말썽에 휘말려 크게 다쳤다. 가까스로 일어날 수 있게 되었다는 소문을 들었지만 다친 일로 모시치에게 따끔하게 혼쭐이 나기도 해서 지금은 복채를 받고 영시를 하는 것은 삼가는 모양이다.

니치도가 다치기 전까지 모시치는 미요시야 부부와 니치도를 싸잡아 싫어했다. 하지만 요즘은 니치도 즉, 조스케에 대해서는 오히려 동정하는 듯하다. 부모가 저래서 그렇다고, 이토키치에게도 중얼거린 적이 있다.

"내가 의견을 말한 것 정도로는, 미요시야 부부가 송구스러워하며 니치도 님을 물러나게 할 거라고 생각되지 않아. 그 아이도 불쌍하지."

이토키치는 니치도를 잘 모른다. 다만 평판은 들은 적이 있다. 그래서 그때도 모시치에게, 니치도에게는 정말로 영감이 있는 겁니까, 하고 물어보았다. 그러자 모시치는 그치고는 보기 드물게 분명하지 못한 느낌으로 이렇게 대답했다.

"본인은, 정말로 다른 사람에게는 보이지 않는 것이 여러 가지 보일 때가 있다고 하더군."

곤조는 그 니치도에게 유채꽃밭을 보아 달라고 얘기해 보라는 것이다.

"내가 대신 가서 부탁해 보지. 에코인의 모시치의 부하라고 하면 미요시야 주인이 만나게 해 줄 리 없으니, 어딘가의 대행수인 척이라도 해서 몰래 들어가 보겠네. 아무래도 그 아이는 우리 대장님을 좋아하는 것 같으니까 본인을 만날 수만 있다면 그 후에는 어떻게든 될 걸세."

그 말대로, 곤조는 잘 해내 주었다. 그로부터 사흘 뒤 오후, 니치도가 아이오이초의 유채꽃밭까지 찾아온 것이다.

"너, 혼자서 돌아다녀도 괜찮은 거냐?"

니치도는 아직도 몸 여기저기에 무명천을 감고 고약 냄새를 풍기며, 한 손에 지팡이를 짚고 있었다. 지팡이는 울퉁불퉁하고 튼튼한 것으로 어린아이의 손에는 어울리지 않는다. 늘 기도사 일을 할 때 입는 하얀 기모노가 아니라 동네 아이들과 똑같이 쓰쓰소데소맷자락이 없는 통 모양의 소매를 가진 옷를 입고 있다. 아무도 데려오지 않고 곤조와 둘이서 어슬렁어슬렁 걸어왔다.

"감시당하고 있는 건 아닌걸요" 하고 웃으며 거멓게 썩은 이를 보였다. 곤조도 둥근 얼굴로 웃고 있다.

"이야기는 해 두었나?" 이토키치는 곤조에게 물었다. 그가 고개를 끄덕이고, 니치도도 "응" 하고 대답했다.

"복채는……."

"그런 건 필요 없어요. 에코인의 대장님한테는 문병 선물을 이것저것 받기도 했고." 니치도는 작은 머리를 살짝 기울였다. "하지만 이토키치 씨는 이 일로 대장님과 싸웠다면서요?"

이토키치는 볼멘 얼굴을 했다. 곤조가 그런 것까지 이야기한 것일까.

"뭐, 그냥."

"쓸데없는 말은 하지 않겠지만, 대장님이랑 화해해요. 곤조 아저씨도 걱정하고 있어요."

곤조는 쿡쿡 웃는다. 시끄럽다고, 이토키치는 생각했다.

"그것보다 빨리 봐 다오."

니치도는 비틀비틀 지팡이를 짚고 유채꽃밭으로 다가갔다.

"예쁘네요" 하고 어린애답게 소리를 지르며 좋아했다. "우리 마당에도 유채를 심자고 말해 봐야지."

"그보다 빨리——."

"알았다니까요."

니치도는 눈을 가늘게 뜨고 유채꽃밭을 바라보았다. 때마침 바람이 강한 날이라, 니치도의 작은 몸은 지팡이를 짚고 있어도 쏴아아 하고 흔들리는 유채꽃과 함께 흔들렸다. 이토키치는, 괜찮을까 하고 생각했다.

니치도는 지팡이에 의지해 걷기 시작했다. 유채꽃밭 끝에서 끝까지, 왔다 갔다를 되풀이한다. 아직 걷기가 힘든지 가끔 얼굴을 찌푸리기도 한다.

그러다가 발을 멈추고 유채꽃밭을 돌아보는가 싶더니, 노란 꽃의 바다 속에 발을 들여놓았다. 한껏 자란 유채꽃 무리는 니치도의 옆구리 아래 정도까지 왔다.

"밟아서 망가뜨리면 혼난다." 이토키치가 말을 걸었지만 니치도는 비틀비틀 나아간다. 그러다가 한가운데쯤에서 멈추어 섰다. 이토키치는 오토키를 처음 보았을 때, 그녀도 그 부근에 서 있었던 것을 떠올렸다.

잠시 후, 니치도의 묘하게 억양 없는 목소리가 들렸다.

"아아, 그래서 유채꽃이구나."

"무슨 뜻이지?" 하고 이토키치는 곤조를 돌아보았다. 곤조는 말없이 고개를 가로젓고 있다.

"가엾게도." 니치도가 말했다. "그렇구나."

"저 꼬마, 뭘 혼자서 납득하고 있는 걸까?"

이토키치가 물어도 곤조는 말없이 니치도를 지켜보고 있다.

그제야 마음이 풀렸는지 니치도는 다시 길로 나왔다. 지팡이를 들고 있지 않은 쪽의 손을 펴더니 꽃을 만지면서, "예쁘네요" 하고 곤조를 올려다본다. "하지만 나, 유채 나물 무침은 싫어해요."

"맛있는데." 곤조가 대답한다.

"나물 무침은 다 싫어."

"저기, 너——." 이토키치는 더 이상 참을 수가 없었다. "제일 중요한 이야기는 어떻게 된 거냐. 보인 게냐, 보이지 않는 게냐."

"보였어요." 니치도는 선뜻 대답했다.

"아기 뼈가?"

니치도는 흔들리는 유채꽃 쪽을 바라보았다. 몹시 슬퍼 보이는 얼굴을 하고 있다.

"이토키치 씨, 대장님 말대로 하는 게 좋아요."

"앙? 무슨 소리냐?"

"여기를 조사해 봐야 별수 없어요."

"아기 뼈가 없다는 거냐?"

"글쎄요……. 있다고 생각하는 사람이 있는 것 같긴 한데."

"글쎄라니, 너 그걸 보러 온 거잖니."

"응, 봤어요." 니치도는 포옥 한숨을 쉬었다. "아기를 죽여 버렸다고 생각하는 사람을 봤어요."

영문을 알 수 없어서 이토키치는 곤조의 얼굴을 보았다. 하지만 곤조는 쪼그려 앉아 니치도와 눈높이를 맞추더니 물었다.

"피곤하지?"

"조금."

"그럼 돌아가는 길에는 아저씨가 업어 주마."

곤조는 빙글 돌아 등을 내밀었다. 니치도는 기뻐하며 업혔다.

"그럼 이만, 이토 씨."

"그럼 이만이라니."

"알았잖나. 뼈는 없네. 적어도 우리들한테는 말이야."

곤조는 냉큼 걷기 시작했다. 니치도가——아니, 그렇게 업혀 있는 모습은 그냥 평범한 어린아이인 조스케가 돌아보며 손을 흔들었다.

"또 봐요, 이토키치 씨. 대장님이랑 화해하세요, 꼭이요."

이토키치는 부루퉁한 얼굴로 혼자 남았다.

4

며칠인가 걸려서, 이토키치는 예전 이마모토 공동 주택의 주변을 찾아다녔다. 쉬운 일은 아니었다.

옛날의 주민들은 뿔뿔이 흩어졌다. 지금 사는 곳을 알아내는 것만으로도 큰일이다. 운 좋게 만나서 이야기를 들을 수 있어도 다케조 씨네와는 왕래가 없었다거나, 어라, 그 집 아기는 양자로 보내졌는데요, 라는 둥 들어도 도움이 되지 않는 대답만 돌아왔다.

"아기가 죽었다는 이야기는 믿을 수가 없네요"라며 웃어넘기는 사람도 있었다. 그러고는 이토키치를 의심하는 눈으로 바라본다.

"당신, 그런 걸 조사해서 어쩔 생각이오?"

게다가 매일 유채꽃밭을 서성거렸더니 옆집의 그 무서운 여자에게 자주 호통을 듣는 처지가 되었다. 옆집은 우산을 바르는 일을 하고 있는지 가까이 가면 언제나 풀 냄새가 떠돌았는데, 소위 말하는 유채씨 장마삼월 하순에서 사월에 걸쳐 유채꽃이 필 무렵의 봄 장마의 철이라 여자는 매우 바빠 보였다. 이름은 오코라고 한다.

이토키치는 유채꽃밭을 감시하는 역할이라고 자인하는 듯한 오코에게 이야기를 듣고 싶었다. 어쨌든 옆집이다. 공동 주택에 대해서 뭔가 알고 있을지도 모른다. 그러나 말을 붙이기도 힘들 정도로 오코는 무뚝뚝했다.

이토키치는 나름대로 머리를 썼다. 오코의 집은 화재 후에 급한 대로 대강 수선한 상태 그대로였다. 제각각이라 보기 흉한 저 판자벽을 어떻게 해 주겠다는 말을 꺼내 보기로 한 것이다.

"오코 씨, 실은 제가 목욕탕에서 일하고 있거든요. 땔감을 모으러 다니고 있어요. 땔감이라고 해도 깨끗한 판자도 있어요. 여기를 지날 때마다 신경이 쓰여서 그러는데, 당신네 집 벽 말이에요, 저대로 두면 불쌍하잖아요. 제가 상태가 좋아 보이는 판자 조각을 마련해 올 테니까, 대신 벽을 기운 저 판자를 떼어서 땔감으로 팔지 않을래요?"

생각했던 대로 오코는 이 이야기에 넘어왔다. 갑자기 붙임성이 좋아져서 이토키치를 봉당으로 불러들이더니 여러 번 우려서 멀건 차를 대접해 주었다.

이토키치도 열심히 애교를 보이며 이런저런 잡담을 했다. 그 화재는 심했지요, 하고 운을 떼니 오코도 신이 나서 여러 가지 이야기를 했다. 그녀는 여자 혼자 힘으로 아이 넷을 키우고 있다 보니, 평소부터 이야기 상대에 굶주려 있는 모양이었다.

"그런데 오코 씨, 이마모토 공동 주택 사람들하고는 왕래가 있었나요?"

"아아, 있었지. 관리인이 같았으니까. 지금은 다른 사람이 되어 버렸지만."

"이마모토도 힘든 모양이니까 새 공동 주택은 당분간 짓지 않겠지요."

"이대로 두는 편이 좋아, 볕이 잘 들어서." 오코는 좁은 방 가득 펼쳐놓고 말리고 있는 당지 우산을 손으로 가리켰다. "덕분에 나는 살았지 뭐야."

"그렇겠네요. 하지만 쓸쓸하지 않아요? 공동 주택 사람들이 없어서."

"조금은 그렇지."

"나도 자주 여기를 지나가니까, 얼굴을 보면 인사하는 사람들이 있었어요. 그 왜, 땜장이 다케조 씨라고 있었잖아요? 우리 목욕탕에 와 준 적이 있어서."

"그렇다면 그 사람이 폐병에 걸리기 전이로군."

"맞아요, 맞아, 안됐지요. 덕분에 아기도 양자로 보내야 하게 되었고."

"음……." 오코는 고개를 끄덕였지만 거기에서 잠시 말을 끊었다. "그랬지."

"양자로 보내진 게 어딘지, 아세요?"

"글쎄, 모르는데."

"관리인이 소개해 준 건가?"

오코는 날카롭게, 곁눈질로 이토키치를 노려보았다.

"당신, 그런 걸 물어서 어쩔 생각이지?"

"어쩌다니, 별로."

"그래? 왠지 수상한 이야기인데."

이토키치는 당황했다. 의외로 날카로운 여자다.

"다케조 씨와 그 집 아기 이야기를 꺼내다니, 뭔가 꿍꿍이가 있는 건 아니고?"

"당치도 않아요."

이토키치가 정직하게 허둥거리는 모습을 보고, 오코의 의심은 더욱더 짙어진 것 같다. 그녀는 노골적으로 태도를 바꾸어 이토키치를 봉당에서 쫓아내려 했다.

"나도 참, 하마터면 달콤한 이야기에 낚일 뻔했군. 당신, 이제 우리 집 근처를 얼쩡거리지 말아 줘."

"그런 말 하지 마세요. 제가 뭘 했다고 그러세요?"

"눈빛이 수상하단 말이야."

"어째서요? 왜 갑자기? 다케조 씨와 아기에 대한 게 그렇게 곤란한 이야기인가요?"

이토키치의 이런 말투가 좋지 못했다. 오코는 노발대발했다.

"나가!"

이토키치는 아기 살해의 수수께끼에 대한 단서를 잡았다고 생각했다. 겨우 그 정도 화제에 이렇게 날카롭게 굴다니, 뭔가 있다고밖에 생각할 수가 없다.

"오코 씨, 그 아기는 살해된 거 아닌가요?"

말을 마치기도 전에 이토키치는 밖으로 쫓겨났다. 기세를 이기지 못하고 튕겨나갈 듯 문이 닫혔다. 틈새로 한순간 보인 오코의 얼굴은 화가 나서 새빨개져 있었다. 그러면서도 몹시 겁먹은 것처럼 보이기도 했다.

그날 밤——이토키치는 안절부절못하고 있었다.

지금까지 같으면 이런 발견이 있었을 때, 모시치 대장에게 달려가면 되었다. 하지만 지금은 그럴 수가 없다. 아무래도 이토키치의 의심이 들어맞은 것 같다는 것을 알게 되었는데도, 오토키를 믿어도 된다는 것을 알게 되었는데도, 그것을 이야기할 상대가 없는 것이다.

그러나 목욕탕의 아궁이 불을 끄고 남은 온기를 멍하니 쬐고 있을 때 퍼뜩 생각난 것이 있었다. 이야기 상대라면 있지 않은가!

이토키치는 도미오카바시 다리 기슭으로 향했다.

옅은 붉은색의 초롱불이 흔들리고 있다. 오늘 밤에도 주인장이 유부초밥 노점을 낸 모양이다. 이토키치는 기뻐서 걸음을 빠르게 옮겼다.

이 유부초밥 가게의 주인은 전력前歷을 잘 알 수 없는 양반이다. 모시치 대장은, 그 사람이 전에는 무사님이었다고 했다. 뭔가 사정이 있는 것 같다고도. 하지만 그런 수상한 인물인데도 대장님은 끊임없이 주인을 만나러 간다. 사건 이야기도 하는 모양이다. 묘하게 신뢰하고 있는 것 같았다.

이토키치도 바로 최근에 대장이 데려와 이 노점에 온 적이 있다. 유부초밥뿐만 아니라 조림과 구이 등 여러 종류의 요리를 내는데 어느 것이나 끝내 주게 맛있다. 술은 취급하지 않지만 바로 옆에서 행상꾼 이노스케라는 노인이 앉아 한잔 정도의 양을 달아 파는, 나무랄 데 없는 구조로 되어 있었다.

초롱불을 향해 잔걸음으로 걸으면서 이토키치는, 밤늦도록 영업하는 노점이지만 역시 오늘 밤에는 아무도 없겠지, 하고 생각했다. 어쨌거나 슬슬 새벽 두시다. 내내 이것저것 생각에 잠겨 있다가 이런 시간이 되고 만 것이다. 가는 길에 여기저기에 있는 성문지기 초소에서, 아니, 이토키치 씨, 무슨 일이오, 하고 말을 걸어 왔다.

노점의 의자가 보이는 거리까지 왔을 때, 이토키치는 손님 한 명이 유부초밥 가게 주인과 마주 보고 웅크리다시피 앉아 술을 마시고 있는 것을 알아차렸다. 커다란 몸, 사나운 옆얼굴. 게다가 무슨 저렇게 화려한 무늬의 도테라를 입고 있단 말인가——.

그러다가 흠칫 놀랐다.

'뭐야, 가지야의 가쓰조잖아!'

구로에초의 뱃집 '가지야'의 주인인 가쓰조는 이 지역의 협객이다. 모시치 대장은, 어떤 곳에나 독충이나 독사가 있는 법이고, 반드시 한 마리는 키워 두어야 한다면 써먹기에 따라서 약도 되는 살무사가 좋다, 가쓰조는 그런 살무사다, 라고 평하고 있다.

가쓰조는 무서운 게 없는 사내지만 이상하게도 이 노점 주인에게만은 손을 대지 못하는 눈치다. 자릿세도 받지 않는다. 모시치 대장은 여기에도 사연이 있는 것 같다고 생각하고 있다. 이토키치도 당연히 그것을 잘 알고 있었다.

그 두 사람이 술을 마시고 있다——.

물러가는 게 좋을 것 같다고 생각하고, 이토키치는 돌아가려고 했다. 그러나 그때 말을 거는 사람이 있었다.

"이토키치 씨 아닙니까. 안녕하십니까."

노점 주인이 이쪽을 보고 있었다. 부드러운 웃음을 띠고 있다. 뒤이어 가쓰조가 커다란 머리를 돌려 이토키치를 노려보았다.

"도망칠 것 없잖나" 하고 탁한 목소리로 말했다. "나는 이제 돌아갈 참이니까, 대장."

그렇게 말하며 그흐흐 하고 웃었다. 물론 이토키치를 놀리는 것이다. 가쓰조는 꽤 취한 것 같았다. 그 말대로 비틀비틀 일어서더니 의자를 떠났다. 그대로 인사도 하지 않고 돈도 치르지 않고 어슬렁어슬렁 밤길을 걷기 시작한다.

이토키치는 노점으로 달려갔다. "가쓰조 녀석, 돈을 내지 않고 가려는 속셈입니다."

주인은 싱글벙글 웃는 얼굴을 바꾸지 않았다. "괜찮습니다. 오늘 밤에는 제가 사는 거니까요."

"가쓰조와 아는 사이십니까?"

모시치는 그 노점 주인의 신변을 찔러 보거나 이것저것 묻지 말라고 못을 박아 두었다. 조만간 자기 쪽에서 말을 꺼낼 때가 올 거라며. 그러나 지금, 너무나도 의외의 사태에 그 분부를 잊어버렸다.

주인은 부드러운 눈을 한 채 고개를 가로저으며 웃었다.

"당치도 않아요. 다만 가지야의 주인은 이 부근의 얼굴 역할을 하니까요. 가끔은 한턱내기도 해야죠. 그런데 이토키치 씨, 모처럼 와 주셨는데 오늘은 대충 다 팔려서 변변한 것이 남아 있지 않습니다. 이노스케 씨도 돌아가 버렸고……. 그래도 상관없으십니까?"

가쓰조에 관한 화제를 교묘하게 피한 것 같은 느낌이지만 어쩔 수 없다. 이토키치는 고개를 끄덕였다.

"괜찮습니다, 아무것도 필요 없어요. 먹고 마시러 온 게 아니라 이야기를 하고 싶어서 온 거니까."

주인은 슬쩍 눈썹을 움직이며 의외라는 얼굴을 했다. 하지만 그것도 아주 잠깐 동안의 일이었다.

"그럼 차라도 드릴까요?"

이토키치는 말했다. 이야기를 조리 있고 쉽게 늘어놓는 방법은 모시치 밑에서 수련을 쌓았다.

주인은 본인도 걸터앉아, 매대 위의 것들을 옆으로 치우고 거기에 손을 올려놓더니 거의 맞장구는 치지 않고 조용히 들어 주었다. 계속해서 이야기하면서 이토키치는 과연, 이 아저씨는 평범한 노점 주인이 아니구나, 하고 얼핏 생각했다.

'대장님이 늘 말씀하셨지. 이야기를 잘 들어주는 사람 중에는 뛰어난 인물이 많다고.'

이토키치가 이야기를 마치고 따뜻한 차를 마시자 주인은 새 차를 끓이기 시작했다. 여전히 말이 없다. 이토키치는 초조해져서 물었다.

"주인장, 어떻게 생각하세요? 제 생각은 빗나간 걸까요?"

아기는 정말로 살해당했다. 그것을 공동 주택 사람들은 물론이고 이웃 사람도 알고 있다. 예를 들면 오코, 그리고 모두가 숨기고 있다. 다케조 부부를 감싸기 위해서다——.

그러나 차를 끓인 주인은 찻잔을 천천히 이토키치 앞에 밀어주고는 미소를 지으며 말했다.

"이토키치 씨, 그 오토키 씨라는 처녀에게 반해 버렸군요."

이토키치는 눈을 크게 떴다. 얼굴이 빨개지는 것을 스스로도 알 수 있었다.

"반한 처녀를 위해서라면 무엇이든지 해 주고 싶다——남자로서는 당연한 일이지요."

"그런 건……."

주인은 싱긋 웃었다. "아기가 살해된 일은, 저 같은 사람은 짐작도 할 수 없습니다."

"하지만 주인장은 우리 대장님과 자주 사건 이야기를 하잖아요?"

"하지 않습니다. 제게는 그런 머리가 없습니다."

"그럴 리 없어요."

어린애처럼 부루퉁한 얼굴을 하는 이토키치를, 주인은 재미있다는 듯이 보고 있다. 하지만 이윽고 웃음을 지우더니 목소리를 낮추어 말했다.

"제가 아는 것이라면, 부모자식 사이에는 여러 가지 일이 있는 법이다, 라는 것 정도입니다. 옆에서 보아서는 좀처럼 알 수 없는 어려운 일이나 괴로운 일이 말이지요. 경우에 따라서는 부모가 자식을 죽일 때도 있겠지요. 버리는 일도 있을 테고요."

이토키치는 무심코 말했다. "저도 그건 압니다. 저도 버려진 아이였으니까."

주인은 눈을 끔벅끔벅 깜박거렸다. "그랬습니까……."

이토키치는 고개를 아래로 향하고 있었기 때문에 주인이 어떤 얼굴을 하고 있었는지 모른다. 이어서 들려온 말에 놀라서 얼굴을 들었을 때 주인은 이토키치에게 등을 돌리고 있었다.

"실은 저도 한번 버렸던 아이를 찾고 있습니다."

이토키치는 목소리도 나오지 않을 만큼 놀랐다. 이런 중요한 이야기를 갑자기 듣고 당장 받아들일 수 있을 정도로, 오늘 밤의 이토키치는 재치 있지 못했다.

주인은 노점 뒤에 몸을 굽히고 뭔가 하고 있다. 잠시 아무런 소리도 나지 않는다.

한순간 주인이 일어섰다. 작은 꾸러미를 이토키치에게 내민다.

"이걸 가져가십시오."

"저어……."

"유채꽃떡입니다. 신코모치쌀가루를 더운물에 반죽해서 찐 것을 찧어 만든 떡 속에 장식으로 유채꽃 새긴 것을 넣었습니다. 조금 달지요. 이토키치 씨는 단것을 좋아하시지요? 대장님의 안주인께도 드리십시오."

오늘 밤에는 돌아가라고 타이르는 것이다.

"그렇지, 조만간 황돔 조릿대 절임후쿠이 현 오바마 시의 향토 요리로, 어린 황돔을 식초와 소금에 절여 작은 나무통에 조릿대 잎과 함께 담은 것. 그대로 먹기도 하고 초밥이나 튀김 등에 쓰기도 한다이 들어올 것 같습니다. 들어오면 그걸로 데마리 초밥한 입 크기로 뭉친 초밥을 만들 거예요. 때가 되면 알려 드릴 테니, 한번 먹으러 오십시오. 대장님과 함께."

"주인장……."

이토키치는 스스로도 몹시 한심하다고 생각되는 목소리를 내고 말았다.

"저, 혼자서 어떻게 해야 할지 모르겠습니다. 앞으로 뭘 하면 될까요?"

"대장님께 사과하면 되지 않습니까. 용서해 주실 겁니다."

"하지만 저는 살해된 아기의 일을 내버려 둘 수 없어요."

뼈가 앙상한 주인의 어깨가 약간 내려갔다. 그는 천천히 말했다.

"내버려 둘 수 없다면, 해야 할 일은 한 가지라고 생각하는데요."

"뭐지요?"

"오토키 씨의 부모님을 만나는 것입니다."

"하지만 아오이야 부부는 그 일을 알면서도 숨기고 있는데요? 사실을 말할 리가 없어요."

"숨기고 있는지 어떤지, 알 수 없지요. 아니, 숨기고 있는 것이 그 일인지 아닌지 말입니다." 주인은 수수께끼 같은 말을 했다. "오토키 씨는 몸 상태가 안 좋은 것 같더군요. 젊은 아가씨인데, 제게는 그 점이 조금 마음에 걸립니다. 그것도 아오이야의 부부에게 물어보십시오. 그리고 니치도 도령이 한 말도 잘 생각해 보십시오."

주인은 그것을 끝으로, 더 이상은 상대해 주지 않고 장사를 정리하기 시작했다.

이토키치는 아오이야를 찾아갔다.

처음에는 오토키를 찾아갔다. 가게에서 부모에게 그렇게 말하자, 아가씨는 지금 다른 사람을 만날 수 없다고 한다. 몸이 아픈데도 여기저기 돌아다녀서 사람을 옆에 붙여 재워 두었다고 한다.

이토키치는 자신의 신원을 밝히고, 약간 과장해서 공무에 관한 일이라며 이야기를 밀고 나갔다. 아오이야 부부는 눈에 띄게 얼굴이 파래져서, 이토키치를 방으로 안내하고 마주 앉았다. 거기에서 이토키치는 지금까지의 일을 전부 들려주었다. 그러고는 물었다. 사실은 어떠냐고.

놀랍게도 이토키치가 유채꽃밭 이야기를 하기 시작하자 곧 오토키의 어머니가 울기 시작했다. 아버지가 타일러도 견딜 수 없다는 듯이 얼굴을 덮고 계속 운다.

이윽고 무거운 것을 짊어지고 신음하는 얼굴로, 오토키의 아버지가 입을 열었다.

"딸은, 머리가 조금 이상해졌습니다."

이토키치는 날카롭게 시선을 들었다.

"저는 그렇게는 생각하지 않아요. 말투도 그렇고, 말하는 내용도 확실합니다."

"겉으로 보기에는 그렇지만, 마음이 망가진 것입니다."

자신의 손으로 자신의 아기를 죽여 버린 후로——라고 작은 목소리로 덧붙였다.

이 년쯤 전의 일이다. 용모가 아름답고 마음씨가 착한 아오이야의 간판 아가씨에게 생각지 못한 벌레가 꼬였다. 남자는 아오이야의 손님으로, 상인처럼 보였지만 세상 물정에 익숙한 주인 부부의 눈에는 딱 보자마자 방심할 수 없는 인물로 비쳤다. 그러나 오토키의 눈에는 남자의 위험한 부분이 보이지 않았고, 그만두라는 부모의 목소리도 사랑에 빠진 귀에는 들어오지 않았다.

몰래 남자와 만나다가, 오토키는 임신을 하게 되었다. 그것을 알자마자 남자는 오토키를 버리고 사라졌다. 너무나도 흔해 빠진 줄거리지만, 흔해 빠졌다고 해서 비극이 줄어드는 것은 아니다.

아오이야 부부는 세상 사람들의 눈을 두려워하여, 생각하고 생각한 끝에 오토키를 일가의 보리사 승려에게 맡겼다. 혼조 북쪽에 있는 오시아게무라의 그 절에서, 오토키는 몰래 아기를 낳았다. 사내아이였다.

남자에게 버려진 후로 오토키는 반병자처럼 되어, 출산은 심한 난산이었다. 산후에는 더욱 쇠약해져서, 식사도 하지 않고 누워만 지내면서 종일 울었다. 그러던 끝에, 절 사람들이 잠시 눈을 뗀 틈에 오토키는 아기를 안고 강에 뛰어들어 죽으려고 했다. 아슬아슬하게 오토키는 구할 수 있었지만 아기는 죽었다. 작은 뼈는 항아리에 넣어 지금도 그 절에 맡겨 두었다.

"유채꽃 절입니다." 울면서 오토키의 어머니가 말했다. "그 절의 경내에 유채꽃이 가득 피어 있어서 마을 사람들이 그렇게 부르지요. 마침 작년 이맘때였습니다. 오토키가 뛰어든 강의 제방에도 유채꽃이 예쁘게 피어 있었어요."

그것과는 별개로, 이마모토 공동 주택에 살던 다케조 부부의 아기 이야기는 정말로 있었던 일이라고 아오이야의 주인이 말했다.

"전부 오토키가 이야기한 대로입니다. 우리도, 공동 주택 사람들도, 다케조 씨네가 가엾어서 덮어 주고 있었습니다. 에코인의 대장님도 전부 알고 계십니다."

"대장님이?"

"차마 포박해 갈 수는 없다며 눈감아 주셨습니다. 그래서 오토키의 이야기가 지어낸 이야기라는 것을 금세 아셨겠지요. 실은 최근에 대장님이, 오토키가 밖에서 묘한 짓을 하고 있으니 조심하라고 알리러 와 주셨습니다. 그때 우리 사정도 말씀드렸는데……."

다케조 부부의 아기는 마루 밑에 묻힌 것은 아니라고 한다.

"다케조 씨와 오신이 몰래 어딘가에 묻었습니다. 그러니 그곳에는 아무것도 없습니다."

죽을 뻔한 오토키를 구할 수는 있었지만, 그녀의 마음은 망가지고 말았다. 그 후로 줄곧 꿈과 현실 사이를 오가고 있다고 한다. 겉으로 보기에는 멀쩡한 것 같지만 오토키의 안쪽은 어둡고 차가운 강물로 가득 차 있다. 그녀는 아직도 아기가 죽은 강 밑바닥에 있는 것이다.

"그 애에게는 아기의 뼈도 시체도 보여 주지 않았습니다. 보여 줄 수 있을 만한 분위기도 아니었고. 죽은 아기를 미친 듯이 찾아다녔으니까요. 아버지와 어머니가 죽인 건 아니냐, 죽여서 어딘가에 묻어 버린 건 아니냐는 말까지 꺼내는 판이니. 머리도, 몸도 전혀 나아지지 않아서, 그대로 죽어 버릴지도 모른다고 생각하면 너무 가엾어서."

"요즘은 조금 차분해졌나 했는데……. 큰 폐를 끼치고 있었군요, 죄송합니다. 정말 죄송한 일입니다."

오토키는 자신의 몸에 닥친 불행을 인정하고 싶지 않은 것이다. 자신의 손으로 아기를 죽이고 만 것도.

"그래서 아이오이초에서 유채꽃밭을 보고 마음속의 그런 생각과 옛날 다케조 씨네 아기 일이 뒤죽박죽되고 만 것이겠지요."

니치도가 말했었다――이토키치는 떠올렸다.

'아아, 그래서 유채꽃이구나.'

이토키치는 오토키를 만나지 않고 돌아왔다. 만나서 이야기를 하면 또 그녀의 말을 믿고 싶어지고 말 것이다. 그것이 무섭다. 아니, 그 이상으로 오토키의 눈 속을 똑바로 들여다보고 거기에서 광기를 발견하는 것도 무서웠다.

어깨를 축 늘어뜨리고 걸었다. 어디를 어떻게 걷는다고 할 것도 없이 가다 보니 아이오이초가 나왔다.

유채꽃밭 앞에 모시치가 서 있었다. 온통 노란색의 바다에 눈부신 듯이 눈을 가늘게 뜨고.

"예쁘구나" 하고 이토키치에게 말을 걸었다.

이토키치는 울고 싶어져서 아랫입술을 깨물며 참았다.

"하지만 이렇게 많이 자랐으면 질겨져서 나물 무침은 못 해 먹겠군."

모시치는 이토키치의 어깨를 툭 두드렸다.

"오늘 밤에는 유채꽃밥이라더라. 자, 돌아가자꾸나."

나란히 걷기 시작했다. 모시치는 앞을 향한 채 조용한 말투로 말했다. "오토키는 이제 틀림없이 나을 게다. 위로해 주고, 격려해 주려무나."

이토키치는 고개를 끄덕였다. 그것밖에, 지금은 할 수 없었다.

독

1

선달 한 달이 그렇게나 바쁜 것은 정월 초사흘을 위해서인데, 이것은 오고 나면 눈 깜짝할 사이에 지나간다.

동지가 지나고 날이 갈수록 눈곱만큼이나마 해가 길어지고 있을 테지만, 그래도 낮이 아직 짧아 더더욱 그렇게 느껴지는 것이리라. 새해 인사와 새해 첫 참배, 설 음식과 나라에서 내려 주는 명주銘酒. 즐겁게 취해 있는 사이에 사흘이 지나고, 어라 벌써 나흘째다, 닷새째다, 그리고 내일은 벌써 나나쿠사七草일곱 종류의 채소를 넣어 끓인 나나쿠사죽을 먹으며 축하하는 정월 칠 일째의 명절다. 정월 장식물을 떼어야 한다.

그래도 조용한 정월이었던 것이 에코인의 모시치에게는 다행이었다. 싸움 소동도 큰 것은 없었고 다치는 사람도 나오지 않았고, 이렇다 할 사건도 일어나지 않았다. 덕분에 조금 과음을 했던 모양이다. 아무래도 위 언저리가 더부룩한 것이 걸핏하면 트림이 나온다.

"으음, 그러니까…… 매년 하는 일인데, 나는 아무래도 자꾸 잊어버린단 말이에요."

뒷문에서는 아내가 집에 드나드는 채소 장수를 상대로 이야기하고 있다.

"냉이, 쇠별꽃, 배추, 무."

아내는 소녀처럼 손가락을 꼽으며 센다.

"또 뭐지요? 아아, 미나리구나. 그리고 광대 나물. 이거면 되지요?"

"마님, 그러면 아직 여섯 가지입니다."

"네? 나머지 하나는 뭐였더라."

"개똥쑥입니다. 마님은 매년 그것을 잊어버리시네요."

"그랬나요? 개똥쑥은 평소에는 먹지 않으니까요."

"그 말씀이 옳습니다." 채소 장수는 싱글벙글 웃었다. "매년 하듯이 오 인분이면 되지요?"

"네. 우리는 네 명이지만 이토 씨가 이 인분은 먹으니까."

늘 고맙습니다, 그럼 내일 아침 일찍 가져다 드리겠습니다, 하고 채소 장수는 정중하게 머리를 숙이고는 나갔다.

모시치의 부하 이토키치와 곤조는 오캇피키로 일하는 모시치를 돕는 것 외에 자신의 생업도 갖고 있다. 이토키치는 고쿠라쿠유라는 목욕탕에서 크게 힘이 되고 있는 일꾼이고, 곤조는 자신이 사는 공동 주택의 관리인을 돕고 있어서, 이 또한 귀하게 여겨지고 있는 상황이다. 새해가 되고 나서 첫날은 모시치의 집에서 함께 술을 마시며 새해를 축하했지만, 그 후에는 두 사람 다 각자 바빴다. 오늘은 아직 둘 다 얼굴을 보이지 않고 있다.

"어머나, 왜 그래요, 당신. 그런 곳에서 기운 없는 얼굴을 하고."

아내가 화로 가장자리에 팔꿈치를 짚고 멍하니 있는 모시치를 발견하고 놀렸다.

"왜고 뭐고 없어. 설 음식이 상했던 게 아닐까? 속이 좋지 않아."

"세상에. 지금 같은 계절에 그럴 리가 있나요. 술 때문이에요."

아내는 웃으면서 입으로만 꾸짖었다.

"설날 가노 님 댁에서 많이 마신 것이 발단이었지요. 도대체가 이 에도에, 중요한 나리 댁에 연초에 찾아뵙고는 누가 더 잘 마시나 겨루다가 만취해 버리는 오캇피키가 어디 있겠어요? 당신 정도겠지요."

모시치는 몇 해 전부터 핫초보리의 혼조 후카가와 쪽 도신, 가노 신노스케의 명을 받아 공무를 맡아 오고 있다. 가노 나리는 아직 젊다. 전도양양한 스물다섯 살이다. 부하인 이토키치와 그리 차이도 나지 않는 나이의 나리를 모시는 것이라, 처음에는 좀처럼 익숙해지지 않아서 안절부절못했다. 그것이 작년쯤부터 겨우 나리의 성미를 이해할 수 있게 되었고 그쪽도 모시치를 부리는 법을 알게 되어서 죽이 잘 맞게 되었다. 이거 다행이다, 라는 것이 쌍방의 본심이다. 그렇기 때문인지 새해 인사를 하러 찾아뵈었더니, 딱딱한 인사는 그만 됐으니 올라오게, 올라오게, 한잔하지 않겠나, 대장과 한번 술을 겨뤄 보고 싶었네——라는 전개가 되고 말았던 것이다.

"나는 만취하지 않았어. 만취한 것은 가노 나리지." 모시치는 부루퉁하게 정정했다.

"아니요, 두 분 다 완전히 만취하셨어요. 순서가 앞서거니 뒤서거니 했을 뿐이라며 곤조 씨가 웃던걸요."

술 겨루기에서 아들뻘 되는 나이의 나리에게 이겼으니, 기분이 완전히 좋아져 버린 거겠지요, 라는 말에 모시치는 찔끔했다.

"정월에 이렇게 술을 많이 마신 적은 없었어요. 이제 젊지도 않은데, 정도라는 걸 아셔야지요."

흥, 하고 모시치는 코끝으로 대답했다.

"그건 그렇고 옛날 사람들은 역시 대단해요. 당신처럼 과음, 과식하는 남자들을 위해서 나나쿠사죽이라는 관습을 제대로 만들어 주셨으니까요. 뭣하면 오늘 밤부터 죽을 드셔도 된답니다."

"나나쿠사를 몇 번이나 맞이하면서도, 그때마다 개똥쑥을 잊어버리는 당신한테 그런 말 듣고 싶지 않군."

지는 건 참 싫어하신다니까, 하고 아내는 대꾸한다. 어쨌든 평화로운 새해다. 트림 사이에는 하품 정도밖에 할 일이 없다.

그러나 그 이튿날, 바로 그 나나쿠사 날의 일이다.

어디, 성문이라도 한 바퀴 돌아볼까, 하고 모시치가 채비를 하고 있을 때 곤조가 얼굴을 내밀었다. 이 사내는 본래 가게 일꾼으로 주산에 밝고 태도도 정중하다. 몸은 '우시#노 곤조'라는 별명을 얻을 정도로 큰 주제에, 아무리 급할 때에도 결코 허둥거리지 않는다. 알아차리고 보니 방 입구에 슬쩍 와 있다.

"나가십니까, 대장님. 마침 때를 맞추었으니 다행입니다."

"오오, 무슨 일인가?"

언제나 허둥거리는 이토키치는 허둥거리는 것이 일상이기 때문에 큰일과 작은 일을 분간하기가 어렵다. 곤조는 그 반대로 언제나 차분하기 때문에 역시 큰일과 작은 일을 분간하기가 어렵다. 모시치 부하들의 유일하게 곤란한 점이다.

"실은 좀 급한 일이 있어서요. 구마이초의 요릿집 '호리센'이라는 가게입니다."

혼조 후카가와에는 이름 높은 '히라세이'를 필두로 몇 개의 요릿집이 있다. 하지만 호리센이라는 이름의 가게는 처음 들었다.

"작년 봄에 문을 열었다고 하는데, 요릿집이라고 해도 그냥 배달 요릿집보다 조금 나은 정도인 아담한 곳입니다. 젊은 부부 둘과 여자아이 하나, 셋이서 충분히 꾸려나갈 수 있는 정도죠."

"요리사는? 그곳 주인인가?"

"네. 요시타로라고 합니다. 나이는 서른. 소토칸다의 '마키젠'에서 십오 년이나 수업을 하다가 겨우 독립했다더군요. 실은 우리 관리인이 마키젠의 요리사와 오랫동안 친하게 지내는 사이라, 이

이야기도 요시타로가 먼저 마키젠에 울며 매달린 것을, 후카가와의 일이라면 모시치 대장님이 아니겠느냐며 돌고 돌아 제 귀에 들어온 것입니다."

호리센에서는 어제 연회 준비를 하나 맡았다. 손님은 여덟 명. 거기에서 몇 사람이 속이 안 좋아졌고, 오늘 아침이 되어 그중 한 명이 죽었다고 한다.

"아무래도 식중독 같기는 한데, 어쨌거나 죽은 사람이 나왔으니까요."

모시치는 미간을 찌푸렸다. "그래서, 그건 어디의 어떤 연회인가?"

"우미베다이쿠초의 초 도매상, 쓰지야를 아시지요? 그곳의 선대 주인이 환갑을 맞아 그것을 축하하는 자리였다고 합니다. 그래서 연회 자리에 참석한 사람도 쓰지야의 선대 주인 본인과 현재의 주인 부부, 나머지 다섯 명도 친척이나 은퇴한 주인의 오랜 지인 등, 잘 아는 사람들뿐이었다고 합니다. 지극히 개인적인 연회였던 모양이더군요."

"어른밖에 없었나?"

"네. 모인 사람들은 쓰지야의 세 사람 외에 선대 주인의 동생 부부. 초 도매상 조합에서 선대 주인과 오랫동안 친하게 지내 온 동료 상인 노인과 그 아내. 그 외에는 친척 여자가 한 명."

곤조는 아까 채소 장수를 상대로 아내가 했던 것과 똑같이 손가락을 꼽으며 세었다.

"그중 죽은 것은 누구인가?"

"그 친척 여자——주인 히코스케의 재종누이에 해당하는 오키치라는 여자입니다. 다만, 지금은 '이로하야'라는 후카가와 나카초의 방물 가게 안주인이지만 실은 히코스케의 전처였던 여자랍니다. 지금 쓰지야의 안주인은 두 번째 아내입니다."

히코스케와 오키치는 육촌 사이일 뿐만 아니라 소꿉친구이기도 해서, 당사자끼리도 주위에서도 어릴 때부터 장래에는 부부가 될 거라고 인정하는 사이였다고 한다. 하지만 막상 오키치가 시집을 와 보니 히코스케의 어머니, 시어머니와의 사이가 좋지 않았다. 그 결과, 오 년 전에 부부는 헤어지게 되었고 오키치는 일단 친정으로 돌아갔다가 이로하야로 재가했다. 히코스케도 두 번째 아내를 얻어, 올해로 삼 년이 지났다고 한다. 히코스케와 오키치 사이에는 아이가 없었다. 지금은 새 아내와의 사이에 두 아이를 얻었다. 이 아이들은 아직 너무 어리다고 해서 연회 자리에는 데려가지 않아 무사했다.

"하지만 그런 경위가 있는 여자를 어째서 또 환갑 잔치에 부른 걸까."

제일 먼저 모시치는 그 사실이 마음에 걸렸다.

"자세한 것은 아직 모릅니다. 다만 오키치와 사이가 나빴던 시어머니는 작년에 돌아가셨다고 합니다. 그러니까, 말이지요."

곤조는 신중한 말투가 되었다.

"히코스케——쓰지야 주인에게는, 오키치에 대해서 미안하다는 마음이 있었던 게 아닐까요. 모르는 일이기는 합니다만.”

“그것이 해가 되어, 오키치가 죽은 것인가.”

모시치는 아직도 험악한 얼굴을 하고 있었다.

“오키치의 남편은 부르지 않은 겐가?”

“네. 이로하야의 주인은 간베에라는 사내인데, 그렇지, 아마 대장님보다 더 나이가 많을 겁니다. 죽은 전처와의 사이에 다 큰 아들이 있습니다. 오키치는 아버지와 딸만큼 나이 차이가 나는 남자에게 후처로 들어간 거지요.”

연회는 어제 정오부터 시작되어 오후 두시 종이 칠 무렵에 끝났다. 상가商家이다 보니 보통 이렇게 술이 나오는 축하연은 해가 지고 나서 갖는 법이지만, 쓰지야의 선대 주인은 허리가 좋지 않아 어두워지고 나서 바깥을 다니기가 힘들고, 추위가 뼛속까지 스며드는 계절이라 밝을 때 했다고 한다.

“아직 정초라, 대낮부터 약간 취했다고 해도 그렇게 면목 없는 일이 되지는 않을 테니까요. 이로하야도 쓰지야도, 가게 문은 닫았었고요.”

연회 도중에 ‘아무래도 속이 좋지 않다, 음식 맛이 이상하다’고 제일 먼저 말을 꺼낸 사람은 오키치였던 모양이다. 하지만 그녀의 뒤를 좇듯이 선대 주인의 동생과 선대 주인의 장사 동료인 노부부도 조금 속이 안 좋다는 말을 꺼냈다고 한다.

“다만 요리가 맛있다 보니 술을 과음한 것일 게다, 대단한 일은 아닐 거라고 웃었다고 합니다. 오키치만 투덜투덜 불평을 했고,

도중부터는 그다지 먹지도 않았던 모양이에요."

모시치는 말없이 입가를 일그러뜨렸다.

"그래도 네 명 다 자기 발로 걸어서 집으로 돌아갔다고 합니다. 그래서 다들 별로 걱정하지 않았지요. 실제로 선대 주인의 장사 동료인 부부 쪽은 아무 일도 없이 건강해졌습니다."

"만나고 왔나?"

"네, 오는 길이니까요. 두 사람에게는, 오키치가 죽었다는 사실은 아직 덮어 두었습니다. 그 김에 호리센에 들러서 어제 사용한 음식 재료 남은 것과, 먹다 남은 것이 아직 있으면 그대로 손대지 말고 놓아두라고 말하고 왔습니다. 접시나 그릇은 씻어 버렸겠지만 사용한 것은 나누어서 내놓아 두라고요."

곤조는 이런 점에서 눈치가 빠르다.

"오키치가 오늘 아침에 갑자기 죽어 버려서, 남편인 간베에가 우선 호리센에 항의했습니다. 식중독이라고요. 그래서 깜짝 놀란 요시타로가 이럴 때는 어떻게 해야 하느냐고 소토칸다에 울며 매달린 것입니다."

"쓰지야 쪽에는?"

"호리센에서 소식이 갔습니다. 선대 주인도 히코스케 부부도 멀쩡합니다. 선대 주인의 동생 부부도 사는 곳이 가와사키여서 쓰지야에 머물고 있는데, 역시 아무 일도 없습니다. 모두 혼비백산할 듯이 놀라더라고 합니다."

사정은 대강 알았다.

"그래서 간베에는? 지금은 이로하야로 돌아갔겠지."

"네. 대장님이 갈 때까지 소동을 일으키지 말고 조용히 있으라고 일러두었습니다. 애초에 그렇게 분별이 없는 남자처럼 보이지는 않습니다."

"좋아."

모시치는 하오리 끈을 묶고 일어섰다.

2

방물 가게라는 것은 화장품만큼은 아니더라도 역시 여자를 상대로 하는 장사다. 가게를 깔끔하게 해 두고, 눈치껏 칭찬 한마디라도 잘 늘어놓는 요령 좋은 남자가 장사를 하는 것이 좋다. 노티가 나거나 빈티가 나는 것은 가장 안 될 노릇이다.

이로하야는 그 점에서는 실격이었다. 주인 간베에는, 나이가 쉰이라고 했지만 더 나이 들어 보였다. 전체적으로 기운도 없다. 무언가 지병이 있을 거라고, 모시치는 생각했다.

오키치의 시체는 안쪽 방에 머리를 북쪽으로 두고 눕혀 두었고, 고상한 향기가 나는 향이 피워져 있었다. 모시치는 우선 시체를 향해 합장했다. 밀랍 같은 안색에, 불쾌한 일이라도 있었던 것처럼 눈썹을 찌푸리고 있다. 하지만 고통의 흔적은 보이지 않는다. 간베에에게 들키지 않도록 몰래 시체의 양손을 확인해 보았지만, 손가락도 손톱도 깨끗하고 무언가를 쥐어뜯은 것 같은 기색은 없다. 피부에 멍이나 변색도 눈에 띄지 않았다.

그제야 모시치는 간베에와 마주 보았다.

"아드님이 계시다고 하는데 지금 어디 계시오?"

말수가 적은 사람을 가리켜 '입이 무겁다'고 하는 것은 옳은 말이다. 간베에는 정말로 입술이 무거워서 들어올려지지 않는다는 듯이 천천히 말했다. 오늘 아침에 호리센에 항의했을 때도 이런 말투였을까.

"장래에는 이 가게를 물려줄 생각으로 도리초에 있는 방물 가게에 고용살이를 내보냈습니다. 야부이리 때까지는 돌아오지 않을 겁니다."

"오키치 씨가 돌아가신 것은 알렸소?"

"아니요" 하며 고개를 젓는다.

"하지만 친어머니는 아니라고 해도 어머니잖소."

"아들은 오키치를 어머니로 생각하지 않았습니다. 솔직히 싫어하고 있었지요."

특별히 말투가 바뀌지도 않고 담담하게 말했다. 게다가 이야기하기 시작하면 말투가 매끄럽다. 평소에 누군가와 거리낌없이 이야기를 나누며 살지 않았을 뿐일지도 모른다.

"그럼, 힘든 때에 미안하지만, 어제 있었던 일부터 순서대로 들려주셨으면 싶은데."

방 안도 가게와 마찬가지로 왠지 어수선하고 먼지가 많다. 정월맞이 대청소도 제대로 하지 않았으리라. 천장 구석에 거무스름한 무언가가 매달려 있는 것이 보인다. 간베에의 얼굴에도 숯검댕이 묻어 있는 것처럼 보이는 까닭은 그 탓일까.

"어제 낮에 쓰지야에서 연회가 열린다고 초대를 받아 오키치 씨는 호리센에 갔다——이것은 미리 정해져 있었던 일이었소?"

"예. 섣달이 되기 전에 쓰지야에서 심부름꾼이 와서요."

오키치는 매우 기뻐했다고 한다. 어제도 한 벌밖에 없는 좋은 옷을 입고 나갔다.

"돌아왔을 때는 묘하게 창백한 얼굴을 하고 있더군요. 속이 메슥거리고, 등골이 오싹해서 견딜 수가 없다며 조금 토하고…… 그러고 나서 이불을 뒤집어쓰고 잠들어 버렸습니다."

그대로 저녁도 먹지 않고 물만 마셨으나, 아무래도 속이 나아지지 않는다고 해서 의원을 부르기로 했다고 한다.

"어디의 의원이오?"

"오후나구라 옆의 야스카와라는 젊은 선생입니다. 본래 이 선생의 아버지도 마을 의원인데, 쓰지야가 줄곧 이 의원에게 다녔다고 해서."

오키치는 화병을 앓고 있어서 늘 아픔에 시달리느라 고생하고 있었다고 한다. 야스카와 의원은 이 성가신 지병에 잘 듣는 약을 내 준다며, 오키치는 매우 의지하고 있었다.

"젊다고 했는데 몇 살 정도 된 선생님이오? 실력은 확실한 거요?"

왠지 간베에는 짧은 한숨을 쉬었다. 모시치는 그것을 놓치지 않았다.

"오키치보다도 젊을 정도입니다. 그 사람은 스물아홉이었으니……."

"그래요? 그래, 그 선생님의 진단은 어땠소?"

"연회 자리에서 나온 요리에 대해서 이것저것 묻고, 어쩌면 식중독일지도 모르지만 이 정도라면 대단치는 않은 것 같으니 조용히 쉬라고 하셨습니다. 약도 주셨고요."

"그 약, 남아 있소?"

"아니요, 그 자리에서 가지고 있던 것을 먹여 주시고 내일 다시 들러 보겠다고. 다만 상태가 나빠지는 것 같으면 어려워할 필요 없으니 당장 알리라고 하셨습니다."

"달이는 약이 아니라 가루약이로군요?"

"네. 종이에 싸여 있었습니다."

약을 먹은 오키치는 그대로 잠들었고 잠시 후 또 물을 찾았다. 간베에가 상태는 어떠냐고 묻자,

"가슴이 타들어가는 것은 가라앉았지만 머리가 아프다, 몸 마디마디가 아프다, 다리가 저린다며 기분 나빠했습니다. 안색도 종이처럼 하얗고."

걱정이 된 간베에는 다시 한 번 야스카와 선생을 부를까 하고 말했지만 오키치가 거절했다.

"하룻밤 자면 나을 거라고 했습니다. 그 사람치고는 말귀를 잘

알아들었지요."

간베에와 오키치는 벌써 오래전부터 잠자리를 따로 하고 있었다고 한다. 잘 때는 옆방에서 자고, 장지문도 닫아 버린다.

"저는 평소처럼 잤습니다. 밤중에 깬 적도 없습니다. 솔직히 말씀드리면, 오키치의 상태도 그렇게 걱정했던 것은 아니었습니다."

간베에는 등을 웅크리고 양손으로 무릎을 움켜쥐듯이 하며 낮게 말을 이었다.

"그 사람은 이곳에 온 후로 건강했던 날이 더 적었다고 할 정도였습니다. 매일매일 어디가 아프다, 속이 안 좋다고 중얼거리곤 했지요. 침상에서 나오지 않는 날도 있었습니다. 저도 처음에는 마음을 썼지만, 화병 약을 받게 되고 야스카와 선생님께 이야기해 보니, 오키치 씨의 병은 마음의 병이라고 분명히 말씀하시더군요."

그 후로는 오키치가 웅얼웅얼 호소하는 말들을 한쪽 귀에서 다른 쪽 귀로 흘려듣게 되었다고 그는 말했다.

"마음의 병에 걸린 원인은 다름 아닌 쓰지야 주인장——히코스케 씨에 대한 미련입니다. 저는 말도 안 되게 형편없는 패를 뽑은 것이지요. 아들도 몇 번이나 제게 말했습니다. 오키치를 친정으로 돌려보내는 게 좋겠다고."

모시치는 온화하게 물었다. "그래서 당신도 오키치와 헤어질 마음은 들지 않았소?"

간베에는 잠시 침묵했다. 말하기가 곤란하다기보다는 오로지 부끄러워하는 것처럼 보였다.

"체면이라는 것이 있습니다."

"그렇군요."

"게다가 오키치는, 본인이 아무리 원해도 이제 쓰지야에 돌아갈 수 없어요. 히코스케 씨에게는 후처가 있고 오키치가 들어갈 틈은 이제 없습니다."

그런데도 그 사람은 포기하지 않았다고 처음으로 나무라는 말투가 되었다.

"그런 오키치가 가엾은 것 같기도 하고 화가 나는 것 같기도 한 기분이 들어서요. 반년만 더 기다리면 마음도 바뀌지 않을까. 반년만 더 있으면 떨쳐 내지 않을까 하고."

뭐, 칠칠치 못한 이야기입니다, 라며 주먹으로 입가를 닦는다.

"그래서? 당신은 오늘 아침에 일어나서――."

간베에는 고개를 끄덕였다. "날이 밝기 전에 잠이 깨었습니다. 노인은 아침잠이 없지요. 그래서 옆방을 들여다보니, 오키치는 푹 자고 있는 것처럼 보였습니다."

더 자게 내버려 두자고 생각했다. 완전히 날이 밝아도 오키치는 조금의 소리도 내지 않는다. 상태를 보러 가니 아까와 전혀 다르지 않은 자세로 누워 있다.

"역시 불안해져서 말을 걸었지만 대답이 없었습니다. 그래서 만져 보았더니."

이미 차가워져 있었다고 한다.

깊이 고개를 숙이고 있는 간베에에게, 잠시 뜸을 들이고 나서 모시치는 물었다. “그때 오키치 씨의 상태는 어땠소? 이불이나 잠옷은 흐트러져 있지 않았소?”

간베에는 얼굴을 들고, 이미 시체가 된 오키치가 있는 방으로 시선을 던졌다.

“어땠을까요……. 이렇게, 오른쪽을 위로 하고 누워서.”

“머리는 베개 위에 올려놓고 있었소?”

“네. 단정하게.”

“팔다리는? 축 늘어져 있었소, 움츠리고 있었소?”

간베에는 이마에 손을 댔다. “글쎄요, 기억나지 않는데요…….”

그렇다는 것은 눈에 띄게 고통스러워하거나 날뛴 것 같지는 않았다는 뜻이리라. 모시치는 그것을 가슴에 새겼다.

“오키치 씨를 지금처럼 반듯하게 눕힌 것은 당신이오?”

“예? 예, 그렇습니다. 그렇다기보다——그렇지, 얼굴을 자세히 보려고 움직인 겁니다.”

“당신 혼자서 쉽게 움직일 수 있었다는 거군요.”

“네.”

그렇다면 오키치는 잠이 얕은 동안에 죽은 것은 아니다. 아마 날이 밝기 전에 숨이 끊어졌을 것이다. 아직 몸이 굳지 않았던 것이니까.

“코나 입에서 뭔가 토하거나 뿜어낸 흔적은 없었소?”

"없었습니다. 없었던 것 같습니다. 아니…… 침이 조금 흘러 있었나? 그랬습니다, 닦아서 깨끗하게 해 주었거든요."

간베에는 갑자기 몸을 작게 움츠렸다.

"대장님의 부하인 그 곤조라는 사람에게, 그럴 때는 아무리 안타까워도 시체에 손을 대서는 안 된다고 야단을 맞았습니다."

"그건 그렇지만, 뭐, 어쩔 수 없지. 그게 인정이오."

그 말에 위로를 받았는지, 간베에는 여전히 몸을 작게 움츠린 채 잠옷이 심하게 젖어 있었기 때문에 옷을 갈아입혔다, 그러고 나서 호리센으로 갔다고 말을 이었다.

잠옷이 젖어 있었다——모시치는 생각했다. 자면서 땀을 흘렸다는 뜻일까.

"갈아입힌 잠옷은 어디에 있소?"

"뒤쪽에 있습니다. 대야에 담가서……."

그럼 이제 와서 살펴보아도 소용없다.

"당신의 항의를 받고 호리센은 벌벌 떨었겠지."

간베에는 눈을 크게 떴다. "항의할 생각은 없었습니다. 빨리 알려야 한다고 생각했을 뿐이지요. 식중독이지 않습니까. 어제 연회 자리에서 속이 안 좋아진 것은 오키치만이 아니었어요. 그 사람한테 이야기를 들었습니다. 요리가 형편없었다고, 쓰지야 주인도 흥이 깨지는 짓을 한다고 입을 삐죽거렸으니까요."

결국 간베에는 친절한 마음에 호리센까지 달려갔다는 것이리라.

"돌아오는 길에 야스카와 선생님께 들렀는데, 선생님은 마침 왕진을 나가는 참이었습니다. 오키치가 죽었다고 말씀드렸더니 선생님은 새파랗게 질려서 파수꾼 대기소에 알리라고 하셨습니다. 자신도 왕진이 끝나면 곧 가겠다면서."

"그러고 나서 아직 오지 않았지요?"

"네. 집으로 돌아와서——저는 왠지 맥이 빠져서 주저앉고 말았습니다. 물론 빨리 야스카와 선생님이 말씀하신 대로 해야 한다는 것은 알고 있었지만, 멍해져서요. 그때 곤조 씨가 온 겁니다."

간베에는 지금도 어쩔 줄 몰라 하며 쓸쓸해하는 것처럼 보인다.

"그런데 당신, 화는 나지 않소? 오키치 씨가 어떻게 생각하고 있었는지는 이제 알 수 없지만 당신은 당신 나름대로 오키치 씨를 생각해 주지 않았소? 그런데 이런 형태로 죽고 말았으니."

"그건…… 하지만 식중독 아닙니까. 드문 일도 아닙니다. 요릿집에서 나온 음식을 먹고 식중독에 걸리다니 확실히 무서운 일이긴 하지만."

"그런 연회 자리에 부른 쓰지야가 잘못했다고 여기지는 않았소?"

간베에는 정말로 곤란하다는 표정으로 이마를 북북 문질렀다.

"쓰지야 주인장에게는, 저도 여러 가지로 신세를 지고 있습니다. 특히 선대 주인께는, 사실을 말하면 머리를 들 수 없을 지경입니다."

아마 상당한 빚이 있는 것 같다고, 모시치는 생각했다. 상인끼리라면 드문 일은 아니다.

"게다가 어제 연회 자리도, 쓰지야 주인장이 좋아서 오키치를 부른 것이 아닙니다. 겉으로는 그리 보이지만, 아마 오키치가 졸랐을 겁니다."

"왜지요?"

간베에는 손바닥을 위로 향하고 방에서 가게 쪽을 가리켰다.

"저희들은 장사도 이런 지경이고, 살림살이는 빠듯합니다. 도저히 요릿집 같은 곳에는 갈 수 없지요. 그래서 그런 자리가 있다는 말을 듣고, 오키치가 직접 쓰지야의 선대 주인을 졸랐겠지요. 한번, 제대로 된 요릿집에서 요리사가 만든 요리를 먹어 보고 싶다고."

지금까지 들어온 오키치의 사람 됨됨이에 따르면 있을 법한 일이다.

"쓰지야에서는 오키치 씨에게 마음의 빚이 있었던 것일까요."

간베에는 무뚝뚝하게 고개를 끄덕였다. "선대 주인께서는, 오키치에게 상당히 마음을 써 주셨습니다."

"오 년 전에 쫓아내다시피 부부를 갈라놓았기 때문이겠군."

"그렇습니다. 실은 오키치를 제 후처로 삼는 것도 선대 주인께서 성사시켜 주신 이야기였습니다."

과연——하고 모시치는 고개를 끄덕였다. 간베에는 정직하다.

그런 이야기를 성사시켜 줄 정도이니, 그와 쓰지야 선대 주인의 관계는 정말로 길고 깊은 것이고, 그 관계 속에서 간베에는 물심 양면에 걸쳐 빌려 준 것보다 빌린 것이 더 많을 것이다.

"어르신은 오키치가 조르면 약해졌겠군."

이야기가 끊겼다. 때마침 밖에서 곤조의 목소리가 들렸다. 곧 검시 관리가 올 겁니다, 라고 한다. 그 말을 듣고 간베에의 가느다란 눈이 동그래졌다.

"설령 식중독이라고 해도 변사는 변사요. 일단 관아에서 조사할 거요. 뭐, 걱정할 것은 없어요. 지금처럼 뭔가 묻는 말이 있으면 정직하게 대답하면 된다오."

"아, 네……."

오늘 아침부터 지금까지 얼마 안 되는 시간 동안에, 간베에는 열 살쯤 더 늙은 것 같다. 모시치는 그 야윈 어깨를 툭툭 두드려 주었다.

3

준비성이 좋은 곤조는 호리센에서 어제의 상차림이 무엇이었는지 이미 알아봤다고 한다.

"그쪽에는 이토키치가 가 있습니다. 호리센은 당분간 가게를 열 수 없어요. 이토 씨는 기질이 그렇다 보니 몹시 가엾게 여겨 주인 부부를 위로하고 있습니다."

분위기에 쉽게 휩쓸리는 녀석이다.

요릿집에서는 손님의 주문을 받고 연회 장소를 빌려 주고, 그 연회에 어울리는 상차림을 정하고, 재료를 사들여 요리해서 내놓는다. 유명한 가게에는 그 가게를 대표하는 상차림이 몇 개 있고 손님 쪽에서도 그것을 찾아서 오는 경우가 많지만, 호리센은 아직 생긴 지 얼마 되지 않은 가게이기 때문에 상차림은 쓰지야와 하나하나 이야기해서 결정했다고 한다.

"이번 경우는 손님들이 전체적으로 나이가 지긋하니까요. 소화가 안 되는 음식이 많으면 곤란하지 싶어서, 호리센의 요시타로는 신경을 썼다고 합니다. 하지만 쓰지야 쪽에서는 개의치 않고, 모두 이도 위도 튼튼하니 호화롭게 해 달라고 주문했답니다."

모시치는 곤조가 적어 온 작은 글씨를 꼼꼼하게 읽었다.

"어디어디, 핫슨八寸손님을 융숭하게 대접하는 상차림 가운데, 장국과 함께 맨 먼저 나오는 안주 요리은 '별미 설 음식'이라니, 멸치조림이나 밤조림 같은 건가?"

"그렇습니다. 다만 세공에 공을 들였다더군요. 부채 모양의 칠그릇에 담아냈다고 합니다."

"다음에 나온 '국화잎 가이시키음식을 담는 그릇에 까는 것'라는 건? 아아, 삶은 달걀인가."

"국화잎을 깔고, 그 위에 삶은 달걀을 잘라 국화꽃처럼 예쁘게 늘어놓았다더군요."

다음은 도미 초된장 요리. 소금에 절인 도미 회를 비틀어 모양을 만들고, 초된장에 찍어 먹는다.

“다음에 나온 국도 도밋국으로, 도미 쓰쿠네생선을 다져서 으깬 어육이나 닭고기를 갈거나 저민 고기 등에 계란·녹말 등을 갈아 섞어 둥글게 만들어 기름에 튀긴 요리에 색깔을 내고, 송죽매松竹梅의 모양으로 찍어낸 것을 국물에 띄웠다고 합니다. 향은 유자와 산초나무 순으로 냈고요. 맛있을 것 같지요.”

모시치의 생각으로는 도미를 쓰쿠네로 만들다니 아까운 노릇이다.

“구이는――오리인가.”

“쓰지야의 어르신이 오리를 먹고 싶어 했다고 합니다. 아주 좋아하는 음식이라는군요.”

꽤 기름진 음식을 좋아하는 모양이다.

“다음의 이건――뭐지? ‘후타타비야키’라니.”

두부 요리라고, 곤조는 설명했다.

“구운 두부를 간장에 조려 맛을 배게 하고, 물기를 짜낸 다음 기름에 튀깁니다. 그것을 꼬치에 꿰어 매운 된장을 바르고, 살짝 석쇠 자국이 날 정도로 불에 그슬리지요. 뭐, 간단하게 말하자면 두부 산적입니다.”

모시치는 상상해 보았다. “아주 집요해 보이는 음식이군.”

“네.” 곤조의 얼굴은 진지했다. “이것도 쓰지야의 어르신이 좋아하는 음식이라 특별히 주문한 것이었는데, 요시타로는 처음에 후타타비야키는 빼는 것이 좋겠다고 말했다고 합니다. 오리고기는 지금이 제철이라 맛있을 때지만, 기름도 올라서 아무래도 느끼한 맛이 됩니다. 그 직후에 튀김, 그것도 이런 양념이 센 요리를 연이어 내는 것은 좋지 않다고 생각했다고요. 꼭 후타타비야키를 넣으려면 오리 요리를 빼고 좀 더 산뜻한 구이를 넣는 것이 좋다고 권했다고 했습니다."

납득이 가는 이야기다.

"그래도 어쨌든 어르신의 환갑 잔치니까요. 어르신이 오리와 후타타비야키를 둘 다 먹고 싶다고 하시니 괜찮다고 우겨서."

"쓰지야 쪽에서는 누가 나와서 요시타로와 상차림을 상의했나?"

"히코스케입니다. 그가 어르신께 먹고 싶은 요리를 이것저것 물어보고, 요시타로와 상의해서 정했다고 합니다."

흐음, 하고 모시치는 말했다. 아들이 직접 정했나…….

"그 후에는 야쓰가시라토란의 일종. 토란의 어미 줄기가 일찍 성장이 멈추어 같은 크기의 새끼 토란이 여러 개 생긴 다음, 이것들이 서로 얽혀 직경 10센티미터 남짓의 덩어리를 이룬다. 농밀하여 차지고 맛이 있으나 수확량이 적다와 생밀기울을 조린 것, 그리고 초무침. 이것은 순무와 무와 파드득나물뿐이고 고기나 생선은 들어 있지 않았습니다. 요시타로는 맛이 진한 앞의 두 요리의 조합이 어지간히도 마음에 들지 않았던 게지요. 밥으로는 후키요세메시여러 가지 고명을 넣고 육수로 지은 영양밥를 냈는데, 여기에는 나문재와 얇게 부친 달걀과 밀기울 튀김을 잘게 썬 것을 고명으로 썼다고 합니다. 다시마 육수를 써서 아주 옅은 맛으로. 이것도 맛있을 것 같은데요."

"정월이니 떡을 낸다는 생각은 없었던 걸까."

"쓰지야 쪽에서 떡은 질렸다고 했다나요."

모시치는 다시 한 번 찬찬히 상차림을 되짚어 읽고 나서 곤조의 얼굴을 보았다.

"식중독의 원인이 될 만한 것이라면 도미와 오리 정도로군. 설마 순무나 나문재나 생밀기울 때문에 식중독에 걸릴 것 같지는 않은데."

"날것으로 먹은 것은 도미뿐이지요."

"그 외에는 전부 익힌 것인가……."

턱을 꼬집고 있자니 겨우 검시 관리가 도착했다. 모시치는 서둘러 곤조에게 말했다.

"어제 연회 자리에 나왔던 사람들을 쓰지야에 모아 주게. 하기야 오키치는 이렇게 되었으니 선대 주인의 친구 부부만 부르면 되는가."

"그렇지요. 당장 가 보겠습니다."

"그리고 오후나구라 옆의 야스카와라는 의원에게 가 봐 주지 않겠나."

모시치는 야스카와 의원에 대해서 대강 설명했다.

"간베에가 오키치가 죽었다고 알렸더니 새파랗게 질렸다는데, 아직도 얼굴을 보이지 않았네. 식중독이라고 진단하고 내버려 둔 것이 마음에 걸려서 겁을 먹은 것인지도 모르니까."

알겠습니다, 하고는 곤조는 소리도 없이 사라졌다.

혼조 후카가와 쪽에서 검시를 맡는 관리는 두 명인데, 이곳에 온 이는 나루게 요시에라는 고참 도신이었다. 모시치와 비슷한 나이지만 아내가 장난으로 "신보다도 더 노인으로 보여요"라고 말할 때가 있다. 마을 관리로 두기에는 아까울 정도로 기품 있는 생김새에 아름다운 백발. 텁수룩한 눈썹까지 새하얗다.

이 사람은 정말로 시체를 잘 꿰뚫어본다. 모시치는 나루게의 검시를 절대적으로 신뢰하기 때문에 그의 얼굴을 보고 안심해서 뺨의 긴장이 풀어졌다.

"수고 많네, 모시치."

"예, 나루게 나리도 오시느라 고생하셨습니다."

조수 역할을 맡은 주겐에도 시대에 무사를 도와 잡무를 맡았던 하인의 도움을 받아 당장 오키치의 시체를 살펴보면서 나루게는 몇 가지 질문을 했다. 모시치는 완전히 딱딱해져서 파랗게 질린 간베에를 달래면서, 하나하나 정중하게 대답해 나갔다.

"자면서 땀을 흘렸다——고 했지."

질문을 해도 간베에는 한층 더 파래질 뿐이다. 모시치가 대신 대답했다.

"잠옷이 젖어 있었다고 합니다."

"그리고 어젯밤에 마지막으로 이야기를 했을 때 다리가 저리다고 했다고."

"예."

검사를 마치고 손을 씻고 나서, 나루게가 모시치를 슬쩍 손짓해 불렀다.

"상차림은 파악했나."

"예, 여기 있습니다."

그것을 한바탕 죽 읽고, 나루게는 새하얀 눈썹을 실룩실룩 움직였다.

"모시치, 이건 식중독이 아닐세."

으음——하며 모시치는 고개를 끄덕였다.

"자네도 눈치채고 있었던 게 아닌가?"

"예, 이런 경우의 일이니, 혹시나 하는 생각은 했습니다. 하지만 나리, 연회 자리에 있었던 여덟 명 중에서 오키치를 제외하고도 세 명이, 똑같이 요리를 먹고 속이 나빠졌습니다."

"하지만 오늘 아침에는 멀쩡하게 나았다고 했지?"

"예. 오키치가 죽은 것을 알고 놀란 모양입니다."

나루게는 깊은 생각에 잠긴 듯 고개를 끄덕였다.

"그렇다면 요리에도 뭔가 문제가 있었을지 모르지. 하지만 적어도 이 여자가 죽은 것은 식중독 때문이 아닐세. 독물 때문이야."

모시치의 가슴이 싸늘해졌다.

"어떤 독일까요?"

"토한 것이 남아 있지 않고, 입었던 옷도 빨아 버렸으니 대략적인 짐작밖에 할 수 없지만, 죽은 방식을 보면 먹은 사람이 아파하거나 괴로워하며 몸부림치는 요란한 독은 아니겠지. 조용히 심장이 멈추고 마는, 그런 독일세."

"흔히 있는 것입니까?"

"정월이니 말이지……." 나루게는 중얼거렸다. "가장 쉽게 구할 만한 것을 꼽자면 복수초福壽草일세."

설날풀이라는 별명으로도 부른다. 이른 봄에 피는 좋은 징조를 나타내는 꽃이다. 모시치는 저도 모르게 손을 입가에 댔다.

"저희 집에서도 도코노마에 장식했습니다."

"행운을 나타내는 것이니까. 하지만 그건 엄청난 독초일세. 사용법을 아는 사람이 손에 넣으면 실수 없이 사람을 죽일 수 있는 풀이거든."

"맛은 납니까?"

"특유의 쓴맛이 있네. 하지만 이 상차림을 보면 꽤 맛이 진한 요리가 줄줄이 있으니, 거기에 들어 있었다면 알 수 없었을 걸세."

호리센에서 어젯밤에 먹고 남은 것을 확보해 두었다고 말하자, 나루게가 당장 살펴보자며 일어섰다.

"어제 속이 안 좋아졌다는 사람들한테서도 이야기를 들어 보고 싶네."

"당장 수배하겠습니다."

모시치는 간베에에게, 마을 관리와 상의해 오키치의 장례식 준비를 시작해도 좋다고 말해 두고 이로하야를 떠났다.

4

호리센은 자그마한 가게였다. 이른 봄의 북적거리는 마을 안에서 그곳만 바깥문이 꼭 닫혀 있는 모습은, 어느 모로 보나 이번 결과에 대한 세간의 평판을 두려워하는 것처럼 보였다.

요리사이자 주인인 요시타로는 초췌할 대로 초췌해져 있었다. 그래도 눈 언저리에 지기 싫은 듯한 험악함이 떠도는 것을 보고 모시치는 오히려 안심했다. 적어도 요릿집 하나를 꾸려 갈 정도의 실력이 있는 요리사라면, 자신이 내놓은 요리 때문에 식중독이 일어나는 일은 결코 인정할 수 없는 게 당연하다. 그 정도의 기개가 없으면 곤란하다.

어젯밤의 연회 때 먹고 남은 것이라고 해도, 실제로는 살펴보아야 할 정도의 양도 못 되었다. 밥알과 오리 껍질, 얇게 부친 달걀의 자투리, 순무 찌꺼기. 나루게도 이걸로는 아무것도 알아내지 못하겠다며 일찌감치 포기했다.

“관청은 잔인한 짓을 한다고 생각할지도 모르지만 이것도 공무일세. 도둑고양이라도 한 마리 잡아다 도망치지 못하게 바구니에 밀어넣고 그 잔해를 먹여 보게. 그러고 나서 상태를 보는 걸세.”

잔혹한 역할은 이토키치의 몫이 되었다. 어어, 싫은데, 하고 머리를 끌어안으면서, 그는 도둑고양이를 찾으러 나갔다.

요시타로와 그의 아내, 음식을 나르던 하녀에게 이야기를 들어보니, 그들은 어제 연회 자리에서 오키치 일행이 “요리가 이상하다, 속이 안 좋다"며 불평했던 것을 오늘 아침이 될 때까지 몰랐다고 한다. 그 자리에서는 아무도 아무 말도 하지 않았던 것이다.

"이렇게 깨끗하게 그릇을 비워 주셨으니 설마 그런 일이 있었을 거라고는 생각하지 않았습니다. 요리를 다 내고 나서 제가 인사를 드리러 찾아뵈었을 때도, 연회 자리에 계시던 분들은 모두 기분이 좋았고, 맛있었다고 칭찬해 주셨습니다."

술이 조금 지나친 것처럼 보이기는 했지만——하고 말하기 어려운 듯이 덧붙인다. 속이 좋지 않은 것은 과음했기 때문일 거라는 말은 손님도 했었다.

"오키치도 당신에게 아무 말도 하지 않았소?"

나무라는 말은 없었습니다, 하고 요시타로는 강하게 대답했다. 오키치는 방의 가장 말석에 앉아 있었고 입은 옷이 매우 화려했기 때문에 똑똑히 기억하고 있다, 다른 손님들과는 달리 칭찬해 주지는 않았지만 불평도 하지 않았다고.

"되도록 얄미운 얼굴을 한, 근성이 비뚤어진 것 같은 놈을 잡아왔습니다" 하며 이토키치가 도둑고양이의 목덜미를 잡고 돌아온 것을 계기로, 모시치는 나루게를 따라 쓰지야로 발길을 옮겼다.

곤조가 알맞게 수배를 해 주었기 때문에 오키치와 히코스케 부부를 제외한 다섯 명은 선대 주인의 방에 모여 있었다. 머리숱은 적어지고 눈썹도 거의 빠졌지만, 쓰지야의 선대 주인은 뚱뚱하고 혈색도 좋고 이도 가지런하다. 나루게보다 젊을지도 모른다. 실제로 다섯 살 연하라는 선대 주인의 동생 쪽이 형처럼 보일 정도로 늙어 있었다. 본가를 물려받아 장사에 성공한 형과, 재산을 나누어 받아 생계는 꾸릴 수 있지만, 이렇다 할 인생의 목적이 없었던 동생과의 차이가 이 나이까지 와서 드러나고 있는 것이리라.

선대 주인의 방에 있는 도코노마의 장식물에도, 모시치의 집과 똑같이 복수초가 있었다. 아름답게 꽃꽂이가 되어 있다. 이 시기에는 작으나 크나 도코노마가 있는 집이라면 에도의 어디에 장식되어 있어도 이상하지 않다. 하지만 나루게는 그것을 보고 솜씨 좋게도 한쪽 콧구멍만 움찔거렸다.

선대 주인은 납작해질 정도로 바닥에 엎드려 송구스러워할 뿐이었다. 나루게는, 관리를 두려워하는 사람도 관리를 우습게 여기는 자도 죽고 나면 똑같아진다는 것이 입버릇인 사람이라, 태연하게 사과하는 말을 흘려듣고, 어제 연회 자리에서의 일을 자세히 이야기해 달라며 일을 시작했다.

"저는 요리가 이상하다는 것은 조금도 느끼지 못했습니다" 하고 선대 주인은 말한다. 좋아하는 음식만 나온 상차림이니 실제로 그랬을 것이다.

"저도 속이 안 좋아졌다는 말은 과장이고, 술이 좀 지나쳐서 어지러운 정도였습니다."

"요릿집에서 음식을 먹는 것은 처음이라, 촌스러운 노릇이지만 그날은 아침부터 아무것도 먹지 않고 속을 비우고 갔습니다. 그것이 오히려 좋지 않았던 것이 아닌가 하고……."

선대 주인의 동생 부부는 저마다 말하고 친구 부부도, 맞습니다, 맞습니다, 하고 합창한다. 당연한 일이지만 모두 선대 주인의 안색을 살피고 있는 것 같다.

"속이 안 좋아졌다는 것은 어떻게 안 좋아진 건가?" 하고 나루게가 물었다. "자세히 말해 보면 어떤 상태였나?"

"글쎄요……. 조금 속이 더부룩하고."

"머리가 어질어질하고."

"배가 꽉 차서 괴로운 것 같은. 사치스러운 이야기지요."

"괴로웠단 말이지. 땀은 나지 않았나?"

"예에, 술 때문일 겁니다."

"팔다리가 저리지는 않던가?"

"조금은……."

"저렸나?"

"예, 다리가 저릿저릿했습니다."

그것은 의미가 다르다.

"오늘 아침에는 어땠나? 정말로 아무렇지도 않았나?" 하고 모시치는 물었다. 일동은 서로 눈짓을 나누더니 하나같이 부끄러워했다.

"머리가 아팠습니다."

"숙취입니다, 대장님."

"그렇다면 안주인들도 상당히 많이 마신 겐가?"

"경사니까요."

도코노마를 장식한 복수초에 힐끗 눈길을 주고 나서 나루게가 물었다. "그런 상태가 된 시점은 연회의 어디쯤부터였는지 기억나나?"

"어디쯤이라니요?"

"어떤 요리가 나왔을 때쯤이었냐고 묻는 걸세."

네 사람은 술렁거리며, 이것도 아니다 저것도 아니다 하고 서로 말을 나누다가 이윽고 선대 주인이 대답했다.

"오리 요리가 나왔을 때가 아닌가 합니다. 적어도 오키치가 '속이 안 좋다'고 말한 것은 오리 요리를 먹고 있을 때였습니다."

지방이 오른 제철 오리다.

"그 후에, 그 두부 산적" 하고 선대 주인의 제수씨가 말을 꺼냈다. "꼬치에 꿰어서, 한 사람 앞에 두 개씩 나왔어요. 하지만 오키치 씨는 그 요리가 마음에 들지 않았는지, 절반밖에 먹지 않았습니다."

그러나 남은 음식 중에 두부 후타타비야키는 없었다.

"네, 그러니까 남기지는 않았어요. 다른 분한테 주어 버렸지요?"

"아마 히코스케 씨가 드셨을 겁니다." 장사 동료인 노인이 말했다. "히코스케 씨는 어르신이 아주 좋아하는 음식이라며 처음에는 어르신께 권했습니다. 하지만——."

본인이 말을 받는다. "노인에게는 두 꼬치면 충분하다고 제가 말했더니 히코스케는, 그럼 제가 먹지요, 하며 먹었습니다. 정말이지 이 두부 산적은 평범한 두부 산적과는 영 딴판으로 맛이 좋고 감칠맛이 있다고 하면서."

정작 그 히코스케는 몸이 나빠지지 않았다.

"그러고 보니 오키치는 두부 후타타비야키를 가리키며 이상한 맛이 난다고 했었지요." 선대 주인이 중얼거렸다.

"자신이 먹은, 한 꼬치에서 말인가?"

"예. 분명히 조금 기름진 요리니까요, 저는 입에 맞지 않으면 먹지 말라고 말했습니다."

"그 왜, 그랬더니 오히사 씨가" 하며 동생의 아내가 목소리를 낮추었다. 하지만 얼굴은 조금 웃고 있다.

"오히사는 히코스케의 아내로군?"

"네, 젊은 안주인입니다."

오히사가 입에 발린 말로, 오키치 씨는 늘 맛있는 것을 먹어서 입이 고급이다 보니 이런 요리로는 부족하신가요, 좀 더 큰 요릿집으로 초대하지 못해서 죄송합니다, 라고 말했다고 한다.

물론 비꼬는 것이다.

"그래서 오키치 씨는, 그렇지 않아요, 라면서 후타타비야키였던가요, 그 두부 산적을 한 꼬치 다 먹었던 거지요."

한바탕 이야기를 다 듣고 나서, 나루게는 천천히 고개를 끄덕인다. 모시치는 동생 부부 등 네 사람에게 미안하지만 잠깐 자리를 비키고 히코스케 부부를 불러다 주지 않겠느냐고 부탁했다.

그리고 선대 주인과 셋만 남게 되자 무릎걸음으로 한 걸음 다가갔다.

"노인장, 이상한 것을 묻는다고 화를 낼지도 모르겠지만, 관아의 용무이니 봐 주시오. 오키치 씨를 이로하야 주인장의 후처로 정한 것이 당신이라지요? 간베에 씨는 그렇게 말하던데."

선대 주인의 두 어깨가 축 처졌다. "예, 바로 그렇습니다. 오키치를 위하는 일이라 여기고 주선한 혼담이었는데, 그 아이는 그렇게 생각하지 않았던 모양입니다."

거기까지 말해 준다면 이야기는 빠르다.

"오키치 씨와 간베에 씨 사이는 잘되지 않았던 모양이더군요. 알고 있었소?"

"예, 오키치가 몇 번인가 저를 찾아와서 이로하야를 나가고 싶다고 말하곤 했으니까요."

나루게는 입을 다물고 있다. 하지만 눈은 방심하지 않고 빛나는 것 같다.

"오키치의 후처 이야기는 제 아내가 아직 건강하던 무렵에 정해졌습니다. 오키치를 그대로 혼자 둔다면 히코스케의 재혼에 지장이 있을 거라고 해서요. 아내는 오키치와 영 맞지 않았습니다. 오키치가 이로하야로 시집을 가자, 오히사라는 좋은 며느리도 들어왔고 손자의 얼굴도 보았다, 걱정거리도 치웠다, 이제 더 이상 여한이 없다고 했어요. 그리고 정말로 그 후로 석 달도 지나지 않아 죽고 말았습니다."

"돌아가신 안주인은 오키치 씨의 무엇이 그렇게 마음에 들지 않았던 것일까요."

선대 주인은 괴로운 듯이 고개를 기울였다. "모르겠습니다. 여자끼리의 일이니까요."

"하지만 지금의 며느리인 오히사 씨와는 사이가 좋았던 모양인데."

"오히사는 수수하고 부지런한 사람입니다. 그 점에서 죽은 아내와 매우 비슷하지요. 그에 비해 오키치는 걸핏하면 다른 사람에게 어리광을 부리고 편하게 세상을 살려고 하는 데가 있었어요. 그것이 그 아이의 귀여운 점이기도 했습니다만."

여자는 그런 여자를 용납하지 않으니까요, 하고 선대 주인은 작은 목소리로 덧붙였다.

"이로하야의 간베에 씨는 오키치보다 훨씬 연상이지만, 저는 오키치에게는 그런 아버지 같은 나이의, 오키치의 어리광을 받아주는 속 깊은 남자가 좋을 거라고 생각했습니다. 그래서 이번에야말로 오키치도 행복해질 수 있겠다 기대했는데, 터무니없는 착각이었던 모양입니다."

실례합니다, 라는 목소리가 나고 히코스케와 오히사가 들어왔다. 부부가 나란히, 상인답게 빈틈없는 정중한 인사를 하고, 다소곳하게 꿇어앉는다.

히코스케는 눈에 띄는 미남은 아니었다. 다만 어느 모로 보나 근면해 보이고, 눈 주변이나 입매가 다정해 보여서 의지가 될 만한 사람으로 보인다. 오히사는 피부가 희고, 민첩한 작은 새를 연상시키는 영리해 보이는 눈을 하고 있었다. 꽤 어울리는 부부다.

나루게가 몸을 앞으로 내밀고, 아까와 비슷한 것을 물었다. 오키치와 오히사 사이에 있었던 두부 후타타비야키를 둘러싼 대화에 대해서도 확인했다. 오히사는 약간 거북한 듯한 얼굴을 했지만, "자기가 멋대로 쳐들어와 놓고 요리에 불평을 하니 조금 화가 났습니다" 하고 솔직하게 대답했다.

"멋대로 쳐들어왔다……. 오키치가 말인가?"

"네."

"오키치는 내가 부른 거다" 하고 선대 주인이 말했다.

"아버지, 그러니까 그게 저와 오히사에게는 뜻밖이었습니다" 하고 히코스케가 부드럽게 끼어들었다. "본래 같으면 오키치는 이 집과는 더 이상 상관이 없는 여자고, 불러낼 사이가 아닙니다. 하지만 그 여자는 아버지에게 조르면 어지간한 어리광은 통한다는 것을 알고 있었어요. 그래서 아버지에게 부탁해, 그 연회 자리에 뻔뻔스럽게 끼어들었지요. 그게 얄미운 겁니다."

전처, 게다가 변사한 지 얼마 되지도 않은 오키치에 대해서 꽤나 단호하고 차가운 말이다. 모시치는 놀랐다. 그래서 당장은 다음 말을 잇지 못하고 있는 동안에 나루게가 물건을 툭 떨어뜨리듯이 말했다.

"오키치는 식중독이 아니라, 누군가에 의해 독을 먹고 죽은 것일세."

딱 벌어진 입 세 개가 나란히 늘어섰다. 아니, 모시치의 눈에 그렇게 보였을 뿐이고, 나루게에게는 모시치의 몫까지 합쳐서 딱 벌어진 입이 네 개 보였을 것이다.

"도, 도, 독?"

"대체 어떤 독입니까? 요리에 들어 있었나요? 저희들도 먹은 요리인가요?"

욱, 하고 신음하며 오히사가 입을 눌렀다. 히코스케는 하얗게 질린 얼굴로 시선을 이리저리 보낸다.

"으―음."

한 번 신음하고 선대 주인이 쓰러졌다.

5

"어차피 누군가가 오키치에게 독을 먹인 것은 틀림이 없네."

호리센의 뒷문에서, 나루게는 품에 손을 집어넣고 바구니 속에서 꽥꽥거리며 소란을 떠는 도둑고양이를 바라보고 있었다.

"뒷일은 모시치 자네에게 맡기겠네. 잘 몰아넣으면 조만간 자백할 테지."

다행히 쓰지야의 선대 주인은 흥분해서 쓰러졌을 뿐이고 곧 다시 숨을 쉬었다. 그러나 '나리도 참 난폭한 짓을 하신다'며 모시치는 식은땀을 흘렸다.

"다른 사람에게 독을 먹이는 자는 결코 대담하지 않네. 담이 작지. 얼굴을 맞대고 남에게 호통을 칠 수 없으니, 불만이나 두려움이 점점 쌓여서 상대를 죽이지 않고는 견딜 수 없는 데까지 멋대로 스스로를 몰아넣고 만다네. 그것만 마음에 잘 담아 두면, 뭐, 머지않아 범인은 잡을 수 있을 테지.”

다만 이 고양이는 죽지 않을 것 같군, 하고 나루게는 느긋하게 말했다.

“요리 속에 독이 들어 있었다고 해도, 그것은 오키치 한 사람만을 교묘하게 노린 것이었으니 남은 요리 속에는 독이 남지 않았을 걸세.”

나루게가 말하면 몹시 간단한 이야기로 들리지만, 모시치는 머리를 끌어안고 싶은 기분이었다.

그날 저녁, 해가 질 무렵이 되어서야 겨우 곤조가 야스카와 의원을 데리고 모시치의 집으로 돌아왔다. 야스카와 의원은 젊지만 평판이 좋은 명의로, 약값을 지불하지 못하는 병자도 기꺼이 보아 주기 때문에 매우 번성하고 있다고 한다.

“정초라, 술을 너무 많이 마시거나 음식을 너무 많이 먹거나 해서 급한 병자가 많았습니다. 이 시간이 될 때까지 아무리 해도 몸을 뺄 수가 없었습니다. 정말 죄송합니다.”

야스카와는 간베에의 집에 들러서 오키치의 시체를 보고 왔다고 했다. 곤조는 젊은 의원을 정중하게 대했다.

몸집이 작은 사람이다. 나이를 물었더니 서른둘이라고 한다. 간베에가 그를 매우 젊게 보고 있었다는 뜻이 된다. 약간 히코스케와 비슷한 얼굴이다——아니, 얼굴 생김새는 전혀 닮지 않았다. 차분하고 친절해 보이는 점이 공통적일 뿐이다. 마을 의원 중에는 승려처럼 삭발한 사람이 많지만, 야스카와 의원은 소하쓰 머리로, 그 머리카락은 검고 숱이 많았다.

그에게서 들은 이야기는 간베에에게 들은 내용과 거의 다르지 않았다. 덧붙일 것도 별로 없다. 그가 진찰했을 때에도 오키치가 한 번 토했고, 다만 그때는 이미 위가 텅 비어 있었는지 물 같은 것이 나왔을 뿐이었다는 것, 계속 추워하며 목이 마르다고 호소했다는 것 정도다.

"간베에 씨에게 들으셨을지도 모르겠지만, 오키치 씨는 지병을 갖고 있어서 아픔이 찾아오는 것을 매우 두려워하고 있었습니다. 화병은 괴로운 지병이기 때문에 저도 가능한 한 힘이 되어 주고 싶었습니다만."

상대가 의원이라 모시치는 솔직하게 터놓고, 오키치는 식중독이 아니라 독을 먹은 것 같다는 사실을 밝혔다. 그 말을 듣자 젊은 의원의 눈과 눈썹 사이에서 마술처럼 핏기가 삭 가셨다.

"그건…… 무서운 이야기로군요."

"검시 관리의 말씀으로는, 발버둥치고 괴로워하며 날뛰는 종류의 독이 아니라 몸이 저려서 움직이지 않게 되고, 이윽고 심장이 멈추어 버리는 종류의 독이라고 합니다. 선생님은 그런 독 중에서 짐작 가는 것이 있으십니까."

"글쎄요……."

"관리께서는 계절상 복수초가 아닐까 하고 말씀하시지만 말입니다. 저는 그런 행운의 풀이 독초라는 것조차 몰랐습니다."

"독초——라고 딱 잘라 말하면 복수초가 가엾습니다. 사용법을 잘 알면 약효를 끌어낼 수도 있어요."

"흐음, 어떤 병에 효과가 있습니까?"

"신장에 좋습니다. 몸에서 나쁜 것을 내보내는 작용이 있지요. 심장병에도 처방합니다. 심한 두근거림을 가라앉히거든요."

젊은 의원의 눈과 눈썹 사이는 여전히 새하얗다.

"약과 독은 표리일체라는 뜻입니다."

"그렇군요, 잘 기억해 두겠습니다."

모시치는 말하고, 문득 표정을 누그러뜨렸다.

"그나저나 선생님은 오후나구라 일대에서는 가난한 사람들에게 부처님처럼 떠받들어지고 있다는 평판이더군요. 그런데 죄송하지만, 저는 선생님에 대해서 몰랐습니다. 후카가와에는 언제 오셨습니까?"

야스카와 의원은 안심한 것처럼 보인다.

"이곳에서 개업한 지, 아직 일 년도 되지 않았습니다. 전에는 우시고메에 있었습니다."

"우시고메라니, 멀리서 오셨군. 그 근처의 헌 옷 가게들은 저마다 선생님께 신세를 지고 있었겠군요. 어째서 이곳에?"

"화재로 불타는 바람에 쫓겨났습니다." 그렇게 말하며 의원의 목소리가 작아졌다. "우시고메의 집은 제 아버지의 집인데, 저도 그곳에서 개업했지만 완전히 불타고 말았습니다. 아버지도 그 화재로 돌아가셨고요."

그러고는 힘들게 덧붙였다.

"아내와 아기도 잃었습니다. 깊은 밤이었는데, 불이 났을 때 저만은 급한 병에 걸린 아이의 왕진을 나가 있어서 목숨을 건졌던 것이지요."

"그거 안된 일이군요."

슬픈 추억이 있는 곳을 떠나, 지금까지 인연이 없었던 후카가와에 와서 모든 생활을 처음부터 다시 시작한 것이리라.

"괴로운 일을 여쭈어서 죄송합니다. 이것도 제 임무 중 하나라 여기고 용서해 주십시오."

야스카와 의원은 가볍게 손을 들어 모시치를 제지했다.

"괜찮습니다. 그보다 대장님은 역시 쓰지야의 누군가를 의심하고 계시는 겁니까?"

"글쎄, 어떨까요." 모시치는 남의 일처럼 말하며 팔짱을 끼었다. "오키치는 쓰지야에게 성가신 존재였던 모양이오. 히코스케와 오히사는 의심받아도 어쩔 수 없을지도 모르지요. 하지만 간베에도 수상하지 않다고는 말할 수 없소. 제멋대로에 애교 없는 마누라한테는 아주 지쳤지만 체면이 있으니 이혼도 하지 못하고, 그렇다면 차라리――라고 생각했을 수도 있습니다."

야스카와 의원은 사람의 생사를 다루는 의원치고는 조금 지나치게 순수할 정도로, 솔직하게 몸을 부르르 떨었다.

"……무서운 일입니다."

"정말 그렇지요." 모시치는 고개를 끄덕였다. "뭐, 하지만 독이 들어 있던 것이 연회 자리의 요리라는 것도 아직 확실하지는 않습니다. 남은 요리를 먹은 도둑고양이가 팔팔하게 살아 있으니까요."

모시치는 호리센에 붙잡혀 있는 도둑고양이에 대해서 대강 이야기했다.

"그 고양이에게 무슨 일이 있으면 좀 더 범위를 좁힐 수 있는데 말이지요. 독의 정체도 알아낼 수 있고요."

"하지만 역시 식중독이었다고 생각할 수도 있지 않습니까. 음식 재료가 상했던 건지도 모릅니다. 검시 관리의 말씀에 이의를 제기하는 것은 아닙니다. 하지만 저는 의원이라 잘 아는데, 약초 지식이 없는 문외한이 다른 사람에게 독을 먹여 죽인다는 것은 꽤 어려운 일입니다. 복수초도 그대로는 쓸 수 없지요. 잎이나 싹을 따서 말리고, 잘게 빻아서 씁니다."

식중독 쪽이 훨씬 있을 법한 일입니다, 겨울철에는 방심하기 마련이라 오히려 무서운 겁니다, 하고 의원은 열띠게 말했다.

"게다가 식중독은 사람에 따라 증상이 무겁고 가볍고에는 큰 차이가 납니다. 오키치 씨는 튼튼한 사람이 아니었습니다. 마음의 병도, 계속되면 몸을 약하게 만들지요. 다른 사람들은 가볍게 끝난 것이, 오키치 씨에게는 목숨을 잃는 결과가 되었던 것인지도 모릅니다."

"선생님의 말씀도 잘 생각해 보아야겠군요. 속단은 삼가도록 합시다.” 모시치는 젊은 의원의 눈을 보며 고개를 끄덕였다.

“만일 역시 식중독이었다는 결과가 나온다면 호리센은 장사를 그만두어야겠지만요.”

“무거운 죄가 됩니까?”

“글쎄요. 에도에서 추방되는 정도로 끝나도록 손을 써 주고 싶군요.”

“그랬으면 좋겠군요. 세간의 관심이 식으면 어딘가 고용해 주는 곳도 있겠지요. 실력이 좋은 요리사라면.”

바라는 듯한 말투였다. 모시치도 침통하게, 그러게 말입니다, 하고 대답했다.

6

모시치는 며칠 동안 생각했다. 그동안에 몇 가지 손을 썼다.

곤조를 우시고메까지 보내, 야스카와 의원의 이야기를 캐 보았다. 의원의 불행한 신상은 본인이 이야기한 것과 틀림이 없었다.

그리고 이토키치를 시켜, 오키치가 근자에 헌 옷 가게를 돌며 기모노를 사거나 빗과 백분을 사들이지는 않았는지 조사하게 했다. 하루가 걸려 돌아온 이토키치는, “대장님, 무슨 생각을 하시는 겁니까?” 하고 이상하다는 듯이 눈을 휘둥그렇게 떴다.

“들어맞았느냐?”

"제대로 들어맞았습니다. 오키치는 끊임없이 물건을 사들였습니다. 갑자기 멋을 내려는 마음이 든 것일까요?"

그리고 모시치는 히코스케와 오히사 부부를 찾아가 선대 주인이 없을 때 조금 더 깊은 이야기를 하고 싶다고 말을 꺼냈다.

"오키치는 계속 자네와의 관계를 회복하고 싶어 했지?"

그 물음에 히코스케는 아내의 얼굴을 힐끗 보았다.

"한때는 꽤 졸라 댔습니다."

"저를 쫓아내 달라고 다그쳤어요, 대장님." 오히사가 말했다. 잠시지만, 드러낸 이가 야차 같다.

"특히 어머님이 돌아가시고 나서는 노골적이었습니다."

"하지만 자네 어머니는 돌아가신 지 이 년이나 지났네. 요즘은 어땠나? 오키치의 분위기에 달라진 점은 없었나?"

부부는 얼굴을 마주 보았다. 각자, 내가 모르는 곳에서 오키치와 어떤 이야기를 했느냐고 서로를 캐고 있다.

"그럼 연회가 있었던 날은 어땠나? 오히사 씨 앞에서 히코스케 씨에게 끈적끈적하게 구는 것 같은 구석은 있던가?"

"당치도 않아요, 아버지 앞인데 그런 짓은 하지 않습니다." 히코스케가 당황하며 대답한다. "게다가 저는 이제 오키치의 태도에 화가 나 있었기 때문에, 그 사람한테 좋은 얼굴을 보이지 않았습니다. 헤어진 지 얼마 안 되었을 무렵에는…… 그야 역시 다소는 미안하다고 생각했지만, 그것도 이미 끝난 일입니다. 이쪽이 그런 마음을 계속 갖고 있으면 오키치는 언제까지고 포기하지 않아요. 그래서 애써 통명스럽게 대해 왔고, 그건 별로 고생스럽지 않았습니다."

정말로 지긋지긋했다는 얼굴이다.

오히사는 사정없이 말했다. "그 자리에서는 왠지 저와 겨루려고 하는 것 같아서 싫었어요."

"당신과 겨룬다고?"

"네. 한 벌밖에 없는 나들이옷을 입고 와서 말이지요. 봐라, 오히사보다 이 오키치가 더 괜찮은 여자지, 라는 듯이 과시하는 것처럼."

모시치의 생각에 그것은 꼭 들어맞는 이야기였다.

"한 가지 자네들의 생각을 좀 들려주었으면 하는데."

모시치가 말하자 부부는 자세를 바로 하고 앉았다.

"오키치라는 여자는 꽤나 지는 것을 싫어했던 것 같다고, 내게는 생각되는데."

"네, 네, 그렇고말고요."

"그렇다면 히코스케 씨와 원래대로 돌아갈 길이 없다는 점에서 오히사 씨에게 졌다는 것을 알고 있었다면, 자기 쪽에서 졸라서 자네들과 얼굴을 나란히 하고 밥을 먹는 연회 자리에 나가고 싶어할 것 같지는 않네만. 분하지 않겠나."

오히사가 내뱉었다. "요리가 목적이었던 게 아닐까요?"

히코스케는 생각에 잠겨 있다. "확실히…… 대장님 말씀이 옳을지도 모릅니다. 그 사람은 뭔가 다른 목적이 있었던 것일까."

"오키치가 밝던가?"

"예?"

"연회 자리에서 말일세. 즐거워 보이던가?"

부부는 입을 모아, "뭐, 신이 나서 떠들고 있었으니 즐기는 것처럼 보이던데요" 하고 우물우물 대답했다.

"고맙네." 모시치가 말했다.

"그런데 대장님, 호리센에서 남은 요리를 도둑고양이에게 먹였다더군요. 그 고양이는 어떻게 되었습니까?"

모시치는 활짝 웃었다. "그게 걸작일세. 도망쳐 버렸거든."

그 이튿날, 고양이가 바구니를 빠져나가 모습을 감추었다고 호리센에서 알려 왔다.

"더러운 도둑고양이였기 때문에 집 안에 들이는 것이 싫어서 바구니째 뒤뜰에 놓아두었다고 하네. 그랬더니 도망쳐 버렸어."

이상한 일이지, 하며 모시치는 웃었다.

오키치가 죽은 지 나흘째 되던 날 늦은 밤, 모시치는 훌쩍 집을 나섰다. 행선지는 도미오카바시 다리 기슭의 작은 노점이다.

유부초밥이라고 적혀 있는 붉은 초롱불이 흔들리고 있다. 노점 밖에 놓여 있는 긴 의자에는 아무도 없다.

"여어, 새해 초부터 수고가 많은데, 오늘은 공치는 모양이구려."

노점 매대 맞은편에서 새하얀 김이 피어오른다. 주인장이 국물의 간을 보려고 냄비 뚜껑을 연 것이다.

"이거 대장님 아니십니까."

두 사람은 나름대로 공손하게 새해 인사를 나누었다.

"한동안 뵙지 못했는데, 잘 지내시는 것 같군요." 낮지만 울림이 있는 목소리로 그렇게 말하고, 주인은 모시치 앞에 미지근한 엽차를 내 주었다. 우선 그것으로 입을 축이고 먼지를 헹구라는 뜻일 것이다.

"저는 새해가 되어 나이를 한 살 먹었다고 생각하는 것만으로도 백발이 늘었습니다."

"그 대신 당신은 아직 허리가 튼튼하잖소. 나는 새해 대청소를 한 후에 며칠이나 허리가 아파서 난감했다오."

주인은 웃었다. "무엇으로 하시겠습니까. 순무찜이 맛있게 되었는데요."

모시치는 몸을 내밀었다. "실은, 오늘 밤에는 상의할 것이 있어서 왔다오."

내일, 구마이초의 호리센이라는 요릿집에 찾아가 봐 주지 않겠소? 거기에서 요시타로라는 요리사를 만나서——.

"우헤, 정말로 얻어먹어도 되는 겁니까, 대장님."

이토키치는 눈을 부릅뜨고 있다.

"게다가 오늘 밤에는 가게를 통째로 빌렸군요" 하며 곤조는 주위를 둘러본다.

"오늘 밤 이곳에서 내는 요리는 내가 특별히 주문한 것이니까. 미안하지만 다른 손님에게는 대접하지 말아야지."

모시치의 아내도 유부초밥 가게와 주인의 실력에 대해서는 잘 알고 있다. 기쁜 듯이 커다란 밥상을 향해,

"무엇을 먹을 수 있는 건가요, 여보" 하며 눈을 빛내고 있다.

이튿날 밤의 일이다. 노점 주인은 모시치의 기대대로 일을 해 내 주었다.

"재료는 전부 갖추었습니다. 순서도, 육 일에 호리센에서 나왔던 대로 하겠습니다."

새하얀 앞치마 차림에, 기분 탓인지 즐거워 보인다.

"저도 이만한 요리를 한꺼번에 만드는 것은 오랜만이니까요."

"팔이 근질근질하다는 거요?"

"예. 다만, 요시타로 씨의 양념은 제 취향보다도 전체적으로 진한 것 같습니다."

"그게 중요한 거요. 미안하지만 오늘 밤에는 요시타로가 되었다고 생각하고 해 주시오."

"알겠습니다."

부하들도 아내도, 내가 한턱내겠다는 모시치의 제안에 반신반의하는 얼굴이다.

"대장님, 뭔가 꾸미고 있는 거지요?"

주인이 술을 내 왔다. 술의 상표도 호리센에서 낸 것과 같다.

"여덟 명이 마신 양을 우리 넷이서 다 마시는 것은 무리일세.

뭐, 숙취가 남도록 할 생각으로 마신다는 것이 목표지."

"어째서 그런 짓을 해야 하는 겁니까?"

"자, 자, 나중에 이야기하겠네."

목욕탕에서 일하는 이토키치에게는 아궁이에 땔 불쏘시개를 찾는 것도 중요한 일이다. 그 점에서 소나무 장식 등이 대량으로 나오는 정월 첫 칠 일은 불쏘시개를 구하기 좋을 때였다. 그 하루를, 올해는 식중독 소동으로 완전히 까먹고 부루퉁해져 있었다. 오늘 밤에는 거기에서 손해를 본 만큼 먹고 마시라고, 모시치는 그에게 계속 음식과 술을 권했다.

설 음식을 응용한 핫슨으로 시작되어 국화 잎 위에 핀 삶은 달걀의 꽃, 초된장에 찍어 먹는 도미, 도미 쓰쿠네의 송죽매. 세 사람은 감탄하기도 하고 환성을 지르기도 하면서 열심히 먹고, 모시치는 그것을 싱글벙글 웃으며 지켜보았다. 술도 잘 들어간다.

"다음이 오리입니다."

"와아, 보세요, 이 기름이 오른 거."

이토키치는 와구와구 먹는다. 아내와 곤조는 천천히 맛본다.

다음에 나온 후타타비야키에, 아내는 한숨을 쉬었다.

"세상에, 튀긴 두부군요."

"과연 마님이시군요. 평범한 두부 산적이 아니라는 것을 금방 알아보시다니."

"손이 많이 가지요. 그런데 여보" 하고 모시치를 돌아보았다. "저는 이제 배가 불러요. 방금 그 오리가 느끼하기도 하고요. 욕

심내서 많이 먹으면 속이 쓰릴 것 같아요."

"그렇소? 하지만 한 입 정도는 먹어 봐요."

이쪽은 쓰지야 같은 부자가 아니고, 먹을 것은 함부로 버리지 않는다는 신조가 뼛속 깊이 배어 있다. 그래도 아내는 결국 우는 소리를 하며 후타타비야키는 절반도 먹지 못했고, 초무침에는 젓가락을 댔지만 후키요세메시까지 다다르지는 못했다.

곤조도 숨을 몰아쉬고 있다. "이토 씨, 대단하군. 역시 젊어서 그런가."

"하지만 맛있는걸요. 아까워요."

"아아, 더는 안 되겠어." 신음하며 아내는 크게 트림을 했다. "저는 이제 항복. 미안해요. 어지러워요."

노점 주인은 신경 쓰는 기색도 없다. 괜찮습니다, 마님, 하고 달래더니 모시치를 보고 가볍게 고개를 끄덕였다.

"결국 이런 것이었군요."

"결국 이런 것이었지요" 하고 모시치도 말했다.

"무슨 말씀이십니까?" 곤조가 취해서 빨개진 눈을 깜박였다.

"독은 들어 있지 않았네. 식중독도 아니었어. 요리에는 잘못이 없었던 걸세."

"다만 상차림이 나빴던 것입니다" 하고 주인이 말을 보탰다.

"기름진 오리 구이에, 맛이 진한 튀김 후타타비야키일세. 안 그래도 정월이라 다들 지나치게 먹고 마셨단 말이야. 생각해 보게. 오키치가 죽은 날은 나나쿠사일세. 정월에 많이 먹어서 지친 속을 쉬게 하기 위해 모두 죽을 먹는 날이 아닌가."

"그럼 연회 자리에서 속이 안 좋아졌다는 것은――."

"상차림이 무거워서 속이 쓰렸던 것뿐일세. 거기에 술이 들어갔으니 고약하게 취하기도 했겠지."

"오키치 씨도?"

"아아, 그렇다네."

"하지만 쓰지야의 선대 주인과 젊은 부부는 멀쩡했습니다."

"이런 일에는 사람에 따라 차이가 지는 법입니다, 곤조 씨." 주인이 말했다.

"쓰지야의 선대 주인은 환갑이긴 해도 이가 다 있을 정도이니, 본래 대식가에 건강한 분이겠지요. 게다가 나온 요리들은 좋아하는 음식이고요. 그래서 괜찮았던 겁니다. 히코스케 씨도요. 오히사 씨는 아마 술을 삼가고 있었던 게 아닐까요. 아직 젖먹이 아기가 있다고 하니."

그런 건가, 하고 곤조가 천천히 손뼉을 쳤다.

"그럼 뭡니까? 오키치 씨는 너무 많이 먹고 마셔서 죽은 건가요?"

후키요세메시의 밥알을 뺨에 붙인 채, 이토키치가 물었다.

"아니, 그렇지 않네. 오키치는 확실히 독을 먹었고, 그래서 죽은 걸세."

문제는 언제, 누가 먹였느냐 하는 것이다――.

모시치의 얼굴을 보고, 야스카와 의원은 두려워하지도 당황하지도 않고 오히려 어깨의 짐을 내려놓은 듯한 얼굴을 했다.

"지금 여기에서 기다리고 있는 환자만 보아도 될까요."

상관없습니다, 하고 모시치는 말하고 북적거리는 좁은 대합실 구석에 걸터앉았다. 환자들이 야스카와 의원에게 의지하고 있는 것을 잘 알 수 있다. 그것이 괴로웠다.

겨우 둘만 남게 되자, 모시치는 물었다.

"고양이를 도망치게 한 것은 선생님이지요?"

야스카와 의원은 양손을 무릎에 올려놓고, 예, 하며 고개를 끄덕였다.

조금 뜸을 들였다가 모시치는 말을 이었다. "오키치는 언제쯤부터 선생님한테 구애해 왔습니까."

지난 반년 정도라고, 의원은 대답했다.

"어쩌다가 우연히 제가 가족을 잃은 것을 이야기했더니 매우 가엾게 여겨 주었습니다. 선생님과 저는 둘 다 쓸쓸한 사람들이다, 선생님은 제가 소중히 대해 주겠다——그런 말을 꺼낸 것이 처음이었습니다."

물론 그것은 오키치의 일방적인 착각에 지나지 않았다. 짝사랑이다. 오키치는 이로하야에서, 지금의 불만투성이 생활에서 도망치는 꿈을 꾸었을 뿐이었다. 야스카와 선생과 부부가 되면 자신을 버린 히코스케와 얄미운 오히사에게 과시해 줄 수도 있을 거라고 착각했을 뿐이었다. 그리고 들떠서 사랑에 취했다. 아귀차게 쓰지야의 연회에 나설 수 있었던 것도 그 들뜬 기분이 있었기 때문일 것이다. 이제 두고 봐라. 당신들 모두 깜짝 놀랄 테니. 나는 행복해질 거니까.

야스카와 의원은 그런 오키치의 공세를 잘 뿌리칠 수 있는 방법을 몰랐다. 오키치처럼 잘 밀어붙이는 여자를 만난 것은 아마 처음이었을 것이다.

"간베에 씨는 오키치가 당신에게 마음이 있다는 것을 알아차렸던 모양이오."

모시치와 이야기했을 때의 그 한숨에는 그런 의미가 담겨 있었을 것이다.

"그건 저도 눈치채고 있었습니다. 더더욱 면목이 없고, 곤란했지요."

자신은 아직 처자식을 잊을 수 없다, 누군가와 가정을 꾸리다니 도저히 생각할 수 없다. 생각다 못해, 오키치에게 분명하게 그렇게 말한 적도 있다고 한다.

하지만 그녀는 귀를 기울이지 않았다.

"아무래도 그런 여자였던 모양이군요. 자신의 마음만으로 늘 머리가 가득했던 거요." 위로하듯이 모시치는 말했다. "악의가 있는 것은 아니기 때문에 처치 곤란이지요."

죽일 생각은 없었다고, 야스카와 의원은 말했다.

"검시 관리의 진단은 훌륭했습니다. 제가 사용한 것은 복수초입니다. 그래도 대장님께 거짓말만 했던 것은 아닙니다. 그것은 약효도 있는 풀입니다. 그래서 가까이에 두고 있었어요. 다만 양을 조금 잘못 쓰면 위험해지지요…….”

오키치에게 약으로 복수초를 먹이고, 그랬다가 그녀가 더욱 상태가 나빠지면 기분 상해할지도 모른다. 야스카와 의원의 실력을 의심하고 마음이 떠날지도 모른다.

“그 생각만 하고 있었습니다. 마가 낀다는 것은 이런 것이지요.”

대개 살인이란 그렇게 해서 일어나는 것이다.

“선생님 같은 마을 의원이 계속 후카가와에 있어 주기를 바랐는데 말이오.”

모시치는 진심으로 유감스럽게 생각했다.

모시치와 그 수하들의 체기는 며칠 동안 계속되었다. 아내는 모시치를 나무랐다.

“아무리 공무를 위해서라고 해도, 그 노점 주인은 그렇게 속이 쓰릴 요리를 만드는 사람이 아니잖아요. 그런 분한테 억지로 양념까지 바꾸게 하고……. 요리사의 체면을 손상시키는 짓이에요.”

정말로 미안하다고, 모시치도 그것은 빚으로 여기고 있다.

하지만 그때 이토키치가 왔다.

“대장님, 유부초밥 노점 주인장의 청구서입니다. 요리 대금이 이만큼 나왔다고 합니다.”

모시치는 그것을 펴 보았다. 갑자기 온몸에서 소리를 내며 핏기가 가셨다. 이 무슨 금액인가.

"왜 그래요, 여보?"

달려온 아내의 눈앞에서, 모시치는 쿵 하고 옆으로 쓰러졌다.

만만치 않다, 그 주인장은 정말로 만만치 않다.

도깨비는 밖으로

1

밖에서 호랑가시나무 장수의 목소리가 들려온다.

"콩 있어요, 호랑가시나무, 절인 정어리 팔아요."

오늘은 절분(음력 입춘으로, 이 해에는 겨울)이다. 정월 대청소도 끝나고 섣달 그믐날까지 이제 얼마 남지 않아서 마음은 날이 갈수록 조급해져 간다. 물건을 팔러 다니는 사람의 목소리는 대개 느긋한 법이고 그것은 호랑가시나무 장수의 목소리도 마찬가지일 터인데, 듣는 사람의 마음이 안절부절못하고 차분하지 못하다 보니 왠지 말투가 빠른 장사꾼의 목소리로 들려온다.

올해 모시치의 집에는 도시오토코年男 절분 때 콩을 뿌리는 남자. 그해의 띠에 해당하는 남성 중에서 뽑는다가 없다. 하지만 이토키치는 콩을 자기가 뿌리겠다며, 아침부터 의욕에 넘친 얼굴을 하고 있는 모양이다. 모시치는 해가 지기 전에 핫초보리의 오자키 님이라는 문초 담당 요리키의 집에 가서 일을 돕기로 되어 있어서 자신의 집 쪽은 신경 쓸 수가 없다. 그 집에는 아버지의 뒤를 물려받은 적자嫡子가 있는데, 올해 나이가 딱 스물네 살로 도시오토코여서 성대하게 콩을 뿌릴 거라고 한다.

콩 뿌리기(입춘 전날 밤에 액운을 쫓기 위해 콩을 뿌리는 행사. '도깨비는 밖으로, 복은 안으로'라고 소리치면서 콩을 뿌리는데, 집 안에 있던 도깨비가 이 콩에 맞아 아파하며 밖으로 도망친다고 한다)는 해가 지고 나서 시작하는 법이지만, 겨울 해는 짧고 어쨌거나 연말이 코앞이라 낮 동안에 정리해 두어야 하는 볼일도 몇 가지 있었다. 실은 시간이 아깝다. 그러나 모시치에게는 지금 찾아온 손님이 있고, 또 약간 복잡한 이야기를 가져온지라 아까부터 나가히바치 앞에 무뚝뚝하게 앉아 있다. 다만 이 이야기는——희한해서 흥미를 끌지만 오캇피키인 모시치가 다룰 만한 종류의 일인지, 조금 가늠하기 어려운 부분도 있었다.

나가히바치를 사이에 두고 모시치 맞은편에 앉아 있는 것은 혼조 미도리초의 방물 가게 마쓰이야의 딸 오킨과 그 남편인 도쿠지로다. 하기야 이야기하고 있는 것은 전적으로 오킨 한 사람이고, 남편은 그저 맞장구를 치며 음음 하고 고개를 끄덕이고 있을 뿐이다. 그래서는 너무 멋이 없다고 생각하는 것인지, 가끔 "예, 아가씨의 말씀이 옳습니다"라는 말을 끼워 넣는다. 목 언저리에 대꼬챙이 장치를 넣어 머리가 흔들흔들 흔들리도록 되어 있는 종이 장난감이 있는데, 그것과 꼭 닮았다.

아가씨라고 해도 오킨은 벌써 서른이 넘은 중년 여인이고, 아이도 둘 있다. 그런데 지금도 남편에게 "아가씨"라고 불리는 것은 마쓰이야의 구조 때문이었다.

마쓰이야는 방물 가게를 간판으로 내걸고 있지만 한편으로는 초도 취급하고, 도매도 소매도 활발하게 하고 있다. 오킨의 아버지 대에는 양쪽 장사를 모두 주인 혼자서 맡아 했지만, 오 년쯤 전에 아버지가 세상을 떠나고 대가 바뀔 때 초 가게 쪽을 오킨에게, 방물 가게 쪽을 오킨의 오라비 기하치로에게 주어 양쪽으로 나누었다. 별반 싸움이 있었던 것은 아니고, 각각 장사가 번성해서 재산이 커졌기 때문에 주인 혼자서는 장사 전부를 세세히 살필 수 없게 된 탓이었다.

그래서 오킨은 어엿한 후계자인 기하치로라는 오라비가 있으면서도 도쿠지로라는 데릴사위를 들인 것인데, 본래 기하치로와는 사이가 좋은 남매였다. 기하치로가 아내로 맞이하여 안주인으로 앉힌 오리쓰라는 여자는 오킨과 나이도 같고 마음도 맞아, 이 또한 친자매처럼 친해졌다. 또 도쿠지로는 선대 주인, 즉 오킨의 아버지가 눈여겨보아 키워 온 고용살이 일꾼이기 때문에, 사위로 낙점되고 나서도 오킨을 받들고 소중히 대했으며, 기하치로에 대한 충의도 나무랄 데가 없다고 한다. 확실히 오킨의 이야기에 대해 열렬하게 맞장구치는 모습을 보아도, '아가씨'라는 호칭을 들어도, 그렇다는 느낌이 든다.

이렇게 마쓰이야는 지금까지 순조롭게 해 왔다. 그런데 올해 여름, 생각지도 못한 일이 일어났다. 기하치로가 갑자기 병에 걸려, 열흘쯤 앓아누운 끝에 결국 서른일곱이라는 나이에 허무하게 세상을 뜨고 만 것이다. 몹쓸 열병으로, 마지막 순간에는 몹시 괴로워했다고 한다. 오라비도 불쌍했지만 그 열병이 다른 사람들에게 옮지는 않을까 하고 그것도 무서워서 견딜 수가 없었다고, 오킨은 살짝 눈물을 글썽이며 말했다.

가엾은 일이지만 그것이 그의 수명이었다면 두 손 모아 합장하고 체념할 수밖에 없다. 그러나 갑작스러운 병으로 소중한 남편을 빼앗긴 오리쓰는 낙담하고 절망한 나머지, 열병은 옮지 않았지만 일종의 마음의 병에 걸리고 말았다. 하루 종일 멍하니 있거나, 종잡을 수 없는 추억 이야기에 빠져 있거나, 울고 있거나, 깊이 잠들어 있거나——어쨌든 안주인으로서의 일은 전혀 할 수 없게 되고 만 것이다. 또 기하치로와의 사이에는 해가 바뀌면 열두 살이 되는 오키치라는 딸이 하나 남아 있는데 이 아이마저 제대로 보살피지 않았다.

"우리들로서는 가능한 한 새언니를 보살피고, 오키치에게 데릴사위를 얻어 주는 날이 올 때까지 함께 노력할 생각이었어요. 하지만 새언니는 오라버니를 그리워하기만 할 뿐, 전혀 회복할 징조가 없었어요. 어떻게 할 수 없게 되어서, 결국 지난달 초에 친정으로 돌려보내게 되었지요."

여기까지 이야기하고 나서 오킨은 조금 화난 듯한 얼굴로 덧붙였다.

"세상에는 불쾌한 소문도 났지만, 대장님, 하늘에 맹세코 우리가 새언니를 쫓아낸 것은 아니에요. 새언니가 돌아가고 싶어 했던 거지요. 친정 쪽에서도 과부의 몸으로 딸 하나를 데리고 시댁에 남아 있다면 마쓰이야의 재산에 미련이 남아 있는 것으로 보여 안 좋은 소문이 날 거라고 말했지만, 우리는 그런 생각은 조금도 하지 않았다니까요. 기하치로 오라버니와 새언니는 정말로 사이가 좋은 부부였으니까 오라버니도 우리가 새언니를 도와 함께 노력해 나가기를 바랐을 거예요. 새언니를 친정으로 돌려보내 버리면 그런 오라버니의 마음을 배신하게 되니, 저는 새언니에게 어떻게든 다시 생각해 주었으면 좋겠다고 몇 번이나 머리를 숙이며 부탁했을 정도예요."

모시치는 흠흠, 하며 듣고 있었다. 정말 그 말대로라면 신실한 이야기다.

그래도 오리쓰는 오키치를 데리고 가 버렸다. 주인도 안주인도 없게 된 방물 가게는 당분간 오킨 부부가 꾸려 나가게 되었다. 기하치로와 오킨의 어머니는 아직 살아 있지만 상당히 몸이 약해져 있었고, 게다가 아들이 먼저 세상을 떠났다는 잔혹한 역연逆緣에 여름 이후로 완전히 자리에만 누워 지내게 되고 말았다고 한다. 오킨 부부가 힘껏 버티는 것밖에 길이 없었다.

"하지만 장사가 커졌으니까요. 우리들만으로는, 아무리 열심히 일해도 도저히 따라잡을 수가 없습니다. 가게가 번성하는 것은 고마운 일이지만 잠잘 시간도 없어서야, 이번에는 우리들이 쓰러지고 말 거예요."

그래서――하고 오킨은 입술을 깨물며 고개를 숙였다.

"생각다 못해, 주하치로 오라버니를 다시 불러오게 되었습니다."

이야기는 여기에서부터 희한해져 간다.

본래 마쓰이야에는 아들이 둘 있었다. 오킨의 오라비, 기하치로와 주하치로는 쌍둥이 형제였다. 기하치로가 형, 주하치로가 동생이다. 얼굴은 그렇게 닮지 않았다고 한다. 아니, 닮지 않았을 것, 이라고.

주하치로가 일곱 살이 되자마자 마쓰이야를 떠나 하나카와도의 뱃집에 양자로 갔기 때문이다. 오라비들보다 세 살 어린 오킨에게는 자세한 기억이 남아 있지 않은 것이다.

무가나 상가에서는 쌍둥이를 꺼리는 경우가 있다. 이유는 여러 가지지만 마쓰이야의 경우는, "처음부터 후계자가 두 명 있으면 재산을 나누게 된다"는 명분이 있었다.

모시치는 약간 눈썹을 치켜올렸다. 그런 이치를 휘두른다면, 주하치로가 있는데도 누이인 오킨에게 데릴사위를 들이고 초 가게의 장사를 독립시킨 것도 '재산을 나누는' 것과 마찬가지가 아닌가.

오킨은 영리한 여자라, 곧 그런 모시치의 의문을 꿰뚫어본 것 같았다. 어쩌면 모시치보다 앞서서 이 일로 상의를 했던 사람들에게 비슷한 질문을 받았을지도 모른다.

"저와 남편의 경우는 달라요. 재산을 나눈 것이 아닙니다. 어디까지나 하나였던 것을 둘로 늘린 것이지요. 장사 규모는 방물 가게 쪽이 훨씬 크고요. 하지만 기하치로 오라버니와 주하치로 오라버니에게 공평하게 가게를 물려주려고 하면, 너는 방물 가게, 너는 초 가게라는 식으로 쉽게 나눌 수는 없어요. 그것이 '재산을 나눈다'는 것입니다."

알 듯 모를 듯한 논리다. 뭐, 기하치로喜八郎와 주하치로壽八郎, 오킨お金이라는 이름을 붙인 것으로 보아, 마쓰이야 사람들은 길흉을 열심히 따지는 사람들일 것이다. 그래서 사소한 차이에도 집착하지 않을 수 없는 것인지도 모른다.

그렇게 생각하면 주하치로가 일곱 살까지는 집에 붙들려 있었다는 것의 의미도 알 수 있다. 아이는 쉽게 목숨을 잃는 법이다. 일곱 살로 자랄 때까지는 사람 세상의 존재로 치지 않는다, 아직 신의 품에 있다는 사고방식은 후계자를 소중히 여기는 무가나 상가에서는 드물지 않다.

하지만 실제로 하기에는 꽤 잔인한 짓이었을 것이다. 일곱 살을 경계로 주하치로는 갑자기, 너는 이제 이 집에 둘 수 없다, 나가라, 하며 쫓겨난 것이다. 그때까지 부모를 따르던 어린아이에게 있어서 이보다 더 부조리한 일은 없다. 잊으려고 해도 잊을 수 없는, 가슴이 찢어질 듯한 괴로운 추억이 되었을 것이다.

그래서 모시치는 오킨에게 묻지 않을 수 없었다.

"다시 부르겠다고 해도 주하치로 씨가 곧장 승낙해 줄지 어떨지, 걱정은 되지 않았나? 어쨌거나 마쓰이야에서 쫓겨난 지 삼십 년이나 지났네."

그러자 오킨은 아무렇지도 않게, 오히려 그런 생각을 하는 모시치가 이상하다고 말하기라도 하는 것처럼 태연하게 지껄였다.

"어머나, 당연히 돌아오겠지요. 우리 재산을 물려받는 건데요. 하나카와도의 뱃집 주인 따위로 끝나는 것보다 훨씬 좋은 인생이잖아요."

이런 점에서 오킨의 이름이 그 실체를 나타내고 있는 것 같다고 모시치는 생각했다. 마쓰이야 사람들이 모두 이렇게 단순명쾌하다면, 그들이 말하는 '매끄럽고 사이좋다'는 것도 그다지 믿을 만한 것은 못 될 성싶다. 중요한 것은 돈. 많은 재산이 이어 주고 있을 뿐인 인연이 아닐까.

"게다가 실제로 주하치로 오라버니는 돌아왔어요. 어쨌든 사정을 이야기하고 부르러 갔더니 이쪽으로 왔지요."

그것이 마쓰이야의 주인으로 들어앉는다는 것을 알고 나왔으리라는 보장은 없지만, 어쨌든 모시치는 아직 그것을 지적하지 않기로 했다. 이 이야기는 여기서부터 복잡해지기 때문이다.

"대장님." 오킨은 작은 손을 나가히바치 끝에 올려놓으며 몸을 불쑥 내밀었다. 전체적으로 몸집이 작은 여자지만, 자그마한 얼굴은 코를 중심으로 바싹 모여 있고 입술도 삐죽하니 뾰족해져서, 왠지 자킨시보리찐 고구마나 백합 뿌리 등을 으깨어 뭉친 것을 삼베 행주에 싸서 쥐어 짠 자국이 나게 만든 음식. 자킨은 다도에서 찻잔을 닦는 삼베나 무명 행주를 말한다를 연상시키는 데가 있다. 게다가 지금은 작은 눈이 반짝반짝, 일종의 험악한 빛을 내뿜고 있는 것이 여자다움을 떨어뜨리고 있는 것 같다.

"돌아온 주하치로 오라버니는 주하치로 오라버니가 아니었어요. 다른 사람이었던 거예요. 아니, 저는 알아요. 그건 오라버니가 아니에요. 이쪽의 약점에 파고들어서, 새빨간 남이 마쓰이야의 재산을 가로채기 위해서 주하치로 오라버니로 둔갑해 들어온 거예요!"

그러니 꼭, 모시치가 그 '가짜 주하치로'를 만나서 그의 꿍꿍이속을 알아내고 정체를 파헤쳐 주었으면 좋겠다――그리고 마쓰이야에 훗날 지장이 되지 않도록 따끔한 맛을 보여 주고, 또 진짜 주하치로가 어떻게 되었는지, 죽었다면 언제 죽은 것인지, 그것도 알아내 달라는 것이었다.

"그래서 대장님, 어떻게 하실 겁니까? 그 주하치로인지 뭔지를 만나 보실 겁니까?"

모시치 바로 뒤를 걸으면서 곤조가 그렇게 물었다. 해 질 녘이 되어 찬바람이 강해졌고, 모시치는 목도리를 하고도 목을 움츠리고 있는데 곤조는 전혀 추운 기색을 보이지 않는다. 쓰노다루를 안고 사박사박 걷고 있다.

곤조는, 지금은 모시치의 부하지만 가게 일꾼 생활이 길었던 남자다. 예의도 바르고, 행동거지나 말투 등에 어딘지 모르게 세련된 데가 있다. 그래서 오늘 저녁처럼 핫초보리의 구미야시키요리키, 도신 등 하급 관리들에게 주어졌던 주택에 일을 도우러 갈 때는 촐랑거리는 이토키치보다 훨씬 든든하다.

"어떻게고 저떻게고 만나볼 수밖에 없겠지. 주하치로의 이야기도 들어 보고 싶고."

"가엾은 남자로군요."

곤조가 희미하게 눈썹을 찌푸리며 말했다.

"나도 그렇게 생각하네. 아직 어머니가 그리울 나이에, 강아지 쫓아내듯이 쫓겨났는데 말이야. 불리해지니 돌아오라고 불러들이다니. 삼십 년 동안 네가 만들어 온 인생 따위 알 바 아니다, 이번에는 이쪽에서 일해라, 재산은 물려받게 해 줄 테니 불만은 없겠지, 라고 나오다니 말일세."

말하는 동안에 화가 나기 시작했다.

"대장님은 화를 내시는군요." 곤조는 살이 두꺼운 뺨을 누그러뜨리며 싱긋 웃었다. "하지만 상가의 이치란 그런 것입니다. 모든 일이 재산을 지키는 것을 중심으로 돌아가지요."

"그것도 길흉을 지나치게 따지는 것 아닌가?"

"순조롭게 번성해서 집이 부유해지면, 오히려 그런 것이 신경 쓰여 견딜 수 없게 되는 상인도 있습니다. 마쓰이야는 몇 대째입니까?"

"아마 오킨네가 5대째인가 된다더군."

"아아, 그 정도일 때 가장 길흉을 따집니다."

곤조는 그 이유를 말하지 않았지만 그래도 납득하게 되고 마는 말투였다.

그 후, 오자키 님 댁의 콩 뿌리기가 순조롭게 끝나고, 모시치 일행은 맛있는 음식을 얻어먹은 후 귀갓길에 올랐다. 그때는 밤도 완전히 깊었을 무렵이었다. 모시치와 곤조는 가지고 갔던 축하주의 양만큼, 둘이서 마셔 버렸을지도 모른다.

"오자키 님은 목소리가 좋으시네요."

곤조가 칭찬하는 것도 당연하다. 도깨비는 밖으로, 복은 안으로, 라고 말하는 목소리는 때로는 웅장한 울림마저 머금고 인근 전체에 기분 좋게 울려퍼졌다. 그 정도면 어지간한 도깨비는 무서워서 도망쳐 버릴 것이다.

"그 집은 대대로 그렇다네. 핏줄이지. 문초 담당 관리는 목소리가 좋다는 것도 장점 중 하나거든. 탁한 목소리로 두런두런 말해서는 위협이 되지 않으니까."

강바람에 얼어붙을 것 같은 추위를 느끼면서 에이타이바시 다리를 건너자, 시간을 알리는 종소리가 들렸다. 강한 바람이 구름을 날려 보내고 하늘 가득 별이 떠 있다. 완전히 기분이 좋아졌던 모시치는, 깜박이는 별빛을 올려다보며 눈이 반짝반짝하던 오킨을 떠올리고 갑자기 제정신으로 돌아오고 말았다.

두 사람은 저마다 오늘 대접받고 남은 음식을 싸 준 상자를 들고 있었다. 남은 음식이라는 것은 말이 그렇지 처음부터 선물하기 위해서 준비되어 있던 몫이리라. 오자키 님의 집은 목소리가 좋을 뿐만 아니라 대접도 후하다.

"어떤가, 곤조 잠깐 유부초밥 가게에 들렀다 가지 않겠나."

내일 아침에 일어날 때까지는 오킨의 반짝반짝하는 눈을 쫓아내고 싶다. 그러려면 조금 더 마실 필요가 있을 것 같다. 게다가 상자에 든 요리를 그 주인에게도 보여 주고 싶다.

좋지요, 하고 곤조도 신이 나서 승낙했다.

정체불명의 주인 아저씨가 매우 맛있는 것을 먹게 해 주는 수수께끼 같은 유부초밥 노점은 후카가와 도미오카바시 다리 기슭에 나와 있다. 형식은 노점이지만 번성하는 정도로 치면 마쓰이야에도 지지 않을 것이다. 오늘 밤에도 긴 의자는 손님으로 가득하다. 모두들 절분의 기분을 가지고 모였을 것이다.

평소 같으면 모시치 일행은 더 늦은 시간에 이곳에 오기 때문에 동석하는 손님이 있는 경우는 적고, 느긋한 기분으로 먹고 마실 수 있다. 하지만 오늘 밤은 콩나물시루처럼 손님들이 가득 들어차 있어도 별수 없다.

그래도 주인은 모시치와 곤조의 얼굴을 보자 나란히 앉아 있던 손님들에게 정중하게 말을 걸어, 조금씩 좁혀 앉게 하고 자리를 만들어 주었다. 그중 몇 사람은 모시치가 에코인의 대장이라는 것을 알아챘는지, 인사하는 목소리도 날아왔다.

"아니, 아니, 이런 곳에서 머리를 숙이는 것은 멋대가리 없는 짓일세. 그냥 있게, 그냥 있어."

따뜻한 김과 식욕을 돋우는 냄새에 감싸여 있는 노점은 겨울 밤바다에 빛나는 작은 등대 같다. 모인 손님들은 모두 뱃사공 한 명이 탔을 뿐인 작은 배다. 뱃머리를 서로 맞대고, 잠시 세상의 거친 파도에서 도망쳐 몸을 녹인다.

오자키 님이 싸 준 음식에 주인은 매우 흥미를 보였다. 나이는 모시치와 비등비등, 백발이 섞인 머리카락과 야윈 턱, 그러나 탄탄한 어깨와 어떤 때에도 곧게 펴져 있는 등에는 뭔가 기골 같은 것이 떠돈다. 주인이 본래는 무사였고, 가볍게는 입에 담을 수 없는 깊은 사정을 안고 봉직을 떠나 지금과 같은 신세가 되었음을 모시치는 알고 있다. 등대지기도 세상이라는 바다를 떠돌다가 이곳에 떠내려온 사람인 것이다.

"이 계절에 푸르대콩이라니——게다가 이것은 삼치로군요. 어디에서 구한 것일까. 아하, 이 양념은. 만든 곳은——야마다야나 도미야이려나."

중얼거리면서 음미하고 있다. 그 눈빛은 진지하지만 어느 모로 보나 즐거워 보이기도 했다.

그 사이에 모시치와 곤조는 쌉쌀한 데운 술과 함께 진한 된장을 얹은 두부 산적을 맛보았다. 주인은 술을 취급하지 않지만, 바로 옆에 술 행상꾼 이노스케라는 노인이 자리 잡고 있다. 화로를 쬐면서 술을 데우고, 손님의 주문이 끊기면 꾸벅꾸벅 존다.

"대장님도 곤조 씨도 나이 수만큼 콩은 드셨습니까. 아직 안 드셨으면 드시지요."

주인이 절분 콩을 담은 됫박을 내밀어 와, 모시치 일행은 앞다투어 손을 집어넣었다. 절분에 나이 수와 같은 콩을 먹으면 오래 산다. 곤조는 두 번 정도에 정확하게 자신의 나이만큼 콩을 집었지만 모시치는 좀처럼 잘되지 않는다.

"대장님은 수가 많으니까요."

"자네와 열 살밖에 차이나지 않네."

"아니요, 크게 다릅니다."

즐겁게 소란을 떨고 있는 사이에 모시치는 묘한 것을 알아차렸다. 이렇게 붐비고 있는데, 노점 뒤의 그늘에 아무도 앉지 않은 의자가 하나 오도카니 놓여 있는 것이다.

그 의자 위에는 붉은 양탄자가 깔려 있고 큼직하고 새하얀 술잔에 따른 술이 놓여 있을 뿐이다.

"이보시오, 주인장."

모시치는 손가락을 세워 그 의자를 가리켜 보였다. "저것은 무슨 주술 같은 거요? 아니면 이제부터 누군가 올 거라 자리를 잡아둔 거요?"

그러자 모시치와 같은 긴 의자 끝에 앉아 있던 직인 같은 남자가 새빨개진 얼굴에 미소를 지으며 이렇게 말했다. "저것은 대장님, 도깨비의 자리입니다. 도깨비들이 앉아 있지요. 그렇지요, 주인장?"

모시치는 깜짝 놀라 눈을 크게 뜨고 주인의 얼굴을 돌아보았다. 그러자 주인은 쑥스러운 웃음을 짓고 있다. 대신 아까 그 남자가 이어서 말했다. "오늘 밤에는 어디를 가도, 도깨비들은 바늘방석이지요. 도깨비는 밖으로, 도깨비는 밖으로, 하면서 콩으로 팔매질을 당하고 도망쳐 나와야 하니까요. 그러면 너무 가엾다면서, 주인장이 도깨비들에게 술을 대접하기로 했다고 합니다."

뭐, 그냥 작은 여흥입니다, 하고 주인은 말하며 새하얀 김을 피웠다. 냄비 뚜껑을 들어올리고 휘젓는 것은 뭇국 같다. 붉은 된장 냄새가 향긋하다.

듣고 보니 이 노점에는 절분 때면 볼 수 있는 마를 쫓는 장식물, 콩깍지에 꿴 절인 정어리와 호랑가시나무가 눈에 띄지 않는다.

쫓겨나는 도깨비에게도 갈 곳이 필요하다. 어느 모로 보나 주인장다운 조처다.

"에도 전체의 도깨비가 모인다면 저 의자 하나로는 부족하겠지만, 귀신이니 신통력으로 어떻게든 잘 앉아 주겠지요."

그렇지요, 도깨비님, 하고 말하며 직인 같은 남자가 텅 빈 긴 의자를 향해 손에 든 술잔을 살짝 들어 올리고는, 맛있게 잔을 비웠다. 일행인지, 옆에 앉은 젊은 남자가 그쯤 해 두라고 타이른다. 두 사람 다 옷깃에 가게 이름이 들어가 있는 똑같은 한텐을 입고 있다.

"당신들도 어딘가 단골 거래처의 콩 뿌리기를 돕고 온 길이오?"

"예, 그렇습니다. 아주 대단한 콩 뿌리기였습니다. 하지만 저희는 이곳 주인장이 만드는 안주가 더 좋네요. 도깨비와 함께 마시는 것도 나쁘지 않고요."

"아아, 맞소."

모시치는 즐거워져 그 자리에 있던 손님들에게 술을 사기로 했다. 취객들의 환성에, 완전히 잠들어서 몸을 반쯤 접고 있던 이노스케가 놀라 벌떡 일어난다.

모시치도 텅 빈 긴 의자를 향해 새로 데운 술을 채운 잔을 들어 보였다.

'도깨비의 역할도 힘들겠군. 모쪼록 실컷 드시지요.'

그러고는 다 함께 도깨비에게 지지 않으려고 먹고 마시며 밤을 보냈다.

2

그렇게 해서 하룻밤이 지나고 모시치는 심한 숙취에 시달렸다.

"곤조 씨까지 같이, 대체 뭘 하고 있는 건지."

아내에게 호되게 야단을 맞아 더욱 머리가 아프다. 이불을 뒤집어쓰고 참을 인 자를 새긴다. 한편 곤조는 어떻게든 아침 일찍부터 일어났다. 그에게는 이곳 관리인들의 일을 돕는다는 생업이 있고, 관리인들은 그를 꽤 의지하고 있다. 게다가 이런 연말에는 모시치가 드나드는 핫초보리의 구미야시키 여기저기에 떡 찧는 일도 도우러 가야 한다. 그것은 이토키치도 마찬가지여서 그의 생업인 목욕탕 '고쿠라쿠유'의 섣달 벌이를 하면서도 여기저기를 돌아다니게 된다. 둘이서 이마를 맞대고 일을 분담하고는, 이렇다 저렇다 서로 말을 나누며 옷자락을 걷어붙이고 나갔다.

모시치가 한량처럼 자고 있다가 겨우 일어난 것은 점심때 가까이 되어서 손님이 찾아왔기 때문이다. 남은 술로 인해 흐려진 머리에, 아내의 날카로운 목소리가 징징 울린다.

"당신, 마쓰이야의 오킨 씨와 약속한 거 아니었어요? 주하치로 씨라는 분이 찾아오셨어요."

완전히 잊고 있었다. 어제 들은 희한한 이야기의 다음 이야기이다. 모시치는 서둘러 채비를 하고 아내에게 진한 차를 한잔 부탁했다. 하지만 아내는, 나는 나가야 해요, 물이라면 끓여 두었으니 차는 직접 끓이세요, 하고 매정하게 받아넘겼다.

"주하치로 씨라는 분은 착실한 사람이에요. 이마이야의 양갱을 주시더군요. 선물로 받은 걸 도로 내놓는 게 좀 그렇기는 하지만 제가 내 드렸어요. 여보, 아무리 단것이 좋아도 손님을 제쳐 두고 어린애처럼 먹으면 안 돼요."

지금은 양갱 따위는 쳐다보기도 싫다.

어떻게든 옷을 차려입고 나가히바치 앞으로 나가자, 주하치로라는 남자는 어제 오킨이 앉았던 것과 같은 장소에 공손히 앉아 있었다. 성긴 줄무늬 기모노는 풀이 빳빳하게 먹여져 있고 옷깃 언저리가 빛나고 있다. 굵은 줄무늬는 남자가 입으면 자칫 지나치게 화려해서 품위 없어 보이는 법이지만, 주하치로에게는 잘 어울렸다. 일어선 모습을 보지 않으면 확실하게 말할 수는 없지만 꽤 키가 클 것이다. 어깨가 넓고, 제법 풍채가 좋다.

모시치는 인사도 하는 둥 마는 둥, 곰방대로 담배를 한 대 피우기로 했다. 그러자 머리가 어질어질해졌다. 주하치로가 걱정스러운 듯이 들여다본다.

"대장님은…… 고뿔에 걸리셨습니까?"

당치도 않다, 숙취라고 모시치는 웃으며 사과했다. 그리고 쑥스러움을 감추려는 마음 반으로 어제의 도깨비 의자 이야기를 들려주었다. 주하치로는 열심히 듣더니 이윽고 한숨을 한 번 쉬었다.

"좋은 이야기입니다."

차분하게 말한다. 그렇게 붙임성 좋게 굴지 않아도 된다고, 모시치는 농으로 돌리려고 했지만 주하치로의 눈가가 당장이라도 젖어들 것 같은 기색을 알아차리고 그만두었다.

"세상에는 다정한 사람도 있다는 뜻이겠지요. 아니 정말, 그만 제 처지에 갖다 붙여서 생각하게 되는군요. 저도 어젯밤에는 여기저기에서 도깨비는 밖으로라는 목소리가 들릴 때마다 몸이 움츠러드는 것 같은, 마음이 지끈지끈 아픈 것 같은 기분을 느꼈거든요."

그의 가라앉을 듯한 말투에 모시치의 취기도 겨우 깨기 시작했다. 새삼 다시 보니 서른일곱이라는 나이보다는 늙어 보이지만 눈언저리가 맑고 올곧아 보이는 좋은 얼굴을 하고 있다.

모시치는 세상을 떠난 마쓰이야의 기하치로를 모른다. 쌍둥이지만 얼굴은 그다지 닮지 않았다고 오킨이 말했지만, 이 주하치로는 그대로 마쓰이야의 주인 자리에 앉혀도 결코 부족함이 없을 것 같다.

"오킨 씨에게 이야기는 들었소." 모시치가 말을 꺼냈다. "글쎄요. 당신의 처지는 분명히 절분 때의 도깨비와 비슷하군요. 일곱 살 때 집에서 쫓겨나 많이 힘들었겠지요."

그러나 주하치로는 온화하게 웃었다. "하나카와도의 집에 갈 때까지는 슬퍼서 제정신이 아니었습니다. 하지만 가 보니 양부모님은 다정한 분들이었고, 저를 친자식처럼 귀여워해 주셨습니다. 물론 불쌍한 아이라고 가엾게 여기시기도 했겠지만."

하나카와도의 양가養家는 마쓰이야와는 친척도 무엇도 아니고, 선대 주인, 즉 기하치로와 주하치로의 아버지가 연줄에 의지해 양자를 얻고 싶어 하는 집을 찾아서 이야기를 성사시킨 것이라고 한다.

"제가 양자로 갔을 무렵에 양부모님은 두 분 다 마흔이 넘어서 절실하게 후계자를 원하고 있었습니다. 작은 뱃집이지만, 부부가 고생해서 일으킨 가게이니 자신들의 대로만 끝내기가 아까웠던 것이겠지요. 양부모님은 매우 사이가 좋았지만, 세간에서 흔히들 말하듯이 그런 부부일수록 아이를 갖지 못하는 얄궂은 일이 있는 법이지요."

그 양부모는 주하치로가 스무 살이 지나 아내를 얻은 것을 지켜보고 안심했는지, 앞서거니 뒤서거니 세상을 떠났다고 한다. 주하치로는 양부모의 명복을 빌며 뱃집을 물려받아 계속 일했다.

하나카와도는 가와고에 부근과 에도 시중을 잇는 수로의 요충지에 있다. 성실하게 장사를 하면 뱃집을 계속해 나가는 데 그렇게 터무니없는 고생은 하지 않아도 된다고 한다. 아이도 셋 태어나, 검소하기는 하지만 행복하게 살고 있다고 주하치로는 담담하게 이야기했다.

어제 오킨은 마쓰이야의 사정만 열심히 이야기하고 주하치로의 이야기는 하나도 하지 않았다. 모시치는 물었다. "당신은 지금까지 마쓰이야에 돌아온 적이 한 번도 없었지요? 이번이 처음이오?"

"네. 이제 인연이 없는 곳이라 생각하고 있었습니다. 그렇다기보다 마쓰이야를 떠올리는 일조차 없었습니다. 제게는 돌아가신 양부모님이야말로 제 부모님이고, 다른 부모는 없습니다."

빈틈없는 말투에 얼핏 완고한 고집이 보인다. 하지만 그것도 무리는 아닐 것이다.

"설마 기하치로 씨가 죽고, 자신이 도로 불려 가게 될 거라는 생각은 꿈에도 하지 않았다는 거요?"

"글쎄요……." 주하치로는 약간 고개를 갸웃거렸다. "다만 제가 철이 들었을 때쯤 양부모님이 어쩌다가, 너는 마쓰이야에서 맡긴 몸이니 만일 그쪽에 무슨 일이 있으면 돌려 드려야 한다는 말을 하신 적이 있었습니다. 그때 저는, 그런 박정한 말은 두 번 다시 하지 말라고 울면서 화를 냈던 기억이 있습니다. 사실 그 마음에 거짓은 없었으니 생각한 대로 말한 것입니다. 그 후로 양부모님도 그 얘기는 하지 않게 되었습니다."

어쩌면 제가 모르는 곳에서 마쓰이야와 뭔가 약속이 되어 있었던 건지도 모르지만, 하고 주하치로는 전제하고 말을 이었다.

"그것도 그때 양부모님과의 이야기로 파기되었을 거라고 생각합니다. 양부모님도, 너는 이 집 아이라고 제 손을 잡고 약속해 주셨고요. 돌아가실 때도 뒷일은 네게 맡기고 안심하고 가겠다고 말씀하셨을 정도니까요."

모시치는 일부러 심술궂게 물었다. "그래서 당신은 마쓰이야의 재산을 날려 버려도 좋은 거요?"

비꼬는 물음을, 주하치로는 아무렇지도 않게 받아넘겼다. "예, 상관없습니다."

그러고는 갑자기 앉은 자세를 고치더니 모시치의 눈을 정면에서 바라보며 말을 이었다. "저는 방물 가게의 장사에 대해서는 아무것도 모르니, 이 나이에 갑자기 마쓰이야로 돌아간들 아무 도움도 되지 않을 겁니다. 방해가 될 뿐이겠지요. 게다가 저는 아무리 많은 돈을 쌓아 놓아도 아내와 아이들을 버리고 집을 나갈 수는 없습니다."

모시치는 놀랐다. "그럼 뭐요, 마쓰이야로 돌아간다는 것은 당신 몸뚱어리 하나만 돌아간다는 뜻이오? 아내와 아이는 데려와서는 안 된다고 하던가?"

"예. 오킨이 그렇게 말하지 않던가요? 그것이 조건입니다. 그리고 오리쓰 씨와 재혼해서 기하치로가 남긴 딸 오키치를 키워야 한다고요.”

이것은 또 사람의 마음을 무시한 말이다. 이래서는 주하치로를 도로 불러오는 것이 아니라 기하치로와 주하치로의 머리를 갈아 끼울 뿐 아닌가.

“오킨 씨는 아무 말도 하지 않았소. 아니, 남우세스러워서 말할 수 없었던 것일까.”

주하치로는 쓸쓸한 듯이 엷게 웃었다. “아니요, 평판이 나빠질까 봐 꺼린 것은 아닐 겁니다. 오킨은——아니, 남의 집 사람이니 오킨 씨라고 불러야 하겠지만, 그 사람은 그걸로 통할 거라고 생각하는 겁니다. 그것은 너무 박정하지 않느냐는 생각은 그 사람의 마음에는 떠오르지 않는 것이겠지요.”

누이는——변했습니다, 하고 주하치로는 말했다.

“헤어진 것은 그 애가 네 살 때였으니, 변했다는 말도 이상할지도 모릅니다. 하지만 제가 마쓰이야에서 쫓겨날 때에는 울면서 뒤를 쫓아와 주었습니다. 재산을 나누게 되니 쌍둥이는 불길하다, 둘 다 집에 둘 수 없다는 이치 따위는 어린아이가 이해할 수 있는 것이 아니지요.”

“그야 그렇지.”

“그래도 삼십 년은 긴 세월이었습니다. 오킨은 마쓰이야 사람, 저와는 이미 토대가 다릅니다.”

약간의 비아냥을 담아, 모시치는 어금니로 깨문 말을 뱉어 냈다. “마쓰이야의 재산이 그렇게 많단 말이오?”

주하치로는 고개를 저었다. "글쎄요, 저도 모릅니다. 다만 오킨 씨가 가엾게 생각되는 점도 있습니다."

마쓰이야에는 나름대로 친척도 많이 있지만, 그런 만큼, 그중 누군가를 기하치로 다음으로 집에 들이게 되면 역시 험악한 소동이 일어나게 될 거라고 한다.

"저도 오킨 씨에게 들었을 뿐이고 확인해 본 것은 아닙니다. 하지만 누구에게도 마음을 허락할 수는 없다, 의지할 수 있는 것은 친오라버니뿐이라고 말할 때의 눈빛에는 매달리는 듯한 기색이 있었습니다. 친남매이니 제가 전부 버리고 돌아오는 것이 당연하다, 이상할 것이라곤 하나도 없다고 천진하게 믿고 있을지도 모릅니다. 오킨 씨는 줄곧 마쓰이야에 있었고 세상 평지풍파라곤 겪지 않았으니, 사람의 마음이란——게다가 삼십 년의 세월의 무게가 거기에 더해지면, 그렇게 쉽게는 움직이지 않는다는 사실을 모르는 것이겠지요."

모시치는 으—음 하고 신음하며 턱을 쓰다듬었다. "남편인 도쿠지로는 고용살이 일꾼 출신이니까. 그쪽 본가에서 사람을 들일 수도 없을 테고."

주하치로는 고개를 끄덕였다. "생각해 보면 오킨도 가엾은 신세입니다."

다시 '오킨 씨'에서 '오킨'으로 돌아왔다. 그 심정은 모시치도 헤아릴 수 있다.

"하지만 말이오, 그 오킨이 이제 와서 당신이 진짜 주하치로가 아니라는 말을 꺼냈지 않소? 이건 대체 어떻게 된 일일까."

주하치로는 양쪽 무릎에 손을 올려놓고, 힘없이 고개를 떨어뜨렸다. "저도, 뭐라고 말씀드릴 수가 없습니다."

마쓰이야로 돌아오라는 소식을, 주하치로가 처음으로 들은 것은 보름 전의 일이라고 한다. 기하치로가 죽었다는 사실을 몰랐던 그는 놀라서 한 번 이곳까지 찾아왔다. 그러자 오킨이 매달리며 이대로 마쓰이야에 남아 달라고 붙들고 늘어졌다.

"그때는, 그럴 수 없다는 말을 남기고 일단 하나카와도로 돌아갔습니다. 다만 오킨의 부탁을 들어줄 수는 없어도, 걱정은 걱정이었기 때문에 자주 오가게 되었습니다."

마쓰이야에 갈 때마다 오킨은 돌아오라고 점점 더 격하게 말했다. 주하치로는 그럴 수 없다며 간절하게 타이르고, 다른 좋은 방법이 없을지 어딘가에 상의해 보면 어떻겠느냐는 대화를 계속해 왔다고 한다.

"그런데 바로 사오일 전의 일입니다. 제가 마쓰이야에 가서 요즘의 상황은 어떠냐고 이야기를 시작했더니, 오킨이 전에 없이 험악한 얼굴로 제 얼굴을 보는 겁니다. 그리고 갑자기, 당신은 아무래도 주하치로 씨가 아닌 것 같다, 다른 사람일 거라는 이야기를 하기 시작했습니다."

마쓰이야의 재산을 가로채려는 속셈이라는 둥 하는 이야기가 나왔다는 것이다.

실제로 주하치로는 지친 것 같았다. 자세히 보니 눈 주위가 시커멓게 번져 있다.

"일이 그렇게 꼬이니, 저도 이번만은 그렇게 쉽게 하나카와도의 집으로 돌아갈 수도 없었습니다. 돌아가면 정곡을 찔려 도망친 것이 되어, 어떤 소동이 일어날지 알 수 없으니까요. 그 후로 줄곧 마쓰이야의 손님방에서 지내고 있는데, 오킨은 매일같이 친척이나 옛날부터 알고 지내던 사람들을 이 사람 저 사람 불러들여, 주하치로 오라버니라면 어린 시절의 추억이 있을 것이다, 그런 일은 어땠느냐, 이런 일은 어땠느냐고 묻고는 다그쳐 대는 것입니다. 저도 이런 의심을 받으면 설 자리가 없고, 솔직히 화를 참을 수가 없어서 생각나는 한은 대답해 주었습니다. 그래도 어쨌거나 삼십 년 전의 일입니다, 대장님. 기억이 확실하지 않은 일도 있습니다. 그러면 오킨은 도깨비의 목이라도 딴 것 같은 기세로, 그것 봐라 가짜다, 이것은 다른 사람이다, 진짜 주하치로를 어떻게 했느냐고 쇳소리를 질러 대더군요."

견딜 수 없습니다……, 하고 꺼질 것 같은 목소리로 중얼거렸다.

"이곳의 오캇피키인 대장님께 이야기를 해 보자는 것도, 실은 제가 꺼낸 말입니다. 오킨의 말은 너무나도 두서가 없고, 도쿠지로 씨를 비롯해서 지금의 마쓰이야에는 그런 오킨을 달랠 사람이 아무도 없으니 이대로는 끝이 없을 거라는 생각이 들었거든요."

죄송합니다, 하며 주하치로는 깊이 머리를 숙였다. 모시치는 손을 흔들어 그것을 말렸다.

"그만두시오, 그만둬. 당신이 사과할 필요는 전혀 없지요. 당신은 진짜 주하치로가 맞지 않소?"

주하치로는 지친 얼굴로 고개를 끄덕였다. "예, 주하치로입니다."

오킨도 말했던 대로 기하치로와 주하치로는 본래 그리 얼굴이 닮지 않았다. 그것은 친척들도 인정했다고 한다.

"일곱 살 어린 시절에도, 그냥 형제라도 이것보다는 더 닮는 경우가 있을 거라는 이야기를 들을 정도였다고 합니다. 거기에 삼십 년이나 되는 생활의 차이가 더해지면 얼굴도 행동거지도 물론 달라집니다, 대장님."

"그렇겠지."

게다가 일곱 살의 주하치로를 기억하는 사람들도 기억에서 서른일곱 살이 된 주하치로를 상상하기는 꽤나 어려운 일이라는 사실이 겹쳐서, 더욱더 일이 번거로워진 것이다.

친척이나 아는 사람들 중에는 옛날의 추억을 질문받고 대답하는 주하치로의 이야기를 듣고, 오킨 씨의 착각이다, 이 사람은 분명히 주하치로 씨다, 하고 말해 주는 사람도 있다고 한다. 그러나 확실한 증거는 들 수 없다. 옛날 이야기에 의존하는 어렴풋한 '느낌'이 근거가 될 뿐이다. 하물며 오킨이 '옛날 이야기 따위, 진짜 주하치로 오라버니에게 들어 둔 것을 그럴 듯하게 꾸며서 말하면 된다, 그런 것은 믿을 수 없다'고 이를 드러내며 대꾸한다면 더욱 그렇다.

하기야 그런 이야기를 끄집어내어 '기억나느냐, 알고 있느냐, 진짜 주하치로라면 기억하고 있을 거다'라고 다그치는 것도 오킨이니, 이것은 터무니없는 익살극이다.

하지만 당사자에게는 웃을 일이 아니다.

"무엇보다도 오킨의 이상한 점은, 저는 입에서 신물이 나도록 마쓰이야로는 돌아오지 않겠다, 마쓰이야의 재산 따위 갖고 싶지 않다고 말했는데도 거기에는 전혀 귀를 기울이지 않고, 그저 무턱대고 제가 마쓰이야의 재산을 노리고 주하치로로 둔갑한 가짜라고 주장하고 있다는 겁니다."

모시치는 슬슬 목이 말라 와서 차를 끓이려고 화로 위에 있는 주전자의 들손을 움켜쥐었다가 뜨거워서 저도 모르게 앗 하고 소리쳤다. 그러자 주하치로는 슬쩍 손을 내밀며, 제가 하지요, 하고 능숙하게 움직이기 시작했다.

익숙한 움직임이다. 어느 모로 보나 손님을 대접하는 데 익숙한, 작은 뱃집의 주인다운 손놀림이었다. 그가 끓여 준 엽차를, 모시치는 찬찬히 맛보았다. 맛있다.

"오킨 씨는 말하자면, 당신이 돌아오겠노라고 말해 주지 않아서 오기가 생긴 것이겠지요."

진짜 주하치로 오라버니라면 자신의 부탁을 들어주지 않을 리가 없다——그런 옹고집이 이치에 맞지 않는 트집으로 이어지고 있는 것이다.

"저도 그렇게 생각합니다."

모시치의 말에 주하치로는 주전자 뚜껑을 닫으면서 눈을 내리깔고 고개를 끄덕였다. 화가 난 것이 아니고, 그 눈동자는 어둡게 그늘이 져 있었다.

"그래서 대장님, 정말 제멋대로인 말씀이기는 하지만, 저는 오늘 이렇게 대장님을 뵙고 한바탕 이야기를 들려 드리고 나면 더 이상 마쓰이야로는 돌아가지 않고, 이대로 하나카와도로 물러갈 생각입니다. 더 이상 제가 오킨 옆에 머물러 있으면 일이 더욱 꼬이기만 할 뿐이겠지요. 마쓰이야의 장래는 마음에 걸리지만 도쿠지로 씨는 도락도 즐기지 않는 성실하고 부지런한 사람인 듯하고, 고용살이 일꾼들도 잘 교육되어 있으니 가게가 잘못되는 일은 없을 겁니다."

음……, 하고 모시치도 고개를 끄덕였다. 그것밖에 방법은 없을 것 같다.

"오킨은 내 쪽에서 잘 타일러 두도록 하겠소."

"잘 부탁드립니다."

다시 한 번 자세를 바르게 하고, 주하치로는 다다미에 이마를 조아렸다. 모시치는 팔짱을 끼고 그의 뒤통수를 바라보고 있었다.

그때, 엎드린 자세로 주하치로가 낮게 입을 열었다. "다만,"

물이 보글보글 끓는 소리에 끊겨 사라질 것 같을 정도로 작은 목소리였다. 하지만 모시치는 귀가 좋다.

"다만, 뭐요?"

주하치로는 매우 당혹해했다. 얼굴을 들었지만 뺨이 굳어지고, 갑자기 핏기가 가신 것 같다.

“왜 그러시오?”

모시치도 몸을 내밀었다. 주하치로는 몸을 굳히고 다다미를 노려보고 있다.

“이런 말씀을 드려도 좋을지.”

“그렇게 망설여질 때는 말하는 것이 좋다고 정해져 있는 법이지.”

침착하지 못하게 눈을 깜박이며, 주하치로는 모시치의 눈을 보았다. “저도 화가 났습니다.”

“음, 그럴 테지.”

“오킨과, 오킨에게 동조하는 사람들은——그중에는 그런 사람도 있습니다——저를 가짜 취급하는 것만이 아니라, 이런 공들인 짓을 해서 마쓰이야의 재산을 가로채려는 꿍꿍이 속에 제 아내와 아이들뿐만 아니라 돌아가신 양부모님까지 한몫 끼여 있을 거라고까지 말을 합니다. 저는 상관없습니다. 하지만 아내와 아이들——아니, 무엇보다도 용서할 수 없는 것은 그 다정했던 양부모님에게까지 그런 누명을 씌우려고 하는 것입니다. 이것만은 용서할 수 없습니다.”

한번 가셨던 핏기가 분노와 함께 뺨에 올라온다.

“그러니 저도, 할 수 있다면 제 결백을 입증하고 싶습니다. 제가 분명히 주하치로라는 사실을 오킨에게 알려 주고 싶습니다.”

"지당한 마음이라고 생각하오. 그래서, 방법이 있는 거요?"

없다면 말을 꺼내지 않았으리라. 모시치는 주하치로의 얼굴을 응시했다. 하지만 그는 괴로운 듯이 눈을 내리깐다.

"실은, 제가 진짜 주하치로라면, 주하치로가 아니면 모르는 것을 알고 있다고 입증해 줄 수 있는 사람이 딱 한 명 있습니다."

죽은 선대 주인의 막내 누이, 주하치로와 오킨에게는 고모에 해당하는 사람으로 이름은 오스에라고 한다고 한다.

"마쓰이야의 선대 주인은 형제가 많고, 손위 형제와 손아래 형제 사이는 부모자식만큼 나이 차이가 나기 때문에, 선대 주인이 거의 부모 대신 키우다시피 한 분입니다. 그래서 제가 마쓰이야에 있었을 때 그분도 마쓰이야에 살고 있었고, 저희들과는 거의 남매처럼 지냈습니다."

그래서 '고모님'이 아니라 '오스에 누님'이라고 부르곤 했다고 한다.

"나이는 저보다 여덟 살 위였으니 그 일이 있었을 무렵에는 제가 여섯 살, 오스에 누님은 열네 살이었을 겁니다."

그 일이란——.

"마침 이맘때, 절분 날이었을 겁니다. 호랑가시나무 장수가 돌아다니고 있었습니다. 호랑가시나무 판다는 목소리를 지금도 똑똑히 기억하고 있습니다."

마쓰이야 부근에서 화재가 있었다. 다행히 바람의 방향이 반대여서 마쓰이야에는 불길이 미치지 않았지만 근처 상가와 공동 주택이 몇 채나 불타 버렸다고 한다.

"불탄 집 중에 저희가 친하게 지내던 실 도매상이 있었습니다. 아리마야라는 가게인데, 오스에 누님과 동갑인 아가씨가 하나 있었지요. 오루이라는 이름이었다고 기억합니다."

오루이와 오스에는 사이가 좋아서 무엇을 배우러 다닐 때도 늘 같이 다니고, 서로의 집에도 친밀하게 오가곤 했다. 주하치로도 오루이에게 과자를 받거나 습자를 보아 달라고 한 기억이 있다고 한다.

"사랑스러운 아가씨였습니다. 오스에 누님은 드센 사람이어서 저도 가끔 얻어맞을 때가 있었기 때문에, 한 지붕 아래에 살면서도 어딘가 어리광을 부릴 수 없는 구석이 있었습니다. 그래서 더더욱, 저는 오루이 씨를 좋아했습니다."

그런 만큼 오루이의 집이 통째로 불탔을 때는 매우 걱정했다.

"다행히 저녁때 일어난 화재였기 때문에 불이 나자 모두 밖으로 도망쳐 나와서 죽은 사람은 없었습니다. 그래도 오루이 씨의 집은 이것으로 재산을 잃고 그 후에는 어디로 떠났는지 전혀 소식을 알 수 없게 되고 말았습니다."

불이 시작된 곳이 오루이의 집이었던 것도, 인근에 있기 어려워진 이유가 아닐까 하고 주하치로는 말했다.

"어쨌거나 이상한 화재였습니다."

문의 장지에 밝은 겨울 해가 비치고 있다. 거기에 멍하니 눈길을 주면서 주하치로는 말을 이었다.

"실 도매상이니 불기운에는 세심한 주의를 기울였을 겁니다. 게다가 불이 시작된 곳이 별채의 창고이고, 사람이 드나들기는 해도 불기운이라고는 전혀 없는 곳이었으니까요……."

모시치는 말허리를 자르고 싶지는 않았지만, 말하기 어려운 듯이 말투가 늘어지는 주하치로의 속내를 짐작하고 끼어들었다.

"혹시 방화였던 거요?"

아니나 다를까, 주하치로는 고개를 끄덕였다. "나중에, 불길이 치솟기 전에 창고 문이 약간 열려 있었고 그 안에 켜져 있는 촛불 같은 불빛을 보았다――는 이야기가 나왔습니다. 근처에서 시끄럽게 떠들어 댔기 때문에 저 같은 어린아이의 귀에도 들어왔지요. 이상한 화재였으니 대장님 같은 분이 조사하셨을지도 모릅니다. 결국 확실히 밝혀지지 않은 채 유야무야 끝나 버렸지만."

"삼십 년쯤 전이라면 우리 대장님이었을지도 모르겠군" 하며 모시치는 웃었다. "감싸는 것은 아니지만 방화는 판결하기 어렵다오. 방화임을 알아내도 누가 했는지 알아내기란 더욱 어렵지."

주하치로는 바싹 굳어 있다. 무릎을 움켜쥔 손의 뼈가 도드라져 있다.

"아까도 말씀드렸지만, 저는 당시 여섯 살이었습니다. 아직 사물의 도리를 알 수 있는 나이가 아니었지요. 다만, 그날――화재 소식을 듣기 바로 조금 전의 일이었는데."

집의 뒤뜰에서 팽이 심지로 쓸 나뭇조각을 깎고 있는데, 나무문을 열고 누군가가 뛰어서 집으로 돌아가는 것이 보였다. 돌아

보니 오스에였다고 한다.

"어린 눈으로 봐도, 제가 깜짝 놀랄 정도로 새파란 얼굴을 하고 부들부들 떨었습니다. 소맷자락에 무언가 숨기고 있었는데 가슴에 꼭 껴안듯이 하고 있었습니다. 제가 거기 있는 것을 알아차리고는 더욱 새파랗게 질려서 도망치듯이 집 안으로 뛰어 들어가 버렸습니다."

그것은 그것대로 기묘하지만 어떻다고 하기는 어렵다. 하지만 그 후가 문제였다.

"그날 저녁의 화재 소동이 일단락되고, 겨우 안심하고 잠자리에 들었을 때였습니다. 제가 측간에 갔다가 나오는데, 갑자기 복도에서 누가 소매를 잡아당겼습니다. 누군가 하고 보니 오스에 누님이었습니다."

오스에는 도깨비처럼 무서운 얼굴을 하고 주하치로의 팔을 세게 쥐며, 이렇게 말했다――.

"오늘 뒤뜰에서 나를 본 걸 누구한테도 말하면 안 돼. 말하면 네 혀를 뽑아 버릴 테야. 알겠지? 절대로 말하면 안 돼. 약속해."

그 형상에 주하치로는, 측간에서 막 나왔는데도 오줌을 지릴 뻔했을 정도로 겁을 먹고 고개를 끄덕였다. 그러자 오스에는 겨우 그의 손을 놓았으나, 그가 자신의 방으로 들어갈 때까지 그 자리에 서서 노려보았다고 한다.

"그야말로 도깨비 같았습니다."

그렇게 중얼거리고, 긴 세월을 넘어 돌아온 듯 퍼뜩 눈을 깜박이며 주하치로는 모시치의 얼굴로 다시 시선을 돌렸다.

"그때는 그냥 무서울 뿐이었습니다. 하지만 그 후, 그 화재는 방화가 아니었을까 하는 소문이 났을 때, 어린 마음에도 저는 생각했습니다. 혹시 오스에 누님이 한 짓이 아닐까, 하고."

모시치가 같은 입장이었더라도 그렇게 생각했을 것이다. 어린아이에게도 어린아이의 지혜는 있고, 사람의 표정 변화 등에는 오히려 어른보다도 민감한 법이다.

"그렇게 생각하니 더욱 무서워서 오스에 누님의 얼굴을 보지도 못하고 줄곧 피해 다녔지요. 오스에 누님은 특별히 이상한 기색이 없었지만……. 그것이 절분 때의 일이고, 해가 바뀌어 저는 일곱 살이 되고 곧 마쓰이야에서 쫓겨나게 되었습니다. 오스에 누님과는 그것이 마지막이 되었지요. 그 후로 얼굴을 마주한 적도 없습니다."

어쨌거나 그 약속은 오스에와 주하치로 두 사람만의 비밀이다. 오스에가 그때 했던 말을 기억하고 있는 이는 주하치로뿐이다.

"이번 일로 돌아온 후에, 오스에 씨와는 만났소?"

"아니요." 주하치로는 고개를 저었다.

"오스에 누님은 제가 마쓰이야를 나가고 나서 반년쯤 후에 포창을 앓았다고 합니다. 목숨은 건졌지만 운 나쁘게 얼굴에 마맛자국이 남아 마쓰이야 안채에 틀어박혀 지냈다는데, 얼마 안 있어 시집을 갔고 그 후로 줄곧 무코지마 변두리에서 남편과 둘이서 살다더군요. 밖에 나오는 일은 거의 없다고 했습니다."

"그렇다면 지금도 건강한 게로군?"

"예, 그럴 겁니다."

"마쓰이야 사람들도, 아무도 만나지 않은 건가?"

"오랫동안 만나지 않았다고 합니다. 본인이 마맛자국에 마음을 쓰느라 사람을 멀리한다고 했습니다. 선대 주인이나 기하치로 씨가 죽었을 때에도 장례식에 남편 혼자 왔다고 하니, 어지간히 철저하게 숨어 지내는 모양입니다."

주하치로는 애처롭다는 듯이 눈썹을 찌푸렸다.

"분명히 제가 기억하는 바로도 인형처럼 예쁜 얼굴이었으니, 마맛자국이 남은 것이 더욱 아쉽고 사람들의 시선이 아팠겠지요."

생활은 마쓰이야에서 보살펴 주고 있다고 한다. 계집종조차 두지 않고, 오스에의 남편이 시중을 들어 주고 있으며 아이도 없다.

"그렇지, 남편은 히사이치 씨라는 사람이라는데, 실은 이 사람에 대해서도 저는 희미하게 기억하고 있습니다. 그 역시 같은 화재 때문에 집이 불타서 쫓겨난 이웃집의 아들로――오스에 누님이나 오루이 씨와 사이가 좋아서 몇 번인가 마쓰이야에도 놀러왔거든요."

아마 그의 집은 밥집을 경영했을 테지만, 화재가 일어난 후 가게가 어떻게 되었는지는 주하치로도 모른다고 한다.

"그 말을 들었을 때는, 아아, 히사이치 씨는 역시 오스에 누님과 혼인했구나 하고, 그리운 기분이 들었습니다. 어린 제 눈에도,

사이가 좋아 보였으니까요. 하기야 제가 그런 옛날 일을 말해 보아도 오킨은 믿어 주지 않았지만요."

실제로 실 도매상의 화재 사건은 오킨과의 추억 이야기——라기보다 심문이지만——속에서도 몇 번이나 나왔다고 한다. 그만큼 모든 사람들의 기억에 남아 있는 사건이었던 것이다. 그래서 주하치로도 열심히 떠올리며 대답했다고 한다.

오킨이 주하치로의 '정체'를 확인하려고 친척이나 오랜 지인들을 모을 때, 오스에에게도 말을 넣었다. 어릴 때 함께 살았으니 당연하다. 하지만 그녀는 오지 않았다. 심부름을 갔던 고용살이 일꾼의 이야기로는, 오스에는 지금 몸이 좋지 않아 자리에 누워 있고, 히사이치도 그 옆에 붙어 있느라 무코지마의 집을 떠날 수는 없다고 대답했다고 한다.

지시를 청하듯이 슬쩍 모시치의 얼굴을 올려다보며, 주하치로는 말했다. "대장님, 방화는 무거운 벌을 받게 되는 큰 죄지요?"

모시치는 코로 흥, 하고 숨을 내뿜는다. "그렇지. 하지만 삼십 년이나 지난 일이오. 게다가 확실한 증거가 있는 것도 아니지. 설령 정말로 오스에가 불을 질렀다고 해도, 이제 와서 옥에 들어가는 일은 없을 거요."

주하치로는 크게 안도한 것 같았다. 힘을 잔뜩 주고 있던 어깨에서 힘이 빠졌다.

"그렇다면 일의 진상을 확인해도 큰 지장은 되지 않겠네요."

오스에를 만나서 그 무서운 추억 이야기를 꺼내면, 오스에는 분명히 자신이 틀림없는 주하치로임을 알아줄 것이다. 주하치로로서는 이제 와서 오스에의 옛날 잘못을 들춰낼 생각은 털끝만큼도 없다. 다만 오스에가 오킨네를 향해서, 이 사람은 진짜 주하치로 씨다, 라고 한마디 보태 줄 수 있다면 속이 후련하겠다――주하치로는 그렇게 말했다.

모시치는 주하치로가 더 따라 준 차를 한 모금 마시고는 신음했다.

"글쎄. 그건 별로 좋은 생각이 아닐지도 모르지. 적어도 당신이 오스에 씨를 만나러 가는 것은 상책이 아니오. 그쪽도 순순히 만나 주지는 않을 거요. 오킨 쪽에서 이것저것 말해 두었을지도 모르고, 옛날에 그렇게 숨긴 일이 있다면 더욱 그렇지."

"어려울까요."

"음."

거기에서 모시치는 무릎을 탁 쳤다. "이미 올라탄 배요. 지금은 일단 내게 맡겨 주지 않겠소? 내가 오스에 씨를 찾아가 보지. 당장은 만날 수 없더라도 끈기 있게 순서를 밟아 가면 어떻게든 될지도 모르니까."

주하치로는 "아아" 하고 작게 소리를 지르며 두 손을 모으고 모시치에게 간청하는 듯한 몸짓을 했다.

"그러니 당신은 이대로 하나카와도로 돌아가시오. 더 이상 마쓰이야에는 관여하지 않는 편이 낫겠소. 결심을 했으니 후회는 하지 않겠지?"

"예" 하고 주하치로는 고개를 끄덕였다.

무언가 알게 되면 꼭 알려 주겠다, 그러니 안심하고 정월을 맞이하라고, 모시치는 그를 타일렀다. 주하치로는 몇 번이나 머리를 숙이고, 일어서 보니 과연 장신인 몸을 또 깊이 숙여 되풀이해 절을 하고는 조용히 떠났다.

그가 떠난 후, 모시치는 집의 바깥문 옆에 어젯밤의 흔적인 말라빠진 절인 정어리의 머리 절반이 오도카니 떨어져 있는 것을 발견했다. 도둑고양이가 먹고 남긴 것이리라. 모시치는 그것을 걷어차려고 했지만, 갑자기 서글픈 기분이 들어 그만두었다. 손끝으로 집어 주워들고는 부엌의 쓰레기 버리는 곳까지 가져가서 버렸다.

이것도 숙취 때문일까. 주하치로가 돌아간 지 한참 지나고 나서 모시치는 뭔가를 떠올렸다. 다만 그것을 실행하기에는 조금 늦었다. 저도 모르게 이마를 치며 분하게 여겼다.

주하치로가 있는 동안에 오하나를 불러, 그의 얼굴을 그림으로 그리게 해 둘 것을 그랬다. 그렇게 했으면 오스에를 찾아갈 때 '어엿한 어른이 된 주하치로 씨는 지금 이런 얼굴이다' 하고 보여 줄 수 있었을 텐데.

오하나는 근래에 모시치가 주운 고아다. 나이는 아마 열둘 정도이겠지만 확실하지 않다. 어쨌거나 본인도 자신의 나이가 몇 살인지 모른다.

벌써 한 달쯤 전의 일인데, 히가시료고쿠의 활터에서 작은 소동이 있어서 모시치가 나선 적이 있었다. 오하나는 그때 만났다. 그 활터에서 일하고 있었다.

활터라는 곳은 손님에게 반궁半弓으로 표적을 맞히며 놀게 해 주는, 그저 그것뿐인 곳이 아니다. 여자도 파는 수상한 곳이다. 그런 곳에 여자아이를 놔둘 수도 없어서, 모시치는 사건을 처리하면서 오하나를 함께 끌고 와, 점찍어 두었던 관리인에게 맡겼다. 처음에는 자신이 키울까도 생각했고 아내도 매우 적극적이었지만, 오캇피키의 밥 따위를 먹을까 보냐며 오하나에게 걷어차여 단념했던 것이다.

나이는 어리지만 말도 안 되게 닳아 빠진 여자애라고 난처해하던 차에 오하나를 맡아 준 관리인이 재미있는 말을 해 왔다. 오하나가 사람의 얼굴을 매우 잘 그린다는 것이다.

"그 활터에서는 가끔 관청의 관리나 대상인이나 인기 배우의 얼굴을 그려, 그것을 과녁에 붙여서 손님에게 쏘게 하는 못된 장난을 쳤다고 합니다. 그래서 오하나는 인기가 많았던 모양이에요."

어디 어디 하고 눈앞에서 그리게 해 보니, 과연 잘 그린다. 사람 얼굴의 특징을 정확하고 적절하게 잡아내어, 꼭 닮게 그리는 것이다. 아무리 지기 싫어하고 들개처럼 드세다고 해도 역시 어린아이이다. 잘한다, 잘한다고 칭찬해 주자 오하나는 의기양양해져서 계속해서 그려냈다. 그때 모시치의 얼굴을 그린 것은, 아내가 몹시 마음에 들어하여 방에 장식했다(다만 그것을 본 사람이 닮았다, 닮았다며 너무 좋아하고 큰 소리로 웃는 바람에 모시치는 왠지 재미없어져서 정월 대청소 때 치워 버렸다).

이런 재주는 타고나는 것이라 귀중하다. 조만간 무언가 도움이 되는 일이 있을 테고, 그러면 오하나의 신세를 구하는 일로도 이어질지 모른다 여기고 모시치는 마음에 담아 두었던 것이다. 어쩌면 지금은 그 시작으로 절호의 기회였을지 모르는데. 주하치로를 좀 더 붙들어 둘 걸 그랬다.

저녁 식사 때, 유감스러워하면서 아내에게 그 이야기를 하자 그녀는 어머나 하며 입을 벌렸다.

"세상에, 여보, 몰랐어요? 오하나는 보지 않고도 틀림없이 그 얼굴을 그릴 수 있어요. 지금까지도 그렇게 해 왔는걸요. 당신이 주하치로라는 사람은 이러이러한 얼굴이라고 말해 주면 된답니다."

그래서 이튿날 아침 일찍, 이토키치를 보내어 오하나를 불러왔다. 자그맣고 닮아빠진 여자아이는 동그랗고 심지가 굳어 보이는 검은 눈을 크게 뜨고 모시치의 이야기를 듣다가, 이윽고 흥, 하고 코웃음을 치더니 유유히 가져온 야타테먹통에 붓통을 곁들인 휴대용 필기구를 꺼냈다.

"그런 일이라면 쉽지. 당장 시작하자고. 빨리 하지 않으면 아저씨가 그 주하치로라는 사람의 얼굴을 잊어버리지 않겠어?"

이토키치가 웃음을 터뜨렸기 때문에 모시치는 그를 노려보았다. "아저씨가 아니야. 대장님이라고 불러라."

"어느 쪽이든 상관없어. 종이나 줘 봐. 버리는 종이든 한쪽 면을 쓴 종이든 뭐든 좋으니까."

주하치로의 얼굴 윤곽에서부터 시작해서 상투의 모양, 귀의 크기, 오하나가 묻는 대로 대답해 나가자 술술 그림이 그려져 간다. 마술을 보는 것처럼 훌륭했다.

"그래, 그래, 바로 이런 얼굴이다."

완성된 그림을 보고 모시치는 매우 감탄했지만 오하나는 그 정도 칭찬에는 이미 익숙해졌는지, 여전히 사람을 바보 취급하는 것 같은 엷은 웃음을 띠고 있을 뿐이다.

"그런데 너, 좋은 기모노를 입었구나. 관리인이 사 준 거니?"

던져진 것을 받고 곧장 도로 던지듯이, 오하나는 말했다. "아저씨네 아줌마의 헌 옷을 받아다 새로 지은 거야. 자기 마누라가 입던 기모노 무늬도 몰라?"

이번에는 아내가 웃음을 터뜨린다. 이토키치는 배를 끌어안고 있다. 모시치는 부루퉁해졌다.

"아저씨가 아니라고 했잖아."

"그럼 대장님, 마누라의 기모노 무늬 정도는 기억해 둬. 그렇게 멍청하게 있어서야 공무도 제대로 할 수 있을지 모르겠네. 정신 좀 바짝 차려."

활터에서 막 끌고 왔을 무렵의 오하나는 무릎으로 서서 밥을 손으로 집어먹는 들개 같은 아이였다. 그런데 지금은 일단 무릎을 모으고 앙증맞게 앉아 있다. 맡아서 키워 주고 있는 관리인이 잘 가르친 것이리라. 하지만 한 마디도 지지 않는 데까지는 아직 고치지 못한 모양이다.

바늘로 콕콕 찌르는 듯한 오하나의 말에 모시치가 쩔쩔매고 있는 것을 도와주려고도 하지 않고 재미있어 하기만 하는 이토키치에게, 모시치는 명령했다.

"너, 지금부터 무코지마로 가서 오스에라는 여자의 집을 알아내 오너라. 자세한 장소는 모르지만 그 근처 절의 문지기를 모조리 찾아가 보면 어떻게든 될 거다."

"예, 지금부터 말입니까? 제가?" 이토키치는 손가락으로 자신의 코를 가리켰다. "하지만 대장님, 불도 때야 하고 게다가——."

"됐으니까 가! 혼조 미도리초 마쓰이야의 친척인 오스에라는 여자의 집이다. 가난한 살림은 아닐 테니, 금세 알 수 있을 게다. 마쓰이야에 물어봐서는 안 된다. 몰래 해야 해."

꾸엑 하는 목소리를 내며 일어서는 이토키치에게, 오하나가 깔깔 웃으며 말을 걸었다.

"다녀오세요, 비틀린 푸르대콩 오라버니."

"비틀린 푸르대코옹? 그건 뭐냐."

"당신 머리는 그늘에서 늙어서 비틀린 푸르대콩이랑 똑같거든. 그런 말 들은 적 없어? 돌아오기 전까지, 내가 하나 그려 둘게."

아무도 오하나를 이길 수는 없겠다.

3

예상보다 애를 먹어, 오스에가 사는 곳을 알아내는 데에 만 이틀이 걸리고 말았다. 뒤집어보면 오스에 부부가 그만큼 조용히 틀어박혀서 살고 있다는 뜻이다.

"빌린 집이지만 판자울을 두른 훌륭한 집입니다. 제가 갔을 때에는 정원사가 들어가서 가도마쓰새해에 문 앞에 장식으로 세우는 소나무를 세우고 있었습니다. 판자울도 닦은 지 얼마 안 되어서 반짝반짝 하고요. 정원에는 가지가 훌륭하게 뻗은 소나무와 매화가 있었고, 뒤쪽에는 대나무 덤불이 있고요."

무코지마에서도 어지간히 북쪽으로 벗어난 곳으로, 주위는 논밭뿐이라고 한다.

"운 좋게 그 정원사가 있지 않았다면, 어디에서도 이야기를 들을 수 없을 뻔했습니다. 그 집에는 쌀 가게도 술 가게도 생선 가게도, 어느 곳에서도 드나들지 않습니다. 하녀 하나 두지 않는지, 집안의 일은 부부 둘이서 꾸려 나가고 있는 모양입니다."

정원 손질만은 부부의 손으로 감당할 수 없다는 뜻이리라.

정원사에 따르면 부부가 둘 다 사십대 중반 정도로, 품위 있고 조용한 사람들이라고 한다. 남편의 이름은 분명히 히사이치. 이것은 아내가 남편을 부르는 목소리를 몇 번인가 들었으니 틀림없다고 한다. 아내 쪽은 그다지 밖에 나오지 않고, 직인들과도 얼굴을 마주하지 않아서 알 수 없다.

"그렇게 마맛자국이 신경 쓰인다는 건가."

중얼거린 모시치에게 이토키치는 목소리를 낮추며 말했다.

"그런데 대장님, 제가 덜렁대기는 해도 버틸 때는 버틴다는 거 아시지요?"

"무슨 말이냐."

"그러니까요, 한 번이라도 좋으니까 오스에 씨라는 사람의 얼굴을 보고 싶다는 생각이 들어서, 대나무 덤불에 숨어서 버텼단 말입니다. 그래서 시간도 걸려 버렸지만."

기대를 갖게 하려는 듯이 이토키치는 한 박자 뜸을 들였다. 모시치의 가슴이 술렁거렸다.

"그래서, 보았군, 오스에의 얼굴을."

"예, 보았습니다." 이토키치가 말했다.

"그런데 대장님, 예쁜 안주인이었습니다. 확실히 안색도 창백하고 야위었고, 병약해 보이는 느낌은 들었지만 마맛자국이라고는 어디에도 없었어요."

또 무슨 일이냐고, 불려온 오하나는 부루퉁한 얼굴을 하고 있었다. 하지만 너밖에 할 수 없는 중요한 일이라고 말해 주자 숨기지 못하고 눈을 빛냈다. 이런 부분은 의외로 솔직하다.

"너는 이제부터, 비틀린 푸르대콩이 말하는 대로 어떤 여자의 얼굴을 그려야 한다. 알겠지?"

"대장님, 비틀린 푸르대콩이라는 말은 말아 주십시오."

"시끄럽다. 할 수 있지, 오하나?"

"나를 누구라고 생각하는 거야, 아저씨."

오하나는 다시 멋진 솜씨로 얼굴 그림을 그렸다. 이토키치는 감탄하며,

"그래, 그래, 이 얼굴입니다. 왠지 당장이라도 말을 할 것 같을 정도로 생생하네요."

완성된 얼굴 그림을 옆에 두고, 모시치는 다시 한 번 오하나를 응시했다.

"그럼, 오하나. 한 가지 더 주문이 있다. 이 여자의 얼굴 그림을 바탕으로, 이 얼굴을 대략 삼십 년 정도 젊게 만든 얼굴도 그릴 수 있겠니?"

"젊게 만든다고?"

"그래. 이 여자가 열네다섯 살의 소녀였을 무렵의 얼굴을 그려 주었으면 좋겠다. 네 실력이라면 할 수 있겠지. 어떠냐?"

오하나는 망설이지는 않았다. 어린아이다운 매끈매끈한 뺨과 폭신폭신한 속눈썹에, 어린아이답지 않게 고민하는 듯한 날카로운 선을 만들며 잠시 생각하더니, 곧 손을 움직이기 시작했다. 활터에서 일하던 시절, 손님에게 표적으로 삼을 인물을 이것저것 주문받고, 어렵고 복잡한 주문이었을 때도 틀림없이 이런 표정을 띠었을 거라고 모시치는 생각했다.

한 시간이나 걸렸을까.

"다 됐어" 하며 오하나가 붓을 놓았다.

"이거면 됐어, 아저씨?"

모시치는 그 소녀의 얼굴 그림을 집어들었다.

"됐는지 아닌지는 아직 모른다. 판별하는 것은 내가 아니니까. 하지만 명중인지 빗나갔는지, 알게 되면 곧장 알려 주마."

모시치는 곤조를 마쓰이야에 보내서 정중한 말을 늘어놓게 하여 오킨을 불러들였다. 오킨은 주하치로의 일일 거라 믿고 달려왔다. 이번에도 도쿠지로를 데리고 왔다. 고용살이 일꾼 출신의 이 남편은 '아가씨' 마누라가 가는 곳이면 개처럼 어디든 따라가는 모양이다.

전제도 설명도 빼고, 모시치는 우선 오스에의 집에서 이토키치가 본 여자의 그림을 오킨에게 보여 주었다.

"아는 여자인가?"

오킨은 뚫어져라 얼굴 그림을 들여다보더니 고개를 저으며 그것을 도쿠지로에게 보여 주었다.

"어디선가 본 적 있는 얼굴이로군." 그는 우물우물 중얼거렸다.

다음 얼굴 그림을 보여 주기 전에 모시치가 물었다.

"그런데 자네들에게는 오스에 씨라는 고모가 계시지?"

주하치로에게 들었다고 말해 주자 오킨은 갑자기 완고한 얼굴이 되어 "분명히 있기는 하지만 오스에 고모님은 이번 일에 대해서 아무것도 모르셔요" 하고 성가신 파리를 뿌리치듯이 거칠게 내뱉었다.

"음, 그건 상관없네. 그런데 그 오스에 씨의 남편인 히사이치 씨는, 오스에 씨의 소꿉친구라지?"

대체 무엇을 물으려는 속셈인가 하고, 탐색하는 듯한 눈을 하는 오킨 옆에서 도쿠지로가 고개를 끄덕였다. "예, 그렇습니다."

"당신은 히사이치 씨를 알고 있소?"

"옛날부터 알고 지냈습니다. 저는 오스에 님이 마쓰이야에 계셨을 무렵에 이미 사환으로 고용살이를 시작했으니까요."

도쿠지로는 해가 바뀌면 마흔둘이 된다고 하니 기하치로, 주하치로 형제보다도 나이가 많다. 화재가 있었을 무렵에는 열 살이었다.

모시치의 가슴에 희망의 빛이 비쳤다.

"그럼 도쿠지로 씨 쪽이 알지도 모르겠군."

또 한 장의, 오하나의 손에 의해 서른 살 어려진 소녀의 얼굴 그림을 꺼냈다.

"이건 누구일까?"

도쿠지로가 그림을 손에 들었다. 오킨이 고개를 빼고 들여다보더니 눈썹을 찌푸린다.

그러나 도쿠지로는 어느 모로 보나 그립다는 듯이 뺨을 누그러뜨리더니, 시선을 들고 이렇게 대답했다.

"이것은…… 역시 옛날에 오스에 씨와 사이좋게 지냈던, 실 도매상의 오루이라는 아가씨의 얼굴 같은데요."

뒤바뀌어 있었던 것은 주하치로가 아니라 오스에 쪽이었던 것이다. 가짜는 주하치로가 아니라, 오스에가 오루이로, 가짜였다.

모시치는 꽤 오래 생각했다. 무코지마의 집에 쳐들어갈 수도 있지만, 단숨에 지나치게 몰아세웠다가 히사이치가 뭔가 저지르면 곤란해진다.

결국 히사이치를 부르기로 했다. 그랬다가 그가 도망친다면 모시치가 실수하는 것이겠지만, 그가 병든 오루이를 버리고 혼자서 도망칠 거라고는 생각하기 어렵다. 히사이치는 얌전한 남자로 보이고, 오루이와는 정말 서로 사랑하는 사이인 듯하니 체념할 것이다.

게다가 모시치는 무엇보다도 오킨과 주하치로가 잇따라 찾아와서 이 집에 들여놓은 슬픈 기척 같은 것을 깨끗이 치우고 싶었다. 그 일을 할 수 있는 사람은 히사이치뿐이라는 기분이 들어서 견딜 수 없었다.

모시치의 짐작은 옳았다. 히사이치가 왔다. 몸집이 작은 남자로, 그날 부는 강한 북풍에 날아가 버릴 것같이 불안한 발걸음으로 걸어왔지만, 방에서 모시치와 마주 앉았을 때에는 오히려 각오를 다진 듯한 후련한 표정을 띠고 있었다.

"이런 서투른 연극이 오래 계속될 거라고는, 저도 생각하지 않았습니다."

오루이는 고뿔 기운이 있어서 오늘도 자리에 누워 있다고 한다. 밥을 잘 먹지 않아 큰일입니다, 하고 히사이치는 걱정스러운 듯이 말했다.

"그 사람한테는 아무 말도 하지 않고 나왔습니다. 전부 제가 꾸민 일이고, 오루이는 아무것도 모릅니다."

모쪼록 오루이에 대해서는 눈감아 주시기 바랍니다, 하고 다다미에 손을 짚으며 히사이치는 부탁했다.

사태는 모시치가 생각하고 있었던 만큼 나쁘지는 않았다. 적어도 최악은 아니었다.

오스에는 오 년 전에 죽었다고 한다.

"밤중에 '가슴이 답답하다'고 말하며 저를 깨웠습니다. 등을 쓸어 주었더니 조금 상태가 나아진 것 같다며 잠든 것 같기에, 저도 옆에 누운 채 어느새 잠들고 말았습니다."

그리고 아침이 되어 싸늘해진 오스에를 발견했다.

"당장 마쓰이야에 알리면 좋았겠지요. 그것이 제대로 된 방법이었습니다. 하지만 제 마음에 문득 마가 끼었습니다."

히사이치는 그보다 이 년쯤 전에 우연히 오루이와 재회했다. 가업인 실 도매상에서 화재가 시작되는 바람에 가게가 전소한 것이 잘못된 계기가 되어, 오루이의 집은 가난의 밑바닥까지 떨어졌다. 그 무렵 이미 오루이에게는 의지할 수 있는 가족도 없었다.

"주점에서 일하고 있었는데, 아무래도 몸을 파는 듯했습니다. 물론 집이 그렇게 되었으니, 어울리는 곳에 시집을 가지도 못하고 혼자 남았겠지요. 어떤 인생을 보내 왔을지 짐작하는 것만으로도, 저는 그저 오루이가 가엾고 또 가엾어서……."

몰래 거두어 돌보아 주기로 했다.

"오스에가 죽었을 때 제가 제일 먼저 떠오른 생각은, 이걸로 마쓰이야에서 다달이 보내 주던 돈도 끊기겠다, 나는 길거리에 나앉게 되겠구나, 오루이를 돌보아 줄 수도 없게 되겠지——그것뿐이었습니다."

히사이치의 본가인 밥집도, 화재로 불탄 후에는 끝내 가게를 다시 일으키지 못했다. 그도 하루 벌어 하루 먹고사는 공동 주택 생활로 전락해 있었다.

"그러다 보니 오스에와의 혼담은 저에게 구원이나 다름없었습니다. 오스에는 얼굴의 마맛자국에 신경을 쓰며 방에 틀어박혀, 아무도 가까이 들이지 않았어요. 하지만 저하고라면 함께 살아도 좋다고 했습니다. 마쓰이야의 주인도 제가 오스에를 거두어 준다면 생활은 돌보아 주겠다고 했습니다."

그렇게 이십여 년을 지낸 결과, 히사이치는 이제 혼자 힘으로 살아갈 수 있는 사내가 아니게 되어 있었다.

"이제 와서 돌이켜 보면 천박한 꿍꿍이였고, 어째서 그런 생각까지 했는지 스스로도 부끄러워 견딜 수가 없습니다. 하지만 그때는 이보다 더 좋은 명안은 없는 것 같았습니다."

오스에는 세상으로부터 숨어 지내고 있었다. 무코지마에서도 인근의 누구에게 얼굴이 알려지지 않았다. 그렇다면 오스에의 시체를 남몰래 묻고 대신 몰래 오루이를 데려와, 마쓰이야에게는 아무것도 알리지 않고 보내 주는 돈을 받아가며 계속 살 수 있지 않을까——하고.

"이 나이에 이런 말씀을 드리는 것도 얼굴을 붉힐 만한 일이지만, 저는 어릴 때부터 오루이에게 반해 있었습니다. 언젠가는 같이 살고 싶다는 바람이 있었고, 오루이도 같은 마음이었습니다. 하지만 어릴 때 그 바람이 끊겼지요……."

생각지 못한 화재라는 재앙에 의해.

"그래서 저는 생각하지 않을 수 없었습니다. 한번 포기했던 꿈을 이룰 수 있는, 처음이자 마지막 기회라고."

죄송합니다——고개를 떨어뜨리면서 담담하게 말하는 히사이치 앞에서, 모시치는 생각에 잠겨 있었다.

그 절분날 저녁, 오스에는 왜 사이좋은 오루이의 집에 불을 질렀을까.

질투다. 그렇게 생각했다. 소꿉친구였던 세 남녀 사이에 은밀한 사랑의 쟁탈전이 있었음에 틀림없다. 히사이치는 오루이를 좋아하고, 오루이도 히사이치에게 마음을 기울이고 있었다.

오스에는 그것을 참을 수가 없었다.

생각대로 되지 않는 일이 있으면 무턱대고 입을 삐죽거리며 불평을 하고, 말도 안 되는 이치를 갖다 붙여서라도 고집을 부리는 오킨의 얼굴이 떠오른다. 오스에도 그것과 똑같지 않았을까.

또 한편으로, 가게만 소중하게 여기고 사람 사이의 정에는 영 어두운, 마쓰이야 식의 일 처리법도 있다. 확실히 그 마쓰이야 사람들이라면 오랫동안 오스에를 보살피는 일을 떠넘겨 온 히사이치에 대해서도, 오스에라는 귀찮은 존재가 없어지면 선뜻 인연을 끊자고 했으리라. 자신들의 사정으로 놀고먹게 해 주어, 히사이치에게서 스스로 자신의 인생을 개척할 기회를 빼앗아 왔다는 사정은 생각도 하지 않고, 그를 잘라내고 무일푼으로 내쫓고도 천연덕스러웠으리라.

도깨비는 바깥으로.

삼십 년 전, 주하치로는 그렇게 생가에서 쫓겨났다. 오 년 전에 오스에가 죽었을 때, 히사이치는 이번에는 자신이 '도깨비는 바깥'으로 쫓겨날 차례라는 것을 깨달았다. 그래서 책략을 꾸몄다.

모시치는 깊은 한숨을 쉬었다.

주하치로는 비록 생가에서 쫓겨났지만 양가養家에서 자신의 자리를 찾을 수 있었다. 그 유부초밥 가게 주인이 마련해 둔 긴 의자처럼, 넓은 세상에는 쫓겨난 도깨비에게 앉을 자리를 만들어 주는 사람도 전혀 없는 것은 아니다.

히사이치와 오루이는 쫓겨난 사람들끼리 서로 의지하며 서로가 앉을 자리를 만들었다. 옳은 방식은 아니었지만, 또한 그것밖에는 방법이 없었다.

한편으로 오스에는 어땠을까 하고 모시치는 생각했다. 미운 연적의 집에 불을 지르고 도깨비는 바깥으로라고 하듯이 쫓아낸 것은 좋았지만, 생각지 못하게 포창을 앓고 이번에는 자신이 내쫓길 몸이 되었다. 아니, 아무도 쫓아내지는 않았는데 자신의 열등감이 쫓겨나고 있는 듯한 착각을 부른 것이다.

오스에는 정말로, 마맛자국이 남은 얼굴에 마음을 쓴 탓에 세상에서 숨었던 것일까. 실은 진실로 엄하게 오스에를 '도깨비는 바깥'으로 쫓아낸 것의 정체는 자신이 저지른 죄가 아니었을까.

모시치는 얼굴을 들고, 풀이 죽어 있는 히사이치를 보았다.

"내가 같이 마쓰이야에 가 주겠네. 숨김없이 전부 이야기하도록 하게. 가능한 한 중재해 줄 테니 안심하고."

히사이치는 얼굴에 손을 댔다. 손가락 사이로 눈물이 한 방울 떨어졌다.

모시치는 말했다. "하지만 그것은 내일 하세. 오늘 밤에 자네를 데려가고 싶은 곳이 있거든."

맛있는 것을 먹을 수 있는 노점이라네. 그곳의 주인을 만나게.

"그건 또…… 어째서입니까?"

히사이치의 불안한 듯한 눈빛에, 모시치는 싱긋 웃음을 지었다.

"뭐, 깊은 이유는 없다네. 다만 거기에 도깨비 의자가 있었거든. 자네에게도 그 이야기를 가르쳐 주고, 한잔하고 싶어서 그러네."

편집 후기

독자 여러분. 이 페이지에 이르러, "잠깐, 여기서 끝이야?", "초밥 가게 주인의 정체는?", "니치도는 어떻게 되는 거야?" 하고 당황하고 계시지는 않나요? 이 책이 이렇게 끝을 맺게 된 데에는 무려 20년에 걸친 뒷이야기가 있습니다.

『혼조 후카가와의 기이한 이야기』의 후속작에 해당하는 『맏물 이야기』는 1994년 《소설 역사가도》라는 잡지에서 연재를 시작했습니다. 이듬해에는 「오세이 살해 사건」부터 「원한의 뿌리」까지 여섯 편의 작품을 엮어 한 권의 책으로 출간합니다. 오카모토 기도를 흠모하여 그의 『한시치 체포록』 같은 도리모노초주로 에도 시대를 무대로 한 탐정 소설를 만들고 싶어 했던 미야베 미유키는, 당시만 해도 모시치와 그 부하들의 이야기를 계속 이어가려고 했지요. 그런데 갑자기 《소설 역사가도》가 폐간되고 맙니다. 때문에 잡지가 폐간되기 전에 실린 에피소드 「이토키치의 사랑」은 그대로 오갈 데 없는 신세가 되고 말았지요.

그러다 2001년 일본 NHK에서 모시치의 이야기를 〈모시치의 사건부茂七の事件簿〉라는 이름의 드라마로 제작하게 됩니다. 그리고 드라마 방영에 앞서 『맏물 이야기』는 「이토키치의 사랑」이 더해진

애장판으로 출간됩니다.

이후 드라마 〈모시치의 사건부〉는 2003년까지, 3년 동안 세 번에 걸쳐 방영됩니다. 사실 모시치의 이야기는 『혼조 후카가와의 기이한 이야기』와 『맏물 이야기』가 전부였으니 부족하다고 여겼던 걸까요? 이 책의 마지막을 장식한 두 편 「독」과 「도깨비는 밖으로」는 각각 2002년과 2003년 《올 요미모노》에 연재되어, 그해에 바로 드라마에 투입됩니다.

그리고 오랜 세월이 지나 2013년, 드디어 「독」과 「도깨비는 밖으로」까지 포함된 '완본'이 탄생하게 되었습니다.

이러한 부침을 겪고, 『맏물 이야기』는 비교적 초기작인 「오세이 살해 사건」과 중반기 작품인 「도깨비는 밖으로」를 한 번에 볼 수 있는 책으로 다시 태어났습니다. 미미여사 시대물의 변천사를 한눈에 볼 수 있으니 분명 독자 여러분께는 색다른 재미가 되었을 거라 믿습니다.

북스피어 편집부

맏물 이야기

초판 4쇄 발행 2017년 10월 20일

지은이 미야베 미유키
옮긴이 김소연

발행편집인 김홍민 · 최내현
책임편집 안현아
편집 유온누리
마케팅 홍용준
표지디자인 이혜경디자인
용지 한승
출력 인쇄 제본 현문

펴낸곳 도서출판 북스피어
출판등록 2005년 6월 18일 제105-90-91700호
주소 (121-130) 서울특별시 마포구 방울내로 11길 43 101-902
전화 02) 518-0427
팩스 02) 701-0428
홈페이지 www.booksfear.com
전자우편 editor@booksfear.com

ISBN 978-89-98791-33-9 (04830)
978-89-91931-29-9 (세트)

책값은 뒤표지에 있습니다.
파본은 구입하신 곳에서 교환해 드립니다